Jochen Schimmang, geb. 1948, studierte Politische Wissenschaften und Philosophie an der FU Berlin und lehrte an Universitäten und in der Erwachsenenbildung. Von 1978 bis 1998 lebte er in Köln, seit 1993 als freier Schriftsteller und Übersetzer. Jochen Schimmang lebt heute in Oldenburg. Seine schriftstellerische Arbeit wurde mit Preisen und Stipendien gefördert. Zu seinen wichtigsten Romanen zählen **Der schöne Vogel Phönix** (1979), **Die Geistesgegenwart** (1990) und **Ein kurzes Buch über die Liebe** (1997) sowie **Die Murnausche Lücke** (2002). Zuletzt erschienen die Erzählungenbände **Vier Jahreszeiten** (2002) und **Auf Wiedersehen, Dr. Winter** (2005).
www.jochen-schimmang.de

Jochen Schimmang

DAS BESTE, WAS WIR HATTEN

Roman

Edition Nautilus

Der Dank des Autors für Unterstützung in verschiedenster Form bei der Arbeit an dem vorliegenden Roman gilt Monika Eden, Ralph Gätke, Benedikt Geulen, Michael Heitz, Susanne Heitz, Bettina Hesse, Eduard Hoffmann, Casjen Klosterhuis, Michael Kohtes, Rolf Laube, Christian Linder, Gert Loschütz, Klaus Modick, Hans-Ulrich Müller-Schwefe, Christian Rolfs, Thomas Schaefer, Robert Suermann und Thorsten Themann.

Die Arbeit an dem vorliegenden Text wurde durch den Deutschen Literaturfonds e. V. gefördert. Der Autor dankt außerdem dem Künstlerhaus Edenkoben für fünfmonatige Gastfreundschaft und Unterstützung.

Edition Nautilus Verlag Lutz Schulenburg
Schützenstraße 49 a · D-22761 Hamburg
www.edition-nautilus.de

Originalveröffentlichung · Erstausgabe Juni 2009
Umschlaggestaltung: Maja Bechert, Hamburg
www.majabechert.de
Titelmotiv: © Daniel Hauri
Autorenfoto Seite 2: © Teja Sauer
Druck und Bindung: Fuldaer Verlagsanstalt
4. Auflage Februar 2010
ISBN 978-3-89401-598-5

Für Sabine

Bey dem freundlichen Bonn fängt die eigentlich schöne Rheingegend an…
Friedrich Schlegel, Köln und Rheinfahrt

»Nein«, sagte er, »wir haben ein großes und ein kleines Gedächtnis. Das kleine, um uns der kleinen Dinge zu erinnern, und das große, um die großen Sachen zu vergessen.«
John Le Carré, Eine kleine Stadt in Deutschland

ERSTER TEIL

Akteure Agenten

1 Der Schuppen

Der Regen hatte aufgehört, und sie fuhren auf ihren Rädern am Fluss entlang. Bisher war der Mai kühl und nass gewesen. In diesem Jahr hatten sie noch kein einziges Mal am Ufer im Gras gelegen. Nach dem Schauer kam die Sonne durch, und es schien erstmals richtig warm zu werden. Nott hielt an und ließ sein Fahrrad ins Gras fallen. Durch das Schilf sahen sie den Fluss vorbeiziehen: schnell und geschäftig, als müsse er heute noch irgendwo ankommen.

Nott wollte sich hinsetzen, aber Gregor war das Gras zu feucht. »Ich würde mir lieber mal den Schuppen da drüben ansehen«, sagte er.

Der Schuppen stand sechzig Meter vom Ufer entfernt, ein verwitterter Holzbau mit einer winzigen Veranda davor. Das Holz war einmal rostrot gewesen; inzwischen war es blass und hell. Gregor fühlte sich an die Laube erinnert, die früher in ihrem Schrebergarten in Thalheim gestanden hatte. Es war das einzige Gebäude hier weit und breit; der Rand der Stadt lag schon gut zwei Kilometer hinter ihnen.

Sie untersuchten die Tür, die nicht abgeschlossen war. Gregor rief ein paarmal leise Hallo, aber es kam keine Antwort. Nott zog die unverschlossene Tür langsam auf, ohne dass etwas Schreckliches geschah. Sie waren auf Gestank gefasst, auf Ungeziefer, einen Tierkadaver vielleicht, irgendetwas Ekliges. Der Bau war jedoch ganz leer; nur eine lange Sitzbank stand an der gegenüberliegenden Wand. Es roch muffig, aber nicht widerlich. Der Schuppen war solide gebaut und überraschend warm. Die drei Fenster, zwei nach vorn und eins nach hinten, starrten fast blind.

Sie waren keine Kinder mehr; dies hier sollte kein Unterschlupf für Tom Sawyer und Huckleberry Finn werden. Sie waren fünfzehn Jahre alt und sehnten sich nach Ruhm und nach Mädchen, mit denen man etwas anfangen konnte. Aber der Bau konnte ein Ort werden für sie. Er stand im Niemandsland, und kaum jemand kam hier vorbei. Wer immer diese Hütte einmal errichtet hatte, er war vielleicht gestorben oder hatte einfach keine Verwendung mehr dafür, und sie würden sie übernehmen: Nur sie beide, niemand sonst würde davon erfahren, das versprachen sie sich.

»Ich besorge ein Schloss«, sagte Nott.

»Ein Schloss?«

»Wir müssen die Tür absperren können, wenn wir hier drin sind.«

»Stimmt, ja. Kannst du das, ein Schloss einbauen?«

»Kann ich, ja. Morgen Nachmittag. Danach putzen wir die Fenster.«

Am nächsten Tag fuhren sie gleich nach dem Mittagessen dorthin und achteten darauf, dass ihnen niemand folgte. Es war noch wärmer geworden. Nott hatte einen Eimer voller Putzmittel mitgebracht und das Schloss mit zwei Schlüsseln. Nach zwei Stunden Arbeit unter Notts Anleitung hatten sie den leeren Schuppen gesäubert, und durch die Fenster fiel Licht, auch wenn innen noch immer ein angenehmer Halbdämmer herrschte.

In der folgenden Woche brachten sie zwei Stühle mit und einen kleinen Tisch, alt und wacklig, den Nott aber neu verleimte. Nott war der Praktische. Alles konnte er reparieren; er wusste, wo es was gab, möglichst umsonst; er wusste auch, wie man den Schuppen noch etwas besser isolierte: »Schließlich wollen wir es im Winter hier ja auch noch aushalten.« Nott war der Handwerker, sah sich selbst aber eher als Künstler, und wirklich gab es keinen besseren Zeichner als ihn. Wie er zu seinem Namen gekommen war, wusste keiner mehr, aber alle riefen ihn so, denn sein richtiger Vorname (und der Familienname dazu) war eines dieser kühnen ostfriesischen Gebilde, die kaum jemand aussprechen konnte – schon gar nicht ein Zugewanderter wie Gregor Korff.

Später baute Nott aus Polsterelementen noch ein Sofa zusammen und schleppte einen alten Sessel an, der an einer Stelle eine tiefe Kuhle hatte. Er brachte auch Decken mit, ein paar Gläser, Tassen, Löffel. Langsam wuchs der leere Raum zu und wurde zur Höhle. Da hatten sie schon angefangen zu spielen.

Am liebsten spielten sie Beckett. *Fin de partie. Ende, es ist zu Ende, es geht zu Ende, es geht vielleicht zu Ende.* Genau der richtige Weltschmerz für sie. Er war ganz echt, aber sie lachten viel dabei. Ein paar Szenen spielten sie immer wieder, über Monate. Natürlich nicht Nagg und Nell: Eltern waren ganz uninteressant, Begleitpersonal, hier in diesem Stück und im Leben auch. Bei Nott gab es ab und zu Krach mit seinem Vater, aber Gregor hatte mit seinen Eltern gar keine Probleme. Sie waren irgendwie da, im Hintergrund, das war alles. Er kam gern nach Hause abends. Es machte ihm keine Schwierigkeiten, Geschichten zu erfinden, wo er nachmittags gewesen war. Selbstverständlich hatten auch seine Eltern keine Ahnung von dem Schuppen.

Nott und er spielten Hamm und Clov. Nott saß im Sessel und spielte den Hamm, Gregor warf als Clov einen vorsichtigen Blick in die Außenwelt, wo das Leben leider immer noch nicht ganz erstorben war. Sie freuten sich mehr als an allem anderen an der Ausweglosigkeit, dem geschlossenen Raum: *An der rechten und linken Wand je ein hoch angebrachtes Fensterchen mit geschlossenen Vorhängen.* Eigentlich hatten sie den Schuppen entdeckt, um darin Beckett spielen zu können, den ganzen verregneten Sommer 1963 hindurch. Ohne Beckett hätten sie gar keine Augen für den Schuppen gehabt. Beckett war etwas ganz Besonderes. Existenzialist konnte jeder sein, ein paar schwarze Klamotten, eine Schachtel Gauloises und fertig. Den Existenzialismus hatten sie schon hinter sich. Über die *Exis* lächelten sie milde, wenn sie ihnen auch allemal lieber waren als die Spießer. Beckett dagegen war für die Auserwählten. Zum Schreien komisch. Tieftraurig. Wie geht es deinen Beinen, wie geht es deinen Augen. Und dein Pipi? Wird gemacht.

Gregors Lieblingsstelle war Clovs träumerisches Bekenntnis zur Ordnung. *Ich liebe die Ordnung,* sagt Clov. *Sie ist mein Traum. Eine Welt, in der alles still und starr wäre und jedes Ding seinen letzten Platz hätte, unterm letzten Staub.* Keine Stelle spielte Gregor mit solcher Inbrunst wie diese.

Natürlich hatten sie immer Angst, dass man ihren schönen Schuppen entdeckte. Wiederholt liefen draußen am Ufer Liebespaare entlang. Einmal hielt ein alter Mann auf seinem Fahrrad an und sah lange zu ihrem Bau hinüber. Was würden sie tun, wenn er herkäme? Wenn er durchs Fenster lugte oder an der Tür rüttelte? Aber schließlich fuhr er weiter, ohne den Schuppen näher inspiziert zu haben.

Am gefährlichsten waren eigentlich die Kinder, die nachmittags manchmal am Ufer spielten. Kinder sind unberechenbar und neugierig. Einmal schlichen zwei kleine Jungen auf ihr Haus zu, aber dann trauten sie sich nicht. Vielleicht und dem Himmel sei Dank hatte der Bau etwas Unheimliches, Düsteres für Kinder. Vielleicht erinnerten sie sich an die Ermahnungen ihrer Mütter, nicht in solche leeren Häuser zu gehen, nicht an den Bahngleisen zu spielen, nicht auf den Hof der alten Fabrik zu gehen und sich überhaupt in Acht zu nehmen vor allem und jedem, das und den sie nicht kannten.

Es mochte auch das Wetter sein, das Gregor und Nott vor der Entdeckung schützte. Das war in diesem Jahr meist nicht so, dass es die Paare verlockte, sich hier ins Gras zu legen oder gar ein Versteck zu suchen in ihrem Häuschen. Es blieb ihnen schließlich selbst überlassen, das Geheimnis des Schuppens zu lüften, im Herbst des nächsten Jahres.

Aber noch spielten sie Beckett, oder Nott zeichnete Gregor, das Innere des Schuppens, die Flusslandschaft draußen. Sie rauchten und träumten von später und langweilten sich köstlich. Sie genossen diese Stunden sehr, in denen nichts geschah, sondern einfach nur Zeit verging. Manchmal sprachen sie auch über Mädchen, besonders über die Schwestern Fuchs, fünfzehn, vierzehn und dreizehn Jahre alt, genannt die Füchsinnen. Nicht Lyzeum, sondern Realschule, das war ohnehin besser. Gregor erzählte von einem französischen Film, den er gesehen hatte, *Adieu Philippine,* in dem es auch um Mädchen ging, und jeden Monat kauften sie das neue Heft von *twen,* wegen der Fotos vor allem. Ein bisschen warteten sie darauf, dass das Leben anfing, aber nicht ungeduldig. Sie hatten es nicht so eilig wie der Fluss, der da vorn an ihnen vorbeizog.

Später im Jahr, als es nach dem verregneten Sommer in einen versöhnlichen, milden September überging, mit einer blaugrau zitternden Luft, in der an einzelnen Tagen schon rauchig der Herbst zu riechen war, brachte Nott ein Transistorradio mit. Sie hatten Mühe, einen vernünftigen Sender zu finden, aber manchmal gelang es ihnen, die Musik zu erwischen von der anderen Seite der Nordsee. *Listen, do you want to know a secret ... But I'll get you, I'll get you in the end...*

Aber vorher passierte noch die Geschichte mit diesem Mädchen in London, mit dieser jungen Frau, und die nahm ihnen fast den Atem.

Die Affäre bekam ihren Namen nicht nach der jungen Frau, die Christine Keeler hieß, sondern nach dem englischen Kriegsminister, John Profumo. Der hatte kurz etwas gehabt mit der jungen Frau, die er im Haus von Lord und Lady Astor eines Abends nackt im Swimmingpool entdeckt hatte. Das ist gewiss aufregend, wenn man da als Kriegsminister auf einer privaten Party so ganz ahnungslos am Rand eines Swimmingpools steht, und plötzlich steigt ein nacktes Mädchen heraus, neunzehn Jahre alt und wunderschön. Das war nun schon beinahe zwei Jahre her und hatte auch nicht sehr lange gedauert. Aber jetzt erst kam es heraus, und das Dumme war, dass Christine Keeler es zur gleichen Zeit mit einem sowjetischen Marineattaché getrieben hatte, der Iwanow hieß. Also zuerst Profumo im Bett (der hatte italienische Vorfahren), dann am nächsten Tag dieser Iwanow. Von dem sagte die Keeler später, er sei »ein herrlicher Bär von einem Mann«. Das war ein erstklassiges Muster für Spionage, und im Juni, Gregor und Nott hatten sich gerade fertig eingerichtet in ihrem Schuppen, musste Profumo von seinem Amt als Minister zurücktreten.

Sie verfolgten die Berichte. Was sie am Anfang vielleicht am meisten überraschte, war die Tatsache, dass auch Politiker vögeln: Darüber hatten sie noch nie so richtig nachgedacht. Die Spionagegeschichte selbst interessierte sie nur mäßig. Vielleicht war da auch gar nichts; vielleicht hatte Profumo im Bett keine Dienstgeheimnisse verraten.

»Da hat er bestimmt was anderes zu tun gehabt«, sagte Nott, und sie grinsten beide.

Es war natürlich das Mädchen, das sie interessierte. Nicht das Mädchen, die junge Frau. Die Fuchs-Schwestern waren Mädchen, aber diese Christine Keeler war sechs Jahre älter als Gregor und Nott. Bald konnte man eine ganze Reihe Fotos von ihr sehen, eins zum Beispiel, wie sie in einer leeren Badewanne lag und nur mit einem knappen Handtuch bekleidet war. Dann kam eins dazu, das weltberühmt wurde: Da saß sie nackt und verkehrt herum auf einem Designerstuhl, die Arme auf der Rücklehne und vor der Brust verschränkt, die langen Beine kamen links und rechts hinter der Lehne vor, hinter der man das geöffnete Geschlecht ahnte. Das war es, was ihnen fast den Atem nahm. Das war sensationell für Gregor und Nott, dieses Nackte. In England! Good old England! Den Namen *Swin-*

ging London kannten sie noch nicht, der wurde erst später erfunden.

Sie mochten Christine Keeler wirklich, vom ersten Moment an. Es interessierte sie nicht, dass sie aus ihrer Geschichte – dem *Skandal,* wie er genannt wurde – Geld machte, ziemlich viel, und dass sie sogar einen Rolls Royce bekam. Sie sah einfach gut aus, sehr gut, sie war richtig klasse, und dabei wirkte sie auf den Fotos nicht einmal abgebrüht. Eher so, als müsse man sie beschützen, fand Gregor.

Sie konnten lesen, dass sie mit ihrem Stiefvater und ihrer Mutter in einem ausrangierten Eisenbahnwagen in der Provinz aufgewachsen war. Mit siebzehn ging sie von zu Hause weg nach London. Sie beide waren auch schon fünfzehn, aber sie hätten sicher nicht den Mut gehabt, einfach wegzugehen. Sie hatten ja nichts gegen ihre Eltern, und Gregor liebte es, zu Hause in dem kleinen Garten unter dem Apfelbaum zu sitzen und zu lesen. Es war zwar eine manchmal etwas zu stille Welt, aber noch mochte er sie nicht eintauschen gegen das richtige Leben.

Christine Keeler war dann Verkäuferin, Friseuse, Kellnerin, Tänzerin in einem Nachtclub, und schließlich tauchte dieser Dr. Ward auf, ein Arzt der High Society, und nahm sich ihrer an. An manchen Stellen der Geschichte gab es auch etwas zu lachen. Die Ehefrau von Profumo etwa war eine ehemalige Schauspielerin, und der bekannteste Film, in dem sie mitgespielt hatte, hieß *Adel verpflichtet.* Es gab auch richtige Tragik: Dr. Ward wurde verhaftet, wegen Zuhälterei angeklagt, verurteilt und beging Selbstmord.

Aber das waren alles Nebenfiguren. Wirklich interessierte sie nur Christine Keeler. Gregor und Nott standen ganz und gar auf ihrer Seite, egal, was die anderen in der Geschichte über sie sagten. Sie hatte etwas von einer Straßenkatze an sich, die es geschafft hat, sich in ein sehr gutes Haus einzuschmeicheln. Natürlich hätten sie es gern mit ihr getrieben, auch wenn sie noch gar keine Erfahrung hatten, wie das ging (die Knutschereien mit Hanna zählten nicht). Aber Gregor stellte sich vor allem vor, wie sie ganz nah beieinander sein würden, Christine Keeler und er, für immer, und wie sie sich wehren würden gegen den Rest der Welt. Er mochte sie wirklich sehr. Das sagte er Nott nicht. Christine Keeler war die erste Frau, in die er wirklich verliebt war.

Bald fehlte der Liebe die Nahrung, weil die Nachrichten aus England über den Fall spärlicher und im August schließlich durch die über den Postraub abgelöst wurden, bei dem der Postzug Glasgow–London fünfzig Kilometer vor dem Ziel von einer Gruppe maskierter Männer angehalten wurde, die fast dreißig Millionen Mark erbeuteten. Das war auch ganz interessant für Gregor, gab aber für seine Sehnsucht nichts her.

An den wenigen schönen Sommertagen des Jahres gingen sie nicht in den Schuppen, sondern in den kleinen Park in der Stadt oder liefen durch die Hauptstraße, um Mädchen anzusehen. Manchmal saßen sie auch in der Unterführung unter der Bahnlinie und tranken abwechselnd aus einer Flasche Martini. Im September brachte Nott ein Schachspiel mit in den Schuppen, und sie führten verbissene Kämpfe, die Gregor in der Mehrzahl verlor, ohne die Lust am Spiel zu verlieren. Vor ein paar Monaten hatte er den Satz eines berühmten Schachspielers gelesen: *Schach ist ein blutiges Spiel,* und nach den Partien gegen Nott konnte er ihn verstehen.

Später verlegten sie das Spiel zu Gregor nach Hause, weil es im Winter im Schuppen zu kalt war. Nott kam am Sonntagnachmittag. Anfangs spielten sie zwei Partien am Nachmittag, später nur noch eine, weil Gregor sich zu einem Defensivkünstler ausgebildet hatte, was die Partien fast endlos in die Länge zog. Gewinnen konnte er noch immer nur selten, aber auch Nott marschierte nicht mehr auf den Sieg zu wie am Anfang. Die meisten Partien endeten inzwischen remis.

Danach liefen sie manchmal in die Stadt, die leer und öde war an den Sonntagen, oft kalt und neblig dazu, oder freuten sich im Kino am Anblick des nackten Rückens und des nackten Hinterns von Brigitte Bardot in einem Film von Jean-Luc Godard, veredelt durch rote und blaue Farbfilter. Das Leben, das ohnehin nicht gern in ihre kleine Stadt zu kommen schien, war an den Sonntagen ganz daraus verschwunden, und Nott und Gregor gestanden sich auf einem ihrer kleinen Gänge gegenseitig, dass sie den Montag und die Schule herbeisehnten.

Als er vor vier Jahren mit seinen Eltern in die Stadt gekommen war, war Gregor anfangs sehr unglücklich gewesen in dieser Schule. Man lachte in der Klasse, wenn er den Mund aufmachte und von »Kürschen« sprach und in die »Kürche« ging, anstatt glockenhell und piepsig von den »Kierschen« und der »Kierche« zu erzählen, wie es diese ostfriesischen Blondköpfchen taten. Sie hatten nichts gegen ihn, sie lachten ihn nur aus, und das wärmte sie und bescherte ihnen wohlige Schauer, jedem von ihnen, weil zum Glück nicht er selber es war, der ausgelacht wurde. Dabei sagten diese piepsigen blonden Tölpel selber Sätze wie *ich bin schlecht* oder *ich bin kalt* statt *mir ist schlecht* und *mir ist kalt*, und man hätte ihnen nicht mal erklären können, was daran falsch war. In diesem ersten Schuljahr am neuen Ort erfuhr Gregor zum ersten Mal, was ein Fremder ist, und sehnte sich in sein Städtchen am Vorharz zurück.

Aber die ganz normale Grausamkeit von Kindern stirbt irgendwann, und vier Jahre später war Gregor von fast allen in der Schule heftig umworben, konnte sich seine Freunde aussuchen und hatte doch eigentlich nichts dafür getan. Ein Fremder war er noch immer, aber ausgelacht wurde er nicht mehr, und jeder versuchte, hinter sein *Geheimnis* zu kommen, das er gar nicht hatte. Nicht mehr als jeder von ihnen in diesem Alter. Sie hatten alle diese kleine Heimlichkeit, von der in Wahrheit jeder wusste, dass sie sich nämlich abends vor dem Einschlafen oder morgens nach dem Aufwachen einen runterholten, und außerdem das andere kleine Mysterium, dass sie sich fragten, was wohl der Sinn des Lebens sei:

das gehörte irgendwie zusammen. Das erste wirkliche Geheimnis, das Gregor Korff an seinem neuen Wohnort hatte, war sehr konkret, und er teilte es von Anfang an mit einem Anderen: den Schuppen draußen am Fluss.

Im Oktober 1964 enthüllten sie das Geheimnis, und das Geheimnis enthüllte sich ihnen.

In den Sommerferien waren sie eine Woche in Westberlin gewesen. Die Eltern hatten die Busfahrt bezahlt, Taschengeld gegeben und sie ermahnt, nicht unter die Räder zu kommen. Sie wohnten sehr weit im Norden, in Frohnau, einem eher kleinstädtischen Teil Berlins nah an der Grenze zu Brandenburg, denn dort war die Jugendherberge. Von da fuhren sie jeden Tag mit dem Bus bis zur U-Bahn Tegel, und von Tegel aus weiter ins Herz der großen Stadt: zum Bahnhof Zoo, zum Kurfürstendamm, in die Tauentzienstraße. Als sie zum ersten Mal mit der U-Bahn fuhren und aussteigen wollten, wussten sie nicht, wie die Türen zu öffnen waren, bis ein anderer Fahrgast das für sie erledigte. Gregor hörte das leise Gelächter in ihrem Rücken und die Frage eines jungen Mannes: »Wo die wohl herkommen?« Auf dem Bahnsteig begann er zu rennen, als wollte er die Scham so schnell wie möglich hinter sich lassen.

Einmal fuhren sie zur Friedrichstraße und bewegten sich durch das komplizierte System der Gänge, Sperren und Kontrollen in den Osten der Stadt. Zum ersten Mal roch Gregor das Lysol, das ihm später so vertraut werden sollte. Noch in der Friedrichstraße wurden sie von zwei Jungen in ihrem Alter angesprochen, die sie baten, in den Intershop zu gehen und Westzigaretten für sie zu kaufen: HB, Ernte 23, Peter Stuyvesant. Sie führten den Auftrag aus, und als sie am frühen Abend wieder zur Friedrichstraße gingen, war Gregor sehr nervös. Vielleicht waren sie beobachtet worden, und das dicke Ende kam nach. Es passierte aber gar nichts. Ostberlin war sehr still gewesen, doch der Westen der Stadt kam Gregor in der Erinnerung auch nicht viel lebendiger vor, als sie nach einer Woche wieder zu Hause waren. Keine Stadt, die für ihn in Frage kam, wenn er von seinen Eltern fortging.

Sowieso wollten sie alle eigentlich nur nach London, oder noch lieber vielleicht nach Liverpool. Noch in Westberlin hatten sie sich jeder ihre erste Langspielplatte gekauft, *A Hard Day's Night,* die gerade erschienen war. Nach einer Woche konnten sie fast alle Songs auswendig mitsingen, aber was ihnen am meisten Bewunderung abrang, war der Anfangsakkord des Titelsongs. Es war, als ob sich zu Beginn eines Films ein riesiges Fabriktor öffnete und die Arbeiter herausströmten, endlich frei für einen Abend, eine Nacht. *And I've been working like a dog. I should be sleeping like a log.* Hunderte, nein Tausende von Männern und Frauen, die aus dem Fabriktor kamen. Das war Wärme, das Ende des Alleinseins.

Nott und Gregor blieben vorerst allein in ihrem Schuppen. Nott hatte ein Fanmagazin besorgt, *The Beatles Monthly,* das hauptsächlich aus Schwarzweißfotos bestand und in dem außerdem ein paar Texte abgedruckt und neueste Nachrichten über die Gruppe zu lesen waren. Notts Lieblingsbeatle war überraschenderweise Ringo, Gregor liebte natürlich John. Im Herbst sahen sie den Film, mit der schönen Stelle, wo die süßen Mädchen durch die Gittermaschen des Gepäckwagens versuchen, den Beatles ins Haar zu greifen, während diese *I should have known better* singen, und in den Herbstferien gingen sie beide in einer Fabrik arbeiten, um sich danach Klamotten kaufen zu können. Die Zeit, da ihre Eltern sie einkleideten, war vorbei.

Die Fabrik stellte Verpackungsmaterial her. Sie wurden in der Packerei eingesetzt, wo die Produkte für den Versand fertiggemacht wurden, ein großer lichter Raum, in dem der Staub in der Oktobersonne tanzte. Nott war schneller als Gregor, aber sie wurden ohnehin per Stunde bezahlt. Sonst arbeiteten dort nur Frauen, die schon verheiratet waren, und junge Mädchen, die darauf warteten, geheiratet zu werden und während ihrer Wartezeit mit unglaublichem Geschick und in rasendem Tempo die Tüten, Taschen und Säcke einpackten und verschnürten, weil sie Stücklohn bekamen. Nebenan lärmten die Maschinen, und ab und zu fuhr ein Gabelstapler durch die Gänge. Um halb vier öffnete sich das Fabriktor, und in dem Moment, da Nott und er nach draußen kamen, hörten sie in ihrem Kopf den Anfangsakkord von *A Hard Day's Night*.

Nach zwei Wochen war der Job vorbei und die Ferien beinahe auch. Für Gregor reichte es zu einer Jeans mit leichtem Schlag und einem Paar erstklassiger schwarzer Beatles-Stiefel. Er musste nach Hamburg fahren, um sie zu bekommen. Eine schwarze Jacke, deren Kragen er immer hochgestellt trug, hatte er schon seit einem Jahr. Nott holte sich Jeans und einen grünen Parka. Das war nicht Gregors Fall, aber sie gingen trotzdem zusammen auf den großen Herbstrummel und standen stundenlang an der Raupe. Da kämpften Little Richard, Fats Domino, die Beatles und die Stones um die kulturelle Hegemonie, während die Wagen immer schneller über Berg und Tal donnerten und sich schließlich das Verdeck schloss. Am letzten Tag lotsten sie die beiden ältesten Füchsinnen langsam vom Gelände runter und schafften es tatsächlich, dass sie die ganze Strecke mitgingen bis zu ihrem Schuppen am Fluss. Gregor ging neben Angela, der ältesten, und Nott neben Irene, der mittleren, genannt Reni. Die war nach allem Gerede und Geflüster, das durch die Schule und die Straßen ging, die Schärfste von allen.

Es dämmerte schon, als sie am Schuppen ankamen, aber sie hatten zwei Baustellenlampen und dazu Kerzen genug. Nott holte eine Flasche Martini und vier Gläser aus dem kleinen Schränkchen, das er eines Tages angeschleppt hatte. Die Mädchen waren entzückt vom Schuppen, auch von der Ordnung, die darin herrschte. Sie gingen davon aus, dass Nott und Gregor sie von Anfang an als Liebeslaube genutzt hatten, und die beiden ließen sie in dem Glauben.

Später konnte sich keiner mehr erinnern, warum plötzlich

Reni bei Gregor auf dem Schoß saß und Nott mit Angela knutschte, obwohl es am Anfang umgekehrt ausgesehen hatte. Sie hatten schon die zweite Flasche Martini aufgemacht. Gregor hatte plötzlich zum ersten Mal eine weibliche Brust in der Hand. Die kleine Reni hatte sie dorthin führen müssen, denn Gregor hätte sich allein nicht getraut, obwohl ihre Küsse – ganz andere als damals die von Hanna – schon Aufforderung genug waren. Die beiden Paare hatten sich jetzt in verschiedene Ecken des Raumes zurückgezogen und hörten einander schnaufen und keuchen. Sie hatten längst alle Lichter ausgemacht. Gregor hörte von drüben das Kichern der älteren Schwester, während die jüngere sich an ihm zu schaffen machte. Schließlich hatte sie sein Geschlecht in der Hand und rieb es, während es in der anderen Ecke jetzt ganz still war, und plötzlich beugte sie sich darüber. Ein paar Minuten später schrie Gregor laut und juchzend auf, und ihm schwindelte, und Reni Fuchs ließ von ihm ab und fragte: »Schön, oder?«

Den ganzen Herbst und Winter flanierten sie zu zweit oder zu viert durch die Stadt. Der Schuppen wurde bald zu kalt, und man sah sie in den beiden angesagten Cafés der Stadt sitzen, für sich oder mitten im Pulk der anderen Schüler: Nott im Parka, den er fast nie auszog, und Gregor in seiner schwarzen Jacke mit dem hochgestellten Kragen, in Jeans und mit den Beatles-Stiefeln, die er täglich pflegte. An ihren Schultern lagen Angela und Reni Fuchs mit ihren schwarzen Fransenponys und den darunter gerade noch sichtbaren Mandelaugen. Über den Tischen stand der Zigarettenrauch wie eine Nebelwand. Gregor hatte Fotos aus dem Cavern Club in Liverpool gesehen; so musste es dort sein.

Im Frühjahr hörte es auf. Zuerst ließ Angela Nott sitzen und ging mit einem Achtzehnjährigen. Dann sagte Reni zu Gregor an seinem siebzehnten Geburtstag, dass sie keine Lust mehr habe. Gregor wollte es genauer wissen, aber sie weigerte sich, mehr zu sagen. »Ich hab dich schon gern«, sagte sie, »aber ich habe keine Lust mehr.« Irgendwann später erfuhr er von einem Freund, dass Reni Fuchs ihn wirklich *süß* gefunden hatte, aber auch irgendwie *langweilig*, weil er so wenig von sich erzählte und so selten lachte. »Das geht eben auf die Dauer nicht gut, einer vom Gymnasium und ein Mädchen, das mit Ach und Krach die Realschule schafft«, sagte der Freund.

Mitte April räumten sie den Schuppen aus. Sie hatten sich seit dem Herbst kaum noch darum gekümmert, aber es war nicht eingebrochen und nichts beschädigt worden. In der Nähe hatte man an drei Stellen zugleich angefangen zu bauen, der Stadtrand verschob sich weiter nach draußen.

»In einem Jahr müssten wir sowieso abhauen«, sagte Nott, »wenn sie den Schuppen nicht schon vorher plattmachen.«

Er lag ziemlich richtig mit seiner Prognose. Im Mai des folgenden Jahres, als sie sich aufs Abitur vorbereiteten, wurde der Schuppen abgerissen.

Achtzehn Jahre nach diesem Abitur liefen sie sich in einem Frankfurter Hotel über den Weg, wo sie an zwei verschiedenen Tagungen teilnahmen. Nott war seit über zehn Jahren Rechtsanwalt und Strafverteidiger in Hamburg und vertrat Mandanten aus dem sogenannten linken Spektrum. Gregor Korff hatte sein Berliner Irresein längst hinter sich. Er liebte und lebte wieder die Ordnung, wie Clov, und verteidigte die Republik, indem er einem ihrer Politiker zuarbeitete. Seit zwei Jahren wohnte er in Bonn. Sie standen sich im Fahrstuhl gegenüber, und Nott rief: »Gregor Korff!« Gregor erkannte seinen Freund von früher erst nach einem kurzen Stutzen. Von den beiden Tagungen, an denen sie teilnahmen, drehte sich im weiteren Sinn die erste um den Staat als Feind, die zweite um den Staat als Schutzmacht. Abends aßen sie zusammen außerhalb des Hotels, in einem indischen Restaurant im Bahnhofsviertel. Beide nahmen das Tandoori-Hühnchen und tranken Unmengen Kingfisher-Bier. Sie verstanden sich prächtig nach all den Jahren und wussten beide, dass sie sich wieder aus den Augen verlieren würden. Am Ende des Abends, als sie draußen im Nieselregen auf das Taxi warteten, leicht schwankend, aber doch nicht wirklich betrunken, dachten sie noch einmal an die gemeinsamen Tage im Schuppen: wie sie Hamm und Clov gewesen waren, wie sie die Berichte über Christine Keeler gelesen hatten, wie völlig versunken sie Schach gegeneinander gespielt hatten und wie sie schließlich mit Angela und Reni Fuchs im Schuppen gelandet waren. Oh ja, sie waren sehr glücklich damals, daran erinnerten sie sich jetzt, und als das Taxi endlich kam, sagte Nott: »Das war doch das Beste, was wir je gehabt haben!«

2 Innerstaatliche Feinderklärung

Ja, vielleicht war das wirklich das Beste, was wir gehabt haben, dachte Gregor jetzt, am letzten Abend der achtziger Jahre, als er in seiner Wochenendhütte weit oberhalb von Königswinter saß. Die Hütte war ein ausgewachsenes kleines Haus in massiver Bauweise, das er vor zwei Jahren einem Regierungsdirektor abgekauft hatte. Wenn er anderen davon erzählte, sprach er jedoch nur von seiner Hütte, und im Stillen nannte er das Häuschen für sich manchmal auch den Schuppen.

Vielleicht war es wirklich das Beste, was sie je gehabt hatten: diese windstillen frühen und mittleren sechziger Jahre, ihre Jugendjahre. Davon zehrte er noch. Vor drei Jahren etwa hatte Sonja, die letzte und heftigste seiner Affären (ach, es hätte mehr werden sollen!), plötzlich die Beatles entdeckt. Sie wollte wirklich alles von ihnen haben und war sogar hinter alten Fanzines her. Gregor stand kurz davor, ihr seine alten *Beatles Monthly* zu schenken, horchte dann aber in sich hinein und entdeckte, dass seine Liebe so weit nicht ging.

Sonja begann, ihm Vorträge zu halten über die herausragende Rolle der *fab four* in der Geschichte der Popmusik, bis Gregor sie kühl unterbrach und ihr klarmachte, dass er die Gruppe nicht hatte entdecken müssen, sondern sie gleichsam im Original erlebt hatte, in Echtzeit, mit einem Wort, dass er mit ihr aufgewachsen war und John, Paul, George und Ringo damals seine engsten Freunde waren. Es machte ihm Spaß, Sonja das zu sagen und ihr deutlich zu machen, dass sie ihn in diesem Punkt niemals mehr würde einholen können. Noch nie war es ihm so sehr eine Freude gewesen, elf Jahre älter zu sein als sie, wie in diesem Augenblick.

Und Beckett im Schuppen! Ja, es war wohl das Beste, was sie gehabt hatten. Später das Schachspiel, erst im Schuppen, dann bei ihm zu Hause, so etwa im November. Er erinnerte sich an den Morgen, als er kurz vor Schulbeginn beim Frühstück saß – allein, sein Vater war schon aus dem Haus – und seine Mutter die Zeitung hereinholte und plötzlich einen Schrei ausstieß. Einen schlimmen Schrei, voller Angst und Erschrecken. Die Zeitung war ein überregionales Blatt, großes Format, nicht das kleine Faltblatt namens Lokalzeitung. Sie hielt ihm die fette, fast unseriös überdimensionierte Schlagzeile entgegen: *Kennedy ermordet.*

Mein Gott, dachte Gregor jetzt, während im Nachbarhaus bei Frings offenbar Silvestergäste ankamen, dass wir das nicht schon am Abend zuvor erfahren haben! Heutzutage wäre es ganz ausgeschlossen, dass etwas passiert, und man weiß es nicht spätestens zwei Stunden später. Man müsste schon auf einer Insel sein, die von den Medien noch nicht erreicht wird. Aber wir hatten eben damals noch keinen Fernseher, und unsere Nachrichtenquellen waren die Zeitung und das Radio. Radio scheinen wir am Abend davor nicht gehört zu haben.

Der Schock war heftig und tief, hielt aber nicht lange an. Vielleicht erreichte er seine Eltern stärker als ihn und Nott. Er war irgendwie wichtig, dieser Mord, spielte aber letzten Endes in der Welt, in der sie lebten, keine Rolle. Nicht in dieser Welt aus Büchern, Filmen, Liedern. Was Amerika anging: wichtiger als Kennedy war Hemingway, *lost generation*, und dann die Südstaaten: Capote, McCullers, Faulkner. Das war für sie eine Sehnsuchtslandschaft wie sonst nur Frankreich und die Merseyside.

Nebenan waren jetzt offenbar alle Gäste eingetroffen und die Begrüßungsrituale vorüber. Über der Haustür brannte wieder einsam und still die Lampe, und wenn ihr jemand zu nahe kam, flammte zusätzlich ein Bewegungsmelder auf. Nachbar Frings gehörte weder im engeren noch im weiteren Sinne zur Bonner Ministerialbürokratie und war insofern in dieser Umgebung fast ein Exot. Er war einfach nur ein hoher Beamter in der Stadtverwaltung von Königswinter, knapp zehn Jahre älter als Gregor, mit einer netten Frau und zwei Kindern, von denen die Tochter schon seit zwei Jahren fort war und der Sohn im Frühjahr nun auch zu studieren begonnen hatte: nicht in Bonn, das ihm zu nahe lag, sondern in Berlin an der Freien Universität. Das alles hatte Gregor in Gesprächen von Tür zu Tür herausgefunden, gewissermaßen am Gartenzaun oder genauer an der Hecke, und einmal hatte er sich von Frau Frings tatsächlich etwas Butter ausgeliehen, als er an einem Freitagabend aus Bonn herübergekommen war und seinen Kühlschrank inspiziert hatte. Sein köstliches Alleinsein, seine königliche Einsamkeit machten ihn nicht ungelenk. Sie machten ihn umgänglich und geschmeidig. Es gab in ganz Bonn und im ganzen Siebengebirge keinen Umgänglicheren als Gregor Korff.

Der Frings-Sohn studierte jetzt Jura in Berlin und dazu tatsächlich Politische Wissenschaften, am selben Otto-Suhr-Institut wie seinerzeit Gregor. Ein gutes Jahr nach dem ersten Besuch damals in Westberlin mit Nott fuhr er mit der Klasse noch einmal dorthin, das war Klassenfahrtspflicht kurz vor dem Abitur, der Gipfel der politischen Bildung. Diesmal kam ihm die Stadt viel voller vor, kompakter, lärmender, lebendiger und wirklicher. Er wusste nicht, dass es an der Oktoberluft und dem Oktoberlicht lag, am Rauch, am

Dunst und am Grau, die über der Stadt lagen. Er war berauscht. *Du, vielstädtiges Berlin, über und unter dem Asphalt geschäftig …*

Unter dem Asphalt: Die U-Bahn konnte er benutzen ohne Zögern, ohne Stocken, hatte allen anderen etwas voraus damit. Als sie nach einer Woche die Stadt wieder verließen, war er fest entschlossen, nach dem Abitur dorthin zu gehen. Den Plan des U-Bahn-Netzes trug er in sich; vorsichtshalber hatte er aber auch einen auf Papier mitgenommen und heftete ihn zu Hause in seinem Zimmer an die Wand. Voller Ungeduld erwartete er den Wechsel seiner Lebensumstände, von dem ihn nur noch das Abitur trennte. *Homo homini lupus – Der Mensch ist dem Menschen ein Wolf. Erläutern Sie diesen Satz von Thomas Hobbes und nehmen Sie Stellung!* Das hatte er getan und musste doch noch anderthalb Jahre warten, bis er in die Stadt seiner Träume gehen konnte, denn vorher wollte ihn das Vaterland. Die abwehrbereite Republik.

In einigen Gärten der Nachbarschaft wurden die ersten Knaller und Raketen probegezündet, obwohl es noch mehr als drei Stunden dauern würde, bis die achtziger Jahre endgültig zu Ende gingen. Ein kleines Strohfeuer nur, dann wurden die Kinder und die Jungen wieder hereingerufen. Vielleicht gab es jetzt Karpfen oder einfach Bockwurst mit Kartoffelsalat. Es war ein feuchter und milder Silvesterabend, hier oben auch verhangen, ein typisch rheinischer Dezembertag. Nasse Gärten, Berge im Nebel, Dunstschwaden über dem Fluss und etwa zehn Grad über null, das war das Rheinland im Winter, und Gregor liebte es, weil es so vernünftig war, so wenig extrem, so gemäßigt. Ganz anders, als er etwa den letzten Tag der sechziger Jahre erlebt hatte, damals in Westberlin, bei zwanzig Grad unter null. In der Wohnung Nähe Innsbrucker Platz, die er mit zwei Germanisten und einer Theaterwissenschaftlerin teilte, mühten sie sich nach Kräften, die großen Kachelöfen auf Höchstleistung zu bringen, aber die Wohnung wollte sich nicht wirklich erwärmen.

Wie hieß bloß die Straße, in der er damals wohnte? Gregor konnte sich an den Namen nicht mehr erinnern. Der Berliner Frost von damals ließ ihn noch jetzt in der rheinischen Wintermilde schaudern. Er konnte sich auch noch an die Namen seiner Mitbewohner erinnern, obwohl er sie alle schon wenige Monate danach aus den Augen verlor. Das Mädchen hieß Magda, eine Kleine, Zarte, Dunkelhaarige aus Aachen, die ihre Tage wirklich an der Uni verbrachte und zu Hause fast sofort in ihrem Zimmer verschwand, um weiterzuarbeiten. Sie glaubte sehr ans Theater, ans epische vor allem, und kannte alle theoretischen Schriften von Brecht und seinen Epigonen. Sie wollte Dramaturgin werden, aber Gregor hörte später nie mehr etwas von ihr. Die beiden Germanisten waren Brüder, hießen Manfred und Wolfgang Voigt und kamen aus Braunschweig. Er hatte sie eines Abends im *Natubs* am Olivaer Platz kennengelernt.

Das *Natubs*! Das Frösteln, das Gregor eben noch in der Erinnerung an den Silvestertag 1969 gepackt hatte, wich jetzt einem Wärmestrom, als er an diese wunderbare Kaschemme aus einem anderen Zeitalter dachte. Das *Natubs* war selbst schon ein Zitat, es war voller Sperrmüll und Gips; voller Rauchschwaden war es, voll süßer Gerüche und guter Musik. Lieder aus *Abbey Road* hörte er dort zuerst, dann *Strange Brew* und *White Room,* dann das beschwörende, peitschende, klagende, wimmernde Intro von *Gimme Shelter.* Einer der Sessel war so tief, dass ein zartes Etwas wie Gregor Korff darin praktisch verschwand, zusätzlich verschluckt vom Dunkel, das in der weitläufigen Kneipe herrschte. An dem Oktoberabend, an dem er die Brüder Voigt kennenlernte, saß er aber gut sichtbar auf einem Stuhl vor einem Bier und einem Schmalzbrot, in einer anderen, dickeren schwarzen Jacke jetzt, aber noch immer mit denselben Beatles-Stiefeln, deren Leder hier und da schon etwas brüchig geworden war. Draußen schickte der Berliner Herbst sich an, in den Berliner Winter überzugehen, in diese langen Monate aus Kälte und Dunkelheit und dem ewigen Geruch von Kohle über der

Stadt. Das *Natubs* war die Wärme und die Höhle, fast wie der Schuppen, den er mit Nott geteilt hatte. Die Voigt-Brüder setzten sich an seinen Tisch, weil dort Platz war, und während Gregor noch ein Bier trank und an seinem Schmalzbrot herumkaute, hörte er ihr Gespräch mit. Da war offenbar jemand ausgezogen aus dieser Wohnung in der Straße, auf deren Namen er jetzt nicht kam, und sie suchten einen neuen Mitbewohner, und an dieser Stelle schaltete Gregor sich ein, unter Überwindung und unter Mühen: Denn er war schüchtern geworden in dem einen Jahr in der großen Stadt, schüchtern und arrogant bis zur Unerträglichkeit und immer auf der Suche nach Schutz.

Eine Woche später zog er in Schöneberg ein, Nähe Innsbrucker Platz. Bis dahin hatte er zur Untermiete gewohnt, bei alten Leuten in Steglitz, an den Namen dieser Straße konnte er sich jetzt mühelos erinnern: Brentanostraße. Ein Zimmer mit einem kleinen Balkon davor, die Wohnung lag im ersten Stock, vor dem Balkon stand ein alter Baum mit einer riesigen Krone, der im Sommer wie im Winter sein Zimmer verdunkelte: sein möbliertes Zimmer mit einem wunderbaren alten Schreibtisch darin, einem tiefen Sessel, einem nicht mehr ganz intakten Stuhl und einer Couch zum Schlafen, deren Sprungfedern knarrten. Zehn Jahre später versuchte er dem Sohn eines Freundes zu erklären, was das damals war: Untermiete. Ein paarmal hatte er Besuch von Mädchen, vor allem von Bärbel Tarnowski, die aus Hamborn kam und gern sagte: »In Hamborn kenne ich jeden Baum, der da nicht wächst.« Mit Bärbel Tarnowski war es dann nicht richtig was geworden, nicht wirklich. Um zehn jedenfalls klopfte jedesmal seine Vermieterin an die Tür seines Zimmers und sagte freundlich, dass es jetzt Zeit sei.

»Das gibt's doch gar nicht«, sagte Markus, der Sohn des Freundes, als Gregor ihm das erzählte. »Ich meine, das war doch in Berlin!«

»Das war in Berlin«, bestätigte Gregor, »Berlin 1968. Das war das ganz normale Berlin von 1968. Meine Vermieterin war eigentlich eine ziemlich nette alte Dame, und ihr Ehemann war ebenso nett. Ich sollte dir vielleicht mal erklären, was der Kuppeleiparagraf war.«

Aus der Brentanostraße zog er dann also aus in die Wohngemeinschaft in Schöneberg. Damals habe ich mich irgendwie geadelt gefühlt, dachte Gregor jetzt, dass ich aus dem Untermieterverhältnis ins Abenteuer der Wohngemeinschaft eingetreten war. Das war dann völlig unspektakulär. Keineswegs machten sich die drei jungen Männer nacheinander oder zugleich über das Mädchen Magda her. In dieser Wohnung wurden keine Konspirationen ausgeheckt und keine Bomben gebastelt. Natürlich wurden Diskussionen geführt. Natürlich hatte inzwischen jeder von ihnen seine Raubdrucke von Wilhelm Reich oder von Freud oder der *Dialektik der Aufklärung* gelesen. Die Voigt-Brüder kannten auch *Geschichte und Klassenbewußtsein,* und Magda konnte das proletarische Theater von oben bis unten und vorn bis hinten erklären. Aber sie saßen nur selten zusammen beim Frühstück und noch seltener bei einem gemeinsamen Abendessen. Nur Magda und Gregor konnten leidlich kochen, die Voigt-Brüder hatten gerade mal gelernt, wie man ein Spiegelei brät.

Und nun war am Silvestertag die stille Wohnung ganz oben im vierten Stock nicht wirklich warm zu bekommen, obwohl jeder eifrig seinen Kachelofen fütterte. Der kleinere Kohleofen in der Küche heizte noch am besten, und so hockten sie am Nachmittag dort beieinander. Magda hatte eigentlich über Weihnachten und den Jahreswechsel nach Hause zu ihren Eltern fahren wollen, sich aber kurz zuvor mit ihnen am Telefon so heftig zerstritten, dass sie in Berlin blieb und tagelang leicht bebend durch die Wohnung lief. Zitternd vor Wut, nicht vor Kälte. Die Voigt-Brüder hatten den grundsätzlichen Krach mit ihren Eltern schon im Jahr davor über die Bühne gebracht. Gregor war einfach nur zu träge, um nach Hause zu fahren, ganz ans westliche Ende des Landes.

Seine Eltern waren etwas enttäuscht, aber da in ihrer Familie nie irgendein Konflikt ausgetragen wurde, verlief sich ihre Enttäuschung ins Leere.

Wie hieß die Straße bloß, in der wir wohnten?, fragte sich Gregor wieder, während nebenan bei Frings plötzlich ein Streit ausbrach, ein Streit zwischen Vater und Sohn, der aus Berlin nach Hause gekommen war. Das geht immer weiter, dachte Gregor, durch die Jahrzehnte und die Generationen. Man hörte dann das amüsierte Lachen der Frings'schen Tochter, die aus Wuppertal gekommen war, wo sie bei Bazon Brock Ästhetik, Kunstvermittlung, Kommunikationsdesign und andere Dinge studierte, unter denen sich ihre Eltern nichts vorstellen konnten. Ihr Lachen war nicht nur amüsiert, sondern auch begütigend und galt offenbar ihrem Bruder, dem es bedeuten sollte, dass sie die pubertäre Phase der Aufmüpfigkeit gegen die Alten, Kennzeichen aller jungen Leute, die gerade das Elternhaus verlassen haben, schon hinter sich gelassen hatte. Gelassenheit mahnte ihr Lachen an, aber der Sohn wütete weiter, der Vater wütete dagegen, und dann wurde ein Fenster geschlossen und Gregor hörte nichts mehr.

Damals 1969 in der ... Gutzkowstraße! Sie hieß Gutzkowstraße! Plötzlich wusste er es wieder: eine kurze, für Berliner Verhältnisse auch recht enge Straße zwischen der Kärntner und der nach Gustav Freytag benannten, eine Steinschlucht mit vierstöckigen grauen Mietshäusern, die teilweise immerhin Relieffassaden hatten. Im Treppenhaus, das bei jedem Wetter im Halbdämmer lag, roch es muffig, manchmal auch säuerlich. Gab es ein Hinterhaus? Er wusste es nicht mehr. Aus der Küche jedenfalls sah man auf einen engen steinernen Hof, und nach vorn ging der Blick auf die steinerne Straßenschlucht. »In der Gutzkowstraße«, hätte er zu Bärbel Tarnowski sagen können, »kenne ich jeden Strauch, der da nicht wächst.«

Damals 1969 in der Gutzkowstraße mussten sie ohne Eltern auskommen, mit denen sie sich streiten konnten. Sie saßen um den wurmstichigen alten Tisch herum und wärmten sich zuerst mit Tee, später mit allem, was sie an Alkohol im Hause hatten. Magda war so geistesgegenwärtig gewesen, am Vortag noch einzukaufen, und sie und Gregor kochten, während Manfred Voigt seinem älteren Bruder den Unterschied zwischen dem Signifikanten und dem Signifikat erklärte, den er gerade bei den Linguisten gelernt hatte. Er war groß und schmal und sah nicht nur wegen seiner Frisur Prinz Eisenherz sehr ähnlich, während sein älterer Bruder viel kleiner und ausgesprochen bullig war. Draußen hörte man die ersten Knaller und Raketen, einige Straßen weiter. Nach dem Essen erzählte Magda von einer großen Silvesterparty bei einer Kommilitonin in Charlottenburg, zu der sie eingeladen war.

»Man kann Leute mitbringen«, sagte sie.

Die Brüder Voigt schüttelten den Kopf. Sie wollten den Jahrzehntwechsel ganz zurückgezogen und heroisch in dieser Wohnung erleben. Gregor hätte sich am liebsten ins Bett gelegt und alles verschlafen, aber er bezweifelte, dass ihm das gelingen würde. Sicher war es auf der Party in Charlottenburg auch wärmer als hier; vermutlich gab es dort Zentralheizung, und die vielen Gäste heizten den Raum zusätzlich auf.

»Ich komme mit«, sagte er.

Auf dem Weg nach Charlottenburg fragte er Magda, wie sie eigentlich in Berlin zurechtkomme, und Magda fing an zu weinen und blieb stehen. Dann entschuldigte sie sich und fasste sich wieder. Es war die Dunkelheit und die Kälte, die ihr zu schaffen machten, sagte sie.

»Im Rheinland ist es einfach viel wärmer, weißt du. Und die Leute sind freundlicher. Am Anfang fand ich es ganz gut, dass sie hier in den Geschäften nicht so nett sind und einen mit ihren singenden Stimmen nicht dauernd anflöten wie bei uns. Ich wollte endlich den Ernst des Lebens. Strenge, verstehst du. Aber inzwischen bringt mich das hier um.

Sie sind alle so furchtbar nüchtern und sachlich, wenn sie nicht gerade laut sind und sich über irgendeinen Mist aufregen. Es ist, als ob sie ...« Sie wusste nicht mehr, was sie sagen wollte.

»Als ob sie vom Leben nichts mehr erwarten«, sagte Gregor.

»Genau! Genau das meine ich! Und als ob sie noch nie was davon erwartet haben.« Sie lachte, gar nicht zart und sparsam abgemessen wie sonst, sondern etwas atemlos und wütend. »Dann sollen sie doch alle in den Grunewald fahren und sich da aufhängen. Jeder an seinem Baum.« Jetzt verlor ihr Lachen das Atemlose, wurde aber nicht zart, sondern voll und befreit, als freute sie sich, auf einen so exquisiten Gedanken gekommen zu sein. »Da drüben ist es«, sagte sie dann in einem anderen Ton, als sie in die Mommsenstraße eingebogen waren.

Sie mussten an der Wohnungstür im ersten Stock lange Sturm klingeln, weil die Musik alles übertönte. Irgendeiner von den Gästen machte ihnen schließlich auf, und Magda und Gregor verschwanden in dem Gewirr der achtzig oder hundert Gäste und verloren sich fast sofort aus den Augen. Drei Stunden später winkten sie sich einmal kurz zu. Da saß Gregor schon neben Lea auf einem Sofa mit ausgemergeltem Polster und ließ sich die Worte des Großen Vorsitzenden erklären, kurz vor dem Ende des Jahrzehnts.

Erklären? Er hatte sie sich eher vorsingen lassen und Lea dabei angesehen, dachte er jetzt. Wenn er sich nicht auf dieser Klassenfahrt in das herbstliche Berlin verguckt hätte, hätte er vermutlich in Frankfurt studiert. Wenn er an jenem Abend in der Gutzkowstraße geblieben wäre, hätte er Lea nicht kennengelernt. Wenn er nicht irgendwann um drei mit Lea nach Hause gefahren wäre nach Wilmersdorf, wo sie ein Zimmer in einer Wohngemeinschaft in der Holsteinischen Straße hatte, hätte er nicht zwei Monate später ein sogenanntes Kontaktgespräch mit einem leitenden Kader geführt. Wenn er sich nicht bald wieder von Lea losgerissen hätte, wäre er vielleicht eines Tages in einen Schusswechsel geraten. Es ist so gekommen, wie es dann kam, dachte Gregor, als er die aus Bonn mitgebrachte Entenbrust aus dem Kühlschrank holte, weil die Umstände sich damals so und nicht anders miteinander verkettet haben. Es hätte aber durchaus anders kommen können.

Er erinnerte sich jetzt, wie er vor wenigen Jahren auf einem kleinen Fest eine spirituell bewegte und durch die Räume schwebende Frau die abgegriffenen Sätze hatte sagen hören: »Ich glaube nicht an Zufälle. Es gibt keine Zufälle.« Gregor war in einem ihn selbst überraschenden Maß laut und grob geworden, vielleicht auch, weil er die Frau ohnehin nicht leiden konnte mit ihrer raunenden Begeisterung für die Geheimnisse des Lebens. Also hatte er laut und grob gerufen: »Quatsch! Es gibt überhaupt nur Zufälle! Kontingenz! Haben Sie davon schon mal was gehört?« Die Frau hatte den Kopf geschüttelt, reichlich eingeschüchtert wegen Gregors Ausbruch, und Gregor hatte gesagt, immer noch ziemlich laut: »Kontingenz, also Zufall, ist zum Beispiel, dass Sie in Europa geboren sind als Tochter begüterter Eltern und nicht in einem Slum in Kinshasa oder Bangkok! Oder halten Sie das etwa für Vorsehung? Für Prädestination? Für Sie war von vornherein nur das Beste vorgesehen? Was?« Er hatte die Antwort der Frau gar nicht mehr abgewartet und war ins Nebenzimmer gestürmt, und später, als die Frau gegangen war, hatte der Gastgeber ihn beiseite genommen und gefragt: «Was war denn los, Gregor, warum hast du dich denn so aufgeregt?« Gregor hätte ihm sagen können, dass die Sache mit der Kontingenz ihm sehr wichtig sei, aber er winkte nur ab und sagte: »Entschuldigung, ich kann diese Schnepfe einfach nicht leiden. Tut mir leid, dass es ein bisschen laut war. Ich weiß, dass du sie einladen musstest, aber deshalb muss ich nicht nett zu ihr sein.«

Während er sich mit dem Verschluss der Champagnerflasche abmühte, der keinen Millimeter nachgeben wollte, begriff er, warum ihm das jetzt wieder einfiel. Diese Silvesterfete war tatsächlich der Wendepunkt gewesen, aber er war ihm nicht vorherbestimmt. Gregor hätte nur zu Hause bleiben müssen. Lea hätte nur auf eine andere Fete gehen müssen. Gregor hätte nur eine andere Frau interessanter finden müssen. Lea hätte ihn nur fragen müssen: »Was willst du denn, Kleiner?«

Dann hätte Gregor sich weiter mit den Bauformen des Erzählens beschäftigt. Vielleicht wäre er irgendwann zur strukturalen Analyse von Texten vorgedrungen und hätte sich dabei als besonders brillant erwiesen. Vielleicht hätte er sogar eine Art neue Schule begründet. Der Aufsatz, der seinen Ruhm begründete, hätte nicht *Der Tod des Autors* geheißen, sondern etwa *Der Tod des Interpreten* oder *Das Ende der Auslegung*. Vielleicht hätte er in den siebziger Jahren eine Professur an irgendeiner Reformuni ergattert, säße jetzt aber schon seit mehreren Jahren auf einem Lehrstuhl in Bonn oder Münster und bereiste die Kongresse der Welt. Statt dessen saß er damals plötzlich neben Lea auf dem Sofa und hörte den grundstürzenden Erkenntnissen des Großen Vorsitzenden zu, wie etwa dieser: *Die Dinge in der Welt sind kompliziert, und man muss sie von allen Seiten betrachten.* Einfach großartig. Er hörte natürlich nicht dem Großen Vorsitzenden zu, sondern Lea, die eine fliederfarbene Cordhose trug und einen schwarzen Pullover und irgendwann mit ihrer sehr warmen Hand seine rechte umschloss, die – ebenso wie seine linke – kalt und fischig war wie immer. So fing das an. *Sehen Sie, gute Frau, das ist Kontingenz. Falls Sie verstehen wollen, was ich meine.*

Zufall, nichts als Zufall. Natürlich fällt einem nur zu, was in Reichweite und im Raum des Möglichen liegt, klar, aber im Raum des Möglichen hätte ja eingangs der Party durchaus auch eine andere Blickrichtung gelegen. Eine Frau mit einem Fransenpony wie der von Irene Fuchs, eine Frau, die sich als Vertreterin des Strukturalismus entpuppt. Dann wäre es wohl anders gekommen, denn man weiß ja: *Die Struktu-*

ren gehen nicht demonstrieren. Oder, dachte Gregor, während sich der Champagnerkorken erstmals leise rührte, ich hätte mich in irgendeiner Ecke der Küche, oder eben auf einem anderen Sofa als dem nämlichen, einfach nur still besaufen können und wäre irgendwann traurig und betrunken und fröstelnd in tiefer Neujahrsnacht in die Gutzkowstraße zurückgekehrt. Dann hätte es gewiss einen Kater gegeben am nächsten Tag, ja. Alkoholdepression, ja. Kurzfristig auch die Sinnfrage, ja, bis es mir wieder besser gegangen wäre. Aber nicht den revolutionären Kampf. Nicht den Aufbau der Partei. Aber, sang Gregor jetzt nach der Melodie von *Gehn'se mit der Konjunktur,* aber, sang er, ins Berlinerische von damals zurückfallend: *Sehn'se det is Kontingenz ...*

Die Gruppe, der Kreis, der Zirkel, in den Gregor über Lea hineingeriet, war eine von vielen Gruppen, Kreisen und Zirkeln zwischen der Mauer und den Kontrollpunkten Dreilinden beziehungsweise Staaken, die sich damals daran machten, die Kommunistische Partei aufzubauen. Baut auf, baut auf. Wenn du rundum eingesperrt bist und den Knast nur dann und wann in Richtung Griechenland, Italien oder Eltern verlässt, wirst du leicht irre. Plötzlich ging es nicht mehr um die Bauformen des Erzählens. Um das Signifikat und den Signifikanten. Es ging auch nicht mehr allein um die Analyse der Mucken des Kapitals, das hatte Gregor ja schon kapiert, das las man damals. Es ging um kryptische Schriften aus dem Jahr 1905 oder 1949, um den historischen und dialektischen Materialismus und um die kurze Geschichte der Kommunistischen Partei der Sowjetunion, auch Bolschewiki genannt. Da war Gregor plötzlich gelandet, beim Großen Vorsitzenden, beim Genossen Lenin und bei Väterchen Stalin, obwohl sich Väterchen Frost nach einem langen Winter endlich verzogen hatte und ab der zweiten Aprilhälfte ein schönes Berliner Frühjahr heraufzog.

Lea war schon im innersten Kreis angekommen, sie leitete die Organisationsabteilung. Sie führten jeder eine Abteilung, die paar Leute, die sich Mitglieder des Zentralen Gremiums nennen durften: Den Namen Zentralkomitee hatten sie sich für später vorbehalten, wenn die Partei stand und blühte und die Massen führte. Jeder eine Abteilung: Organisation. Agitprop. Theorie. Interne Schulung. *Innere Blutung*: versprach sich Gregor später einmal morgens nach dem Erwachen, da leitete er die Abteilung schon selber und fragte sich, was er eigentlich tat. Zum Glück war's ein Selbstgespräch, und keiner hörte zu.

Lea trug hier auch manchmal ihre fliederfarbene Cordhose und den schwarzen Pullover. Vor allem trug sie ihre speckige, brüchige, anthrazitfarbene Lederjacke, zu jeder Jahreszeit, bei jeder Temperatur. Die Jacke war Lea. Über den Kragen fiel das lange tizianrote Haar, dessen Farbe echt war. Gerahmt und geschützt vom Kragen und vom Haar sah Lea ihr Gegenüber aus graugrünen Augen fest, aber nicht unfreundlich an und sagte zum Beispiel: »Du irrst dich, Genosse. Du übersiehst hier einen dialektischen Sprung.« Das galt den entfernten Sympathisanten. Diejenigen, die enger und häufiger mit dem Zentralen Gremium zu tun hatten, wurden mit ihrem Vornamen angeredet. Und natürlich hieß auch Gregor, obwohl er noch nicht im Innersten angekommen war, für Lea nur Gregor, wenn sie ihn nicht gar, gleichsam klassenverräterisch, »mein Prinz« nannte.

Von den Kadern, zu denen Gregor damals aufschaute, weil sie ihn möglichst bald zu einem der ihren machen sollten, sind einige nicht alt geworden. Einer sprang zehn Jahre später, als es diese Gespensterwelt schon lange nicht mehr gab, aus einem Fenster, weil er sich nicht versöhnen mochte mit der Welt. Ein anderer, der Asthmatiker war, erstickte bei einem Anfall in einem südamerikanischen Land, weil er das Klima nicht vertrug. Wieder ein anderer, damals Chef der Abteilung Theorie, arbeitete später an einer niederländischen Universität, weil er in Deutschland nicht lehren durfte. Noch ein anderer, Sektion Agitprop, wurde zuerst Wanderschauspieler und baute schließlich Wein in Mittelitalien an. Das alles erfuhr Gregor nachträglich und auf Umwegen, manchmal durch Leo. Da hatte er schon seinen künftigen Minister getroffen oder dieser ihn, da war er schon auf dem Weg in einen anderen inneren Kreis.

Als Gregor damals im Innersten der Organisation ankam, die ihn adoptiert hatte, war Lea schon fast weg, schon auf dem Sprung. Spätestens im Sommer 1971, als sie angefangen hatten, samstags auf einem Bolzplatz mit richtigen Toren in Schmargendorf Fußball zu spielen, sprach Lea immer häufiger vom bewaffneten Kampf, während die Helden der Defensive, wie Gregor, oder des Mittelfelds, wie Leo, verschwitzt und ungeduscht vor ihrem Bier saßen. Dabei war die Organisation gerade erst dabei, sich ihr theoretisches Fundament zu geben und ein Programm zu schreiben. Dazu durfte Gregor schon beitragen und schöne Sätze schreiben: Das hatte er schon auf der Schule am besten gekonnt. Nach dem Fußball aber saßen sie verschwitzt um die schöne Lea herum, die fast alle begehrten, und hörten ihren Fantasien über das Stakkato der Maschinenpistolen zu. *Viva Maria,* dachte Gregor, der den Film gesehen hatte, als er noch ins Kino ging, in seinen ersten beiden Berliner Jahren. Jetzt gingen sie fast nicht mehr ins Kino. Der Parteiaufbau ließ keine Zeit. Lea erregte sich bei ihren Fantasien, und ihre Zuhörer erregten sich, weil ihre großen Brüste unterm T-Shirt atmeten und wogten, und Gregor saß manchmal zurückgelehnt mit halb geschlossenen Augen und begriff, dass er Lea bald verlieren würde, auf die eine oder andere Weise.

Von denen, die dort nach dem Sieg oder der Niederlage ihr Bier tranken, gehörten ja nur die wenigsten zu Gregors Parteiaufbautruppe. Studenten waren dabei, Lumpenproletarier, umherschweifende Haschrebellen, Angestellte, Klempner und Gärtner, dazu Leo, der auch Student war, aber auch schon etwas anderes, was aber damals keiner von ihnen wusste. Es waren also ganz normale Menschen dabei, dachte Gregor jetzt, korrigierte sich aber sofort, weil es ganz normale Menschen im Westberlin jener Jahre gar nicht gab. Er selber hatte jedenfalls keine kennengelernt, wenn er mal von seinen Vermietern in der Brentanostraße absah. Selbst der Klempner, übrigens zugezogen aus Neuss und ein exzellenter Libero, war nicht normal. Jahre später, erfuhr Gregor, hatte er tatsächlich angefangen, Beckett zu lesen.

Am irritierendsten wirkte bei Leas Tiraden die Tatsache, dass sie sie in einem auch nach vier Jahren Berlin noch immer ganz ungebrochenen Schwäbisch vortrug. Das war mehr als Schwäbisch, dachte Gregor, das war schon reines Pietistisch. Heiliger Eifer, göttlicher Zorn, tizianrot überglüht und durch die Lederjacke gepanzert. Sie hätten trotzdem damals nicht gedacht, keiner von ihnen, dass es dann tatsächlich passierte. Das sind Reden, dachten sie, und mit Reden, denen nichts folgte, kannten viele von ihnen sich bestens aus.

Es wäre vielleicht tatsächlich nicht passiert, wenn nicht am Ende des Sommers dieser Georg aufgekreuzt wäre und auch manchmal zum Fußball erschien, dabei aber als Zuschauer am Rand blieb. Den bekam Gregor sozusagen wirklich nur aus den Augenwinkeln mit, ein schöner junger Mann mit tiefschwarzem Haar und ebenfalls einer Lederjacke, zu Scherzen aufgelegt und zu netten Frechheiten. Er war zwei- oder dreimal da, scherzte auch beim Bier und sagte nichts Politisches. Von Filmen erzählte er. Der hatte offenbar noch Zeit, ins Kino zu gehen.

Im Herbst war Lea plötzlich verschwunden: aus der Organisation, deren innerstem Zirkel sie angehörte, aus Gregors Leben sowieso schon, und aus der Wohnung in der Konstanzer Straße, die sie mit zwei Frauen teilte, auch. Sie war weg, nirgends anzutreffen, keiner von ihnen hat sie danach je gesehen in der selbstständigen politischen Einheit Westberlin, über und unter dem Asphalt geschäftig. Diesen Georg auch nicht mehr, bis er Ende des Jahres in Schöneberg von der Polizei erschossen wurde. Kopfschuss. Sie erkannten ihn wieder, als sein Bild in den Berliner Zeitungen zu sehen war. Zwei Wochen vorher, hieß es in einem der Berichte, hatte ein Zivilfahnder ihn schon einmal im KaDeWe gesehen, konnte ihn aber nicht stellen. Das Kaufhaus war, sechs Wochen vor Weihnachten, so überfüllt, dass der schwarzgelockte Jüngling leicht entkommen konnte.

In der Organisation erwarteten sie alle, bald auch etwas von Lea zu hören. Noch nie hatten sie den *Abend* und die *BZ* so gierig gekauft und gelesen wie in diesen schmuddligen Dezembertagen, in denen Gregors Beatles-Stiefel sich nach sieben Jahren endgültig auflösten. Aber von Lea, von einer Frau mit tizianroten Haaren fiel in diesem Zusammenhang kein Wort. Von keiner Frau, nirgends.

Sie schrieben ein Flugblatt des Protestes. Das mussten sie tun, weil der Staat jemanden erschossen hatte. Mit den Zielen und Methoden des Erschossenen waren sie zwar nicht einverstanden, aber mit dem Staat natürlich noch weniger. Also saßen sie zu fünft in ihrem klandestinen Treffpunkt in der Yorckstraße, der dem Staat vermutlich längst bekannt war, und stoppelten einen Text der Entrüstung zusammen. Draußen war der Dezember so grau, so trüb, so dunkel den ganzen langen Tag. Während sie nach den richtigen Worten suchten und sie nicht fanden, merkte Gregor plötzlich, dass seine Loyalität aufgebraucht war. Er hatte seinem Orden zwei Jahre lang treu gedient, obwohl ihm schon lange der Glauben abhanden gekommen war. Das ging noch. Loyalität ist ein Wert an sich; er muss nicht an einen Inhalt gekoppelt sein. Er hatte seinen Platz, immerhin: Den konnte er sich nur selber streitig machen. Morgens vor dem Spiegel sah er sich ins mauergraue Gesicht. *Ich liebe die Ordnung,* sagte er manchmal und dachte an den Schuppen, an Hamm und Clov. *Aber nicht mehr diese,* dachte er plötzlich an diesem Nachmittag im Hinterhofbunker in der Yorckstraße. Als sie fertig waren, setzte er sich in den 19er und fuhr stadteinwärts. Ein Sprühregen hatte eingesetzt, als er den Bus verließ und nach rechts in die Schlüterstraße einbog. Als der Summer ertönte, drückte er die Tür auf und stieg langsam die zwei, drei Treppen nach oben. Dem vergitterten Aufzug aus den dreißiger Jahren traute er nicht mehr, seitdem er einmal darin stecken geblieben war. Leo erwartete ihn in der offenen Wohnungstür. Er war nicht überrascht, ihn zu sehen. Leo war nie überrascht, wenn man ihn besuchte.

Nebenan bei Frings wurden zwei Fenster geöffnet, dann auch die Terrassentür. Halb zwölf, erste Vorbereitungen. Schließlich galt es nicht nur ein Jahr zu beenden, sondern ein ganzes Jahrzehnt. Gregor hatte die Champagnerflasche zur Entenbrust mit dem Salat schon halb geleert. Wenn es bis zwölf nicht reichte, lag noch eine in Reserve. Es stand nur zu hoffen, dass deren Korken weniger widerspenstig war. Bei Frings traten jetzt Brüderchen und Schwesterchen auf die Terrasse und bauten das Feuerwerk auf. Frau Frings stand besorgt dahinter. Sie sagte nichts, aber ihre ganze Haltung besagte: Wenn bloß nichts passiert! Als Gregor heute Mittag hier angekommen war, hatte Vater Frings, der gerade draußen an seiner Hecke stand, ihm zugenickt und alles Gute zum Jahreswechsel gewünscht. Einen Augenblick fürchtete Gregor, er werde ihn für den Abend einladen. Er hätte kaum einen Grund gefunden, sich dagegen zu wehren. Aber die Gefahr ging an ihm vorüber.

Vielleicht wäre das sogar besser gewesen. Dann wäre ich heute Abend nicht in diesem Sumpf versunken, diesem Morast von Erinnerungen an Zeiten, die länger zurückliegen und älter und verwester sind als meine Schuljahre. Ich habe damals ja noch die Kurve gekriegt, immerhin. Leo hat mich gerettet.

Leo stand damals in der Schlüterstraße im Türrahmen, sah ihn aus seinen großen Jungenaugen an, deren Blick immer zwischen Schlitzohrigkeit und ergebener Trauer pendelte, und bat ihn mit einer irgendwie segnenden, priesterlichen Handbewegung in seine Wohnung. Wie oft in alten Berliner Häusern war auch hier eine ehemals große Herrschaftswohnung in zwei kleinere geteilt worden, von denen wiederum

Leo die kleinere gemietet hatte, vermutlich den ehemaligen Dienstbotentrakt. Das war für einen allein mehr als genug; normalerweise hätten hier gleich drei gewohnt.

Ich hätte mich schon damals fragen müssen, dachte Gregor, wie er allein eine so schöne Wohnung in Charlottenburg bezahlen konnte. Aber Westberliner Wohnraum war schließlich in jenen Jahren sehr billig; für unsere Räume in der Gutzkowstraße zahlten wir zusammen gerade mal hundertdreißig Mark. Das hat Leo vielleicht allein bezahlt, und ich habe mir keine Gedanken gemacht, wie er das stemmen konnte. Ich selber, grinste er, rechnete ja irgendwann damit, dass die Partei, wenn sie denn endlich stand und die Massen führte, mich in meiner Eigenschaft als Berufsrevolutionär eines Tages mit einem Grundgehalt ausstatten würde.

Damals allerdings, als er bei Leo vor der Tür stand, hatte er solche Spinnereien schon nicht mehr im Kopf. Er wusste längst, dass von diesen paar Männeken in der Organisation nie jemand die Massen führen würde, und nun war auch seine Loyalität erschöpft, der letzte Irrtum aufgebraucht. Irgendwie musste ihm Leo das sofort angesehen haben.

»Ich habe gerade frischen Kaffee«, sagte er. »Wollen wir später was essen gehen? Spanier?«

Gregor zuckte mit den Schultern und rieb Daumen und Zeigefinger der rechten Hand aneinander, aber Leo sagte: »Ich lade dich ein. Habe gerade was außer der Reihe bekommen. Der Spanier hier weiter runter in der Straße, der ist richtig gut.«

Das Lokal gab es immer noch. Gregor hatte es vor wenigen Wochen gesehen, als er mit dem Minister in Berlin gewesen war. Der Minister hatte gesagt: »Hier dürfte sich in den nächsten Jahren so manches ändern.«

»Hier nicht«, hatte Gregor geantwortet.

»Bitte?«

»In Charlottenburg ändert sich nicht viel. Charlottenburg hat ein enormes Beharrungsvermögen. Warten Sie's ab.«

»Gern«, hatte der Minister gesagt.

Damals war es halb drei nachts, als sie das *Borriquito* wieder verließen. Leo stützte Gregor, der weniger vertrug. Er führte ihn die Treppen hoch und machte ihm auf der Couch ein Bett zurecht. Am nächsten Morgen fühlte Gregor sich erstaunlich frisch. Sie frühstückten zusammen; dann fuhr Gregor nach Hause und schrieb einen Abschiedsbrief an seinen kommunistischen Orden. Er wartete das Ende des Winters ab, dann ging er wieder studieren. Die Germanistik hatte er damals drangegeben, als es um den Aufbau der Partei ging, aber die Politischen Wissenschaften waren geblieben. Zweieinhalb Jahre später wurde seine Arbeit über den *Begriff der innerstaatlichen Feinderklärung* mit der Bestnote bewertet, und Gregor machte sich auf den langen Heimweg nach Westen.

3 »Vorwärts möchte ich gerade nicht«

Damals, im Spätsommer 1974, als er Marienborn hinter sich gelassen hatte und am Rasthof Helmstedt einen Kaffee bestellte: Das musste der Moment gewesen sein, in dem Gregor Korff ganz scheu begann, sein Land zu lieben. Unsicher noch und ohne das Wort *lieben* zu denken. Sein Ländchen, das so klein gar nicht war. Und sich sehr anstrengte, modern zu werden und zu sein. Sein Teilstaat, der ihn willkommen hieß. Sein blühendes Provisorium. Sein Währungsgebiet, wo die hell schimmernde D-Mark wirklich her kam und nicht nur galt. Seine gewagte Demokratie, deren Kanzler vor ein paar Monaten über einen mediokren Spion gestürzt war. Sein Westdeutschland, das er seit mehr als zwei

Jahren nicht mehr besucht hatte. Er hatte sich das leider auch angewöhnt, diese berlinische Verzerrung der geografischen Verhältnisse, die schon Braunschweig, ja sogar Helmstedt umstandslos in *Westdeutschland* verortet. Der Insulaner hat naturgemäß einen so begrenzten wie verschwommenen Blick. Damit würde er Schluss machen, das versprach Gregor sich.

Er trank seinen Kaffee und rauchte. Die blassblaue Packung *Players No. 6* war in seiner Jackentasche leicht zerdrückt worden, zum Glück aber keine Kippe zerbrochen. Damals durfte man noch überall rauchen. Wer befremdet guckte, der bekam einen befremdeten Blick zurück. Heute schlägt der Raucher schuldbewusst die Augen nieder. Gregor nahm tiefe, beißende Züge. Dann ging er zu einer Telefonzelle und wählte Leos Nummer in Köln.

»Ich bin jetzt auch drüben«, sagte er, als Leo sich meldete. »Also hier drüben, meine ich. Ich bin in Helmstedt. Gleich fahre ich weiter.«

Leo wünschte ihm eine gute Ankunft in Göttingen, und sie verabredeten, sich so bald wie möglich zu treffen. Leo war ein paar Monate vor ihm gegangen, wirklich nach Westdeutschland, tief in den Westen: Da kam er ja auch her. Kurz zuvor hatte er Gregor endlich erzählt, für welches Amt er in Zukunft ganz offiziell arbeiten werde und schon bisher ein wenig verdeckt gearbeitet hatte. Dabei sah er Gregor so offen wie ängstlich an, darauf gefasst, dass dieser aufspringen und ohne Worte aus dem *Zwiebelfisch* verschwinden und so schnell wie möglich quer über den Savignyplatz rennen werde. Es war natürlich auch naiv von Leo, so etwas ausgerechnet in so einem Lokal zu erzählen und dabei gar nicht mal besonders leise zu sein. Aber Leo hatte ohnehin einen naiven, unschuldigen Zug, normalerweise verborgen hinter seiner scharfen Intelligenz. Seine Naivität drückte sich selten in seiner Rede, öfter schon in seinem Verhalten aus, und man konnte sie in seinem traurig-komischen rheinischen Larifarigesicht sehen, diesem Heinrich-Böll-Gesicht. Aber Gregor sah Leo bloß zuerst ungläubig, dann amüsiert und schließlich fasziniert an. Er sprang nicht auf. Er konnte sich gar nicht bewegen, so verdattert war er.

»Aber du bist doch Germanist«, sagte er damals schließlich nur. »Und Philosoph!« Leo lächelte und erklärte ihm, dass der Staat schließlich alle intelligenten Leute gebrauchen könne: warum also nicht einen Germanisten, zumal wenn er sich auf die strukturale Analyse von Texten und auf die Interpretation von *Mutmaßungen* verstehe wie Leo?

Leo war also vor einigen Monaten, als der Sommer seinen feuchten und kalten Höhepunkt erreicht hatte, nach Köln ins Amt aufgebrochen, und Gregor fuhr jetzt nach Göttingen, in sicherer Distanz immer an der Staatsgrenze Ost entlang, mal näher, mal weiter entfernt. Zwischen ihm und der Grenze stand der Harz wie ein dunkles Niemandsland. Danach kam er in die Ebene, von Hügelland umkränzt, und streifte seine Geburtsstadt, die er seit den Besuchen bei der Oma in der Kindheit und frühen Jugend nicht mehr gesehen hatte. Wann war er zuletzt dort gewesen? 1962 vielleicht, im frühen Sommer. 1962, er erinnerte sich jetzt genau: im Mai, ein Jahr, bevor Nott und er den Schuppen am Fluss entdeckten.

Seine Oma und er waren drei Häuser weiter zu Nachbarn gegangen, einem alten jüdischen Ehepaar, um dort das Endspiel um die deutsche Fußballmeisterschaft zu sehen. Seine Oma war eine gute Antisemitin, nicht bösartig. Das steckte ganz natürlich in ihrer Familie, wie der Monarchismus und die Trauer darüber, dass es keinen Kaiser mehr gab. Sie hielt Thomas Mann für einen Juden und Bert Brecht, und vielleicht hielt sie auch Eichmann für einen Juden, den sie in diesen Tagen im Fernsehen sehen konnte, in seinem Glaskäfig in Jerusalem. Sie hatte keinen Fernseher, aber die Juden hatten einen, und deshalb gingen sie für das Endspiel die drei Häuser weiter. Während Gregor jetzt die Ausfahrt Thalheim-West hinter sich ließ, erinnerte er sich wieder an das Bild unmittelbar nach dem Schlusspfiff des Endspiels. Der

Kölner Spieler Karl-Heinz Schnellinger, ganz in Weiß wie alle seine Mitspieler, breitete langsam seine Arme aus und hob sie dann über den Kopf: eine sehr verhaltene Form des Jubels, als sei alles andere unangemessen. Als sei allein der Gedanke, die anderen hätten das Spiel gewinnen können, die Nürnberger, völlig abwegig. Es war die Geste eines Souveränen, der auf seinem Weg ein Etappenziel erreicht hatte. Nicht lange danach ging Schnellinger nach Italien, um dort Fußball zu spielen und mehr Geld zu verdienen als in Deutschland. Seine maßvolle Geste des Siegers ließ er gleichsam zurück, tief in Gregors Gedenken, und wann immer seitdem dieses Bild vor Gregor aufgetaucht war, plötzlich und in ganz unerwarteten Zusammenhängen, bekam er Heimweh und wusste nicht wonach. Jedenfalls damals noch nicht, als er an Nörten-Hardenberg vorbeifuhr und sich auf Göttingen zu bewegte.

Dort begann seine Heimkehr in den Westen. Vier Semester lang erfüllte er immer wieder denselben Lehrauftrag: *Die Unterscheidung von Freund und Feind. Einführung in Carl Schmitt,* aber seine Hoffnung, den Sprung ins feste Gefüge des akademischen Mittelbaus zu schaffen, erfüllte sich in Göttingen nicht. Er blieb ein akademischer Hungerleider. Dabei mochte er die Stadt. Er liebte ihre sozusagen lebenszugewandte Melancholie, ganz anders als die, die er aus Westberlin kannte. Er liebte den Schwanenteich im Cheltenhampark, an dessen Ufer er oft frühabends auf einer Bank saß und den Schwänen bei ihren stummen Zügen durchs Wasser zusah. Von dort ging er auf den Albani-Friedhof, um tote Professoren zu besichtigen. »So schlau wie du wäre ich auch gern gewesen«, sagte er einmal vorm Grab von Gauss. Die Stadt Göttingen jagte ihn nicht, sondern ließ ihm viel Zeit, und als er nach zwei Jahren seinen Lehrauftrag in ein Buch über Schmitt verwandelt hatte, stand ihm der Weg plötzlich offen.

Gregor glaubte es zuerst nicht. Er glaubte nicht, dass man damals, Mitte der siebziger Jahre, in Speyer nichts von seiner Vergangenheit in Westberlin wusste oder sich nicht darum scherte. Er glaubte nicht, dass die Deutsche Hochschule für Verwaltungswissenschaften ihn wollte, und er glaubte vor allem nicht, dass er selber dorthin wollte. Trotzdem stand er am 15. Oktober 1976 zum ersten Mal in seinem Leben am Rheinufer von Speyer.

Viel später, als er eines Nachmittags weiter rheinabwärts mit Sonja am Fluss saß und ihr davon erzählte, sagte er: »Die hätten doch merken müssen, dass ich aus einer ganz anderen Ecke kam. Dass ich jemand ganz anderer war.«

Sonja grinste und sagte: »Manchmal hat man eben Glück und schlüpft einfach so durch. Das kenne ich auch. Wusstest du denn damals überhaupt, wer du warst?«

Nebenan hatten Brüderchen und Schwesterchen ihre Vorbereitungen abgeschlossen, und nach und nach quoll die Frings'sche Silvestergesellschaft auf die Terrasse. Die Frings hatten erstaunlich viele Gäste eingeladen, als könne man diesen ganz besonderen Jahreswechsel nur in einer starken Gruppe bestehen. Hoffentlich kam nicht jemand im letzten Augenblick auf den Gedanken, Gregor dazuzuholen. Der einsame Nachbar, wir wollen uns seiner erbarmen. Gregor trat vorsorglich vom Fenster zurück.

Sonja hatte recht: Er wusste damals wohl nicht, wer er war. Woher auch: Er war achtundzwanzig, hatte sich bis dahin einigermaßen erfolgreich durchs Leben geträumt und träumte in Speyer einfach weiter. Er wäre wahrscheinlich immer noch dort, wenn der Minister nicht eines Tages gekommen wäre. Der war noch keiner, aber auf dem Weg dahin. Sonst hätte Gregor jetzt vielleicht einen der neunzehn Lehrstühle inne, ein Haus in einer der besseren Lagen der Stadt oder vielleicht in der Nachbarschaft, etwa in Heidelberg.

Damals fuhr er abends oft stundenlang in seinem neuen Wagen herum, der sechzehn Jahre alt war. Dieser Wagen war durch seine Kindheit gerollt, als sie noch an der Ausfallstraße in den Harz wohnten. Der Tiefbauunternehmer, der die kleine Stadt mit neuen Straßen versorgte, fuhr so einen, und die Frau des Steinmetzes nebenan fuhr ihn als Coupé, blaugrau mit weißem Dach und selbstverständlich Weißwandreifen. Gregor hatte sich bei einem Händler in Frankfurt ein männliches Modell gekauft, gedeckt erdgrün, Baujahr 1960, Modell TS. Siebzehntausend Mark hatte er immerhin dafür hingelegt, und den Großteil davon hatte ihm eine Bank vorschießen müssen. Aber das war es wert, befand er. Viele Jahre später las er in einem Roman den schönen Satz: *Schließlich ein Bild vom letzten Borgward, nicht wahr, das war noch Zukunft.* Damit fuhr er durch seine neue Provinz.

Träumerische Streifzüge! In der beginnenden Dämmerung zog der Borgward durch diese merkwürdig zersiedelte Flusslandschaft: Ludwigshafen, Frankenthal, Worms, Mannheim, Schwetzingen und zurück. Kreuz und quer auch: Schifferstadt, die *Ringermetropole*, dann Dörfchen, die Duttweiler, Kirrweiler oder Großfischlingen hießen, auch mal Edenkoben. Bevorzugt hielt er an Imbissbuden an, aß eine Bock- oder Bratwurst und lauschte der merkwürdigen Sprachfarbe der anderen Esser und ihrer fragend-singenden Melodie, hielt sich aber abseits. Woher kannte er diese Sprache, diesen Klang? Jetzt fiel es ihm wieder ein: Carl Schelling, der große Zerstörer auf dem Platz, der hatte so gesprochen.

Einmal nachts fuhr er bis ins Saarland und sah auf der Rückfahrt in der schwarzen Dunkelheit die tausend Feuer der Völklinger Hütte leuchten. Das machte ihm Angst und Lust, und er zog mit jagendem Herzen über die Straße. Dann wieder Weinhänge, alte Klöster, Schiffslichter auf dem Rhein, alles registriert aus dem Gehäuse seines Autos heraus. Dies ist mein Land, so fern und fremd. *Dies ist mein Land, an dem ich Wohlgefallen habe.*

In Speyer machte Gregor eine Entdeckung, die ihn sehr überraschte: dass er den Frauen gefiel. Er glaubte es anfangs nicht. Er glaubte es so wenig, wie er geglaubt hatte, dass die Deutsche Verwaltungshochschule Speyer ihn gewollt hatte oder dass er dorthin gewollt hatte. Er hatte dafür nicht viel getan, so wenig, wie er viel dafür tat, dass die Frauen ihn mochten.

Am Anfang jedenfalls mochten sie ihn. Jeder Beginn war groß, schwungvoll und voller Musik. Um so erstaunlicher, als hier die künftigen Kader der Republik geschult wurden, durchaus karriere- und zielbewusste Männer und Frauen jungen Alters. Sie waren etwa so alt wie Gregor, und Gregors Geheimnis, seine Faszination bestand vielleicht darin, dass er nicht karrierebewusst war. Die meisten Frauen, die dort an der Hochschule studierten oder ihre Fortbildung machten, kämpften um das, was ihnen ihrer Meinung nach zustand. Gregor dagegen nahm das, was ihm zufiel, wie er es bisher fast immer gehalten hatte.

Die Faszination schlug dann aber um. Das waren lauter Frauen, die weiter wollten, und gern mochten sie Gregor dabei mitnehmen, beispielsweise immerhin nach Hamburg: Er wollte aber bleiben. Carla etwa, die die Bundesanstalt für Arbeit für ein Semester nach Speyer geschickt hatte, höherer Dienst. Sie wetteiferten bei den Einladungen zum Essen, weil sie beide erstmals richtig Geld verdienten. Fast jeden Abend sah man sie zusammen in der Alten Schwartz'schen Brauerei, im Narrenstübchen oder im Ratskeller – wie kam er immer wieder auf den? weil sein Vater ein Beamter war, wenn auch im Ruhestand jetzt? –, bis sie dann verschwanden, immer in Gregors Wohnung, denn Carla teilte sich drei Zimmer mit zwei Kollegen für dieses Semester. Zweimal verschwanden sie auch über die französische Grenze und tafelten in Wissembourg. Die ganze Hochschule, ach was, ganz Speyer wusste davon. Sie waren nicht verstohlen, sondern zelebrierten ein Fest. Carlas Kollegen beneideten, ja hassten Gregor, denn sie waren scharf auf Carla, aber die schmiss sich natürlich einem Assistenten an den Hals. Warum denn nicht gleich dem Prof? Das Fest dauerte sechs Wochen, dann sagte Carla: *Mit dir ist nichts anzufangen.* Das stimmte. Carla hatte Pläne, ihr Semester hier ging zu Ende. Sie hätte Gregor in

Hamburg untergebracht, bestimmt. Sie hatte eine Laufbahn vor sich. Sie würde das Amt leiten, eines Tages. Sie kam aus guter Familie. Die stünde immer hinter ihr, wenn's not tat. Sie wollte weiter. Vorwärts. Gregor wollte aber bleiben. Er war fürs Erste angekommen, auch wenn er ihr das nicht sagte. Gregor sagte statt dessen: *Du hast recht, mit mir ist nichts anzufangen.* Er sagte: *Nein, ich habe keinen Lebensplan, du hast recht.* Er sagte: *Vorwärts möchte ich gerade nicht. Ich bleibe erst mal hier.* Dann schmetterte Carla die Tür und grüßte ihn bis zu ihrem Abschied aus Speyer nur noch mit einem knappen Kopfnicken aus der Distanz.

Andere verließen ihn sanfter, sagten aber immer das Nämliche: Mit ihm sei nichts anzufangen. Da konnte Gregor nur zustimmen. Allein Wilma Hagemann aus Münster, die sanfte Wilma mit ihren blonden Wuschellocken (natur) und den sehr großen dunkelblauen Augen, die ihm entgegensprangen, fast ein bisschen Basedow, allein Wilma also lächelte ihn am Ende des Semesters an und sagte: »Ich fahre jetzt wieder nach Hause zu meinem Mann. Ruf nicht an und schreib nicht, bitte. Ich wünsche dir alles Gute, Gregor.« So frei von Bitterkeit und Zorn war von den anderen keine.

Wenn eine Geschichte zu Ende war, setzte sich Gregor wieder in seinen Borgward und fuhr über Land. *Dies ist das Land, an dem ich Wohlgefallen habe.*

Bei einem seiner Besuche in Köln, als sie am Rheinufer spazieren gingen, sagte Gregor zu Leo:

»Ich weiß gar nicht, was die alle von mir wollen.«

»Aber das ist doch ganz klar«, sagte Leo. »Sie wollen dich glücklich machen.«

»Aber ich bin doch gar nicht unglücklich!«

»Das können sie aber nicht akzeptieren. Solange sie in deinem Leben nicht vorkommen, musst du einfach unglücklich sein.«

»Sie wollen, dass ich mein Leben ändere, weil sie es für falsch halten«, sagte Gregor.

»Na ja. Das läuft etwa aufs Gleiche hinaus.«

Sie kamen an einen Kiosk, wo Gregor sich Zigaretten holte. Drei Männer in Trainingshosen und mit sanft gewellten Bäuchen belagerten das Büdchen in erregter Diskussion, während sie ihr Feierabendbier aus der Flasche tranken. Falls es dazu eines Feierabends bedurfte. Es war Leo, der hellhörig wurde, und so erfuhren sie hier an der Rheinuferstraße, in Sichtweite des BDI-Hauses mit seinen goldverspiegelten Scheiben, von der Entführung Schleyers und der Ermordung seiner vier Begleiter.

»Ich weiß nicht, ob ich das muss«, sagte Leo, »aber ich glaube, ich sollte meinen Chef anrufen. Jetzt gleich.«

Gregor fuhr noch am selben Abend nach Speyer zurück.

Die Kollegen und Kolleginnen an den Lehrstühlen in Speyer äußerten sich zumindest ihm selbst gegenüber nicht über seine Liebschaften. Für sie war er nur der Souveränitäts-Korff, oder wahlweise der Dezisionimus-Korff, denn das war sein Gebiet. Souveränität, was ist das. Dezisionismus, Geschichte des Begriffs. Die Politikwissenschaftler, sagten die Kollegen und Kolleginnen, das sind schon komische Vögel. Die reden nur drüber, die machen es nicht. Recht hatten sie, fand Gregor, aber die Namen, die sie ihm gaben, waren doch der reine Hohn. Gregor, der Souverän! Gregor, der Dezisionist, der Entscheider! Da lachen ja die Hühner. Oder wenigstens die Kellner, denn wenn er mit Carla zum Essen im Restaurant auftauchte und einen Platz aussuchen sollte, war er völlig hilflos. »Wir sollten«, sagte Carla an einem dieser Abende, »uns wenigstens entscheiden, bevor die Küche zumacht.«

Fünf Jahre danach traf er doch eine Entscheidung, ohne langes Nachdenken. Sie fiel ihm eher zu, wie das meiste in seinem Leben. Er hatte im Rahmen einer Tagung einen Vortrag vor einer politischen Stiftung gehalten, in St. Augustin bei Bonn, nahe bei den sieben Bergen, und dort traf er auf seinen künftigen Chef.

Als erstes lernte er dessen Trinkfestigkeit kennen. Er war kräftig und untersetzt, und sein Gesicht hatte den frischen rosa Teint der norddeutschen Tiefebene. Abends saßen sie in einer Ecke der Bar, und sein künftiger Chef fing ganz harmlos an. Er erkundigte sich nach seiner Arbeit in Speyer, nach seinem Studium, und als er davon erzählte, unterbrach ihn der andere hier und da durch freundliche Nachfragen, und Gregor wurde das Gefühl nicht los: Der weiß schon alles über mich.

In dem Augenblick, als das Gespräch nach Gregors Gefühl langsam zerfranste, im gemütlichen Bierdämmer versank, holte sein Gegenüber zum entscheidenden Schlag aus.

»Ich will nicht um den heißen Brei herumreden«, sagte er. »Es kann nur noch ein paar Wochen dauern, dann wird es in Bonn einen Regierungswechsel geben. Das wissen Sie auch. Ich will noch nicht zu konkret werden, aber danach werde ich wichtige Aufgaben übernehmen. Ich würde Sie gern in meinen Stab holen.«

Gregors erste Reaktion war ein kurzes, schrilles Lachen, in der Tonlage viel höher, als er sonst lachte, etwas heiser und dem Meckern einer Ziege nicht unähnlich und auf jeden Fall so laut, dass man kurz von den Nebentischen zu ihnen herübersah.

»Das«, sagte Gregor. »Das. Das meinen Sie nicht ernst.«

Doch, das meine er ernst, versicherte der andere. Aber er verstehe natürlich Gregors Überraschung. Verstehe er gut. Das sei ja jetzt auch fast so etwas wie ein Überfall.

Gregor, schwindlig wie ihm war durch den Alkohol und den unvermuteten Antrag, fasste sich.

»Aber«, sagte er. »Aber ich komme doch aus einer ganz anderen Ecke. Ich bin ja nicht einmal Mitglied Ihrer Partei.«

»Das sollen Sie auch um Gottes willen nicht werden. Alles, bloß das nicht. Mitglieder meiner Partei habe ich genug um mich. Sie sollen keine Bekenntnisse ablegen, sondern mich ganz bekenntnisfrei beraten.« Er machte eine Pause und sagte dann: »Finanziell soll das übrigens Ihr Schaden nicht sein.«

Gregor spürte, wie sein Blick verschwamm und sah zugleich, wie derjenige seines Gegenübers noch ganz klar war. Freundlich auch, eine Spur spöttisch, aber nicht von oben herab.

»Sie wären ziemlich nah am Geschehen«, hörte er. »An der Macht, um genau zu sein. Das muss doch einen scharfsinnigen Kopf wie Sie reizen.«

Im Augenblick ist mein Kopf alles andere als scharfsinnig, dachte Gregor. Ich bin für heute Abend hinüber, und das weiß der auch.

Sicher, der andere wusste das, und schlug Gregor vor, über all das eine Nacht zu schlafen. Auch zwei und drei.

»Sie sollen wirklich nichts übers Knie brechen. Das ist nicht mein Stil«, hörte Gregor. »Melden Sie sich doch einfach in einer Woche.«

Als er wieder in Speyer war, seine Reisetasche in der Diele abgestellt und seinen Mantel auf den Sessel geknautscht hatte, rief er Leo an. Er hielt sich nicht mit Nachfragen nach dessen Befinden auf, auch wenn Leo in wenigen Wochen heiraten würde, sondern erzählte ihm alles. Mensch, was mir passiert ist. Mir, Gregor Korff, politischer Theoretiker und Frauenliebling an der Deutschen Hochschule für Verwaltung zu Speyer. Leo, hör doch mal.

Als er zu Ende erzählt hatte, sagte Leo: »Du solltest das machen. Täte dir gut, glaube ich.«

Leos Hochzeit verpasste er noch und auch den Regierungswechsel, der auf denselben Tag fiel. Es war nicht wirklich schwer, sich von der Hochschule zu verabschieden. Man bedauerte, aber wer so eine Chance bekommt: Man wird ihn nicht aufhalten. Gregor zog stromabwärts, mit wenig Mobiliar, mit auserlesenem Küchengerät und mit einer ganzen Bibliothek. Sein Borgward stand schon in der Kurfürstenstraße, als der Möbelwagen ankam. Am 15. Oktober 1982, sechs Jahre nach seiner Ankunft in Speyer, ging Gregor zum ersten Mal in Bonn am Ufer des Rheins entlang. Dort gehörte der Fluss nicht mehr den Nibelungen. Dem Hier und Heute gehörte er, der geistig-moralischen Wende, dem Aufbruch in die Zukunft, und Gregor mittendrin.

4 Am Rhein so schön

Zuerst zündeten die Frings ihre steilen Raketen und Sternschnuppen, ihre rot und grün leuchtenden Atompilze und prächtig weiß glühenden Feuerbälle. Dann kam der kleinteilige Rest; zum Schluss folgten einige Knaller, die schon nah am Rohrkrepierer waren. Stark anfangen und stark nachlassen, das stand als geheimes Leitmotiv über diesem Stück.

Unten im Tal stiegen derweil hier und da Farbbälle und Leuchtschlangen in den Himmel, und plötzlich, mit leichter Verspätung, begann überm Rhein ein glanzvolles Feuerwerk, durchkomponiert und langsam sich steigernd in Form, Farbe und Größe. Davon hatte Gregor nichts gewusst, er war ja nur ein Wochenend-Siebengebirgler und übers Lokale kaum informiert. Die Nachbarn waren aber offenkundig darauf vorbereitet, denn sie verließen jetzt alle die Terrasse, um noch bessere Sicht auf das Spektakel zu haben. Herr Frings sah Gregor, der unvorsichtigerweise wieder ans Fenster gegangen war, und rief ihm zu: »Prost Neujahr, Herr Nachbar! Und das Beste für die nächsten Jahrzehnte! Kommen Sie doch rüber!« Gregor wünschte Gutes zurück und zeigte dann krächzend auf seinen Hals, um anzudeuten, dass er gesundheitlich nicht ganz auf der Höhe sei und vorsichtig sein müsse. Herr Frings hatte verstanden, und Gregor schloss das Fenster und zog den Vorhang zu, um seine Festung nachhaltig zu sichern.

Der Fernsehapparat lief seit Stunden lautlos. Er ließ sich in den alten, aufgearbeiteten Ledersessel fallen, den er vor drei Jahren zusammen mit Sonja in Köln gekauft hatte, und drückte auf die Fernbedienung, damit auch das Bild erlosch. Der letzte Flash, den er sah, zeigte feiernde Menschen am Brandenburger Tor. Dann versank die Quadriga in der Dunkelheit des Bildschirms.

Zuletzt war der Ton bei der Neujahrsansprache des Kanzlers eingeschaltet gewesen. Der Kanzler hatte dabei eher beiläufig, wenn auch mit dem gewohnten leicht feuchten Tremolo, einen wuchtigen Satz gesagt: »Das vor uns liegende Jahrzehnt kann für unser Volk das glücklichste des Jahrhunderts werden.« Danach hatte Gregor nicht mehr zugehört, nicht aus Unwillen, sondern weil seine Gedanken ihn vom weiteren Verlauf der Rede wegführten. Er war sich der naturgemäßen Differenz von politischer Rhetorik und politischer Realität jederzeit bewusst – das gehörte zu seinem Beruf –, kam aber bei diesem Satz doch ins Grübeln. Er grübelte über die Frage nach, ob ein ganzes Volk kollektiv glücklich sein könne. Ob das nicht eine etwas monströse Vorstellung war, immer und überall und nicht nur dann, wenn von den Deutschen die Rede war. Wenn es noch das Land gewesen wäre: *kann für unser Land das glücklichste des Jahrhunderts werden.* Das klang irgendwie bescheidener und deshalb etwas angemessener, obwohl auch das, dessen war sich Gregor völlig klar, für die nächsten zehn Jahre keineswegs realistisch war. Im Gegenteil: Das glückliche Jahrzehnt ging gerade zu Ende. Das Feuerwerk, das dort unten überm Rhein erstrahlte, war der Brand, in dem die Jahre der alten Republik zu Asche zerfielen. *Dies Land, an dem ich Wohlgefallen hatte.*

Es war nicht klug, sich nach dem Champagner eine Flasche Rotwein aufzumachen, aber Gregor wollte nicht mehr das Spritzige, Funkensprühende. Er wollte Erdschwere. Er schwenkte den tiefroten Bordeaux im Ballonglas, nahm einen Schluck, schloss die Augen und verfiel in einen Halbschlaf, in dem Traumbilder flossen.

Sie flossen wirklich, denn sie zogen langsam über den Fluss, den Strom, den Rhein. Sie folgten seinem Lauf von Basel bis Rotterdam. An der Baseler Chemie und an Johann Peter Hebel zog der Strom vorüber, grüßte Straßburg und Karlsruhe, später ebenso die Nibelungen wie den Kanzler und Ernst Bloch, schaffte es unter Mühen und Krämpfen an Rüdesheim und dem Niederwalddenkmal vorbei, lauschte, ohne sich beirren zu lassen, dem Gesang der Loreley, feierte Hochzeit mit der Mosel in Koblenz, der Stadt der Soldaten und Archivare, teilte die kleine deutsche Hauptstadt, die keine sein durfte, in einen links- und rechtsrheinischen Teil, ebenso wie weiter nördlich die feindlichen Schwestern Köln und Düsseldorf, winkte entfernt zu Joseph Beuys und Günter Netzer hinüber und wandte sich schließlich entschlossen nach Westen. Was ist es auch am Rhein so schön!

Das Feuerwerk über dem Fluss war zu Ende. Noch einmal ging Gregor ans Fenster und sah vorsichtig nach draußen. Frings' und ihre Gäste trotteten ins Haus zurück. Um das Haus beneidete er sie nicht, ums Familienleben auch nicht, wohl aber um ihren guten rheinischen Namen. Da wusste man sofort, woher sie kamen und wohin sie gehörten: Frings. Oder dieser Ulrich Goergen zum Beispiel, der auch in Schmargendorf Fußball mitgespielt hatte, Philosophiestudent. Wenn er in seinem rheinischen Singsang zu sprechen begann, über den Weltgeist, den er schon damals für einen großen Quatsch hielt, dann wurde die Philosophie gleich leichter, melodiöser, biegsamer. *Für disch kömmer gleichn Sack im Tor stellen,* sagte er zum eigenen Torwart nach dem dritten Gegentor, und das war auf derselben Ebene wie seine Tiraden gegen den Weltgeist.

Gregors Vater dagegen, der vor zwei Jahren gestorben war, kam aus Mecklenburg. *Aus Meeklenburg,* wie er in seinem schleppenden Sprechtempo zu betonen pflegte, das gleichsam unterwegs die Worte vom Straßenrand auflas, *aus Alt-*

Pannekow. Verwandte wohnten dort noch immer. Die hatte Gregor noch niemals besucht. Bald würde er müssen. Bald durfte er nämlich. Bisher galt ein inoffizielles Verbot.

»Sie sind kein Geheimnisträger, Korff«, sagte der Minister, »nicht im klassischen Sinn. Sie sind viel mehr, Sie sind mein Hirn. Deshalb will ich nicht, dass Sie privat im Osten rumfahren.«

Das ließ er sich nicht zweimal sagen. Er war als Kind nahe genug an der Zonengrenze gewesen. Von Thalheim aus fuhren sie manchmal in den Harz. Später, als sie schon weit weg im Nordwesten wohnten, führte eine Klassenfahrt noch einmal dorthin, bis ans Schild *Halt! Hier Grenze!* »Erschütternd«, sagte ihr Klassenlehrer. »Das kenne ich schon«, sagte Gregor. »Deshalb hätte ich nicht mitfahren müssen.« Der Pädagoge versetzte ihm vor versammelter Klasse eine schallende Ohrfeige, so dass Gregor größte Mühe hatte, sich auf den Beinen zu halten. Es klingelte im rechten Ohr. Mochte sein, von drüben schaute per Fernglas die NVA zu und amüsierte sich. »Entschuldigung«, sagte sein Lehrer sofort danach, und Gregor sah, dass es ihm wirklich leid tat. Er nahm, mit immer noch klingelndem rechten Ohr, die Entschuldigung an.

Da müssen wir bald wieder hin, dachte er jetzt, *diesmal ganz offiziell. In einem Jahr haben wir den Laden übernommen. Einer muss es ja machen.* In den letzten Wochen hatten sein Minister und er – und noch ein paar andere, das musste er der Fairness halber eingestehen – nach und nach begriffen, woran der andere deutsche Staat jetzt langsam starb. Nicht am Freiheitsdrang. Nicht am Widerstand. Nicht an *wir sind das Volk*. Die Wahrheit hieß: Dieser Staat war völlig pleite, und wo kein Geld ist, da hat nicht nur der Kaiser, sondern auch der Staatsratsvorsitzende sein Recht verloren.

Da müssen wir bald hin und alles in Ordnung bringen. Aber ob ich da mitgehe, ich weiß es nicht. Am Rhein so schön. Jetzt habe ich Leo und Anita gar nicht angerufen. Egal, morgen. Müde bin ich, geh zur Ruh.

5 Arbeitersport vom Feinsten

Ausgeschlafen und nüchtern saß Leo Münks am späten Neujahrsvormittag im Amt: ganz allein, wenn man vom Pförtner absah. Er war nur kurz hierher gekommen, um sein Portemonnaie zu holen, das er aus irgendwelchen Gründen in seiner Schreibtischlade hatten liegen lassen. Wie war es überhaupt dorthin gekommen? Leo war ein Vierteljahr hoch konzentriert und kontrolliert, dann passierte ein Ausreißer. Das war sein Rhythmus, den er zur Entlastung brauchte. Die Sache mit dem Portemonnaie war noch harmlos; das letzte Mal hatte er eine ganze Nacht lang den Autoschlüssel in der Tür stecken lassen. Der Wagen stand auf der Straße, und er war tatsächlich am nächsten Morgen noch da. Das ist eben Lindenthal, dachte Leo, da passiert nichts, und Anita erzählte er lieber gar nicht erst davon. Es waren bisher immer die Schlüssel, um die es ging. Einmal war sein Schlüssel zum Büro zwei Tage verschwunden, bis er ihn im Türfach des Kühlschranks wiederfand.

Insofern bedeutete es vielleicht den Beginn einer neuen Ära, eines Motivwechsels, dass er diesmal sein Portemonnaie verlegt hatte, und Leo überlegte einen Moment, ob das ein Fortschritt sei oder vielmehr eine Verschärfung der Lage. Eigentlich Letzteres. Von seinen Schlüsseln, den zum Büro ausgenommen, hatte Anita jeweils ein weiteres Exemplar. Von den meisten gab es auch noch eine dritte Ausfertigung, die sie in einem extra Kästchen aufbewahrten, das Anita einmal auf einer ihrer gemeinsamen Reisen in Bad Kissingen gekauft hatte und von dem sie lange Zeit nicht gewusst hatte, was sie hineintun könnte. Den Inhalt seines Portemonnaies konnte Anita ihm nicht so ohne Weiteres ersetzen.

Er nahm das Portemonnaie an sich und sah auf das leere Gelände. Draußen das übliche rheinische Wintergrau. Um spätestens halb fünf würde es dunkel werden, bis dahin keinerlei Aufhellungen, keine Schauer, keine auffrischenden

Winde, keine plötzlichen Stürme: kein historischer Tag, einfach nur der allererste, schläfrige Tag eines Jahres, an dessen Ende, nach der unmaßgeblichen Meinung von Leo Münks, die wiederhergestellte Einheit der beiden Deutschland stehen oder jedenfalls sehr nahe sein würde. Er nahm eine Briefkarte aus der Schublade und schrieb schnell ein paar Zeilen mit seiner Kanzleischrift, über die Gregor sich gern mokierte und die er insgeheim doch bewunderte.

Lieber Gregor, schrieb Leo, *ich hoffe, Du bist im neuen Jahr gut angekommen. Anita und ich haben natürlich angesichts der Umstände nicht groß gefeiert. Die Beisetzung meines Vaters ist morgen; deshalb fahre ich in ein paar Stunden nach Birglar. Anita ist mit dem Peugeot schon vorausgefahren. Am kommenden Montag bin ich wieder im Amt. Herzlich, Leo.*

Er steckte die Briefkarte in einen Umschlag und klebte eine ganz normale Marke darauf, anstatt die Frankiermaschine des Amtes zu bemühen. Manchmal, wenn er an Gregor dachte, fragte Leo sich, ob in seiner Beschützerhaltung gegenüber dem jüngeren Freund nicht auch eine homoerotische Komponente versteckt war. »Dem jüngeren Freund« – schon das war lächerlich und verräterisch zugleich. Leo war gerade zwei Jahre älter als Gregor, aber vom ersten Moment an, da er ihn kannte, hatte er das Gefühl, er müsste ihn retten, und sein Retter war er bis heute geblieben.

Damals in Berlin war es aber vor allem der Fußball, der Gregor gerettet hatte, davon war Leo überzeugt. Diese Truppe, die da samstags um drei Uhr auf dem mit richtigen Toren ausgestatteten Platz zusammenkam, war ein zusammengewürfelter Haufen, darunter auch Kader und Sympathisanten aus Gregors Minipartei, die mal ein paar Stunden lang wieder das richtige Leben riechen wollten. Dafür ist ein Aschenplatz kein schlechter Ort. Es gab auch ein paar Frauen, die mitkamen, vor allem die Proletarier brachten ihre Mädchen mit, so richtige Fußballbräute in Miniröcken oder in Hotpants, die damals, im Jahr 1971, gerade der ganz große Schlager waren. »Arbeitersport vom Feinsten«, wie Uli Goergen, das schlampige Genie im Mittelfeld, einmal mit Blick auf entblößte Schenkel und halb hervorspringende Brüste sagte. Und dann war da noch er selber, der nachrichtendienstliche Informant Leo Münks, im Hauptberuf Student der Germanistik und der Philosophie, nicht mehr weit vom Abschluss entfernt.

Manche von den jungen Fußballern sahen sich nur an diesen Samstagnachmittagen und bewegten sich die ganze restliche Woche in ihrem eigenen Bereich. Einzelne mussten sich jede Woche neu mühsam an die Namen ihrer Mitspieler erinnern. Niemand von den fünfzehn bis zwanzig jungen Männern, die sich seit zwei Jahren allwöchentlich in Schmargendorf einfanden, hätte angeben können, wie alle diese Individuen zur Gruppe gestoßen waren, vielmehr: wie die Gruppe selber sich gebildet hatte, was ihr Wesen ausmachte, vom reinen Spaß am Fußballspielen abgesehen.

Mehr als dieser Spaß war auch kaum, außer dem Bier oder der Brause oder der Berliner Weiße danach in einer zehn Minuten entfernten Gartenwirtschaft nach mindestens zwei Stunden Spiel. Duschen ging nicht; das musste man zu Hause machen; also saßen alle verschwitzt vor ihrem Bier und sprachen über die Bundesliga oder über …

Worüber denn eigentlich? Der Informant Münks wusste es nicht mehr, siebzehn oder achtzehn Jahre später. Erinnern konnte er sich an die Traurigkeit, die dort manchmal eingekehrt war, die ganz spezifische leise Angst, wenn langsam die süßliche Schwüle und erste Dämmerung eines Westberliner Augustabends auf den Kneipengarten niedersank. Es schien ihm heute, als wären dann die anfangs noch lebhaften, wenn auch nach dem Spiel naturgemäß kurzatmigen Gespräche langsam erstorben. Einer nach dem anderen verabschiedete sich, schnappte seine Tasche und machte sich auf den Weg zum nächsten Bus oder zur U-Bahn Heidelberger

Platz. Nur die Proletarier schnappten sich nicht nur ihre Tasche, sondern auch ihr Mädchen und zogen dem Wochenendglück entgegen.

Eine seltsame Truppe von Träumern und Versprengten war das gewesen, diese Fußballer damals. Jedenfalls diejenigen, die er im Visier hatte: die Studenten vor allem. Da war dieser Historiker, Carl Schelling, der mal ganz kurz bei der PL/PI war. Da passte er aber gar nicht hin, die waren ihm viel zu undiszipliniert, und Schelling war ein Ordnungsdenker, das hatte Leo gleich gemerkt. Der kämpfte ununterbrochen gegen das Chaos in sich selber. Seine Dissertation schrieb er später über einen Wandermönch und Klostervorsteher im späten elften Jahrhundert. Schelling war im Übrigen ein sehr bissiger Fußballspieler, so verhuscht er sonst auch manchmal schien. Ein Kratzer, Beißer, Treter, Terrier, ein Blutgrätschenmann. Defensive natürlich; Viererkette, würde man heute sagen.

Vorn im Sturm spielten keine Studenten, aber im Mittelfeld regierte Uli Goergen. Der war das eine Mal Weltklasse – immer nach Schmargendorfer Maßstäben, versteht sich –, und das andere Mal traf er keinen Ball. Ansonsten war er für Leos kleine Nebentätigkeit völlig unergiebig. Er hätte nie daran gedacht, sich in irgendwelchen klandestinen Räumen bei stundenlangen Kadersitzungen aufzureiben oder morgens um fünf aufzustehen, um vor Borsig oder AEG zum Beginn der Frühschicht Flugblätter an schlechtgelaunte Arbeiter zu verteilen.

Leo saß manchmal mit ihm an den Samstagabenden (in Berlin waren das *Sonnabendabende*) nach dem Fußball zusammen in einer Kneipe in Friedenau, direkt am Bundesplatz. Da zwang eine mütterliche Kellnerin den zarten Ulrich Goergen, ab und zu wenigstens ein Schmalzbrot oder eine Bulette zu essen, »damit er nicht vom Fleisch fällt«. Die Gefahr hat es aber nie gegeben. Er war kein Ausbund an Kraft – seine berühmten Pässe, die entweder über vierzig Meter direkt beim Mann landeten oder aber in der Böschung hinter dem Schmargendorfer Bolzplatz, schlug er aus dem Fußgelenk –, aber dass er umkippen oder ernsthaft krank werden würde, konnte man sich nicht vorstellen. Irgendwie hatte er einen Schutzengel, damals wie später. Besonders angestrengt hatte er sich nicht, wurde dann aber doch Philosophieprofessor, zuerst in Heidelberg und danach in Frankfurt.

»Ich kann nur Ironie«, sagte Ulrich Goergen an einem dieser Abende in der Kneipe am Bundesplatz. »Ich kann nur das Fragment, nicht das große Ganze. Hegel? Lese ich manchmal auch gern, statt Agatha Christie. Sogar dieser Mao kann ganz witzig sein, aber nicht länger als eine halbe Stunde.« Selbst Fußball spielte der ironisch, dachte Leo jetzt. Der hatte das nicht wirklich nötig.

Die anderen schon, auf die eine oder andere Art und Weise. Gregor hatten diese Nachmittage gerettet, davon war sein Freund überzeugt. Eines Tages, so kann man sich vorstellen, schüttelte er ein paarmal heftig den Kopf – wie ein Hund sich schüttelt, der aus dem Regen kommt – und streifte den Wahn und die Paranoia ab, verließ sein Splittergrüppchen und brachte sein Studium zu Ende. Das hatte damals begonnen, als Gregor an jenem Dezembernachmittag in der Schlüterstraße die Treppe hochschnaufte und sie später am Abend im *Borriquito* landeten. Viel später, als sie sich daran erinnerten, hatte Gregor gegrinst und gesagt: »Das war der Beginn einer wunderbaren Freundschaft.«

Ich muss los, dachte Leo, nahm Portemonnaie und Brief und verließ sein Büro.

6 Jetzt bitte keine anderen Trauergäste

Um nach Birglar zu kommen, verlässt man Köln auf der Bundesstraße 264 Richtung Westen, parallel zur Autobahn, die an die Dreiländergrenze führt, lässt die Chemie und die Kraftwerke von Knapsack links liegen, passiert Kerpen und biegt dann bei Merzenich auf eine Landstraße in südlicher Richtung ab, bis man nach etwa einer Viertelstunde Birglar erreicht. Die Häuser des kleinen Ortes sind schon aus Eifelbasalt gebaut, große unregelmäßige Steine, doch die Eifel ist hier noch kaum zu ahnen. Leo Münks protestierte jedesmal heftig, wenn Menschen, die sich auszukennen meinten, ihm sagten: »Ah, Sie kommen aus der Eifel! Da habe ich vor Jahren mal einen schönen Sommerurlaub gemacht.« »Ich komme aus dem westlichen Rheinland«, sagte er dann, nicht ohne gewisse Schärfe, »und in dem Ort, wo ich herkomme, würden Sie ganz bestimmt keinen Urlaub machen.«

Das stimmte. Birglar ist ein Straßendorf, das in den letzten Jahrzehnten nach dem Krieg ständig gewachsen ist und sich in die früheren Felder ausgedehnt hat. Da wohnen Zugezogene und Pendler von und nach Düren, die glauben, sie seien auf dem Land, wenn sie abends ihr neues Häuschen neben all den anderen neuen Häuschen ansteuern. Den alten Kern des Ortes bildet ein kleiner Platz mit dem Rathaus, der Kirche und ein paar Geschäften, Bäcker, Metzger, Papierboutique: nichts, was so anmaßend wäre, mit den großen Märkten weiter draußen konkurrieren zu wollen. Zwei Cafés und eine ganze Reihe Kneipen gibt es und dazu ein Hotel, den *Birglarer Hof*, der schon stand, als Leo Münks noch zur Schule ging: zuerst auf eine Grundschule am Ort, dann aufs Gymnasium in Düren.

Er wohnte mit seinen Eltern in einer kleinen Gasse, die gleichsam am Hinterhof des Hotels vorbeiführte, und hatte aus dem Fenster seines Zimmers im ersten Stock manchmal morgens oder am frühen Abend versucht, den Gästen dort drüben in die Zimmer zu sehen, später sogar mit einem Fernglas. Im Sommer, wenn die Fenster zuweilen geöffnet waren, hatte er ein paar schöne Erfolge gehabt. Er sah Leute, die sich nach dem Mittagessen aufs Bett legten, ohne die Schuhe auszuziehen, oder abends den Handelsreisenden, der seine Tasche in die Ecke warf und als Erstes eine Flasche Bier aufmachte. Dann stellte er sich seinen Vater in anderen Hotels in anderen Städten vor, wie er dasselbe tat. Der *Birglarer Hof,* dessen Klientel zum maßgeblichen Teil aus Handelsvertretern bestand, ließ dann bald Minibars auf den Zimmern installieren.

Einmal beobachtete Leo durch sein Fernglas auch, worauf er nie zu hoffen gewagt und wonach er auch nicht gesucht hatte, am frühen Abend und bei nicht geschlossenem Fenster, das Liebesspiel und den Geschlechtsakt eines jungen Paares, mit seinem Höhepunkt und Abschluss *a tergo,* begleitet von dem kraftvollen und langgezogenen Schrei des jungen Mannes, den in der ganzen Nachbarschaft gewiss nicht nur Leo Münks allein gehört hatte. Wenige Minuten danach sah er die Frau ans Fenster treten – sie hatte einen Morgenmantel übergeworfen – und kopfschüttelnd die Läden schließen und die Vorhänge zuziehen. Auch das Klappern und Klirren des Geschirrs aus der Hotelküche begleitete in der schönen Jahreszeit die vielen Stunden, die Leo in seinem Zimmer verbrachte, und ganzjährig hörte er die Autos der Gäste und die Transporter der Anlieferer auf den Hof rollen. Dort drüben sah und roch und hörte er das Leben, etwa zwei Jahre, bevor Gregor und Nott in ihrem Schuppen am Ufer der Ems sich in Christine Keeler verliebten.

Leo beneidete seinen Vater, der damals die ganze Woche in solchen Hotels unterwegs war, für eine Dürener Firma, die Automaten vertrieb. Sein Gebiet reichte im Norden bis nach Münster, im Osten ins Sauerland, im Westen bis an die belgische Grenze und im Süden bis nach Trier. Von den fünfziger Jahren bis zum Jahr 1964 automatisierte er den Westteil der Republik, danach trat er in Düren in die Geschäftsführung ein. In den Ferien aber fuhr er mit seiner Frau und Leo und Leos älterem Bruder ins Allgäu oder den Schwarzwald oder den Spessart, einmal auch in die Lüneburger Heide: immer in Ferienwohnungen oder Ferienhäuser, auch auf den Bauernhof. In Hotels gingen sie höchstens einmal mittags essen, und Leo blickte sehnsüchtig den Hotelgästen nach, die dem Wirt oder der Rezeptionistin zunickten – vertraute Gäste des Hauses vielleicht seit vielen Jahren! – und dann die Treppe hochgingen auf ihr Zimmer, um nach dem Essen einen kleinen Mittagsschlaf zu halten, wie er es kannte von seinen heimatlichen Ausblicken auf den *Birglarer Hof*. Das war das Leben, von dem er träumte und das er später einmal führen wollte.

Am ersten Januar war der *Birglarer Hof* nicht ausgebucht. Die Handelsvertreter saßen noch zu Hause, und nach wie vor kam niemand auf die Idee, in Birglar Urlaub zu machen oder gar dort im Hotel stilvoll Silvester zu feiern. Dass überhaupt ein paar Zimmer des Hotels belegt waren, lag daran, dass einige der Trauergäste von auswärts anreisen mussten, Leos Onkel etwa, der in Stuttgart lebte, oder der beste Freund seines Vaters »aus dem Krieg«. Es herrschte Neujahrsstille, als Leo an die Rezeption kam und sagte: »Wir hatten hier ein Zimmer reserviert, meine Frau müsste schon da sein, Münks.« Die neuen Inhaber des Hotels, die nicht aus Birglar kamen, kannten ihn nicht mehr, und den Namen Münks verbanden sie höchstens mit dem Bäcker gegenüber und vielleicht auch mit der Fahrschule an der Nörvenicher Straße. Eventuell bildeten sie auch gerade irgendeinen jungen Münks aus dem Ort aus, es gab genug, aber mit denen, hatte Leos Mutter gesagt, »sind wir nicht verwandt, oder nur so, wie alle mit Adam und Eva verwandt sind«.

Sie hätten natürlich auch im Haus des Vaters wohnen können, Anita und er. Aber sobald die Todesnachricht gekommen war, wusste Leo, dass er zum ersten und vielleicht auch einzigen Mal in seinem Leben ein Zimmer im *Birglarer*

Hof nehmen würde, nach hinten heraus, mit Blick über die Gasse auf das Haus seiner Eltern, seiner Jugend. Sein Vater hätte den Kopf darüber geschüttelt, aber sein Vater hatte nun nichts mehr zu sagen. Er hatte 1965 den Kopf geschüttelt, als Leo zum Studieren nach Berlin ging, denn das war für ihn »ganz dahinten im Osten«, und damit hatte er zweifellos recht. Auch über Leos Studienwahl war er nicht glücklich, denn wenn Leo schon nicht Betriebswirtschaft studieren und ein Mann des freien Handels werden wollte, wie sein Vater einer war, sollte er wenigstens Jura machen statt der philosophischen und literarischen Schrullen. Er hatte auch über Leos kurzfristigen Ausflug in den Sozialistischen Deutschen Studentenbund den Kopf geschüttelt, war dann aber zufrieden gewesen, als Leo nicht mehr viel davon erzählte, wenn er zu Besuch in Birglar war, und statt dessen sein Studium zügig abschloss. Nicht nur ganz besonders zufrieden, sondern auch ein wenig überrascht war er, als Leo ihm sagte, er habe eine Stelle beim Amt in Köln bekommen. Sein Vater hatte ihn schon versinken sehen im Sumpf der akademischen Arbeitslosigkeit. Wenn sein Sohn sich schon nicht den Wind des freien Handels um die Nase wehen lassen wollte, dann war es gut, dass er wenigstens eine Stelle im Amt hatte.

Als Leo wieder ins Rheinland heimgekehrt war, pflegten sie nachbarschaftliche Beziehungen, von der großen in die kleine Stadt und umgekehrt. Über die tote Mutter sprachen sie nur selten, über Leos älteren Bruder Heinz, der in den Vereinigten Staaten bei einer deutschen Bank arbeitete, etwas öfter. Leo und sein Vater waren, wenn sie auch nie darüber sprachen, die beiden Hinterbliebenen. Sie hatten sich nicht plötzlich verabschiedet wie die Mutter; sie waren nicht über den großen Teich gegangen wie der Bruder. Bis in die frühen siebziger Jahre war sein Vater noch in der Geschäftsführung der Dürener Firma, dann ging er in den Ruhestand. Anfangs machte er ein paar Reisen, dann blieb er in Birglar, trank abends ein Bier in der Stadtschänke und hatte ein Konzertabonnement in Köln. Kurz vor Weihnachten 1989 kam er ins Krankenhaus nach Zülpich und starb am Heiligabend, morgens um halb fünf, an einer Lungenembolie, schnell und unauffällig.

Das Zimmer lag im ersten Stock; der dicke rote Läufer auf der Treppe schluckte Leos Schritte. *Jetzt bitte keine anderen Trauergäste,* dachte er, ängstlich, ob nicht plötzlich eine Zimmertür sich öffnete und etwa sein Onkel auf den Flur trat oder dieser Freund aus dem Krieg, wie hieß er noch: Hoffmann. Aus Neumünster. Aber es war hier drinnen unverändert neujahrsstill. Der Tag war so geblieben, wie er begonnen hatte, grau und feuchtkühl. Die Fahrt nach Birglar hatte ihn mehrfach durch Nebelbänke geführt; jetzt wurde es gerade dunkel. Leo spürte plötzlich, dass er seit dem sehr frühen Morgen nichts mehr gegessen hatte. Mit Heißhunger und einem knurrenden Magen erreichte er die Tür von Nummer 14, klopfte an und rief leise seinen Namen. Dann drückte er die Klinke nach unten.

Später weiß man nie, warum es plötzlich wieder passiert ist, nach so vielen Jahren der Gewohnheit, der eingeübten, durchaus zärtlichen, doch auch etwas müden gegenseitigen Zuneigung, diesem Ensemble von Selbstverständlichkeiten, ohne das man keine gute Ehe führen kann. Anita stand am Fenster, als er hereinkam, und sah über den Hof auf die Gasse, wahrscheinlich aufs Haus seiner Eltern. Sie trug einen mausgrauen langen Rock, eng anliegend, und einen ebenso mausgrauen Pullover mit weiten Ärmeln und Bogenausschnitt. Beides hatte sie vor ein paar Monaten gekauft, erinnerte er sich, an einem der ersten kühlen Tage, auf einem gemeinsamen kleinen Wochenendausflug an die belgische Küste nach Knokke. Sie blieb am Fenster stehen, sah sich über die Schulter nach ihm um, während Leo seine Tasche auf dem Boden abstellte: Das war also seine Frau, das Persönchen mit den schmalen Schultern und dem schwärzlichbrünetten Haar, das sie heute aufgetürmt und mit einem riesigen Schildpattkamm festgemacht hatte; seine Frau mit dem entweder spöttischen oder traurigen Blick (nur manchmal leuchteten ihre Augen vor wirklicher, ungetrübter Freude, wenn etwa in einem schönen Restaurant das Essen aufgetragen wurde), seine Frau, um deren Gesundheit er sich manchmal große Sorgen machte (auch wenn sie dann immer den Satz »Unkraut vergeht nicht« anführte); seine Frau, die ihn jetzt etwas unverschämt, ja ungehörig anlächelte, so empfand es Leo jedenfalls. (Die aber hinterher sagte, sie habe sich nur gefreut, dass er endlich angekommen sei, nachdem er ja vormittags – am Neujahrstag! – unbedingt noch einmal ins Amt hatte gehen müssen.)

Dass das seine Frau war und er sie seit beinahe zehn Jahren kannte, war Leo in diesem Moment völlig unbegreiflich. Er sah dort die geheimnisvolle Fremde stehen, deren Blick ihm so etwas Ähnliches sagte wie *was willst du denn?* (genau so, wie er sie damals im Sommer 1980 in einem Lokal der Kölner Südstadt gesehen, ja entdeckt hatte), und die er nun unbedingt und ohne weitere Floskeln aufs Hotelbett ziehen musste, wo er ihr das schöne mausgraue Ensemble aus Knokke vom Leib riss, während sie zuerst völlig überrascht war und danach kreischte und lachte. Und nach der Liebe, deren Höhepunkt und Abschluss *a tergo* erfolgte und von einem kraftvollen Schrei Leos begleitet wurde, sah sie ihn lächelnd an und fragte: »Warum hast du denn nicht wenigstens den Vorhang zugezogen?«

Ausgerechnet an diesen Satz musste er am nächsten Vormittag denken, während der Priester am Grab die wenigen Worte über seinen Vater sprach und sie alle im leichten Nieselregen darauf warteten, jeder eine Schaufel Erde auf den Sarg werfen zu können und danach mit einem Händedruck Leo und seinem Bruder ihr Beileid auszudrücken. Dann war der Priester mit seinen Worten zu Ende, und sie kamen alle nacheinander zuerst zu seinem Bruder und dann zu Leo, und Leo, der doch seinen Vater liebte, musste noch immer an die

Liebe am Nachmittag denken, gestern im Hotel bei nicht geschlossenen Vorhängen. Er stand am Grab seines Vaters und sah das Bild von Anitas durchgedrücktem Kreuz und der blanken Kugel ihres Hinterns vor sich, die sie ihm entgegenreckte. Dazu ihr Lächeln und die leicht vorwurfsvolle Frage hinterher.

Der Tisch für den Leichenschmaus war im Restaurant des *Birglarer Hofs* gedeckt. Leo dachte tatsächlich *Leichenschmaus* und wunderte sich, dass er nichts Seltsames, nichts Anstößiges an dem Wort fand. Leo saß neben Herrn Hoffmann aus Neumünster und fürchtete, die ganzen Kriegserzählungen noch einmal aufgetischt zu bekommen. Sein Vater war mit Hoffmann zusammen bei den Funkern gewesen und hatte zu Hause oft von den unglaublich geschmeidigen Fingern seines Kameraden geschwärmt, bis die Erzählungen aus dem Krieg nach und nach seltener geworden waren.

Aber Herr Hoffmann erzählte jetzt zu Leos Erleichterung nicht mehr vom Krieg. Er hatte bis vor fünfzehn Jahren an einem Gymnasium in Neumünster als Musiklehrer unterrichtet und außerdem einen Chor geleitet. Er war klein, fast zwergwüchsig, hatte aber sehr breite Schultern und ein ebenso breites Kreuz. Je länger er sprach, desto mehr mochte Leo ihn. Er legte keinen falschen Ton des Trostes in das, was er sagte, aber auch keine gewollte Aufmunterung. Er erzählte einfach von seinem kleinen Haus an der Nordseeküste bei Cuxhaven, denn Herr Hoffmann aus Neumünster wohnte schon lange nicht mehr dort. »Da wollte ich immer weg, sobald ich aus dem Schuldienst raus war«, sagte er. »Ich bin jetzt schon bald fünfzehn Jahre an der Küste. Im Sommer werde ich achtzig, und früher habe ich gedacht, das wird dann das Ende sein, aber wahrscheinlich werde ich steinalt.« Er zwinkerte mit den Augen, und Leo glaubte einen Moment, Hoffmanns tiefe Befriedigung darüber zu spüren, dass er seinen Kriegskameraden überlebt hatte. Es störte ihn nicht, es machte ihm seinen Tischnachbarn nur noch sympathischer, fast zu einem Komplizen.

Anita saß neben Leos Bruder und ließ sich aus New York erzählen. Sie war Heinz bisher nur einmal begegnet, vor vier Jahren, als er für ein paar Tage beruflich in Frankfurt war und dann für einen Abend nach Köln kam. »Er ist in Ordnung und ganz nett«, sagte sie am nächsten Tag zu Leo, »aber geheiratet hätte ich den nie. Man könnte meinen, wenn man euch beide sieht, dass er der Beamte ist und du bist der Banker.« Jetzt sah Leo dann und wann zu den beiden herüber. Sie verstanden sich offensichtlich gut, und es strengte Anita nicht zu sehr an. Plötzlich kam ihm der Gedanke, dass ein Banker, der für eine deutsche Bank in New York arbeitet, eigentlich nicht Heinz Münks heißen darf, und unterdrückte ein Grinsen. Dann fing er einen unbestimmt unverschämten Blick von Anita auf, holte tief Luft und bekam einen Ständer, während Herr Hoffmann neben ihm sagte: »Ich höre zu Hause jeden Morgen nach dem Aufstehen erst einmal eine Cellosuite von Bach. Seit fünfzehn Jahren. Die Suite No. 1 in G-dur, Bach Werke Verzeichnis 1007. Sagt Ihnen jetzt sicher nichts, egal. Heute Morgen hat mir das richtig gefehlt.«

Um halb vier kam das Taxi für Heinz, das ihn zum Düsseldorfer Flughafen bringen sollte. Die beiden Brüder umarmten sich scheu. »Bei euch wird sich ja in den nächsten Jahren einiges ändern«, sagte Heinz, und Leo begriff nicht gleich, dass nicht Anita und er damit gemeint waren, sondern ihr Land. Wenn Heinz *bei euch* sagte, hieß das auch: Ich komme nicht zurück. Ich bleibe in den USA.

Es war spätabends, als Anita und er wieder in der Landgrafenstraße waren, und als sie im Bett lagen, sagte Anita: »Dein Bruder ist eine ganz einsame Socke.«

»Woher weißt du das? Hat er dir das erzählt?«

»Nein. Er hat sich vielmehr unheimlich Mühe gegeben, es mir nicht zu erzählen. Daher weiß ich das. Und dieser Hoffmann? Worüber hast du mit dem gesprochen?«

»Über die Küste. Und über Bach. Der ist nicht einsam, glaube ich.«

7 Guten Morgen in großer Zeit

Wie er am Grab gestanden und den Trauergästen einem nach dem anderen die Hand gegeben hatte, das Bild der nackten Anita vor sich, daran dachte Leo Münks zweieinhalb Monate später. Er stand am Fenster seines Büros und starrte auf das weite, öde Gelände dort unten. Mit der beinahe noch gemütlichen Anlage in der Inneren Kanalstraße war es seit dem letzten August vorbei. Keine Chance mehr, in einer längeren Mittagspause mal eben nach Ehrenfeld hineinzuschlüpfen und Einkäufe zu machen oder einfach nur zu gucken. Das hier sollte noch Köln sein? Er fand sich ja noch nicht einmal überall in den neuen Bauten zurecht, geschweige denn da draußen vor dem großen Tor.

Aber eben noch hatte die Langeweile, das Einerlei seiner täglichen Arbeit ihn beinahe gewürgt, und jetzt am Fenster tauchte plötzlich die Erinnerung an diese kurzen, heftigen, ungeschützten und gewiss auch obszönen Momente des Glücks auf, die als einzige das Leben rechtfertigten. Zugleich rief ihm das Bild von den Momenten am Grab tröstlich ins Gedächtnis, dass das Leben nicht endlos währte.

Ein sehr später Vormittag an einem Montag im März. Die Witterung war verhalten freundlich, als wolle sie einen passenden Rahmen abgeben für die allgemeine, dabei aber zugleich etwas erstaunte und tastende Aufbruchstimmung. Den Verkehr auf der Merianstraße konnte er nicht sehen, und hören tat er ohnehin nichts: Die Fenster hielten die Akustik der äußeren Welt zuverlässig draußen. Hier im Büro aber klingelte pünktlich das Telefon.

»Münks.«

»Guten Morgen in großer Zeit«, sagte Gregor Korff am anderen Ende der Leitung. »Ich komme gerade aus der Lagebesprechung. Ich hoffe, du hattest ein gutes Wochenende.«

»Anita und ich waren im Kino«, sagte Leo, »Louis Malle, *Drei Tage im Mai.* Auch eine große Zeit, aber in kleiner Ausgabe. Mai 68 in Frankreich.«

»Oh je, die alten Zeiten.«

»Aber nicht in Paris«, erklärte Leo, »sondern irgendwo auf dem Land. Die Revolution kommt nur durchs Radio oder Fernsehen ins Haus. Ansonsten geht's um Leichenfledderei und Erbschaftsstreitigkeiten. Und um Sex natürlich, wie immer.«

Das Haus in Birglar, fiel ihm wieder ein, war auch noch nicht verkauft. Das lag nicht an seinem Bruder, der von Amerika aus keine Schwierigkeiten machte. Es lag auch nicht daran, dass kein Käufer da war. Es lag an den unendlichen Mühen und unübersehbaren Einzelheiten eines bürgerlichen Rechtsgeschäfts von dieser Größe. Leo hatte eigentlich geglaubt, das Ganze in zwei oder drei Wochen abwickeln zu können. Nun würde es April werden, bis alles über die Bühne war.

»Den Film solltest du dir auch ansehen, Gregor«, sagte er jetzt, »ein gutes Gegengift. Wie war's denn in der Lagebesprechung?«

»Die Herren können es alle noch gar nicht so richtig fassen. Sie sind natürlich bei allem Optimismus davon ausgegangen, dass das da drüben eine Sozi-Wahl wird. Jetzt stehen sie da mit ihrem Sieg und sehen, dass alles viel leichter wird, als sie gedacht haben.«

»Was wird leichter?«

»Die Einheit, Leo, was sonst? Spätestens nächstes Jahr sind wir ein Volk, ein Staat.«

Leo wartete darauf, dass noch »ein Führer« oder wenigstens »ein Kanzler« folgen würde, aber als nichts kam, sagte er: »Gegen den Staat habe ich nichts. Vor dem Volk muss man sich immer vorsehen. Wie ist dein Minister drauf?«

»Er ist noch der Ruhigste von allen. Das konnte man zwar alles nicht erwarten, hat er heute Morgen gesagt, aber jetzt ist das eben so, und damit können wir prima arbeiten. Wie geht es Anita?«

»Sie hat morgen Nachmittag wieder eine Untersuchung.«

Er hätte das vielleicht schon damals sehen können, als sie ihn in der Kölner Südstadtkneipe auf diese leicht ungehörige Art anlächelte, schräg über die Hufeisentheke hinweg, eine junge Frau von zwanzig Jahren in einem langen Rock und einer Leinenjacke mit hochgestelltem Kragen. Oder später bei den Anfällen von Müdigkeit, diesen jähen Abstürzen, wenn sie spätabends mit Freunden zusammensaßen oder aus dem Kino kamen. Dann musste er Anita nicht nur einhaken, sondern sie beinahe stützen, damit sie nicht umkippte, und sie ohne Umwege ins Bett bringen wie ein kleines Kind. Aber so etwas konnte vorkommen, warum sollte er sich Gedanken darüber machen: Mal hatte sie etwas zu viel getrunken, mal den ganzen Tag kaum etwas gegessen. Sie kippte ja auch nicht um; sie schlief fest und reglos und war am nächsten Tag wieder hungrig aufs Leben und auch aufs Essen.

Aber es wurde schlimmer, und bei allem Heißhunger nahm Anita ab. Anfangs hatte Leo, der sich wenig auskannte, an so etwas wie Bulimie gedacht. Darüber hatte er mal was gelesen, darüber machte er sich jetzt sachkundig, und als Anita das zufällig herausbekam, lachte sie ihn aus. Nein, zu der Sorte gehörte sie nicht. Dann hatte er gehofft, dass das Heiraten etwas gegen diese rätselhafte Gewichtsabnahme ausrichten konnte: ein durch und durch magischer Gedanke, wie er gern zugab. Aber es änderte sich nichts, nachdem sie 1982 geheiratet hatten. Manchmal verlor sie in zwei Wochen acht oder zehn Kilo, nahm dann auch wieder ein paar Kilo zu, hielt dieses Gewicht für ein oder zwei Wochen und zehrte dann wieder aus. Eine zierliche Person war sie immer gewesen. Wenn sie acht oder zehn Kilo verloren hatte, drohte sie zu verschwinden. In ihrem Kleiderschrank hingen verschiedene Konfektionsgrößen, »damit ich für jeden Zustand eingerichtet bin, in den ich gerate«, sagte Anita und lachte.

Nach der Heirat begann die Ärztetour, von einem Spezialisten zum anderen. Krebs war es nicht, zum Glück, aber auch die Stoffwechselstörung, auf die die meisten tippten, hatte man bis heute nicht gefunden. Die Lunge war gesund, obwohl Anita nicht wenig rauchte. Beim Wort »psychisch« wurde sie grantig: Zum Seelenklempner wollte sie nicht gehen. Es gab zwischendurch längere Phasen von erstaunlicher Stabilität. Das ganze Jahr 1984 etwa hatte sie keinerlei Probleme. Schön war auch der Sommer zwei Jahre darauf, als sie mit Leo quer durch Frankreich fuhr. »Siehst du, das löst sich alles von selbst«, sagte Anita in solchen Phasen. Dann kam die Krankheit – welche denn? sie hatte ja nicht einmal einen Namen! – zurück. Man konnte dem Gewichtsverlust beinahe zuschauen, und die Ärztetour begann von Neuem.

Das war etwas, woran Leo sich längst gewöhnt hatte und sich doch nicht gewöhnen konnte. Immer lauerte im Hintergrund die Angst, dass mit Anita eines Tages dasselbe passieren würde wie mit seiner Mutter. *Zweimal im Leben verkrafte ich das nicht.* Seine Mutter hatte zwanzig Jahre lang Kopfschmerzen gehabt, heftige Attacken von Migräne, Wellen aus Schmerz und Nacht und explodierenden Blitzen, und eines Tages im Jahr 1966, gerade hatte sich Leo in Westberlin eingerichtet, nahm sie einen Nahverkehrszug nach Köln, mietete sich nachmittags im *Excelsior* ein, in dem sein Vater selbst als Mitglied der Geschäftsführung nicht einmal im Traum ein Zimmer genommen hätte, bat darum, nicht gestört zu werden, und wurde am Morgen des folgenden Tages gefunden. Die für ein solches Haus selbstverständliche Diskretion schützte ihr Vorhaben und ließ sie es erfolgreich zu Ende bringen. Das war Leos Angst, wenn er an Anitas Krisen dachte. Anita war viel lebenslustiger als seine Mutter, aber sie neigte dennoch manchmal zu tiefen Abstürzen und war außerdem jederzeit in der Lage, einen spontanen

Entschluss zu fassen und in die Tat umzusetzen. *Zweimal im Leben verkrafte ich das nicht.*

»Bei euch in Bonn gibt's an der Uniklinik einen neuen Spezialisten«, sagte Leo jetzt, »da hat sie morgen einen Termin.«

»Spezialist wofür?«

»Stoffwechsel, wieder mal.«

»Fährst du mit?«

»Anita will nicht, dass ich ständig mit ihr in irgendwelchen Kliniken und Praxen sitze, das weißt du doch. Wie geht es deinem Liebesleben?«

»Wir haben gerade Zeitenwende, geschichtlichen Umbruch«, sagte Gregor (und Leo konnte sein Grinsen dabei gleichsam durchs Telefon hören), »und du fragst nach so etwas! Mann, ich sitze fünf Meter von der Macht entfernt, und du redest von Liebe!«

»Und was wird die Macht jetzt tun?«

Die Macht sei im ersten Moment noch etwas baff, sagte Gregor noch einmal, aber sie werde natürlich schnell schalten, sein Minister an erster Stelle. Der war bodenständig und flexibel zugleich, galt schon immer als Drahtzieher, Macher und Mann im Hintergrund, und Gregor würde nie vergessen, wie er ihn im Bierkeller der Stiftung damals überredet hatte, zu ihm zu kommen. Von der ruhigen Machtfülle des Ministers fiel ein stiller Abglanz auf Gregor; von Gregors intellektueller Kraft aber fiel ein Reflex auch auf den Minister zurück.

»Im Gegensatz zu anderen im Kabinett ist mein Minister nicht doof«, sagte Gregor, »das habe ich dir schon mal gesagt.«

»Versteht sich«, sagte Leo, »sonst hätte er nicht gerade dich als Berater gezogen.«

Das Telefongespräch zwischen Leo und Gregor an diesem 19. März war nur eines in einer langen Reihe von Gesprächen, die sie jeden Montag ungefähr um dieselbe Zeit führten: von Bonn nach Köln, denn immer war es Gregor, der anrief. Es handelte sich um ihre persönliche Lagebesprechung. Fünfzig oder achtzig Jahre früher hätte man sich vielleicht einmal wöchentlich zum festen Termin zum Essen getroffen oder zu einem abendlichen Glas Wein nach der Maxime: *Erkenne die Lage!* Um Erkenntnis ging es natürlich nicht wirklich. Die hatte jeder für sich: der Vordenker Gregor Korff ohnehin, denn das erwartete man schließlich von ihm, doch auch der subalterne Verfassungshüter Leo Münks war – ganz im Widerspruch zu seiner äußeren, etwas bäurischen Erscheinung und seinem offenen rheinischen Gesicht, das bei oberflächlichem Hinsehen nicht besonders intelligent wirkte –, auch Leo Münks war ein sehr klarer Kopf.

Wenn es nicht um Erkenntnis ging, worum dann? Um Entlastung natürlich, gewissermaßen ums vorübergehende tiefe Ausatmen, um ein kurzes, segensreiches Schließen der Augen. Der passendste Ort für ihr wöchentliches Gespräch wäre sicher der Platz vor dem Kamin gewesen; so aber, während sie beide am Telefon standen, sah der eine auf den Rasen hinterm Kanzleramt und der andere auf das Asphaltgelände da unten.

»Schade, dass du morgen nicht mit Anita mitkommst, wir hätten abends essen gehen können.«

»Ein andermal. Im Übrigen weißt du gar nicht, ob du nicht morgen gebraucht wirst. Vielleicht musst du mit deinem Chef nach Ostberlin?«

»Schon möglich.«

8 Kölsche Mädcher

Zuerst wollte sie das Auto nehmen, aber dann fiel ihr wieder ein, dass sie sich in Bonn noch nie zurechtgefunden hatte, Stadtplan oder Wegbeschreibung hin oder her. Wenn sie manchmal zusammen zu Gregor fuhren, saß selbstverständlich Leo am Steuer. Allein würde sie immer noch nicht hinfinden, nach all den Jahren. In Köln kannte sie jeden Schleichweg, wenigstens auf der linksrheinischen Seite; sobald sie aber die zwanzig Kilometer nach Süden durch die Kappesfelder gefahren war, hörte ihre Orientierung auf.

Dann dachte sie daran, noch einmal die 16 zu nehmen und die ganze elend lange Strecke bis zum Bonner Hauptbahnhof abzufahren. Früher hatte sie das eine Zeit lang gemacht, als sie einen Freund in Bonn hatte: kurz bevor sie Leo kennenlernte. Sie wohnte damals in der Südstadt, drei Minuten vom Chlodwigplatz entfernt, hatte also die richtige Bahn praktisch vor der Haustür. Den Freund, einen sehr süßen Studenten, der ein Jahr älter war als sie selber, hat sie dann irgendwann in die Wüste geschickt. Der wusste nicht, wie ihm geschah, und drohte sogar, sich umzubringen. Alles in allem eine scheußliche Geschichte, an die sie noch immer nicht gern dachte. Wie man seine Gefühle damals hochhielt, 1978! Wie bedingungslos. Fast bedingungslos: denn natürlich brachte der Freund sich dann doch nicht um.

Schließlich nahm sie den Intercity, Zuschlag hin oder her. Das reichte gerade für einen schnellen Kaffee im Bistrowagen, dann war der Zug schon da. Dieses Bonn war doch nichts anderes als ein Vorort von Köln. All die Leute, die sie inzwischen kannte und die zu ihren Kreisen gehörten, waren Zugewanderte: Immis. Leo war wenigstens Rheinländer, aber die anderen kamen weiß Gott woher. Gregor zum Beispiel irgendwo aus Posemuckel, sie vergaß den Namen immer wieder, jedenfalls nicht so furchtbar weit von Stacheldraht und Wachturm. Das wird ja jetzt alles abgebaut und eingerissen, dachte sie, wahrscheinlich sind sie schon längst damit fertig. Man müsste mal hinfahren, nach drüben.

Anita selbst war waschechte Kölnerin, linksrheinisch, aufgewachsen in Raderberg, beim Großmarkt gleich gegenüber. *Denn mer sin kölsche Mädcher, han Spetzebötzjer aan; mer lossen uns nit dran fummele, mer lossen keiner dran ...* Mit dem Abitur ging alles glatt, mit dem Studium hinterher nicht mehr so. Sie fing mit Kunstgeschichte und etwas Literaturwissenschaft an, typisches Mädchenstudium. Bei den Kunstgeschichtlern schwirrten auf einen männlichen Studenten neun junge Frauen durch die Gänge. 1980 kam dann die Stollwerck-Besetzung, bei der sie ordentlich mitmischte, danach fand sie nicht mehr so richtig zurück in die Uni. Irgendwann im Sommer sah sie Leo im *Opera* an der Theke stehen. Damals war's abends unglaublich voll in der Kneipe, weil die noch ziemlich neu war, ein paar Monate alt. Manchmal stand man in zwei Reihen an der Theke und schrie aus der zweiten Reihe nach Kölsch.

Gleich beim ersten Gespräch, als sie Leo fragte: »Was machst du so?« (die Standardfrage, die sie selber nicht mehr hören konnte), sagte er ganz offen, dass er fürs Amt arbeitete. Sie war dermaßen verblüfft, dass sie es nicht glauben wollte und für einen nicht besonders guten Witz hielt. Natürlich hatte sie damals gedacht, dass so ein Staatsschützer über seinen Beruf nichts sagen darf und das Blaue vom Himmel lügen muss. Später erklärte Leo ihr, dass das manchmal wirklich so war, dass er aber damals im *Opera* sozusagen immer außer Dienst gewesen sei und nicht, um jemanden zu observieren.

»Obwohl es sich beim einen oder anderen schon gelohnt hätte«, sagte er, »zum Beispiel bei einigen von deinen Besetzerkumpels.«

»Du warst verdammt mutig, das zu sagen«, sagte Anita. »Normalerweise musstest du doch damit rechnen, dass ich mich auf der Stelle umdrehe und gehe. Oder dich ohrfeige oder so etwas.«

Das zu tun, war sie damals jedoch viel zu überrascht gewesen, und außerdem war Leo einen Kopf größer als sie. Er stand gleichsam über ihr mit dem Glas Kölsch in der rechten Hand und erzählte seine Geschichte, nicht, um sich zu rechtfertigen, sondern nur, um zu erklären. Er musste brüllen in dem Lärm, und sie war sicher, dass die Gäste unmittelbar in der Nähe einiges mitbekamen von dem, was Leo brüllte. Wie er eines Morgens in Westberlin einen Text von Mao zu lesen begonnen und sich dann mit der Hand vor die Stirn geschlagen hatte angesichts der perfiden, heiligen Einfalt dieses Textes. Schließlich war er schon auf der Schule dafür berüchtigt gewesen, dass er selber denken konnte; er konnte an diesem Morgen nicht mehr begreifen, warum er sich das plötzlich verboten hatte. Wie er eines Tages angesprochen wurde, und er war doch damals immer knapp bei Kasse. Wie er später mit einem Kontaktmann Diskussionen auf hohem Niveau führte, mit einer sehr merkwürdigen Verteilung der Rollen. Sein Kontaktmann war ein überzeugter Liberaler. Ihm ging es nur darum, die freiheitliche Verfassung zu schützen.

»Wir dürfen die Freiheiten nur im notwendigsten Ausmaß einschränken«, sagte er. »Der freie Bürger kommt immer vor dem Staat.«

Dagegen protestierte Leo heftig. »Primat der Politik«, rief er an diesem schönen Sommerabend an der Krummen Lanke, »ohne den souveränen und starken Staat bricht alles zusammen. Sicherheit vor Freiheit!«

Jedenfalls hatte er wohl einen sehr guten Eindruck gemacht. Nach zwei Jahren bot man ihm an, nach dem Abschluss seines Studiums eine Laufbahn als Hüter der Verfassung einzuschlagen. Er wurde zu einem Gespräch nach Köln eingeladen und merkte sofort, dass man dort viel von ihm hielt.

Als sie jetzt ihren viel zu heißen und starken Kaffee im Bistrowagen schlürfte, wusste sie nicht mehr, ob Leo das alles an diesem ersten Abend erzählt hatte oder ob sie in ihrer Erinnerung eine ganze Reihe von Abenden zu einem einzigen zusammenzog. Vor sich hatte sie immer das Bild dieses ersten Abends: Leo, der hoch über ihr mit seinem Kölschglas gestikulierte, sie nicht zu berühren wagte und als naiver großer Junge seine Existenz zu rechtfertigen versuchte. So sah sie das jetzt; damals hätte sie es nicht so gesagt, hatte es aber so empfunden. Noch immer sah sie Leo jederzeit mit zwei Gesichtern. Er war der kluge Kopf, dem sie manchmal unmögliche Fragen stellte und dabei als Abbitte und ohne Ironie sagte: »Du weißt doch immer alles.« Er war der naive große Junge, der in seiner Arglosigkeit in wildfremder Gesellschaft manchmal ganz und gar die Deckung aufgab und dem sie dann zu Hause sagte: »Du musst aufpassen, dass du dich nicht um Kopf und Kragen redest, Leo.« Dieser doppelte Leo, dieser Januskopfleo war es, in den sie sich verliebt hatte und den sie noch immer liebte (trotz der Geschichte mit Gregor), nicht eine der beiden Seiten. Von diesem doppelten Leo liebte sie keine der beiden Seiten auch nur um ein Gran mehr als die andere.

Sie verließen dann die Südstadtszene ziemlich schnell und trafen sich woanders. Als der 1980er Sommer endlich schön wurde, wozu er einen ziemlich langen und nassen Anlauf brauchte, fuhren sie in Leos altem Golf manchmal ins Bergische und aßen dort. Einmal nahm er sie nach Birglar mit, um ihr zu zeigen, woher er kam. Anita war es, die ihn und sich aus der Südstadt herauszog. Sie wollte nicht zu den Leuten ihrer Szene sagen müssen: »Ich gehe jetzt mit einem ins Bett, der ist beim Verfassungsschutz, und den habe ich richtig lieb.« Leo hätte gewiss keine Probleme darin gesehen, sich mit ihren Leuten zu unterhalten und zu streiten, naiv wie er war, aber Anita hätte die Scham nicht überlebt.

Wie lange war das alles her? Zehn Jahre. Zu den Unikliniken nahm sie ein Taxi und schloss während der Fahrt die Augen. Der Fahrer, ein Student, versuchte kurz, mit ihr zu flirten. Dabei hatte sie sich heute Morgen im Spiegel grässlich blass gefunden. Vielleicht sah ihr Fahrer das aber nicht als Blässe, sondern als ätherische Erscheinung. Sie sei eine ätherische Erscheinung, hatte Gregor ihr einmal gesagt, und das rufe bei allen Männern den Beschützerinstinkt wach. *Und vielleicht auch den anderen*, dachte sie bei sich, *so sind die Männer: Sie wollen beschützen und vögeln, das ist ihr Programm.* Gern hätte sie das einmal einer Freundin gesagt, beim gemeinsamen wöchentlichen Kneipenabend, und sich dabei vor Lachen gekringelt, aber Anita hatte keine Freundin, seit ihren Schuljahren nicht mehr, warum, das wusste sie nicht. Sie hatte gar nichts gegen Frauen; sie fand sie nur nicht so interessant.

Der Fahrer gab seinen Flirtversuch schnell auf und konzentrierte sich darauf, sie heil zum Venusberg vor die Tür der Klinik zu bringen, und weil er sie hatte träumen lassen, gab sie ihm ein sehr gutes Trinkgeld. So dick hatten sie es eigentlich nicht, Leo und sie, auch wenn sie keine Sorgen hatten, aber bei Trinkgeldern saß ihr die Hand immer locker. Ein kurzes Jahr hatte sie einmal in der Gastronomie gearbeitet und wusste, wie weh es tut, wenn man am Ende feststellen muss, dass man den ganzen Abend lang eine Runde von Knickern und Knausern bedient hat.

Sie verschwand in den Tiefen der Klinik, folgte den Wegweisern zur richtigen Abteilung. In der Anmeldung saß eine junge Schnepfe, die sie unverschämt mitleidig ansah. Dann schien sie das selbst gemerkt zu haben und bemühte sich um professionelle Freundlichkeit. »Die Untersuchungen werden insgesamt etwa drei Stunden dauern«, sagte sie, »am Ende können Sie dann noch mal mit dem Chef sprechen. Sie können gleich hinten zur Blutabnahme gehen, letzte Tür links.«

9 »Die Sonne wärmt trotz allem unsere Knochen«

»Heute Abend bleibe ich aber zu Hause«, antwortete Gregor auf die Bemerkung des Ministers und überlegte wieder einmal, wie es auf seinen Chef wirken mochte, dass er nicht sagte: bei meiner Familie. Dass er nicht sagen konnte: »Ich war am Wochenende mit meiner Familie im Siebengebirge wandern.« Oder wenigstens: »Ich war mit meiner Frau in Badenweiler, einfach mal raus aus allem, sehr schönes Hotel.«

Der Minister seinerseits war ein Familientier. Wann immer es möglich war, nahm er den Hubschrauber nach Hause ins Emsland zu Frau und Töchtern. Derzeit war's auch an Wochenenden oft nicht möglich. Man stand immer in Bereitschaft und wusste oft nicht genau, wofür. Was aber ein Merkmal von Politik überhaupt ist, dachte Gregor. Ihn verwunderte, dass für diesen Montagabend, einen Tag nach dem großen Triumph in der sterbenden DDR, keine weiteren Termine angesetzt waren und der Minister ihn für heute entließ.

Zum Schluss hatten sie noch über Professor Jerschel gesprochen, einen Historiker, den Gregor Ende Januar in Berlin kennengelernt hatte, nach den Gesprächen des Ministers im Osten. Merkwürdiger Ort und merkwürdige Zeit für die Begegnung eines ministerialen Beraters mit einem Ordinarius der Freien Universität. Sie waren sich in einem Lokal in Neukölln über den Weg gelaufen, das irgendwie übrig geblieben war aus der Zeit des New Wave, eine Stunde nach Mitternacht. Eine Fabriketage mit Tresen, Tischen, mit grünem, gelben, roten Neon und viel Platz zum Tanzen, was kaum jemand tat. Vielleicht war es noch zu früh. Gregor hatte in seinem Hotel wie so oft den rechten Zeitpunkt zum Einschlafen verpasst und war noch einmal losgezogen. Hier drinnen fiel er auf mit seinen knapp zweiundvierzig Jahren. Jedenfalls fürchtete er das, wenn auch das Publikum insgesamt nicht mehr in der ersten Jugendblüte stand. Man war um die dreißig und gedachte musikalisch der Zeit vor zehn oder mehr Jahren. Gregor stellte sich an den Tresen, und Jerschel stand da schon, leicht schwankend, wie ihm schien. Auch einer, der ein bisschen älter ist, dachte er, wenn auch noch nicht so alt wie ich. Von allen Übriggebliebenen hier der Übriggebliebenste. Sein Nachbar trug tatsächlich eine schmale rote Lederkrawatte, auf die Gregor mehrere Minuten lang starrte, bevor er sagte: »Die Krawatte ist sagenhaft. Dachte, die Dinger wären schon alle eingemottet.«

Das war sicher eine etwas flapsige Gesprächseröffnung, aber sein Nebenmann nahm es ihm nicht krumm. Er schwankte leise und erzählte davon, dass seine Frau ihn vor einem Dreivierteljahr verlassen hatte und er manchmal nachts hierherkam, um sich in einem genau bestimmten Maß zu betrinken. Warum? Weil er sie genau hier Anfang der Achtziger kennengelernt hatte. Es machte ihm aber überhaupt nichts aus, dass er jetzt allein war, das betonte er ausdrücklich. Er hatte viel mehr Raum, er hatte auch Energie, fast wusste er nicht, wohin damit. Dann erzählte er von seiner Arbeit, von seinem Lehrstuhl an der Freien Universität, den er noch nicht lange innehatte, und bedauerte, dass er die Dinge immer im Nachhinein zurechtrücken und bewerten müsse, wenn auch in relativ kurzem Abstand, denn er sei ja Zeitgeschichtler. Viel lieber aber wollte er direkt mitmischen. Geschichte gestalten! Dann fiel der entscheidende Satz: »Gerade jetzt«, sagte Professor Jerschel, »wo unser Volk die glücklichsten Zeiten des ganzen Jahrhunderts durchlebt.«

Irgendetwas klang da bei Gregor an, etwas, was er vor wenigen Monaten so ähnlich gehört hatte, dann fiel es ihm ein: die Worte des Kanzlers in seiner Neujahrsrede, an denen er sich verhakt hatte, am frühen Silvesterabend in seiner Siebengebirgsklause. Er zuckte zusammen wie damals. Solche Leute wie sein Nebenmann am Tresen waren zweifellos die, die jetzt gefragt waren, in ihrem naiven, ungebrochenen Enthusiasmus. Kaum mochte man glauben, dass der Mann einen Lehrstuhl hatte. Aber dass der Rausch, das Opium der

Begeisterung ausschließlich eine Sache fürs Volk war, war natürlich selbst naiv gedacht. Er erinnerte sich, zur Jahreswende den Gesang eines berühmten Leitartiklers in einer Wochenzeitung vernommen zu haben, bei dem er sich an den Kopf gefasst hatte. Freiheit, Gleichheit, Brüderlichkeit hieß es da wahrhaftig. 1989, das Scharnier- und Schicksalsjahr. Zweihundert Jahre nach der Französischen Revolution. 89/89, welcher Gleichklang! Von Brest bis Brest-Litowsk haben die Völker das Sagen. Kein Gefahrenbewusstsein, der Mann. Keinen Begriff von dem, was auf uns zukommt. Und so einer schreibt Leitartikel.

Leitartikel! dachte Gregor im nächsten Moment. Vor wenigen Wochen war einer der Redenschreiber abgesprungen. Der mochte nicht mehr. Seitdem gab es Engpässe, denn gerade in diesen Tagen musste viel geredet, verkündet, propagiert werden. Neue Begriffe finden, die hohe Kunst der Politik. Zeiten des Umbruchs sind Zeiten der öffentlichen Rede und der öffentlichen Geste. Die besten Leute findet man manchmal nachts im Halbsuff, dachte er weiter, so hat mein Chef mich damals auch gefunden. Das mit den Reden ist vermutlich nicht das, was dieser Professor hier meint, wenn er von »Geschichte gestalten« spricht, aber man kann es ihm vielleicht als einen Anfang schmackhaft machen.

Am nächsten Morgen fragte er sich, ob er überhaupt von seiner Tätigkeit hätte erzählen dürfen. Einer wie er, war er nicht doch so etwas wie ein Geheimnisträger? Durfte man wissen, dass er als Einflüsterer der Macht arbeitete? Das konnte sich im Übrigen alles schnell wieder drehen, das wusste er: Vielleicht saß er in einem Jahr zu Hause in Bonn und schrieb ein Buch mit dem Titel *Das Amt* oder *Innenansichten der Macht*. Machiavelli war vierzehn Jahre lang Sekretär der 2. Kanzlei gewesen und ein Jahr länger ein politischer Schriftsteller, dessen Rat zu seinen Lebzeiten niemand haben wollte. Bei Gregor konnte das mit der Entlassung viel schneller gehen. Dann durfte er erzählen, aber gestern, in dieser New-Wave-Kneipe in Neukölln, nachts um halb zwei, bei den Klängen von *Life during Wartime*, neben einem halb betrunkenen Lehrstuhlinhaber von der Freien Universität Berlin stehend?

»Vielleicht hätten Sie ja Gelegenheit, ein bisschen mitzumischen«, sagte er jedenfalls zu Professor Jerschel. »Ich erzähle Ihnen mal was.« Er begann zu erzählen, und Jerschel riss zuerst die Augen auf, lockerte dann seine rote Lederkrawatte und zog Gregor schließlich an einen Tisch, weil er nicht mehr stehen konnte.

Eine Stunde später verließen sie das Lokal gemeinsam. Jerschel nahm ein Taxi nach Zehlendorf, Gregor eins zum Kurfürstendamm in sein Hotel. Man verhandelte zwar im Osten, aber noch übernachtete man im Westen. Jerschel schwankte nicht nur, als sein Taxi kam, er schwebte auch, und Gregor hätte ihm gern nachgerufen: »Nun geben Sie aber nicht gleich Ihren Lehrstuhl ab! Vielleicht klappt's ja gar nicht!«

Das Interesse war aber bei seinem Chef und beim Kanzler sofort dagewesen. Jerschel sollte nächste Woche nach Bonn kommen und dann gleich mit Prill sprechen, dem Chef der Redenschreibergruppe. Eben waren sie noch die Zeitplanung durchgegangen, und Gregor hatte zum ersten Mal detailliert erzählt, wo er Jerschel kennengelernt hatte. Einer dieser Orte, die der Minister vermutlich noch nie in seinem Leben aufgesucht hatte, aber die weiteren Umstände gefielen ihm schon, weil er aus eigener Erfahrung wusste, wie wichtig Trinkfestigkeit im politischen Geschäft sein konnte.

»Ist doch gut, dass Sie sich in Ihrer freien Zeit noch ein bisschen woanders umschauen«, sagte der Minister. »Sie sind ja schließlich auch zehn Jahre jünger als ich.«

»Heute Abend bleibe ich aber zu Hause.«

Nach Hause, an einem Montag im März, im eben beginnenden Abend, noch war es fast hell. Ein bisschen kühler schon: Gregor trug aber noch die Erinnerung an den heutigen Mittag in sich, die knappe halbe Stunde im Garten des Kanzleramts, mit einem Sandwichpaket, die überraschende Wärme, das erste Signal fürs kommende rheinische Frühjahr. Ein plötzlicher Anfall von heftigem Glück: *Ich bin am Leben, ich bin angekommen*, und auch dies: *Die Sonne wärmt trotz allem unsere Knochen*. Ein Satz aus Gregors Jugend. Als er den zum ersten Mal las, noch bevor Nott und er den Schuppen entdeckt hatten, war sein Autor schon tot, in einem Facel Vega zerschellt an einem Baum an der Nationalstraße bei Villeblevin, Schädelbruch und Bruch der Wirbelsäule. Die Sonne erinnert uns daran, dass es nicht nur die Geschichte gibt: für Gregor bis heute ein wiederkehrender Trost, zumal in Zeiten wie diesen.

Er stieg in die U-Bahn und fuhr bis *Auswärtiges Amt*. Danach begann sein Fußweg. Arndtstraße, Lessingstraße, Schumannstraße. Noch in der beginnenden Dämmerung war etwas zu spüren vom nahen Frühjahr. Gregor liebte seinen Fußweg zur Arbeit und zurück. Wieder dieses Gefühl: *Ich bin am Leben, ich bin angekommen*. Unter allen Angehörigen der politischen Klasse, die sich jeden Tag durch diese Stadt bewegten, war er vermutlich der einzige, der mit Überzeugung gesagt hätte: *Ich liebe Bonn*. Es mochte Leute geben, die gesagt hätten, dass sie die Stadt irgendwie mochten, sich auf die eine oder andere Art in ihr zu Hause fühlten. Andere, die gesagt hätten, sie sei ihnen etwas Vertrautes, auch eine Form von Zuhause, unter anderen. Aber niemand, der erklärt hätte, sie zu lieben. Man liebte vielleicht seine Herkunft, man liebte die eine oder andere Metropole, man liebte diese Region, man liebte das Rheinland. Aber niemand von denen, die tagsüber über die Flure der Ministerien schlichen oder zur Sitzung des Parlaments ins Wasserwerk eilten, liebte wirklich Bonn: außer Gregor.

Niemand wusste aber auch, außer seinem Freund Leo Münks und vielleicht Anita, wie weit der Weg nach Westen gewesen war, vom Zonenrandgebiet aus über Westberlin und die Schriften der Väterchen Stalin und Mao, über Göttingen und Speyer bis ins Regierungsviertel der Bonner Republik. Die Straßen, durch die er jeden Abend nach Hause ging, mit ihren freundlichen Häusern aus der Gründerzeit, waren für ihn das Inbild des größtmöglichen Glücks. Auch wenn manche von ihnen etwas heruntergekommen aussahen und einfach Patina angesetzt hatten, stellten sie die entschiedene Antwort auf die Trümmerlandschaften nach dem Krieg dar und auf die Hybris, die dazu geführt hatte. Als Kind war er mit den Eltern mehrfach zu einer Tante nach Hannover gefahren: Er kannte solche Gelände aus Schutt und Asche nicht nur von historischen Fotos. Diese Häuser hier vertrieben in ihrer Freundlichkeit auch den noch nachzitternden Schrecken über die Jahre im Schulungsausschuss und vor den Fabriktoren, mit Flugblättern in der Hand. Alles in allem waren sie ein Abbild des Davongekommenseins, nicht nur seines persönlichen, sondern des ganzen Landes, zumindest seines westlichen Teils. Das alles schien jetzt, nachdem die Geschichte zurückgekehrt war, höchst gefährdet, das war dem politischen Meisterdenker Gregor Korff natürlich klar. Man würde umziehen, nicht im nächsten oder übernächsten Jahr, aber in fünf oder zehn Jahren, das war unumgänglich. Man würde die Macht verlagern vom westlichen an den östlichen Rand des Landes. Größer werden, größer denken, in die Hände spucken und sagen: »Jetzt geht's los, jetzt werden wir endlich ein richtiger Staat!« Und die meisten von denen, die da in die Hände spucken und *Aufbau!* rufen würden, *vorwärts! Bewegung!*, die strahlend auf den großen Treck nach Osten gehen würden, die wussten es jetzt noch gar nicht.

Gregor wusste es, und auch, dass er selbst nicht mitgehen würde. Er wollte diese Häuser, die seinen Weg zur Arbeit und zurück säumten, nicht im Stich lassen. Er hatte jetzt die Kurfürstenstraße erreicht und sah schon das Haus, dessen zweites Obergeschoss er bewohnte, einhundertdreißig Quadratmeter bestens hergerichtete Altbaupracht verteilt auf drei Räume, Küche und Bad, Balkon nach vorn zur Straße.

Gegenüber auf der anderen Straßenseite sah er ein Taxi halten. Dem Taxi entstieg eine Frau. Sie trug, soweit er das von hier aus sehen konnte, einen weichen, weiten anthrazitfarbenen Mantel, dessen hochgestellten Kragen sie jetzt mit der rechten Hand fasste und schützend um ihren Hals zusammenzog, eigentlich aber um die ganze Person. Sie überquerte die Straße und ging auf das Haus zu, in dem Gregor Korff wohnte. »Was macht Anita hier«, dachte Gregor, »so ganz außer der Reihe und ohne Voranmeldung? Ist etwas passiert?«

10 Vom Ausnahmezustand

Passiert war nichts, und von »außer der Reihe« ließ sich auch nicht wirklich sprechen, weil es eine Regel, eine Reihenfolge gar nicht gab. Die einzige Regelabweichung bestand darin, dass Anita diesmal einfach da war und nicht vorher angerufen hatte. Sie war jetzt auf halbem Weg stehen geblieben, weil sie ihn gesehen hatte, und wartete auf ihn. Er merkte, wie er unwillkürlich seinen Gang beschleunigte und vom Bonner Heimwegschlenderschritt in einen leichten Trab fiel.

»Ich habe gar nicht damit gerechnet, dass du da bist«, sagte Anita, als er bei ihr angekommen war. »Ich war heute Nachmittag hier an den Unikliniken zu einer Untersuchung und dachte, ich schaue einfach mal vorbei. Nicht zu lange, Leo wartet ja schließlich auch.« Sie hatten die Haustür erreicht; Gregor schloss auf und ging zum Fahrstuhl statt zur Treppe.

»Ich kann schon noch eine Treppe steigen, auch wenn ich gerade vom Arzt komme«, sagte Anita, aber die Tür des Lifts, der gerade erst vor einem Jahr eingebaut worden war, öffnete sich bereits. Als sie sich ebenso geräuschlos wieder geschlossen hatte, zog Gregor, der bisher noch kein Wort gesagt hatte, die Frau seines Freundes kurz an sich, langte mit der rechten Hand unter ihren Mantel und versuchte, zwischen ihre Schenkel zu kommen. Der Fahrstuhl hatte jedoch schon nach wenigen Sekunden die zweite Etage erreicht, und die Tür öffnete sich. Anita schob ihn sanft nach draußen ins Treppenhaus und sagte leise, während er seine Wohnung aufschloss: »Für Sex im Fahrstuhl müssten wir schon einmal stecken bleiben. Sicher gibt es einen Knopf für den Nothalt.«

Es lief nicht immer gleich ab. Zwar war es so, dass er ihr jedesmal, sobald sie die Wohnung betreten hatte, sofort unter den Mantel, den Rock, das Kleid griff und sie es nur mit Mühe bis zu seinem Bett schafften – zweimal hatten sie es nicht mehr geschafft –, dass die Gier ihre Bewegungen steuerte und bisher ungebrochen war. Es gab aber zugleich die unterschiedlichsten Stimmungen, in denen ihre Gier jeweils befriedigt wurde. Es gab eine ausgelassene und eine nachdenkliche, eine traurige und eine alberne, eine heitere und zuweilen auch eine mürrische Anita, die ihren Liebhaber forderte, und es gab das alles auch auf Gregors Seite: einen zerstreuten, einen wütenden, einen verbissenen und einen ironischen, einen aufgekratzten und einen erschöpften, einen gelassenen Gregor und manchmal auch einen, der gerade die ganze Menschheit liebte, statt nur seine Geliebte. Kurz, es gab eine beinahe unendliche Skala der Gemütsverfassungen, in denen sich die Liebe ereignete, und auch die halbe Stunde danach, denn schließlich hatten sie alles andere, hatten sie die Welt nicht einfach draußen gelassen: Das versprechen immer nur die schlechten Metaphysiker der Liebe, die leugnen, dass diese Himmelsmacht viel tiefer in der Erde verwurzelt ist, als die Liebenden es gern sehen möchten.

Um Liebe handelte es sich auch gar nicht, nicht im hochfliegenden Sinn des Wortes. Sie fielen nur übereinander her. Sie begehrten einander, und danach konnten sie ganz gut miteinander reden. Keiner von beiden wäre aber auf die Idee gekommen, für den anderen das eigene Leben zu ändern und es mit dem des anderen zu vermischen. Anita liebte nämlich Leo, und Gregor? Gregor dachte manchmal noch unter Schmerzen an Sonja und liebte im Übrigen sein Leben als ungebundenes und nichtsnutziges Individuum, denn so empfand er sich oft und musste dabei grinsen.

Das ging jetzt ein halbes Jahr so. Das Begehren würde irgendwann aufhören. Sie würden es zur rechten Zeit merken.

»Du warst wieder mal beim Arzt?«, fragte Gregor jetzt, während sie nackt nebeneinander auf dem Bett lagen. »Und was ist bei der Untersuchung diesmal herausgekommen?«

»Du weißt doch, wie das ist. Die Ergebnisse kriegt man immer erst ein paar Tage später.«

Gregor wusste durchaus nicht, wie das war. Er war seit vielen Jahren nicht mehr beim Arzt gewesen, selbst bei ernsthafteren Beschwerden nicht, dem zuweilen unregelmäßigen Herzschlag etwa oder den Magen-Darm-Krämpfen, die ihn in bestimmten Abständen plagten, ohne dass das mit falschem Essen oder einer ungesund verlebten Nacht zu tun hatte. Er wusste, dass er eigentlich ein Hypochonder war, und hatte sich die Abstinenz von Arztpraxen selbst verordnet, um seiner Hypochondrie einen Riegel vorzuschieben. Das war gleichsam eine machtpolitische Maßnahme, ein Staatsstreich gegen sich selbst.

»Aber dieser Professor ist wohl eine Koryphäe«, sagte Anita und drehte sich vom Bauch auf die Seite. »Und wenn nicht, dann kann er gut verstecken, dass er so wenig Ahnung hat wie die anderen, was mit mir los ist.«

»Derzeit bist du aber nicht besonders mager«, sagte Gregor und legte seine Hand auf ihre Taille. »Akut ist die Untersuchung kaum nötig gewesen. So gefällst du mir sehr.«

Anita lächelte ihn an und sagte: »Du bist einfach nur ein geiler Bock, Gregor. Und ein mieser Kerl dazu, wenn man bedenkt, dass du die Frau deines besten Freundes vögelst.

Warum bist du eigentlich schon zu Hause? Heute müsste es im Amt doch rundgehen bis in die Puppen, nach den Wahlen von gestern.«

»Ich habe mich auch schon gewundert. Mein Chef braucht mich heute nicht mehr. Vielleicht braucht er mich ja gar nicht mehr.«

»Auf so einen schlauen Kerl wird er wohl kaum verzichten. Ich muss langsam los. Leo wird wissen wollen, wie es in der Klinik war.«

Sie schob seine Hand von ihrer Taille, setzte sich auf und begann, sich anzuziehen, während Gregor auf ihren Rücken starrte.

»Das Einzige, was nicht passieren darf«, sagte sie plötzlich, »ist, dass ich von dir schwanger werde. Das wäre mehr als unangenehm.«

»Nimmst du denn keine Pille oder so etwas?«

»Nein, ich nehme keine Pille oder so etwas. Das vertrage ich nämlich nicht.«

»Und wie ist das zu Hause? Treibt ihr es gar nicht mehr?«

Anita, halb mit dem Ankleiden fertig, drehte sich um. »Doch, doch, mein Lieber. Nicht selten sogar, wenn man bedenkt, wie lange wir verheiratet sind. Leo ist ein guter Liebhaber.«

»Und was wäre daran unangenehm, wenn du schwanger würdest? Es könnte doch ebenso gut Leo gewesen sein.«

»Nein, Leo könnte es eben nicht gewesen sein. Leo ist unfruchtbar, das ist ärztlich längst festgestellt. Wusstest du das nicht?«

Nein, das wusste er nicht. Über so etwas sprachen sie nicht, wenn sie montags miteinander telefonierten oder bei den selteneren Gelegenheiten, bei denen sie in Köln oder Bonn ein Kölsch miteinander tranken. Das ist ein Ding, dachte Gregor jetzt. Das ist ein Ding.

Als hätte sie seine Gedanken gehört, sagte Anita, die mit dem Anziehen fertig war: »Aber nur, was das betrifft, Gregor. Sonst ist Leo nicht unfruchtbar. Er ist viel schlauer als du, auch wenn du den Minister berätst und Leo nur irgendwelche obskuren Gruppen überwacht. Er ist der klügste Mensch, den ich kenne.«

Gregor richtete sich auf, nahm sie in den Arm und sagte: »Aber das versteht sich doch von selbst. Er ist klüger als wir alle zusammen. Ich finde das schön, dass du das gesagt hast. Dass er klüger ist als ich, merkt man schon daran, dass er nie wie ich zwei Jahre seines Lebens in so einer obskuren Truppe verbracht hat. Er hat mich damals eigentlich gerettet.«

Anita machte sich los und sagte freundlich: »Schon gut, jetzt fang nicht wieder mit diesen alten Fußballgeschichten aus Berlin an. Ich muss los.«

Er stand auf dem Balkon und sah sie unten in das Taxi einsteigen. Dann ließ er sich in einen Sessel fallen, nahm die Fernbedienung in die Hand und legte sie wieder weg. Leo ist unfruchtbar. Sein bester Freund betrügt ihn mit seiner Frau. Seine Frau betrügt ihn mit seinem besten Freund.

Müßig, darüber nachzudenken, ob sich diese Affäre, die Anita und er gar nicht so nennen würden, schleichend vorbereitet hatte. Man kannte sich fast zehn Jahre. Gregor war bei den Münks zum Essen; sie besuchten ihn; sie waren auch zweimal für ein Wochenende zusammen weggefahren, in ein Hotel, um es sich gut gehen zu lassen. Gemeinsames Schwitzen in der Sauna: also hatte er Anita früher schon einmal nackt gesehen, fiel ihm wieder ein. So, wie man einen Menschen in der Sauna nackt sieht: ruhendes, schweißüberzogenes, mehr oder weniger helles, mehr oder weniger ansehnliches Fleisch, ohne sexuelle Färbung. Das hatte er längst vergessen.

Passiert war es letztes Jahr Ende September, an einem Samstag. Sein Minister war in Prag, zusammen mit einem Kollegen, um in der deutschen Botschaft den Flüchtlingen aus der DDR die frohe Botschaft zu verkünden. Zu großen Auftritten dieser Art nimmt man seinen Berater natürlich nicht mit. Gregor hätte auch nicht gewollt, zu so einem

Spektakel mitgenommen zu werden, nie und nimmer. Wo man sich gleichsam anschnallen und festhalten musste, da war nicht sein Platz. Das hatte schon auf den Jahrmärkten und Rummelplätzen seiner Kindheit und Jugend begonnen. Autoscooter ging vielleicht noch, aber rasende Karusselle, deren Wagen ständig die Drehrichtungen wechseln, gingen nicht. Kettenkarussell und alles, was in der Luft war, schon gar nicht. Alles nicht, was schwindeln machte. Die Raupe war natürlich ein Sonderfall. An der Raupe waren die Füchsinnen, aber auch die hatte er lieber in ihrem Schuppen, als dass er bei Schussfahrt über Berg und Tal mit ihnen knutschte.

Deshalb saß er an diesem letzten Septembersamstag zu Hause, die Fernbedienung auf dem kleinen Tischchen neben sich wie jetzt auch, nur dass damals der Apparat auch eingeschaltet war: Bundesliga. Dann klingelte es an der Haustür, und Gregor fragte durch die Gegensprechanlage *Wer*. Früher hatte er das gehasst, früher machte er einfach auf. Seit einigen Jahren dachte auch er in Kategorien der inneren Sicherheit, auch wenn die Wahrscheinlichkeit, dass man einen kaum bekannten Vor- und Meisterdenker wie ihn entführte, gegen null ging. Und wenn, dann hätte man ihn auch auf der Straße schnappen können, auf dem Weg nach Hause, oder man hätte ihn von der Terrasse eines der Cafés am Marktplatz zerren können, die er an den heißen Bonner Sommertagen so gern besuchte. Aber inzwischen war auch er vorsichtiger geworden und hatte die Vorsicht im Spinoza'schen Sinne mehr und mehr zu einer seiner beiden Lebenshaltungen gemacht: Die andere war ein gewisser, gerade noch kalkulierbarer Leichtsinn. *Jedes Ding strebt, soviel an ihm liegt, in seinem Sein zu verharren*. Eben, dachte Gregor, das gehört zum Wesen der Souveränität, und damit kenne ich mich aus.

Es hatte also geklingelt, und er fragte: »Wer ist da?«, und unten sagte Anita, sie sei es. »Anita hier«, sagte sie wörtlich, »kann ich mal kurz raufkommen?«

Dass sie ihn besuchen kam, war nicht ganz und gar ungewöhnlich. Auf eine Tasse Kaffee. Die kölsche Anita, die sich mit dem Auto noch immer in Bonn verirrte, fuhr gleichwohl dann und wann in ein kleines Modelädchen, das sie allen Kölner Geschäften vorzog, und kaufte sich einen Rock oder eine Bluse. Keineswegs das, was man eine Edelboutique nennt, das war nicht ihre Welt. »Ich komme aus Raderberg«, sagte sie von Zeit zu Zeit, »und mein Mann ist zwar superschlau, aber auch nur ein kleiner Gruppenleiter beim Verfassungsschutz. Designerklamotten kann ich mir gar nicht leisten.« Aber der kleine Laden in der Bonner Remigiusstraße führte eben den Stil, den sie liebte. »Wie für mich gemacht«, sagte Anita.

Nach ihren Einkäufen dort kam sie manchmal zu ihm, trank eine Tasse Kaffee und fuhr dann wieder nach Hause, nicht, ohne sich vorher von Gregor zum zehnten Mal erklären zu lassen, wie sie am besten und sichersten aus Bonn wieder herauskam, Richtung Kölner Autobahn. Diesmal kam sie »einfach so«, hatte nirgendwo etwas gekauft, die Geschäfte waren auch schon zu. Einen beigefarbenen leichten Trenchcoat trug sie, offen, darunter einen kurzen schwarzen Rock und eine rote Bluse.

»Leo ist nach Birglar gefahren«, sagte sie, »seinem Vater geht es schlecht.«

Sie setzten sich in die sogenannte Bibliothek. Zwei Sessel standen dort um einen niedrigen Tisch einander gegenüber, ziemlich in der Mitte des Raumes; ein dritter, großer schmiegte sich in eine Ecke, dahinter eine Leselampe. Nicht weit davon ein kleiner Schreibtisch, der Stuhl so gestellt, dass Gregor in den Raum sah, auf die Phalanx der Bücher an allen vier Wänden. Derzeit saß er nicht oft an diesem Schreibtisch. Das schöne Teil aus den Wiener Werkstätten, das er vor zwei Jahren bei einem Händler entdeckt hatte, war fast leer geräumt. Sie tranken Kaffee, frisch aufgebrüht aus der Alessi-Maschine, die von Anfang an nicht richtig funktioniert hatte: Beim Füllen der Tasse spuckte sie jedesmal, und Gregor musste immer erst die Untertasse abwischen, bevor er seinen Gästen, von denen es nicht viele gab, einen Kaffee anbieten konnte.

Leo war also übers Wochenende nach Birglar gefahren, weil es seinem Vater schlecht ging. Anita hatte ihm angeboten, mitzukommen, aber Leo hatte gesagt: »Das kann anstrengend werden. Bleib hier und ruh dich aus.«

Das hatte sie versucht, anfangs sich sogar gefreut auf die zwei Tage allein in der spätsommerlich-frühherbstlichen Wohnung in der Landgrafenstraße. Nach dem Aufstehen nahm sie ein Bad, frühstückte lange, fuhr dann mit dem Bus zum Rudolfplatz, um einige Besorgungen zu machen. Am späten Mittag legte sie sich noch einmal hin, und als sie aus einem etwa einstündigen Schlaf erwachte, fing sie an zu weinen. Ein tonloses Schluchzen war das, wenig bewegt, aber so tieftraurig, dass sie spürte, wie ihre Kehle zugeschnürt wurde. Einen furchtbaren Geschmack hatte sie im Mund und lag da, eine halbe Stunde und länger, gefangen in diesem Schluchzen und mit diesem miserablen Geschmack im Mund.

Sie wusste nicht, was geschehen war. An einen Traum konnte sie sich nicht erinnern. Ihr Schlaf schien tief und unruhig zugleich gewesen zu sein. Schließlich schaffte sie es, aufzustehen und etwas zu trinken. Dann zog sie sich an. Sie nahm den Peugeot 205 und fuhr eine Weile ziellos im Kölner Umland herum, und später, als sie im Vorgebirge gelandet war, entschied sie sich, nach Bonn weiterzufahren und Gregor zu besuchen.

Das alles erzählte sie dem Mann, der wenig später ihr Liebhaber werden sollte, in Sprüngen und Abschweifungen, mit hochgezogenen Schultern und in ihren Sessel verkrochen. Worum ging es eigentlich? Um ihr Leben, das war ihr während ihres Umherirrens mit dem Auto klargeworden, aber worum genau? Vielleicht darum, dass sie ihr Studium nicht zu Ende gebracht, sondern sich auf Leo verlassen hatte. Sie machte es Leo nicht zum Vorwurf, dass sie ihn geheiratet hatte. Möglicherweise war sie nur traurig, dass man nicht mehr das Jahr 1980 schrieb und sie mit Leo im *Opera* stand oder mit den anderen im Stollwerck übernachtete. Dass es nicht immer so weitergegangen war mit der Neuen Deutschen Welle und den Jungen Wilden (deren Bilder sie gar nicht mochte) und mit ... was noch? Karottenjeans! Herrje, im Sommer 1981, noch vor der Heirat mit Leo, trugen sie alle Karottenjeans, auch Anita. Sie wurde heute noch rot, wenn sie daran dachte. Obwohl diese Jeans bei Frauen ja noch irgendwie witzig wirkten, aber bei Männern sahen sie nur grauenhaft aus. Leo hatte übrigens nie eine getragen, im Amt ohnehin nicht, aber auch nicht in seiner freien Zeit. Leo war nicht schuld daran, dass die achtziger Jahre jetzt zu Ende gingen und Anita nicht genau wusste, was sie in diesem Jahrzehnt gemacht hatte: wo ihr Leben geblieben war.

Dann begann sie wieder zu weinen: diesmal kein tonloses Schluchzen, sondern ein Aufschrei am Anfang und danach ein kräftiges, starkes, stimmstarkes, hoch durchgebildetes Heulen, eine ernsthafte Arbeit, eine Anstrengung zur Entlastung, wie man sie vor allem von Kindern kennt.

Einen kleinen Moment zögerte Gregor noch, als er das zuckende Häufchen Elend vor sich sah. Dann setzte sich der Souverän in ihm durch, so hätte er es beschrieben, hätte er jemandem diese Geschichte erzählt. Der Souverän ist zum Schutz seiner Untertanen verpflichtet. Gregor schoss aus seinem Sessel und stürzte auf den von Anita zu, kniete davor nieder und zog die Frau seines Freundes tröstend an sich. Anitas Schluchzen ließ nach, während er sie noch näher an sich zog und sie ihren regelmäßigen Atem wiederzugewinnen suchte. Der Souverän hat auch die Verfügungsgewalt über die ihm Anvertrauten, früher hatte er sogar das ius primae noctis. *Souverän ist, wer über den Ausnahmezustand entscheidet.*

Natürlich dachte er in diesem Moment nicht in solchen Kategorien, erst hinterher. Er dachte jetzt gar nicht mehr, sondern sah nur die beschützenswerte zarte Gestalt Anitas, sah ihre schlanken, langen Beine unter dem kurzen Rock, dann roch er das Parfüm um ihren Hals, und es war um ihn geschehen. Mit sanfter Entschiedenheit zog er sie aus dem Sessel und in sein Schlafzimmer, eine Entschiedenheit, die wenig Widerstand fand. Gregor tat, was er bis dahin immer nur im Kino gesehen hatte, warf die Frau seines Freundes aufs Bett und griff ihr unter den Rock.

Damals, nachdem Anita gegangen war, hatte er den Fernseher eingeschaltet und seinen Chef hinter dem Außenminister gesehen, halb verdeckt, während die Menge jubelte. Das war schon eine Wiederholung. Das Original musste ausgestrahlt worden sein, als Anita rittlings auf ihm saß oder er selbst hinter ihr kniete. »Wir sind zu Ihnen gekommen«, sagte der Außenminister, »um Ihnen mitzuteilen, dass heute ihre Ausreise…« Danach war nichts mehr zu verstehen.

Und jetzt war Anita mit dem Taxi im beginnenden Märzdunkel verschwunden. Draußen fing ein ganz gewöhnlicher Bonner Abend an, ein leises Rauschen in der Ferne, hier und dort Autohupen, unter dem Fenster ein helles Lachen und dann Schritte, die sich schnell entfernten. Irgendwo, dachte Gregor, habe ich dieses Lachen schon einmal gehört.

11 Die Macht, das Auto, das Kasino, die Frau

Eine Woche später, als er sich abends seiner Wohnung näherte, sah er zur anderen Straßenseite, aber diesmal war Anita nicht überraschend aufgetaucht. Er wusste von Leo, dass sie heute wieder einen Termin bei ihrem neuen Arzt hatte, aber sie hatte es wohl vorgezogen, danach nach Hause zu fahren. Er selbst kam gerade aus einer Dreierrunde mit Prill und Professor Jerschel. Um Details von Jerschels Status war es gegangen, denn der wollte zwar einerseits dabei sein, wenn der Wind der Geschichte wehte, mochte andererseits aber seinen noch recht frischen Lehrstuhl in Berlin nicht aufgeben.

»Das müssen Sie ja auch gar nicht«, sagte Gregor irgendwann und machte dann dem neuen freien Mitarbeiter recht brutal seine wahre Bedeutung klar: »Sie sollen ja bloß dem Kanzler oder dem Minister die eine oder andere Rede schreiben. Sie können uneingeschränkt weiter lehren und forschen.« Das war eine kaum verblümte Art, seiner Kneipenbekanntschaft aus Berlin klarzumachen, dass er keineswegs in den Rang eines Beraters aufsteigen, sondern weiterhin durch dicke Mauern vom Innersten der Macht getrennt sein würde. Jenem Innersten der Macht, in dem Gregor sich schon seit Jahren bewegte wie der Fisch im Wasser.

Nach dieser Klarstellung ging es ihm so gut, dass er ganz stark auf Anita gehofft hatte. Aber sie hatten keine Verabredung, und er konnte nicht erwarten, dass sie nun ständig unangemeldet auftauchte. Er wollte das auch gar nicht: Das kann ich vor Leo gar nicht verantworten, dachte er jedesmal, wenn sich sein Gewissen meldete. *Das geht nicht, was ich mache. Ich bin ein Schwein. Gut, dass Anita nicht da ist.* Dann änderte er seinen Weg und ging zur fünf Minuten von seiner Wohnung entfernten Garage, in dem sein Borgward stand. Er streichelte einmal die Karosserie; dann fuhr er den Wagen langsam auf die Straße und zog stadtauswärts.

Nach Bad Neuenahr fuhr er nie, weil es ihm nicht weit genug von Bonn entfernt lag. In Hohensyburg war er einmal gewesen, aber ihm gefiel das Publikum nicht. Seitdem hatte er sich für Aachen entschieden. Von Zeit zu Zeit ging es abends über die B 56 nach Euskirchen, Zülpich und Düren und von dort auf die Autobahn. In Aachen dann zügig die Monheimsallee hinauf. Die Parkplätze fand er jedesmal etwas zu schlecht ausgeleuchtet, doch sobald er im Kasino am Empfang stand und seinen Ausweis vorlegte, fühlte er sich angekommen. Fast alle, die dort abwechselnd Dienst taten, erkannten ihn wieder, auch wenn er nicht öfter als höchstens zweimal monatlich kam, manchmal zehn Wochen lang gar nicht.

Er war willkommen. Gregor Korff war keiner, der für Kasinos gesperrt war. Auch keiner, der sonst irgendwie auffällig war, indem er zu viel trank, sich mit Croupiers anlegte oder auf eine andere Art lästig wurde. Der Leichtsinn, den er sich gönnte, war streng begrenzt und durchkalkuliert. Oft ging er mit einem kleinen Gewinn nach Hause, manchmal mit einem kleinen Verlust. Er verschmähte die einfachen Fifty-fifty-Einsätze ebenso wie das Vabanquespiel, auf eine einzige Zahl zu setzen. Er kombinierte und streute, ohne sich der Illusion hinzugeben, er betreibe hier Wissenschaft.

Heute war er ganz entspannt und spielte lange, fast ohne Pausen, bis in die Nacht hinein. Der junge Croupier an seinem Tisch war neu. Gregor jedenfalls hatte ihn noch nie gesehen. Dann kam die Ablösung, ein alter Bekannter. Je länger er saß, desto risikofreudiger setzte Gregor. Seine Gewinne oder Verluste kümmerten ihn wenig. Ihn trug noch das Triumphgefühl gegenüber Professor Jerschel. Den hatte er in seine Schranken verwiesen. Der hätte gern an der Macht partizipiert und war doch einfach nur ein Berliner Professor. Da musst du schon früher aufstehen, Jungchen, dachte Gregor, während er neu setzte, wenn du wirklich bei der Macht mitspielen willst und nicht nur schöne Worte drechseln.

Er tat jetzt das, was er sich sonst verbot. Er setzte zum Abschluss auf eine einzelne Zahl, die 16. Seine Lieblingszahl. Spätestens mit zwölf hatte er auf den Tag gewartet, an dem er sechzehn wurde. Sechzehn war er, als er *A Hard Day's Night* zum ersten Mal hörte, und sechzehn war er, als ihm Reni Fuchs im Schuppen einen geblasen hatte. Als die Kugel zur Ruhe gekommen war, begriff Gregor sofort, dass er jetzt der Held eines Kinomärchens geworden war, noch bevor der Croupier ihm seinen Gewinn zuschob: das Fünfunddreißigfache seines Einsatzes. Im Kino brauchen die Heldinnen oder Helden dieses Glück allerdings meistens sehr dringend, ein Glück, dem zuweilen durch menschenfreundliche Zyniker wie Rick nachgeholfen wird. Gregor hatte an diesem Tag eigentlich schon Glück genug gehabt. Vom Überschuss gab er gern ab, legte eine beträchtliche Menge Chips beiseite, hörte mit Vergnügen das stereotype *Danke für die Angestellten* und strich den Rest ein. Als er aufstehen wollte, tönte hinter ihm wieder das helle Lachen, das er letzte Woche unter seinem Fenster gehört hatte. Er drehte sich um.

»Ich wusste gar nicht, dass du so ein Zocker sein kannst«, sagte Sonja. Sie stand hinter ihm im kleinen Schwarzen, über dem sie eine rote Spitzenstola trug, und lächelte wie immer: Ihre schönen weißen Zähne strahlten, aber die Augen blieben merkwürdig glanzlos.

»Spionierst du mir nach?«, fragte Gregor. »Oder bist du mit einem neuen Liebhaber hier?«

»Weder noch. Ich wohne jetzt hier, und manchmal gehe ich abends ins Kasino.«

»Du wohnst hier?«

»Ja. Ich bin in die Privatwirtschaft gewechselt. Import Export. Der Schwerpunkt der Firma liegt in Belgien und Frankreich. Gehen wir noch an die Bar?«

Um ein Uhr nachts fuhr er nach Bonn zurück. Er fühlte sich frisch wie an einem frühen Sommermorgen. Die Strecke durch die nachtfinstere Voreifel, mit ihren stummen, missmutigen Häusern und der düsteren Euskirchener Zuckerfabrik, schreckte ihn diesmal nicht. Musik trug seine Limousine, die bald ihren dreißigsten Geburtstag feiern würde, über die leeren Straßen. *Moons and Junes and Ferris wheels, the dizzy dancing way you feel, as every fairy tale comes real …* Sonja war wieder aufgetaucht, so plötzlich, wie sie vor drei Jahren verschwunden war. Die hat mir der Himmel geschickt, dachte Gregor. *Heaven must have sent you.* Morgen früh acht Uhr kleiner Kreis beim Minister.

12 Kurz vor Ostende

Leo wusste es schon am nächsten Mittag. Gregor hatte ihn angerufen und ihm die große Neuigkeit mitgeteilt: Sonja war wieder da.

»Und was willst du jetzt damit anfangen?«

»Das weiß ich noch nicht. Jedenfalls habe ich ihre Adresse.«

»Pass bloß auf. Sonst ist die das zweite Mal weg.«

»Ach, du magst sie nicht.«

Nein, Leo mochte sie nicht. Als Gregor das erste Mal mit ihr zu einem gemeinsamen Essen mit Anita und ihm aufgetaucht war, hatte er sie noch gar nicht richtig vorgestellt, als bei Leo schon der Alarm ausgelöst wurde. Die ist nicht echt, dachte er damals. An der ist was falsch.

Wann war das gewesen? 1984, das Orwell-Jahr, die Chiffre für alles Schlechte und Totalitäre, der Große Bruder hat ein Auge auf euch alle: und dann wurde es ein reichlich harmloses Jahr, in dem nicht viel passierte. Der deutsche Schriftsteller, über dessen ersten Roman Leo in Berlin seine Examensarbeit geschrieben hatte, wurde im März tot in seiner Wohnung in dem englischen Städtchen Sheerness on Sea gefunden. Gestorben war er vermutlich schon im Februar, an Herzversagen: Eigentlich aber hatte er sich totgesoffen. Sonst gab es nicht viel Aufregendes. Im Juni des Jahres stieg Leo im Amt auf: Das war es, was sie mit dem Essen zu dritt hatten feiern wollen, und Gregor hatte am Telefon gesagt: »Kann ich jemanden mitbringen? Ich habe wen kennengelernt.«

Das Essen fand im *Hammerstein's* in der Antwerpener Straße statt, das war damals ziemlich neu, aufgemacht vom Besitzer des *Opera,* der sich später, nach einem längeren Aufenthalt in Afrika, das Leben nahm. Von riesigen Steuerschulden war die Rede. Ein Lokal im neuen schicken Stil der mittleren achtziger Jahre, und das Schickste war das apostrophierte *s* am Ende des Namens. Anita hatte den Laden entdeckt. Sie schrieb damals für eine Kölner Stadtillustrierte manchmal kleine Reportagen über die »Szene«. »Ich möchte auch ein bisschen Geld verdienen«, sagte sie zu Leo. »Ich weiß ja, dass du genug für uns beide verdienst, aber ich möchte auch zu etwas gut sein auf der Welt.« Wenig später wurde sie sogar Redakteurin, bis sie im Jahr darauf im Streit mit dem Chefredakteur ausschied. Aber 1984 war ein gutes Jahr für Anita. Ihr Gewicht blieb stabil, und sie war tatkräftig, wach und lachte viel.

Das *Hammerstein's* war ein Spiegelpalast und hatte, wenn Leo sich recht erinnerte, Stühle und Bänke mit roten Lederpolstern. Bedient wurde in Weiß, mit langer weißer Schürze. Oder ganz in Schwarz und nur die Schürze weiß? Er war sich nicht mehr ganz sicher. Zu essen gab es, was damals als edel galt: Lachs mit Reibekuchen und Kaviar, Salat mit Sprossen und Nüssen, sehr beliebt war Perlhuhn in verschiedenen Variationen, dann Nudeln mit Trüffeln, gekräuterte Rinderfilets. Vielleicht nicht alles im *Hammerstein's*, dachte Leo jetzt, aber das war es, was wir damals gern gegessen haben, und es schmeckte ja auch.

Sonja arbeitete im Bundespresseamt, Referat 202: *Presse, Agenturen Inland.*

»Nichts Besonderes«, sagte sie, »ich bin bloß eine bessere Hilfskraft. Bin aber auch noch nicht lange dabei.« Dabei sah sie an Leo und Anita vorbei – die beiden Paare saßen sich gegenüber – und schlug dann die Augen nieder, aber was Leo sah, war, dass diese Augen *grinsten.* Wahrhaftig, sie grinsten, er würde es beschwören. Spätestens das war der Moment, in dem Leo dachte: An der ist was falsch.

Als sie dann aßen, ihr Perlhuhn oder ihre Rinderfilets oder ihre Seezunge, oder was auch immer sie damals jeder bestellt hatten, begriff er nach und nach, dass er sie noch länger an Gregors Seite sehen würde, unter Umständen sogar Jahre. Er sah, dass Gregor ihr aus der Hand fraß. Er sah das Unbedingte, wenn er sich an Sonja wandte, sich nach rechts zu ihr neigte. Sein Fluchtimpuls, den er bei seinen Liebeleien nach wenigen Wochen, manchmal schon nach Tagen entwickelte, würde ausbleiben. *Er wird sich ausliefern,* dachte Leo.

Die junge Frau hatte etwas Struppiges, Zerzaustes, fand Leo damals, aber zugleich wirkte sie, als würde sie im Notfall über Leichen gehen. Diese Mischung war es vermutlich, die Gregor anzog. Gregor, der sich manchmal gern als Raubritter, Condottiere, als gewissenloser Eroberer gab und in Wahrheit oft vor Beschützerwillen und vor Mitleiden zerfloss. Diese kleine Struppige mit ihren grinsenden Augen war dafür ein geeignetes Objekt. Ihr Haar war übrigens keineswegs struppig oder zerzaust, sondern glatt und tiefschwarz glänzend, japanisch fast, und sie hatte es an diesem Abend passenderweise zu einer Geishafrisur aufgetürmt, die hinten mit einem breiten braunen Schildpattkamm zusammengehalten wurde. Struppig war die Person, nicht das Haar. Frau Seeger – Sonja Seeger, so hieß sie – sprach mit einem leicht hannöverschem Akzent. Vielleicht löste das im weiteren Sinn Heimatgefühle bei Gregor aus, Kindheitsbilder. Aus dem Amt erzählte sie an diesem Abend wie auch bei allen anderen Gelegenheiten, wo Leo sie sah, nichts weiter als Anekdoten. Lustige Geschichten, Pannen, Macken.

Wie sie dahin gekommen war? Sie war gleich nach dem Abi aus Hannover geflüchtet und hatte in Bonn studiert, »weil ich da was gekriegt habe«. Wieder dieses unbestimmte Grinsen. Volkswirtschaft, dazu Publizistik. Das Studium absolvierte sie sehr schnell. »Ich habe mich an der Uni nicht wohlgefühlt«, sagte sie. Dann bewarb sie sich beim Bundespresseamt. »Die suchten damals Mädchen für alles, und da fühlte ich mich angesprochen. Keine tiefgründige Arbeit, aber es macht doch Spaß.«

Mädchen für alles. Es macht Spaß. Schon die Ausdrucksweise, dachte Leo damals.

»Ich mag gerade ihre Oberflächlichkeit«, sagte Gregor

irgendwann später zu ihm. »Sie ist ganz aufs Äußere aus. Hat keine Tiefe, falls du verstehst, was ich meine. Aber das interessiert dich gar nicht, oder?«

Nein, es interessierte Leo nicht. Nach dem ersten Abend damals fragte er Anita, was sie von dieser Sonja Seeger hielt.

»Ach, Gott, sie ist ganz nett. Ich glaube, ich könnte sogar mit ihr. Will ich aber nicht. Das ist Gregors Sache, Leo. Wir fahren mit den beiden jedenfalls nicht in Urlaub.«

Das taten sie nicht. Statt dessen fuhren Gregor und Sonja im Herbst in die Toskana und im Frühjahr des folgenden Jahres nach Paris. Mit Leo und Anita trafen sie sich nach dem Essen im *Hammerstein's* nur selten. Leos Abneigung war spürbar, auch wenn er sie nicht kultivierte, und Sonja wich ihm möglichst aus.

Aber in der Hauptstadt waren sie ein glanzvolles Paar, etwas, was es selten gab: keine Affäre, von der jeder wusste und eigentlich keiner wissen durfte, keine schmutzige Geschichte, sondern zwei angenehme junge Menschen, von denen keiner irgendeinen Dritten betrog. Die gehören zusammen, dachte jeder mit Wohlgefallen, auch wenn sie nicht zusammen wohnten. Wir gehören zusammen, dachte Gregor Korff auch noch im dritten Jahr, und das war etwas völlig Neues für ihn. Man sah sie gern im *Gambrinus* oder in der *Schumannklause,* aber auch an den feineren Fressplätzen in Bad Godesberg oder Bad Honnef.

Wie schön sie waren! Der junge Mann, so schien es den Kellnern, ging plötzlich aufrechter, sicherer, aber ganz leicht, ohne aufzutrumpfen. Und die junge Frau war eine Kostbarkeit, ein Kleinod, ein Juwel. Ihr Lächeln warm, aber nie unverschämt, ihre Bestellungen bestimmt, aber immer zugleich mit der unausgesprochenen Bitte um Verzeihung dafür, Mühe zu verursachen. Bestimmt, aber bescheiden. Manchmal ein helles, aber nicht ganz mädchenhaftes Lachen, eine kleine Spur unkultiviert, unartig. Das war wichtig, sie wäre sonst zu makellos gewesen, eine Fälschung.

Dieses glänzende schwarze Haar, wie lackiert! Stupsnase. Tief dunkelblaue Augen, als wollten sie mit aller Macht schwarz werden. Kleine schmale Händchen mit langen Fingern, übrigens bei dem jungen Mann nicht anders: als seien sie Geschwister. Waren sie aber nicht, man konnte sich schon vorstellen, was passierte, wenn sie nach dem Essen das Lokal verließen und nach Hause gingen, zu ihm oder zu ihr.

Meistens zu ihm. In ihrem kleinen Reich, wie sie es nannte, dem Appartement am Bonner Talweg, schlief er in den drei Jahren vielleicht sechs- oder siebenmal. Immer hatte er das Gefühl, dass sie diese zwei Zimmer vor jedem Eindringling hütete, auch vor ihm. Manchmal schien ihm, sie überwachte ihn, wenn er bei ihr war. Einmal nahm er ein Foto in die Hand, das auf einer Kommode lag. Es zeigte zwei junge Mädchen, von denen eine erkennbar Sonja war; die andere musste ihre Schwester sein. Sonja nahm ihm das Foto leicht verstimmt aus der Hand. »Du musst fragen«, sagte sie, »du kannst das nicht einfach so nehmen.«

Sie hatte natürlich recht.

»Bei dir ist es viel ordentlicher«, sagte sie, »und ruhiger.« Das stimmte, beides. Bei Sonja lag immer, wenn er da war, das schmutzige Geschirr von drei oder vier Tagen im Spülbecken. Er konnte es verstehen. Die Küche war ein Verschlag, mehr nicht, da mochte keiner stehen und spülen. Und natürlich war es in der Kurfürstenstraße nachts viel ruhiger als am Bonner Talweg. Im Übrigen freute es ihn, es schmeichelte ihm, dass sie so gern bei ihm war.

Einmal Freitag nachts, Frühjahr 1987, fuhren sie mit seinem Wagen einfach los, wie er es in seinen Jahren in Speyer getan hatte, und landeten in der Morgendämmerung an der belgischen Küste. Sturm kam auf. Gregor schlug vor, sich ein Hotel zu suchen, in Ostende oder in Knokke, und erst am Sonntagabend zurückzufahren.

»Fahr in den Weg da rechts rein«, sagte Sonja, und Gregor tat, worum sie ihn gebeten hatte. »Stell den Motor aus.«

Sie beugte sich zu ihm und knabberte an seinem Ohr. »Stell den Sitz zurück, die Lehne auch.«

Er sah in dem milchigen Morgenlicht ihre sehr weißen Brüste über sich.

»Keine Angst, hier kommt keiner, die schlafen alle.«

»Ist mir auch egal«, sagte Gregor.

Als sie aus diesem Wochenende wiederkamen und er Sonja nach Hause gebracht hatte, beschloss Gregor, sie zu heiraten. Er probierte das Wort ein paarmal aus, weil es so völlig ungewohnt für ihn war, so undenkbar auch bisher. Er sprach im Bad vor dem Spiegel ein paar Anträge, probehalber. Es sollte ja schön werden, festlich, es sollte ihm nicht einfach so rausrutschen. Er sah plötzlich eine rauschende Hochzeitsfeier vor sich, irgendwo in einem gemieteten Restaurant, alte und neue Freunde, sein Chef und dazu *tout Bonn.* Dann der Einmarsch des frisch vermählten Paars, Sonja mit dem knöchellangen dunkelgrünen Rock und der schwarzen Bluse, die er so liebte. Aufleuchtender Neid in den Gesichtern der Männer. Jeder möchte die Braut rauben, *aber sie ist mein, mein, mein.*

Er ließ sich Zeit, rief sie erst am Dienstag wieder an, elfter März, und lud sie zu einem Überraschungsausflug für den Freitagabend ein, seinen Geburtstag. Er wollte mit ihr nach Düsseldorf ins *Schiffchen,* das sagte er ihr nicht am Telefon. Da sollte sie seinen Antrag hören. »Denkst du noch an letzten Samstag? Morgens um halb sechs, kurz vor Ostende?« Sie denke an nichts anderes, versicherte sie. Bis Freitag sechs Uhr.

Da stand er vor dem Appartement am Bonner Talweg und klingelte Sturm. Der einzige Erfolg nach fünf Minuten war der, dass der Nachbar von gegenüber irgendwann seine Tür öffnete und sagte: »Die ist vorgestern ausgezogen. Ging sehr schnell.«

13 Flamingos im Zoo

Das war das zweite Mal in seinem Leben, dass ihm einfach jemand so verschwand. Lea war damals untergetaucht, und so gründlich er und die anderen auch noch eine Weile gesucht hatten, nirgends stießen sie auf ihren Namen. Bei keiner Schießerei, keinem Banküberfall, keinem Mordanschlag wurde sie unter den möglichen Tätern genannt. Niemals hieß es, die junge Frau, die unter dem Namen Müller oder Maier eine Wohnung gemietet habe, sei in Wahrheit die untergetauchte Lea Rabe aus Bietigheim gewesen. Auf keinem der schwarzweißen Fahndungsbilderbogen jener Jahre tauchte sie auf. Lea war weg, wie nicht gewesen, ausgelöscht, und irgendwann Ende des Jahrzehnts hielt er sie endgültig für tot, wenn sie nicht unter einem anderen Namen in einem fernen Teil der Erde lebte. Langsam verblasste die Erinnerung, verloren die Gesichtszüge an Kontur, war er sich ihrer Stimme nicht mehr sicher. Am Schluss starb das Interesse selbst. Lea war nicht mehr als ein ungelöster Fall fürs Privatarchiv, und schließlich hatte er sie ja schon verloren, bevor sie untergetaucht war. Wenn er später von Lea erzählte, sprach er immer von einer »skurrilen Geschichte aus meinen wilden Politjahren«. Die im Übrigen so wild nicht gewesen waren, sondern viel langweiliger als das, was danach kam.

Er fragte beim Bundespresseamt nach Sonja. Frau Seeger hatte vorgestern fristlos gekündigt, aus persönlichen Gründen. Ja, man halte das auch für einen sehr merkwürdigen Vorgang. Am Montag sprach er mit ihrem Chef. Man sei schon dabei, sagte der, ihre Aktivitäten während ihrer Beschäftigung hier im Amt noch einmal zu überprüfen, so weit das möglich sei. Es sei aber nie jemandem etwas aufgefallen. Sie sei auch zuvor an der Uni nie auffällig geworden, und sie habe damals bei der Einstellung die Sicherheitsüberprüfung reibungslos überstanden. Letzten Endes sei sie ja auch nie mit irgendwelchen sicherheitsrelevanten Bereichen befasst gewesen. Ob er, Gregor Korff, denn irgendeine Vermutung habe?

Sie saßen in einem Büro im ersten Stockwerk, Gregor mit Blick aus dem Fenster auf die Welckerstraße. Ein kalter Märztag, das bleierne Licht ab und zu durch fahles Sonnengelb aufgehellt. Der ganze Monat war bisher sehr kalt gewesen, so waren sie es kaum noch gewohnt am Rhein. *Die Fahnen klirren im Winde,* fiel ihm plötzlich ein, aber die Hälfte des Lebens hatte er sicher schon mehr als geschafft. Neununddreißig. Doppelt so alt will ich nicht werden, dachte er. An seinem Geburtstag war er abends durch die Dörfer gefahren, als würde er Sonja irgendwo am Straßenrand finden können. Knurrender Magen, kein Essen im *Schiffchen,* natürlich nicht, was sollte er denn da allein in Düsseldorf. Spätabends zurück in Bonn aß er eine Currywurst in einem Imbiss und ging sich dann betrinken. Immer sicher, dass sie gleich reinkommen würde, ihn angrinsen und ihm alles erklären; sie kannte die Kneipe. Er fand schwer zurück nach Hause, im Schutz fast leerer Straßen und tiefer Dunkelheit, und noch schwerer ins Bett. Da wachte er einmal im Morgendämmer auf und wusste nichts, schlief wieder ein. Das zweite Erwachen gegen Mittag, grelle Wintersonne und ein dumpfer Kopf, der lange brauchte, um sich zu erinnern, was eigentlich geschehen war.

Ob er irgendeine Vermutung habe? wiederholte jetzt Sonjas gewesener Chef seine Frage, ein wenig irritiert und mit größerer Dringlichkeit.

»Oh, Entschuldigung«, sagte Gregor. »Ich war gerade woanders. Das ist natürlich ein bisschen ein Schock für mich.«

»Verstehe, natürlich.«

»Ich hatte am Freitag Geburtstag und wollte mit ihr essen gehen.«

»Oh, das tut mir leid. Ich meine, herzlichen Glückwunsch nachträglich.«

»Danke. Nein, natürlich habe ich keine Vermutungen. Warum auch? Wenn sie nicht hier gekündigt hätte, würde ich sogar denken, ihr ist was passiert. Wir wollten heiraten, wissen Sie.«

»Oh.«

»Das wusste sie allerdings noch nicht. Also, davor kann sie nicht weggelaufen sein. Wenn Sie das meinen.«

»Warum sollte ich?«

Das war es aber gewesen, was Gregor als Erstes gedacht hatte, als er am Samstag nach dem Erwachen so langsam wieder denken konnte. Aber Sonja wusste ja nichts von den Plänen, die er mit ihr hatte, und er glaubte auch nicht, dass sie etwas geahnt hatte.

»Wissen Sie denn, mit wem sie sonst noch so Umgang hatte? Entschuldigung, aber wenn Sie schon mal hier sind, kann ich Sie auch fragen. Wir müssen das sowieso herausfinden. Obwohl, ich betone das noch einmal, Frau Seeger hatte nichts mit sicherheitsrelevanten Bereichen zu tun. Und ich will sie um Gottes willen nicht in irgendeinen Verdacht rücken.«

In einen Verdacht rücken, dachte Gregor, was für eine Formulierung. Ich will sie auch nicht in einen Verdacht rücken, um Gottes willen, aber es ist unglaublich schnöde, einfach so abzuhauen. Kurz vor Ostende mit mir im Auto vögeln und eine Woche später Adieu. Gemein. Hundsgemein. Er wollte seine Wut weiter pflegen, aber dann fiel ihm ein, dass erst Montag war. Briefe brauchen ihre Zeit. Vielleicht steht sie jetzt, in diesem Augenblick, vor meiner Tür.

»Nein, ich weiß nicht, was sie sonst für Umgang hatte. Eine Freundin, Bärbel hieß die …«

»Eine Kollegin sogar«, sagte der Exchef, »die arbeitete zwei Zimmer weiter. Das wissen wir. Die kann sich das aber auch nicht erklären.«

»Ich meine, wir wohnten nicht zusammen«, sagte Gregor, »noch nicht. Ich weiß nicht, was Sonja an den Tagen gemacht hat, wo wir uns nicht gesehen haben. Ich habe auch nicht ständig bei ihr angerufen.« Ich sollte jetzt nach Hause, dachte er, die steht bestimmt vor der Tür.

»Ich sollte jetzt nach Hause«, sagte er laut und sparte den zweiten Teil des Satzes aus. Er stand auf.

»Und Sie wissen auch nicht, wohin sie gefahren sein könnte? Vielleicht zu den Eltern?«

Darauf bin ich gar nicht gekommen. Ich weiß doch, dass Sonja Eltern hat, warum rufe ich die nicht an? Weil sie bei denen nur zweimal war, seit ich sie kenne? Weil die nichts über sie wissen können? Wer sagt das? Ich muss nach Hause und die anrufen, wenn Sonja nicht sowieso vor der Tür steht. Vielleicht sollte ich nach Hannover fahren. Ich muss mir ein paar Tage frei nehmen. Ich muss irgendwie was tun.

Irgendwie was tun: Das hieß in den folgenden Tagen plötzliches nervöses Heulen nach dem Aufwachen. Wenn er überhaupt geschlafen hatte. Es hieß den Borgward durchs Vorgebirge jagen. Es hieß angefangene und liegen gelassene Aufräumarbeiten in der Wohnung, ein Wischmop, der feucht in einer Zimmerecke stand und zu stinken begann. Es hieß sogar, dass er seit vielen Jahren wieder einmal eine Arztpraxis aufsuchte, nachdem ihm eines Morgens schwindlig geworden war und er in der Küche eine Glasschüssel hatte fallen lassen. Der Arzt sah sofort, was los war, verschrieb Gregor ein hochwirksames Beruhigungsmittel, das ihn watteweich einpacken sollte, und sagte: »Sie müssen allerdings sofort aufhören zu trinken.« Gregor wollte protestieren, wollte sich verwahren gegen solche Anwürfe, aber der Arzt, offenbar erfahren im Umgang mit der politischen Klasse, setzte mit einem freundlichen Lächeln noch einen drauf: »Zu saufen, meine ich.« Gregor holte tief Luft, nickte, ging nach Hause, nahm seine Tabletten, legte sich ins Bett und hörte auf zu saufen.

Er rief bei Sonjas Eltern in Hannover an, die untröstlich waren, weil sie von ihrer Tochter noch nichts gehört hatten.

Ihre Stimmen hörten sich kläglich an, er konnte sie nicht mit Sonja in Verbindung bringen. Das sollte ihre Mutter sein? Sie war knapp fünfzig und klang wie eine alte Frau. Kein Wunder, dass Sonja kaum nach Hause fuhr. Er selber, Gregor, allerdings auch nicht, wenn er es recht überlegte.

Leo half nicht. Er hatte das auch nicht erwartet. Deshalb hatte er ihn auch nicht gleich nach Sonjas Verschwinden angerufen. Anrufen ging sowieso nicht in diesem Fall, dazu musste er Leo sehen. An jenem Montag, als er mit Sonjas Exchef gesprochen hatte, fuhr er spätabends rüber nach Köln, stand plötzlich einfach vor der Tür. Anita machte ihm auf und erschrak, als sie ihn sah.

»Wie siehst du denn aus?«

»Wie sehe ich denn aus?«

»Als ob jemand gestorben wäre.«

»Vielleicht ist das ja so.«

»Komm rein.«

Leo saß im Sessel, dem fachgerecht aufgearbeiteten Ledersessel, den er sich vor fünf Jahren gekauft hatte. Ein prachtvolles Trumm, ein Staatenlenkerstück, ein Geheimdienstchefmöbel. Vor ein paar Jahren war so etwas noch Sperrmüll gewesen, abgewetzt und mit Löchern überall, ein Stück aus der Westberliner Kneipenkultur, wie damals im *Natubs*. Der hier war dagegen wie neu und doch nicht aus dem Möbelhaus um die Ecke. Sein Leder verbreitete den Glanz der Gründerzeit oder der *belle epoque*. Als Gregor damals den Preis gehört hatte, war ihm die Luft weggeblieben. Sein Freund repräsentierte gern durch Fülle, durch Solidität, durch Wucht. Das zeigten auch die dunkel brütenden Bücherregale an den Wänden, Eiche vermutlich. Vielleicht lag es daran, dass Leo überwiegend im Verborgenen arbeiten musste, da mochte er wenigstens privat Präsenz zeigen. Aber im Verborgenen arbeitete Gregor schließlich auch. Er war der Mann im Hintergrund, im zweiten Glied, der sich jedoch auch zu Hause zurücknahm: sehr licht, sehr klar, sehr asketisch. Und alles mindestens genau so teuer wie bei der Familie Münks, na klar.

Leo sah ihm fragend entgegen und zeigte auf den kleinen Sessel gegenüber. Anita wollte Gregor ein Bier bringen, aber er bat um einen Kaffee. Als er den hatte, fing er an zu erzählen und versuchte dabei, ab und zu das Gesicht seines Freundes zu lesen. Das Gesicht bemühte sich, so wenig wie möglich zu verraten. Es bemühte sich höchstens, Bedauern auszudrücken, Mitgefühl, aber zu lesen war etwas anderes. Das habe ich doch von Anfang geahnt, las Gregor im Gesicht seines Freundes, das wundert mich überhaupt nicht. Die war nicht echt. Sei froh, dass du sie los bist. Sie war nicht gut für dich.

Es war Anita, die zuerst reagierte, als er zu Ende erzählt hatte. »Das ist sicher ein großer Schock für dich«, sagte sie. »Hast du gar keine Idee, wohin sie verschwunden sein könnte?«

»Das hat mich ihr Exchef auch schon gefragt. Wenn ich eine Idee hätte, wo sie sein könnte, wäre ich doch schon längst dort.«

Dann Leo. »Hat sie denn mal Andeutungen gemacht? War sie irgendwie anders in der letzten Zeit? Ich frage schon wie der Kommissar im *Tatort.*«

Gregor lächelte, und er wusste selber nicht, ob sein Lächeln eine Antwort auf Leos matten Scherz sein sollte oder der süßen Erinnerung an seine *idée fixe* galt. »Wir wollten heiraten«, sagte er. »Das ist alles, was ich sagen kann.«

Natürlich war es Anita, die bei diesem Satz aufsprang und einen dieser Schreie am äußersten Rand der bekannten Frequenzen ausstieß, wie ihn nur Frauen zustande bringen.

»Ihr wolltet *heiraten*?«

»Ja.«

»Vielleicht ist sie davor weggelaufen«, sagte Leo. »Sie wäre der Typ danach. Entschuldigung, dass ich das sage.«

»Ausgeschlossen. Sie wusste noch nicht, dass wir heiraten wollten. Ich wollte es ihr im *Schiffchen* sagen, etwa beim Dessert.«

Anita lachte. »Also, *du* wolltest heiraten! Sie hatte keine Ahnung davon! Sag das doch gleich!« Sie überlegte einen Augenblick und sagte dann: »Vielleicht hat sie es gewittert und hat die Flucht ergriffen. Sie wäre wirklich der Typ danach, da hat Leo recht.«

»Vielleicht sollten wir wirklich abwarten, was die Sicherheitsüberprüfung ergibt«, sagte Leo, der sah, dass sein Freund durch Anitas Sätze etwas gekränkt war. »Obwohl sie ja …« Er brach ab.

»Obwohl sie nicht mit sicherheitsrelevanten Dingen befasst war«, sagte Gregor. »Das hat ihr Chef auch gesagt. Mensch, Leo, was soll sie denn da ausspioniert haben?«

»Ich sage doch gar nichts. Warten wir's ab.«

»Vielleicht meldet sie sich noch von irgendwo«, versuchte Anita zu beruhigen.

»Das wäre schön. Dann wüsste ich wenigstens, dass sie noch am Leben ist.«

Wobei er sich eingestehen musste, dass er daran nicht den geringsten Zweifel hatte. Es gab einen Satz, den Sonja und Anita gemeinsam hatten, wenn man sich zu sehr um sie sorgte, und der hieß: *Unkraut vergeht nicht!* Sie gebrauchten nicht nur denselben Satz, sondern verfielen dann auch in eine fast identische Intonation, als könne man den Satz nur so und nicht anders sagen. Während er aber für Gregor aus Anitas Mund eher wie eine trotzige Behauptung klang, glaubte er ihn bei Sonja aufs Wort. Die ist irgendwo, dachte er, aber schlecht geht es ihr bestimmt nicht, und zum ersten Mal seit dem Gespräch mit ihrem Exchef im Bundespresseamt kochte wieder Wut in ihm hoch. Sie hat mich gelinkt, dachte er, sie ist einfach nur ein mieses kleines Arschloch. Und musste sich anstrengen, das wirklich zu glauben.

Später brachte Leo ihn zum Auto, das um die Ecke stand, in der Wüllnerstraße. Als sie den Wagen erreicht hatten, fragte Gregor: »Was ist eigentlich so komisch daran, wenn ich heiraten will? Warum musste Anita da so, entschuldige bitte, so hysterisch piepsen?«

»Es passt nicht zu dir«, sagte Leo. »Du bist nicht der Typ. Jedenfalls sehen wir das so, und ich glaube, alle anderen, die dich ein bisschen kennen, auch. Ich kann es dir nicht erklären, aber die Vorstellung, dass du ein Ehemann bist, hat etwas ... etwas Seltsames.«

»Etwas Lächerliches?«

»So weit würde ich nicht gehen. Es passt einfach nicht. Entschuldige, dass ich das so deutlich sage. Ich weiß natürlich, dass es dir dreckig geht. Ich ... ich habe das alles kommen sehen.«

»Ach?«

»Ja. Auch das kann ich dir nicht wirklich erklären.«

»Du bist sogar froh, dass es so gekommen ist«, sagte Gregor und schloss den Wagen auf. »Sie hat dich doch immer gestört.«

Er war im Auto verschwunden, bevor Leo noch etwas sagen konnte, und startete. Leo drehte sich um und verschwand im Dunkeln. Scheißallein, dachte Gregor. Wenn man verlassen wird, ist man scheißallein. Dann machen alle die Biege, auch der beste Freund. Und erklären dir auch noch, dass du wie geschaffen dafür bist, allein zu sein und zu bleiben.

Erst die nächtliche Lichterkulisse der Raffinerien von Wesseling, das tausendfache kalte Strahlen am Rand der Autobahn, tröstete ihn.

Leo half also nicht, und auch nicht die Arbeit, an die er nach ein paar Tagen zurückgekehrt war. Er antwortete dummes Zeug auf Fragen, die er nicht wirklich gehört hatte, und brach einmal mitten in seinen Ausführungen ab. Er kannte manche der neuen Minister noch nicht beim Namen: Das neue Kabinett war erst seit zwei Wochen im Amt. Sein Chef, ein Mann mit feinem Gespür, wie Gregor seit jener Nacht in St. Augustin wusste, nahm ihn beiseite.

»Lieber Korff«, sagte er, »ich weiß natürlich, was passiert ist ... ja ja, da müssen Sie nicht so erstaunt gucken, wir sind in Bonn, da weiß jeder alles, das kennen Sie doch. Also, was wollen Sie, damit Sie wieder zu Kräften kommen? Und zu Verstand? Ich könnte Ihnen einerseits viel Arbeit anbieten, einen genau umrissenen Auftrag, da können Sie ganz für sich allein bleiben, weil ich den Eindruck habe, dass Menschen im Augenblick nichts für Sie sind.«

Da hatte er wohl Recht. Ihn verlangte im Augenblick nur nach einem einzigen Menschen, und der war spurlos verschwunden.

»Ich kann Ihnen aber auch das Gegenteil anbieten, einen Termin nach dem anderen, bis Sie nicht mehr wissen, wo Ihnen der Kopf steht, das kennen Sie ja bestens. Wenn Sie meinen, dass Ihnen das hilft.«

Mir hilft eigentlich nichts, hätte Gregor gern gesagt, aber er war momentan vor allem damit beschäftigt, gegen Tränen zu kämpfen, das wäre hier gar zu peinlich gewesen, und er wusste auch nicht, aus welchem Grund diese Tränen jetzt andrängten, ob sie Sonja galten oder der Loyalität, die ihm sein Chef entgegenbrachte und die ihn rührte.

»Ich kann Sie auch noch mal ein paar Tage beurlauben, wenn man das bei unserem Arbeitsverhältnis so nennen kann. Ob es Ihnen guttut, weiß ich nicht. Aber vielleicht wollen Sie ja Ihre Verlorene suchen. Haben Sie eigentlich schon einmal an einen Detektiv gedacht?«

Gregor starrte ihn an. Nein, hatte er nicht. Dabei lag der Gedanke so nahe: Wenn jemand verschwunden war, ging man normalerweise zur Polizei, und wenn man das nicht wollte (oder wenn es die Polizei nicht interessierte), beauftragte man einen Detektiv. Einen Schnüffler.

»Ich könnte Ihnen sogar eine Agentur empfehlen«, grinste sein Chef, »in Köln.«

Gregor sagte immer noch nichts. Da läuft mir also eine Frau davon, dachte er, oder anders: sie zieht einfach aus ihrer Wohnung aus, und ich gehe dann zu einem Detektiv und frage: Warum ist die denn ausgezogen? Warum ist sie mir weggelaufen? Und vor allem: Wo ist sie jetzt, verdammt noch mal?

»Schlafen Sie eine Nacht drüber«, sagte sein Chef weiter, »und sagen Sie mir morgen, wie Sie sich entschieden haben.«

Eine Nacht drüber schlafen: Das hatte er ihm auch damals vorgeschlagen, allerdings hinzugesetzt: auch zwei oder drei. So viel Zeit würde er jetzt nicht haben.

»Gehen Sie jetzt erst einmal«, sagte sein Chef, als Gregor noch immer keinen Ton herausbrachte. »Und sagen Sie mir morgen einfach Bescheid. Meine Rückendeckung haben Sie, das wissen Sie doch.« Er war nach wie vor freundlich, aber Gregor spürte eine leichte Ungeduld. Sein Chef hatte große Aufgaben vor sich, Dompteursaufgaben, der Job eines Ersten Parlamentarischen Geschäftsführers ist Knochenarbeit. Locken Drohen Schreien Säuseln Flöten Streicheln Peitschen. Gregor konnte ihm dabei jetzt nicht behilflich sein, das lag auf der Hand. Gregor stand einfach nur im Weg und sollte deshalb erst einmal gehen.

Das tat er, gleichsam freigesetzt am frühen Nachmittag, und plötzlich schien der Frühling gekommen! Die Sonne wärmte mit einer in diesem Jahr noch nicht gekannten Kraft. Er ging nicht nach Hause, sondern lief einfach durch die Straßen, geriet sogar ins Schwitzen, weil er noch durchaus winterlich angezogen war, und schlüpfte schließlich ins Museum. Eine große Retrospektive zu August Macke wurde gezeigt, den die Stadt Bonn stolz beinahe als einen der ihren für sich reklamieren konnte, auch wenn er hier nicht geboren war. Leuchtende Farben, ein Fest des Lebens und des alltäglichen bürgerlichen Glücks. *Flamingos im Zoo. Bei den Papageien. Sonniger Weg.* Nach einer halben Stunde war er ganz trunken vor Farbe und musste sich hinsetzen, kaufte den Katalog und trank einen Kaffee. Sonja hätten diese Bilder vielleicht gerade noch gefallen, da hätten sie sich begegnen können. Sonst trafen sie sich kaum, bei den Bildern gar nicht und kaum bei der Musik. Fürs Museum hatte sie eigentlich grundsätzlich keine Geduld, auch wenn manche Bilder ihr gefielen. Aber auch bei den bewegten Bildern, im Kino, hatten sie wenig gemein. Die ruhigen, erzählenden, ereignisarmen Filme, die Gregor liebte, hasste sie, bei ihr musste Tempo sein und grelle Aktion. In der Musik trafen sie sich nur bei den Beatles, die gleichsam über den Parteien standen. Sonst schüttelte Sonja nur den Kopf, wenn Gregor zum Beispiel seinen *New-Wave-Kram* hörte, wie Sonja das nannte. Überraschenderweise liebte sie Opern, Wagner allen voran. Einmal hatte sie sogar eine Karte für Bayreuth bekommen und kam nach einer Woche beseligt zurück. Er merkte, dass sie wirklich etwas davon verstand, und hätte es sich gern erklären lassen, aber sie schüttelte nur den Kopf und sagte: »Dafür muss man ein Gefühl haben. Hast du nicht.«

Und die wolltest du heiraten, könnte jetzt Leo, könnte auch Anita sagen. Aber bei der Mode, hätte Gregor antworten können, da waren wir uns wenigstens einig.

Abends schaffte er es zum ersten Mal seit Sonjas Verschwinden, ruhig in seiner Wohnung zu bleiben. Er vergrub sich tief in seinen schönsten Sessel und in den Katalog. Dann fiel ihm plötzlich die Sache mit der Detektei wieder ein, von der ihm sein Chef erzählt hatte. Einen Schnüffler losschicken, um die abgehauene Geliebte ausfindig zu machen. Nein. Er würde seinem Chef morgen früh sagen, dass er wieder ganz und gar zur Verfügung stünde, keine Sonderaufgaben, *business as usual*. Er nahm ein Bad und schlief tief und traumlos, bis morgens um halb sieben hartnäckig das Telefon klingelte. *Sonja*, war das erste, was er dachte. Jetzt klärt sich alles auf.

Er meldete sich, und seine Mutter sagte: »Dein Vater ist heute früh gestorben. Vor einer halben Stunde.«

14 Elegie

Sein Vater war am Montagabend ins Krankenhaus gekommen, weil er wieder voller Wasser war und unter großer Atemnot litt. Er wurde mit Tabletten entwässert. Am Donnerstagnachmittag – gestern, dachte Gregor, als ich die schönen Bilder von Macke gesehen und mich zurück im Leben geglaubt habe – fiel er plötzlich hintenüber und lief blau an. Gregors Mutter war gerade bei ihm. Er wurde wiederbelebt und kam auf die Intensivstation. Dort starb er am nächsten Morgen im Schlaf, wenigstens im Schlaf.

Sein Vater hatte viele Jahrzehnte lang ein städtisches Amt geleitet, zuerst in der kleinen Stadt, in der Gregor geboren wurde, und danach in der kleinen Stadt in Ostfriesland, in der er aufwuchs. Er war fachlich versiert, genau, entschieden und außerdem parteilos, was in seiner Stellung ungewöhnlich war. Zu Hause war er sanft, in sich gekehrt, manchmal witzig, manchmal schroff. Zuweilen machte er den Eindruck, als wolle er etwas sehr Wichtiges sagen, schrecke aber im letzten Moment davor zurück. Zu Hause hielt er sich im Hintergrund.

Auf seinem Gebiet galt er als Koryphäe, und der Satz, den Gregor als Schüler von anderen Erwachsenen, den Kollegen seines Vaters, die zuweilen zu Gast waren, am häufigsten hörte, hieß: »Ihr Vater hätte durchaus eine ganz andere Karriere machen können. In der freien Wirtschaft.« Machte er aber nicht. Er blieb in der kleinen Stadt, machte eine gute Figur und war in seinen letzten Dienstjahren sehr müde, erinnerte sich Gregor jetzt auf der Fahrt nach Wiesbaden. Dorthin waren seine Eltern nach der Pensionierung gezogen, sofort und unverzüglich: »Endlich eine Gegend«, sagte seine Mutter, »wo nicht dauernd dieser verdammte Wind weht.«

Zuletzt verstand er die Welt nicht mehr so genau, weil es nicht mehr die war, die er gekannt hatte. Es missfiel ihm, wie jetzt Entscheidungen getroffen wurden und wie man

Risiken einging, die nicht abgedeckt waren. Dass eine Hand die andere wusch, gefiel ihm nicht. Bei ihm selbst war das nicht so: Er hatte nur noch einen Arm, den anderen hatte er *im Krieg gelassen*. Es missfiel ihm auch, wie sein Chef abgesägt wurde, der die Stadt in die Neuzeit geführt hatte und dessen Stellvertreter sein Vater war. Ihm missfiel am Ende die ganze Politik, die Intrigen und das Gemauschel.

Natürlich galt auch dem Weg, den Gregor in Berlin gegangen war, sein Missfallen. Er hätte es gern gesehen, wenn sein Sohn Jurist und später auch Beamter geworden wäre, auch wenn die Zeiten sich geändert hatten. Er atmete etwas auf, als Gregor an der Göttinger Universität seinen Lehrauftrag bekam, und er entspannte sich sichtlich, als er nach Speyer ging. Deutsche Hochschule für Verwaltungswissenschaften, das klang ihm vertraut und auch seriöser als Politologie. Schließlich konnte er einen gewissen Stolz nicht verhehlen, als sein Sohn in den innersten Zirkel der Politik eingedrungen war, obwohl ihm nicht ganz klar war, was ein Berater war und wozu man ihn brauchte. »Und im Übrigen«, sagte er einmal zu seiner Frau, »ist er irgendwie dazu gekommen wie die Jungfrau zum Kind. Das macht aber nichts, Hauptsache, er ist untergekommen.«

Auf den letzten Kilometern, als der Borgward sich über die Taunushöhen mühte und dann talabwärts in die Stadt rollte, begann Gregor zu weinen. Er wusste nicht genau, weshalb: Ob es an der bloßen Tatsache lag, dass sein Vater tot war, oder ob es die Trauer darüber war, dass er ihn nie richtig kennengelernt hatte. Während seines Studiums war er nur selten zu Hause gewesen. Schließlich gab es da zwei Grenzen zu passieren, da fährt man nicht einfach mal so nach Westdeutschland. Später kam er dann und wann: zu Geburtstagen etwa, aber auch einfach mal über ein Wochenende. Weder aus Speyer noch aus Bonn hatte er es weit. Er sah mit Erleichterung, ja mit Freude, wie seine Eltern sich in der neuen Stadt einrichteten und sie zu benutzen lernten.

Einmal hütete er ihre Wohnung, als sie auf einer vierzehntägigen Kur waren. In Speyer waren Ferien, und eine weitere seiner Liebhaberinnen hatte ihm den Laufpass gegeben. Die Wohnung wäre auch durch Nachbarn im Haus versorgt worden, aber Gregor bot sich an. Sommer 1979, ein warmer, manchmal auch heißer Sommer. Fast die ganze Zeit blieb er dort oben auf den Hügeln und ging nur zum Einkaufen nach unten, in den Kessel, in die Stadt. Mittags, wenn die Sonne von Süden auf das große Fenster im Wohnzimmer knallte, ließ er die Jalousien herunter. Später, wenn es wieder auszuhalten war, saß er auf dem Balkon. Zehn Tage lang schloss er sich praktisch ein und las hintereinander weg alle Romane von Georges Simenon, die er hatte besorgen können. Wenn einer zu Ende war, fing er gleich den nächsten an. Lange hatte ihn nichts mehr so getröstet wie diese bürgerlichen Tragödien. Ja, dachte Gregor, so ist das Leben, genauso ausweglos und zum Schreien komisch, so süß und so tödlich. Vier Tage, bevor seine Eltern zurückkamen, räumte er wie abgesprochen das Feld und übergab die Schlüssel den Nachbarn, noch zehn ungelesene Simenons im Gepäck. Eigentlich hatte er damals nicht die Wohnung seiner Eltern gehütet, fiel ihm jetzt auf, als der Borgward die Straße zu seiner Mutter hochkroch. Seine Eltern hatten ihm, wie früher, als er noch zu Hause war, ein Heim geboten, einen Ort, an dem er sich verkriechen konnte, ein perfektes Versteck.

Jetzt stand seine Mutter vor ihm, mit getrockneten Tränen, gebeugt und sehr klein. Gregor musste sich seit Jahren schon bücken, um sie zu umarmen. Ein bisschen war es so, als würde er ein Vögelchen vorsichtig in beide Hände nehmen. Sie fuhren mit dem Fahrstuhl nach oben.

»Ich weiß gar nicht, was ich jetzt als Nächstes tun muss«, sagte seine Mutter.

Gregor wusste das ebenso wenig. Er war kein Spezialist für Todesfälle und die erforderlichen Folgeaktivitäten.

»Am besten rufen wir ein Bestattungsinstitut an«, sagte er. »Die können uns alles Weitere sagen.«

Der Abgesandte des Instituts kam am Nachmittag. In der Zwischenzeit hatten sie Unterlagen durchgesehen. Seine Mutter legte mit einer hilflosen, fragenden Geste alle möglichen Papiere vor Gregor hin. Sie betrafen das Konto, die Hausverwaltung, Versicherungen. Sie kannte sich nicht aus. Sie hatte nie über ein eigenes Konto verfügt. Vielleicht hatte sie sogar noch nie eine Überweisung ausgefüllt. Aber sie war anstellig.

Der Bestatter besprach mit ihnen Einzelheiten der Trauerfeier, die am nächsten Montag stattfinden sollte. Er gab auch Ratschläge, wie seine Mutter möglichst schnell an das Konto kommen konnte: Sie hatte keine Vollmacht dafür. Er versuchte, locker zu sein, aber seine Miene blieb vorwurfsvoll, als machte er Gregor und seine Mutter persönlich für den Tod ihres Angehörigen verantwortlich. Außerdem sprach er zu leise. Ein Bestatter muss unbedingt klar und deutlich sein, dachte Gregor, die anderen sind doch schon zu leise und stammeln vor sich hin. Der hat seinen Beruf verfehlt.

Als der trübselige Mann gegangen war, packte seine Mutter Fotos aus, Schachteln mit alten Fotos. Vati zu Hause in Mecklenburg, Vati in der Ausbildung, Vati vor dem Thalheimer Rathaus, beim Schützenfest, Vati aber auch als Soldat. Und wer war das hier auf dem Foto, da ganz außen? Fritze Peuckert, das war die Feier zum zehnjährigen Dienstjubiläum. Und hier waren wir in Urlaub mit dir in Grafenau. Wo? Grafenau, Bayerischer Wald, du warst acht oder neun. Und hier Norderney, da warst du … Fünfzehn, sagte Gregor, und es hat die ganzen zwei Wochen fast nur geregnet. Stimmt, sagte seine Mutter. Es gab nur ein oder zwei schöne Tage, und an einem davon hast du mit dem Hubschrauber einen Rundflug über die Insel gemacht. Ich muss noch mehr Fotos haben, irgendwo. Aber hier ist ein Ordner, guck mal, da hat Vati seine ganzen Lebensläufe und beruflichen Sachen drin, vielleicht interessiert dich das. Das kannst du ja mal mitnehmen.

Am nächsten Morgen sah er seinen Vater in der Grabkammer der Trauerhalle aufgebahrt, die Wangen eingefallen, weil das Gebiss herausgenommen war, und das Kinn abgebunden. Zwei Tage später war der Sarg geschlossen, mit Blumen geschmückt, und wurde durch die Trauerhalle geschoben, während er und seine Mutter und einige Mitbewohner des Hauses auf den Beginn der Trauerfeier warteten. Seine Mutter wurde ganz bleich. Er hatte Angst, sie werde umkippen, und hielt sie. Die kurze Gedenkrede, die das Leben von Edmund Korff würdigen sollte, nahm er nicht auf: Sie konnte nur falsch sein. Immer diese evangelischen Pfarrer, die über jemanden erzählen, den sie nie in ihrem Leben gesehen haben. Die dumpfe Musik vom Harmonium war furchtbar, sie klang so muffig, wie der Trauersaal roch.

Am Ende wurde der Sarg mit seinem Vater halb versenkt. Sie standen alle noch Minuten davor und sahen auf ihn hinunter. Seine Mutter fragte ihn schließlich leise: »Was ist denn jetzt?«

»Du musst jetzt rausgehen«, sagte Gregor. »Vor dir kann keiner der anderen Trauergäste gehen. Sie warten darauf.« Seine Mutter tat, was er ihr gesagt hatte. Gregor hakte sie unter, und die kleine Trauergemeinde schloss sich an und löste sich draußen, im zaghaften Licht eines unentschiedenen Apriltags, schnell auf.

Dann fuhr er nach Bonn zurück, weil er sich für den nächsten Morgen bei seinem Chef angesagt hatte. Er weinte still die ganze Fahrt über, die Tränen hinderten ihn nicht am Fahren. Er konnte gar nicht aufhören und staunte über sich selbst, dass er so viel Tränen hatte für einen Mann, den er kaum gekannt hatte. Er nahm die Abfahrt Königswinter und fuhr langsam die Hänge hoch. Er kam an dem Haus vorbei, von dem er noch nicht einmal ahnte, dass er es im Herbst kaufen würde. Ziemlich weit oben hielt er und stieg aus. Er sah durch leichten Dunst nach unten, über die teilweise bewaldeten Hügel auf das helle Band des Rheins. Erst hier fiel ihm zum ersten Mal seit vorgestern Sonja wieder ein, und er dachte an sie mit ungebremster Wut über ihr Verschwinden. Sie soll verschwunden bleiben, dachte er, sie soll bleiben, wo der Pfeffer wächst.

15 Nie sollst du mich befragen

War sie damals dort gewesen, wo der Pfeffer wächst? Woher tauchte sie so plötzlich wieder auf, nachts im Aachener Spielkasino? Mit wem hatte sie die letzten drei Jahre verbracht? Warum war sie damals ohne ein Wort verschwunden? Was hatte sie seitdem gemacht?

So viele Fragen, und das bei Sonja, die ihm schon früher selbst auf so einfache Fragen, was sie gestern Abend gemacht hatte, oft gesagt hatte: »Frag nicht so viel. Lass uns einfach unsere Zeit genießen.« Sie war die Unbestimmte, die Flüchtige, Quecksilbrige. Vielleicht war es das, was Leo meinte, als er gesagt hatte: »Die ist nicht echt.«

Jedenfalls war es das, was in Gregor den Wunsch geweckt hatte, sie dingfest zu machen, sie einzufangen, sie zu heiraten. Sie war nicht wie Carla damals in Speyer, die ihm schon seinen festen Platz in Hamburg reserviert hatte. Sie war auch nicht wie die anderen, die ihm eines Tages eröffneten, mit ihm sei nichts anzufangen. Vielleicht dachte sie das sogar, aber sie sagte es ihm nicht, und es schien sie nicht zu kümmern.

Sie dachte überhaupt nicht an morgen, so kam es ihm vor, und auch nicht an gestern. Wenn er sie bat, von früher zu erzählen, fiel es ihr schwer, von ihren Eltern, ihren Freundinnen, der Schule zu erzählen, Geschichten zu finden. »Das ist alles schon so furchtbar lange her«, sagte Sonja Seeger dann, vierundzwanzig, fünfundzwanzig Jahre alt.

Wenn sie Geschichten erzählte, biss sich oft die eine mit der anderen. Einmal war sie in ihren letzten Schulsommerferien mit einem Freund in Portugal gewesen, ein anderes Mal in denselben Ferien mit einer Freundin in Finnland. Die Länder musste sie nicht erfinden; wie sie von ihnen erzählte, konnte man feststellen, dass sie dort gewesen war. Aber die Zeiten, die Begleiter wechselten. Wenn er sie darauf ansprach, sagte Sonja: »Oh, da habe ich was durcheinander gebracht. Es ist schon so lange her«, und lächelte ihr Zahnschmelzlächeln.

Sie lebt halt in der Gegenwart, dachte Gregor anfangs, und was gewesen ist, ist ihr nicht so wichtig. Typisch für junge Leute, legte er sich das zurecht, als gestandener Mann Ende dreißig.

Nur eine ihrer Geschichten blieb unverändert, und sie kam immer wieder darauf zurück, in einem anderen Ton, als sie sonst erzählte, einem Ton, der warm und unendlich traurig zugleich war. Das war die Geschichte, als ihr Musiklehrer ihre Stimme entdeckte, vierzehn war sie da gewesen. In der Tat hatte Sonja eine sehr wohlklingende Stimme, sehr tragend auch, was man der zierlichen Person beim ersten Anblick kaum zugetraut hätte. Die Kellner im *Gambrinus* reagierten sofort, wenn sie einen von ihnen rief, ohne dass sie spürbar lauter werden musste. *Mezzosopran*, erklärte sie ihm. Der Musiklehrer hatte vorgeschlagen, nein, er hatte darauf gedrungen, dass sie eine Gesangsausbildung machte. Er hatte einen Lehrer gefunden und sogar unter großen Mühen ein Stipendium für das erste Jahr der Ausbildung aufgetrieben.

»War er verliebt in dich?«, fragte Gregor beim ersten Mal, als sie die Geschichte erzählte und bedauerte es sofort. »Mein Musiklehrer war ein wunderbarer Mann«, zischte Sonja, »und er hatte wirklich anderes im Kopf, als sich in kleine Mädchen zu verknallen. Er war sehr alt, schon übers Pensionsalter raus, aber sie fanden vorerst keinen anderen für die Stelle. Er war der beste Lehrer, den ich je hatte.«

Fast zwei Jahre kam ein Gesangslehrer privat zu ihr, dann folgte er dem Ruf ans Johannes-Brahms-Konservatorium in Hamburg, praktisch über Nacht, wie Sonja sich ausdrückte. »Ich habe mich gefühlt wie eine Waise«, sagte sie, »denn mein Musiklehrer war kurz davor gestorben.«

»Und deine Eltern, haben die sich nicht darum gekümmert, dass es weitergeht?«

Sonja ließ verächtlich Luft zwischen den zusammengepressten Lippen entweichen.

»Meine Eltern«, sagte sie, »haben überhaupt nie begriffen, worum es ging. Ich glaube, sie waren heilfroh, dass es zu Ende war. Sie wollten, dass ich was Vernünftiges lerne. Unter meiner Arbeit können sie sich wahrscheinlich kaum was vorstellen, aber schon allein das Wort ›Bundespresseamt‹ beruhigt sie.«

Sie waren schon ein gutes halbes Jahr zusammen, als sie ihm diese Geschichte erzählte, und Gregor revidierte für sich, was er Leo gesagt hatte: »Sie ist ganz aufs Äußere aus. Hat keine Tiefe, falls du verstehst, was ich meine.«

Manchmal, wenn sie in seiner Wohnung am Fenster stand oder in der Küche, sang Sonja plötzlich zwei, drei Liedzeilen, dann brach sie ab. *Nie sollst du mich befragen,* sang sie, *noch Wissens Sorge tragen, woher ich kam der Fahrt, / noch wie mein Nam' und Art.* Sie sang auch: *Heathcliff, it's me, your Cathy, I've come home.* Sie sang auch: *Ach, du lieber Augustin, Augustin, Augustin, ach du lieber Augustin, alles ist hin.* Das ist die Wunde, dachte Gregor, und: Jetzt weiß ich wenigstens *etwas* Wichtiges von ihr.

Sonst wusste er nichts, davon war er immer mehr überzeugt. Sie erfindet sich was zusammen, dachte er, sie lügt, weil es ihr Spaß macht. Weil sie Fantasie hat. Weil sie herauskriegen möchte, ob ich es merke. Aber ich werde nichts sagen. Er nannte sie für sich *die schöne Lügnerin* und gab sich zufrieden, weil er Angst hatte, sie zu verlieren, wenn er zu hartnäckig nachfragte.

Diesmal musste er sie überhaupt erst gewinnen. Denn Sonja zog ihn keineswegs, wie er es gehofft hatte, eilig in ihr Bett in der Aachener Aureliusstraße, nachdem sie sich im Kasino wiederbegegnet waren. Immerhin durfte er dort schon nach ein paar Wochen häufiger sein als in den drei Jahren am Bonner Talweg. Hatte er allerdings gehofft, dort etwas über sie zu erfahren, wurde er gründlich enttäuscht. Gregor hatte sich manchmal gefragt, wenn in Romanen oder Reportagen von einer »unpersönlich eingerichteten Wohnung« die Rede war, was darunter zu verstehen war. Nach seinem ersten Besuch in der Aureliusstraße wusste er es. Die Wohnung war sparsam möbliert, aber nicht im Sinne eines strengen oder klösterlichen Stils. Die wenigen Möbel passten nicht zusammen, stießen sich aber auch nicht wirklich aneinander. Die Küche war aufgeräumter als damals in Bonn, und in der Spüle stapelte sich nicht das schmutzige Geschirr. An den Wänden hingen ein Filmplakat und ein Opernplakat, beide schon recht vergilbt, und tatsächlich die nicht besonders gute Reproduktion eines Macke-Bildes, *Modegeschäft im Laubengang*. In einem der Regale entdeckte er, gleichsam als persönlichstes Stück, eine Holzplastik, die einen nackten Schwarzen mit einem überdimensionierten Penis zeigte. Im kleinen Schlafzimmer standen ein Stuhl und ein Bett, auf dem eine cremefarbene Tagesdecke lag. Und die blieb drauf, so oft auch Gregor in die Wohnung kam.

»Ich bin nicht so oft hier«, sagte Sonja, »ich bin auch viel in Belgien. Unsere Firma hat einen Sitz in Antwerpen. Wir importieren vor allem Kunst und Antiquitäten.«

Das war eine dieser Informationen, die sie dann und wann in homöopathischen Dosen freigab. Ein anderes Mal eröffnete sie ihm, dass sie seit einem Jahr das Büro der Antwerpener Niederlassung leite. Ja, sie war damals Hals über Kopf abgehauen, als man ihr das Angebot gemacht hatte, persönliche Sekretärin des Chefs zu werden. Nein, sie hatte nichts mit dem Chef, zu keiner Zeit. Sie musste sich damals sofort entscheiden. Sie hatte keine Zeit, irgendwem Bescheid zu sagen.

Ich bin nicht irgendwer, dachte Gregor, wir waren drei Jahre zusammen. Das sagte er aber vorerst nicht, und er erzählte ihr auch nicht, dass er sie hatte heiraten wollen.

Statt dessen überdachte er, was Sonja ihm nach und nach erzählt hatte. So viel kann man eigentlich nicht zusammenlügen, dachte Gregor, wenigstens ein bisschen Hintergrund an Wahrheit muss da sein. Man muss sich ein bisschen auskennen, zumindest das. Nach vier Wochen gab sie ihm tatsächlich eine Visitenkarte mit dem Namen der Firma, darunter: *Sonja Seeger. Leiterin Büro Antwerpen.* »Damit du mir glaubst«, sagte sie mit einem Augenaufschlag, den sie sonst nur bei Kellnern oder Verkäufern einsetzte.

Gregor zeigte die Visitenkarte Leo, als wolle er sagen: Die ist doch echt. Da ist doch was dahinter. Natürlich wusste er auch, dass man Visitenkarten einfach drucken lassen kann.

»Aber das lässt sich ja leicht rauskriegen, ob es diese Firma wirklich gibt«, sagte er zu Leo.

Die Firma *WorldArt – Außereuropäische Kunstimporte* mit Hauptsitz in Hamburg gab es wirklich, und die Antwerpener Niederlassung gab es auch, wenn auch beides noch nicht lange. Diese Niederlassung führte der Diplom-Kaufmann Alexander Golck, und das Büro leitete Sonja Seeger.

»Also ist alles in Ordnung mit ihr«, sagte Gregor.

»Vielleicht«, sagte Leo. »Und mit euch ist auch alles in Ordnung?«

»Mit uns ist überhaupt nichts in Ordnung«, sagte Gregor, überrascht über seine eigene Ehrlichkeit.

Sie quälte ihn. Er quälte sich, je nachdem. Es hätte ihm klar sein müssen, nach zwei Wochen spätestens, dass die Tagesdecke in der Aureliusstraße nie abgedeckt werden würde. Auch wenn sie es nicht sagte, auch wenn sie einen kleinen Spalt für die Hoffnung offenließ, eine Andeutung: Morgen könnte es so weit sein, heute aber nicht. In seine Wohnung kam sie nur noch einmal, danach weigerte sie sich. Nicht, dass er dort über sie hergefallen wäre, auch wenn er sie an sich gezogen hatte. Das ließ sie geschehen, bis sie die Grenze festlegte. Sie schien aber zu glauben, dass sie bei sich zu Hause oder auf neutralem Gebiet sich besser verteidigen könne. In ihrer Wohnung, im Restaurant oder im Kasino, wohin sie noch einmal gemeinsam fuhren und Geld verloren, konnte sie das »Vielleicht-später-jetzt-noch-nicht«-Spiel souveräner spielen, ungefährdet. Gregor wusste, dass dieses Spiel nie zu Ende geht und immer nur eine Gewinnerin haben kann, aber sein Wissen half ihm nicht.

Kurz nach Pfingsten kam die Erlösung. Sonja war überraschend in Bonn aufgetaucht und rief ihn am späten Nachmittag an. Sie habe in der Nähe zu tun gehabt; wie immer sagte sie nichts Genaueres. Spazieren gehen wollte sie, das schöne Wetter nutzen. Sie trafen sich direkt am Rheinufer, gegenüber von Beuel. Sonja kam ihm entgegen; sie trug den knöchellangen dunkelgrünen Rock, in dem er sie hatte heiraten wollen, dazu eine rote Bluse und ein Bolerojäckchen. Ein ganz leichter Wind wehte und milderte die Schwüle. Er ging lächelnd auf sie zu; dann merkte er selbst, wie ihm von einem Moment auf den anderen das Lächeln verrutschte und sein Gesicht einen entgeisterten Ausdruck annahm, auch wenn er es nicht sehen konnte. Wie das Gesicht zur Frage wurde: Wer ist diese Frau? Was will ich von ihr? Wo ist mein Begehren?

Er sah, dass Sonja diesen plötzlichen Wechsel in seinem Blick sehr wohl bemerkt hatte. Sie lächelte ihn an, und er zwang sich zurückzulächeln, was kaum gelang. Sie gab ihm die Hand, er hielt ihr seine schlaff entgegen. Sie hielten Abstand, gingen nebeneinander, ohne sich zu berühren. Sie fragte ihn nach seinem Tag.

»Nichts Besonderes. Der Kanzler macht Dampf, aber das macht er schon seit mehr als einem halben Jahr. Der hat nur eine einzige Idee, aber die hat er gründlich. Die Einheit, die

Einheit. Wir müssen alle mit, mein Chef vornweg. Und wo warst du?«

Sie hatte einen Privatmann in Siegburg besucht, der afrikanische Kunst sammelte, und ihm ein Angebot gemacht. Mehr konnte sie natürlich nicht sagen. »Unser Geschäft ist sehr diskret, sonst funktioniert es nicht.«

Früher hätte er trotz allem nachgehakt. Schon allein, um sich besser vorstellen zu können, wie die zierliche Sonja mit einem grauhaarigen Kunstsammler verhandelte, der nach schwerem Eau de toilette roch, oder nach Zigarre. Jetzt sah er sie von der Seite an und dachte: *Hoffentlich ist es bald zu Ende.*

»Bist du mit dem Wagen hier?«

»Natürlich. Ich hatte schließlich ein Objekt mit. Der Wagen steht in der Niebuhrstraße.«

Plötzlich wurde sie gesprächig, erzählte von Reiseplänen für den Sommer. Spanien oder Portugal. Vier Wochen, auf der Rückreise vielleicht Paris. Im Juli wollte sie los. Ob er auch schon etwas vorhabe? Vielleicht konnte man sich irgendwo für ein paar Tage treffen?

»In diesem Sommer bin ich völlig unabkömmlich«, log Gregor. »Urlaub fällt aus, daran denke ich gar nicht erst.«

Sie hatten jetzt das Rheinufer verlassen und waren in der Adenauerallee angekommen. Vor einer Stunde noch hatte Gregor daran gedacht, sie dort irgendwo zum Essen einzuladen, jetzt suchte er nach einer eleganten Lösung für das Ende. Er wusste noch nicht genau, was geschehen war, nur dies: Vorhin, als sie ihm am Fluss entgegenkam, hatte er in ihrem Gesicht plötzlich etwas völlig Fremdes, auch Abstoßendes gesehen, etwas, was er mit der Sonja oder den verschiedenen Sonjas, die er kannte, in keine Verbindung bringen konnte. Auch, wenn es nur einen Moment lang ganz deutlich zu sehen gewesen war, hatte es doch die anderen Sonjas ausgelöscht, offensichtlich für immer. Auf ihrem Spaziergang am Rhein hatte er sich Mühe gegeben, er hatte sie immer wieder angesehen, um die andere Sonja wiederzufinden, aber neben ihm ging eine Fremde. Nein, eine plötzlich Entzauberte, und nichts ist so unumkehrbar wie Entzauberung, das wusste Gregor, war er doch selbst oft genug der Entzauberte gewesen, von dem sich seine Geliebten von einem Moment auf den anderen abwandten.

Sonja erzählte immer noch weiter, und nun begann auch ihre Stimme ihn zu stören, ihr Mezzosopran, der breit und langsam und mit immer noch deutlich hannöverschen Anklängen von einem Film sprach, den sie vor Kurzem gesehen hatte, *Flug durch die Hölle* oder so ähnlich. Dann blieb sie stehen und fragte ihn, ob sie noch irgendwo etwas essen gehen wollten. Gregor schaltete schnell und sagte: »Ich habe heute Abend noch einmal kleine Runde beim Minister, tut mir leid. Ich bringe dich aber noch zum Auto.«

Er sah noch kurz dem roten Coupé nach, als Sonja losfuhr. Was für ein affiges Auto, dachte er. Dann griff jenes ängstliche Gefühl grenzenloser Leere auf ihn über, das man auch Erleichterung nennt. Es war halb sieben. Er ging an den Rhein zurück, setzte sich auf eine Bank. Das könnte die Bank gewesen sein, dachte er, auf der Sonja und ich vor dem großen Match gesessen haben, damals im Juli vor fünf Jahren.

16 Der Siebzehnjährige aus Leimen schlägt das letzte Ass

Wie lange das schon zurücklag! 1985, die Jahreszahl nahm ja heute keiner mehr in den Mund, ohne dass die Zunge sich nostalgisch belegte.

Es war vielleicht der glücklichste Tag, den sie je miteinander verbracht hatten. Sonntagmorgen, und sie lagen bis elf im Bett, etwas verkatert noch vom Abend zuvor, als sie nach dem Essen einen Zug durch die Lokale gemacht hatten. Am Samstagnachmittag hatte Gregor erneut seine Lieblingsspielerin siegen sehen. Sonja war kurz vor Schluss der Partie zu ihm gekommen, kroch zu ihm aufs Sofa und sah noch die letzten Ballwechsel mit ihm zusammen. Er schob sanft ihre Hand weg, die sich an seiner Hose zu schaffen machte, und sie sagte: »Die Navratilova ist doch lesbisch, weißt du das nicht?«

»Mir ganz egal«, sagte Gregor. »Sie ist einfach Klasse. Sie ist die Königin.«

Als um elf am nächsten Tag die leichten Kopfschmerzen noch immer nicht von selbst vergehen wollten, holte er zwei Aspirin ans Bett, und eine halbe Stunde danach tauchten sie gemeinsam ins Badewasser. Sie spielten ein bisschen miteinander, dann sagte Gregor: »Wir sollten noch etwas an die Luft gehen, bevor es losgeht, das tut unseren Köpfen auch gut.«

Es war bedeckt und warm. In den sonntäglichen Straßen lag stille Erwartung. Aus manchen Fenstern drang der Geruch von Essen und das Klappern von Bestecken. Nirgendwo war es laut, kein Heimwerkerhämmern, kein brüllender Vater, kein plärrendes Kind. Die Nation, dachte Gregor, bereitet sich auf das große Ereignis vor, und blieb einen Augenblick verdutzt stehen. *Die Nation*, dachte er, das habe ich noch nie gedacht, glaube ich. So weit hat mich noch kein Bundeskanzler gebracht, kein Parteivorsitzender, kein Politikwissenschaftler und kein Philosoph. Und kein Gefühl. Ich war, wenn überhaupt, immer Staat und nie Nation. Aber unser Boris, der »Siebzehnjährige aus Leimen«, wie die offizielle Berufsbezeichnung heißt, der schafft das. Er wusste jetzt auch, woran ihn bei den wenigen Interviews, die der »junge Rotschopf« bisher gegeben hatte, der nuschelnde, undeutliche Sprechgesang erinnerte, der da zu hören war. Das war Speyer, das waren seine abendlichen

Autoausflüge übers Land, die Imbissbude an der Straße nach Walldorf oder Schwetzingen, damals vor fünf oder sieben Jahren.

Sie waren am Rhein angekommen, und Sonja taten die Füße weh. »Einen Augenblick hinsetzen«, bettelte sie, »da auf die Bank.« Kaum saßen sie, lehnte sie sich an seine Schulter und schloss die Augen. Ihr Gesicht hatte er noch nie so entspannt gesehen, so klar, so völlig unbeschrieben und ohne Text wie jetzt. Aller Kampf, aller Schmerz und alle Lüge waren daraus verschwunden. So musste sie als Schülerin ausgesehen haben, dachte Gregor, nicht kurz vor dem Abitur, sondern als Zwölfjährige vielleicht. Dich will ich schützen mein Leben lang, dachte er und merkte erst jetzt, dass Sonja eingeschlafen war. Weiter nördlich zog lautlos der spärliche Sonntagsverkehr über die Kennedybrücke.

Auf dem Rückweg holten sie Kuchen, und zu Hause kochte Gregor Kaffee, damals noch von Hand und nicht in der spuckenden Maschine. Sonja verteilte den Kuchen auf die Teller, die Flockensahne für Gregor und die Marzipancreme für sich selbst, und sie setzten sich nebeneinander aufs Sofa. Dann schaltete Gregor den Apparat an, zehn Minuten vor Beginn des eigentlichen Matches. Es liefen die Statistiken über den Schirm, der Weg ins Finale von Kevin Curren, 27 Jahre, naturalisierter Amerikaner südafrikanischer Herkunft, und von Boris Becker, 17 Jahre, aus Leimen in Baden-Württemberg, Bundesrepublik Deutschland. Der Siebzehnjährige aus Leimen. Etwas später würde ein Sportjournalist in einem Intelligenzblatt schreiben: »Der siebzehnjährigste Leimener, den es je gab.«

Dann schlugen sich die beiden Spieler ein. Gregor bekleckerte sich beim Zusehen mit etwas Kuchen, lief in die Küche, um ein Handtuch anzufeuchten und sein Hemd abzuwischen, und als er zurückkam, hatte das Spiel begonnen. Sonja war jetzt ziemlich wach und konzentriert, sie strahlte ihn ab und zu von der Seite an.

»Er gewinnt auf jeden Fall«, sagte sie, »etwas anderes kommt gar nicht in Frage.«

Gregor entdeckte, dass er kaum noch Zigaretten hatte. Sonja beruhigte ihn und zeigte auf ihre Handtasche. Sie hatte an alles gedacht.

»Meine Logistik klappt immer«, sagte sie, lachte einmal kurz ihr etwas unartiges Lachen, das in den Bonner Restaurants die Kellner so entzückte, und riss die erste der drei Reservepackungen auf. Gregor fühlte inzwischen, dass er schweißnasse Hände hatte, ungläubig. Das kann nicht sein, dachte er, ich kann doch hier nicht schwitzen wie ein Verliebter wegen eines Siebzehnjährigen. Oder schwitze ich wegen der Nation?

Der erste Satz lief überraschend gut für den jungen Helden, aber nach dem zweiten, den er knapp verlor, war Gregor überzeugt, dass sich nun die Erfahrung durchsetzen werde.

»Koch einfach noch einen Kaffee«, sagte Sonja. »Und bleib ganz ruhig.«

Beim dritten Satz hielt sie sich selbst nicht mehr ganz an ihre eigenen Worte, drängte sich eng an ihn und wollte seine Hand. So erfuhr er, dass ihre ebenfalls schweißnass war. Als der siebzehnjährige Rotschopf aus Leimen diesen dritten Satz gewonnen hatte, im Tiebreak wie sein Gegner den vorhergegangenen, gab sie ihm einen Kuss und sagte: »Nun wird alles gut. Ich wette jetzt, dass er gewinnt. Wenn ich die Wette gewinne, musst du mich heute Abend noch zum Essen einladen.«

»Aber ich halte gar nicht dagegen«, sagte Gregor. »Das würde ich schon aus Aberglauben nicht tun. Ich will nicht der Dämon sein, der Boris in die Niederlage treibt. Nicht der Hagen, der hinterrücks Jung-Siegfried meuchelt.«

»Du musst mich aber trotzdem zum Essen einladen.«

»Und wenn er verliert?«

»Dann holen wir uns eine Pizza und bleiben hier.«

Kurz vor halb sechs holte der Siebzehnjährige aus Leimen zum entscheidenden Schlag aus. Ballwurf, Schlägerschwung, Abschuss des Pfeils: für seinen Gegner unerreichbar. Das war der Moment, als das Fernsehen und die Presse im Stillen für sich drei griffige Fakten bündelten, die sie in den nächsten Tagen und Wochen immer wieder herunterbeten würden: dass der Siebzehnjährige aus Leimen der *jüngste* Spieler war, der jemals ein Wimbledonfinale im Herreneinzel gewonnen hatte; dass der Siebzehnjährige aus Leimen der erste *ungesetzte* Spieler war, der jemals ein Wimbledonfinale im Herreneinzel gewonnen hatte; dass schließlich der Siebzehnjährige aus Leimen der erste *deutsche* Spieler war, der jemals ein Wimbledonfinale im Herreneinzel gewonnen hatte. Jung, ungesetzt, deutsch – das war die heilige Dreifaltigkeit der kommenden Wochen.

Der Moment, als Boris Becker sein letztes und spielentscheidendes Ass in diesem Match schlug, war auch der Moment, als Gregor vom Sofa aufsprang und dabei den randvollen Aschenbecher vom Tisch wischte. Gemeinsam rutschten sie mit Handfeger und Kehrblech auf dem Parkettboden herum und beseitigten die Schweinerei. Dann zog Sonja ihn wieder aufs Sofa und fragte: »Und wo gehen wir essen?«

»Zur *Lese*«, sagte Gregor. »Ich rufe gleich an.«

Dann machte sich Sonja noch einmal über ihn her, bei geöffnetem Fenster, so ganz und gar nicht zwölfjährig jetzt. Aus den umliegenden Häusern hörte man hier und da Stimmengewirr und Gelächter, klingelnde Telefone und in freudigem Ton geführte Gespräche. Noch gab es allerdings zu solchen Gelegenheiten keine spontanen Autokorsos mit endlosem Hupen. Die Freude der Nation blieb gleichsam noch privat, bürgerlich diszipliniert. Man verfiel nicht in den kollektiven Rausch. Schließlich hatte ein Einzelner gewonnen, der allen demonstrierte, wohin der Wille führen kann. Leistung muss sich wieder lohnen.

Um halb neun aßen sie Filet vom Weideochsen (er) und

eine Variation von Edelfischen (sie). Nach dem Essen machten sie keinen Zug mehr durch die Lokale, sondern schlenderten Arm in Arm durch den späten Sommerabend in die Kurfürstenstraße zurück. Hier und da kamen ihnen leicht beschwingte Gruppen entgegen, die noch immer über den Siebzehnjährigen aus Leimen sprachen, dessen Erfolg irgendwie der Erfolg aller war. Irgendwann sagte Sonja dann etwas, was ihn erst viel später, als sie verschwunden war, wunderte.

»Jetzt müsste die Zeit anhalten, für immer«, sagte sie in einem Ton, der nicht mehr plaudernd war, sondern beinahe flehend. »Jetzt müsste es ewig so weitergehen.«

Ein merkwürdiger Satz, eigentlich, warum war ihm das damals nicht aufgefallen? Ein bisschen hatte er gestutzt, wegen des Tonfalls eher als wegen dessen, was sie sagte, aber nun, sie hatten Champagner getrunken ... Als hätte sie Angst gehabt vor irgendetwas, was sie schon auf sich zukommen sah. Als hätte sie schon gewusst, dass sie eines Tages verschwinden würde.

Wie lange das schon zurücklag! dachte Gregor jetzt, während er auf der Bank saß, die eventuell die Bank von damals sein konnte, die Bank vor dem Finale. 1985, ein unendlich entferntes Jahr. 1985 kaufte man sich Polos von *Lacoste*, um richtig angezogen zu sein. 1985 hielt der Bundespräsident eine Rede zum vierzigsten Jahrestag des Kriegsendes, und alle waren hin und weg über so viel Intellekt und Moral. 1985, nur ein paar Tage nach dem letzten Ass in Wimbledon, ging Heinrich Böll von uns. 1985 begann die *Lindenstraße*. Sting meinte: *The Russians love their children, too*. Meinte er. 1985 hat der Regierungsdirektor Tiedge, schwerer Alkoholiker und in Leos Amt zuständig für die Spionageabwehr, rübergemacht in die DDR. Leo hat sich dabei eher amüsiert, als entsetzt zu sein. »Wir hatten schon immer komische Vögel hier«, sagte er damals.

1985 wollten wir eigentlich alle nur noch Tennis spielen

oder wenigstens anderen dabei zusehen. Der »Rotschopf«, unser aller Siebzehnjähriger, wurde so etwas wie ein Zweitkanzler. Irgendwie passte er zu dem Dicken. Wir waren endlich zu uns selbst gekommen, wir in der Bundesrepublik Deutschland, und es hätte unsretwegen ewig so weitergehen können. Fünf Jahre ist das her. Wie lange das schon zurückliegt, wirklich. Da kommt doch keiner mehr richtig mit.

17 Hartings Kaffee ist der beste

Leo hatte inzwischen begonnen, auf eigene Faust Nachforschungen anzustellen. Er wusste nicht genau, was ihn trieb. Schließlich geschah Wichtigeres, als dass eine ehemalige Angestellte des Bundespresseamtes, die eines Tages verschwunden war, wieder auftauchte. Eine Frau hatte, hier in dieser Stadt und auf der anderen Seite des Rheins, den Kanzlerkandidaten der Oppositionspartei mit einem Messer in den Hals gestochen, und der hatte das glücklicherweise überlebt. Die Frau handelte nicht, wie das in solchen Fällen hieß, »aus politischen Motiven«, sondern war einfach nur irrsinnig. Gefährlich irrsinnig. Sie wollte auf geheime Lager unter der Erde aufmerksam machen, in denen ihrer Ansicht nach mit Wissen und Billigung der Politiker Menschen zu Konserven verarbeitet oder aber durch Operationen manipuliert wurden. Lafontaine hatte es getroffen, weil er für den Angriff günstiger stand als Rau, den es eigentlich hatte treffen sollen. Der Frau, früher Arzthelferin, war es eigentlich egal, es hätte auch jeder andere Spitzenpolitiker sein können. Das Attentat war gewissermaßen nicht persönlich gemeint. Sie landete dann sehr schnell in der geschlossenen Psychiatrie.

Dieser Fall war also geklärt, und er ging Leo auch von Anfang an nichts an, sah man einmal davon ab, dass allein die Vorstellung, ein Messer in den Hals gerammt zu bekommen, ihm schon Übelkeit verursachte. Aber das Wohl seines besten Freundes lag ihm am Herzen, und diese Frau, diese Sonja, war nicht gut für seinen besten Freund, das hatte er von Anfang an gewusst. Sie hatte nicht das Messer in der Tasche, das sie Gregor in die Kehle stoßen würde, aber sie quälte ihn. Sie war nicht echt, und irgendetwas ließ sich bestimmt gegen sie finden. Schließlich bin ich beim Staatsschutz, dachte Leo, ein Held der inneren Sicherheit, und wenn wir was finden wollen, dann finden wir auch was. Von Gregors Begegnung mit Sonja am Rhein, von der plötzlichen Erkältung der Gefühle konnte er noch nichts wissen, also machte er sich auf die Suche.

Als Sonja Seeger verschwunden war, damals im März 1987, welche besonderen Vorfälle gab es kurz davor und kurz danach? Diese Frage stellte er sich zuerst. Die Antwort war: jedenfalls nichts, was die Bonner Szene betraf. Der Tote in der Genfer Badewanne, das kam erst im Herbst, und die Vorgeschichte hatte sich ohnehin da oben in Schleswig-Holstein abgespielt. Damit hatte Sonja nichts zu tun, Ehrenwort. Immerhin, dachte Leo, immerhin hatten wir damals endlich einen richtigen Skandal, wie er eines bedeutenden Staates würdig ist. Mit einem toten Ministerpräsidenten und mancherlei gleichsam mafiösen Verwicklungen, denn an den Selbstmord glaubt doch heute kaum noch einer. Endlich ein Grund, unser Land ernst zu nehmen.

Und im März? Im Friedrichspalast, damals noch DDR, gastierte Udo Jürgens, und das gleich drei Abende hintereinander. Ein Abteilungsleiter im Innenministerium war diskret in den Entzug geschickt worden, so etwas kam schon mal vor. Der Entzug war im Übrigen erfolgreich. Draußen in der Welt, gar nicht so weit weg, war die *Herald of Free Enterprise* nach dem Auslaufen aus dem Hafen Zeebrugge gekentert, weil man vergessen hatte, die Bugklappen zu schließen. Das war tragisch, aber es war kaum anzunehmen, dass Sonja dabei ihre Finger im Spiel hatte. Am Tag, bevor sie beim Bundespresseamt kündigte, war Helmut Kohl vom Bundestag erneut zum Kanzler gewählt worden. Leo mochte nicht glauben, die Wiederwahl des Dicken habe ihr so viel Angst eingejagt, dass sie deshalb die Flucht ergiff. Außerdem hätte sie sich dann schon nach der Wahl im Januar aus dem Staub machen müssen.

Und im Bundespresseamt selbst, was war da los in jenen Tagen? Ein älterer Mitarbeiter aus dem Referat 206, *Zentrales Dokumentationssystem*, war mit der sprichwörtlichen feuchtfröhlichen Feier verabschiedet worden, danach hatte es auf dem Parkplatz einen kleinen Unfall mit Fahrerflucht gegeben. Auch so etwas passierte.

Dann stieß er auf etwas, was ihn interessierte. Ein noch gar nicht so alter Mitarbeiter des Amtes war am 10. März in seiner Wohnung tot aufgefunden worden. Gestorben war er nach ärztlichem Bescheid einen Tag vorher, plötzliches Herzversagen. Gerd Wuttke, so hieß der Mann, war nur vierunddreißig geworden. Er arbeitete seit knapp einem Jahr im Bundespresseamt. Leo hatte den Namen schon einmal gehört, und er war sich ziemlich sicher, dass das irgendwo auf den Fluren des eigenen Amtes gewesen war.

»Ja«, sagte Harting und schob ihm den Zuckerstreuer über den Tisch, »Wuttke war unser Mann. Er war bei einer norddeutschen Zeitung rausgeflogen, weil er etwas zu hartnäckig Nachforschungen in einem kommunalen Skandal angestellt hatte. Wir haben ihn angeworben und eine Schnellausbildung mit ihm in Heimerzheim gemacht und ihn dann im Bundespresseamt untergebracht. Hier im Amt ist er nicht ein einziges Mal gewesen.«

»Und warum?«

»Warum was?«

»Warum habt ihr ihn zu den Presseheinis geschickt?«

Harting rührte die Milch in seinem Kaffee um und schnaufte. Und schwieg.

»Komm schon, Rolf«, sagte Leo, »ich bin nicht der Feind. Ich arbeite im selben Amt wie du.«

»Sicher, aber in einer anderen Abteilung. Und wir kennen uns ja nicht so gut, dass wir abends zusammen einen trinken gehen.«

»Immerhin weiß ich, dass du regelmäßig im Klettenbergpark Boule spielst«, sagte Leo. »Und dass du ein Haus in der Toskana hast. Dürfen Angehörige der Toskana-Fraktion eigentlich beim Staatsschutz sein?«

Harting lachte. »Also gut. Wir hatten die Vermutung – die begründete Vermutung natürlich –, dass aus dem Bundespresseamt regelmäßig Informationen nach Ostberlin gewandert sind, bevor sie hier überhaupt in offiziellen Verlautbarungen auftauchten. Wir hatten auch einen bestimmten Verdacht, auf den wir Wuttke angesetzt haben. Nach einem Dreivierteljahr hat er aber einen negativen Befund gemeldet.«

»Und ihr habt ihm geglaubt?«

»Auf jeden Fall. Wuttke war ein richtig guter Mann, ein Naturtalent. Ich weiß gar nicht, warum er zuerst Journalist geworden ist, der hätte von Anfang an auf unsere Seite gehört. Er hätte ein Topmann werden können.«

»Und warum habt ihr ihn danach nicht abgezogen?«

»Das wollten wir nach einer gewissen Karenzzeit tun. Wir hatten einen anderen Auftrag für ihn in Vorbereitung, näher an der exekutiven Macht.«

»Was heißt das auf Deutsch?«

»Uninteressant. Es ist ja nicht mehr dazu gekommen.«

»Und dann ist er einfach ganz überraschend gestorben?«

Harting schenkte ihm aus seiner Thermoskanne noch Kaffee nach. Er hatte kein Zutrauen zu dem Automatenkaffee, den es hier gab, und kochte sich jeden Morgen und jeden Mittag ganz traditionell seinen eigenen.

»Nein, ist er natürlich nicht. Wuttke war kerngesund, das hat die Untersuchung bei der Einstellung ergeben. Er hat nicht gesoffen und nicht geraucht und hatte keinen Herzklappenfehler oder sonst etwas.«

»Und trotzdem war er eines Tages einfach mausetot«, sagte Leo. »Dein Kaffee ist übrigens wirklich Spitze, da haben die Kollegen recht.«

»Ein paar Tage davor hat er mich angerufen. Er hätte etwas anderes entdeckt als das, was er entdecken sollte im Presseamt, sagte er, und das sei mindestens so interessant wie die undichte Stelle, die es vielleicht gar nicht gab. Wir hatten einen Termin für den Tag, an dem man ihn gefunden hat. Man hat ihn so schnell gefunden, weil er nicht erschienen ist. Redet man über meinen Kaffee, ja?«

Natürlich wusste Harting das, aber er hörte es gern.

»Ein Geruch geht um in der Merianstraße«, sagte Leo, »der Geruch von Hartings Kaffee. Tja, das ist ja eine merkwürdige Geschichte mit diesem Wuttke.«

»Und warum interessiert dich das alles?«, fragte Harting. »Mit deinen Linksradikalen hat das Ganze nach meinem Wissen jedenfalls nichts zu tun.«

»Es ist eine private Geschichte. Ich möchte jemanden schützen, einen Freund. Vielleicht genügt das. Du sagst mir ja auch nicht alles.«

»Sicher. Also, Wuttke ist ganz offensichtlich vergiftet worden. Wir konnten das mit dem Herzversagen leicht lancieren, weil wir ihn ja gefunden haben und der Arzt natürlich unser Mann war. Es muss auch jemand in seiner Wohnung gewesen sein und sich mit ihm unterhalten haben. Das war vermutlich der Todesengel. Wir haben dann zwei Jahre ermittelt, aber nichts gefunden. Eine düstere Geschichte. Wuttke war so ein guter Mann. Ich mochte ihn sehr.«

Leo glaubte ihm, und doch war er fassungslos.

»Ihr habt nichts gefunden?«, fragte er, so laut, dass sein Gegenüber hochschreckte. »Es gab in den Tagen danach nichts Auffälliges im Presseamt?«

»Nichts, was uns bekannt geworden wäre.«

»Wer ist eigentlich ›wir‹?«

»Unsere Abteilung, Leo. Du weißt doch, wie man sich so ausdrückt.«

Leo schüttelte den Kopf. »Ich verstehe das nicht. Zwei

Tage, nachdem ihr Wuttke gefunden habt, kündigt im Bundespresseamt eine Mitarbeiterin des Referats 202, Sonja Seeger, ihre Stelle fristlos und verzichtet auf alle Ansprüche. Dann verschwindet sie spurlos, keiner weiß wohin. Und das findet ihr nicht auffällig? Nein, gar nicht?«

Harting schob seine Kaffeetasse mit einem Ruck beiseite und sah ihn entgeistert an. Das ist echt, dachte Leo sofort, das kann man nicht spielen. So blöde kann man gewollt gar nicht aussehen.

»Du kannst mir das glauben oder nicht«, sagte Harting, »aber von dem, was du mir da erzählst, weiß ich nichts. Überhaupt nichts.«

»Wer hat denn damals ermittelt?«

»Albert Stingl. Kann mir aber nicht vorstellen, dass der das übersehen hat. War diese ... diese Seeger wichtig?«

»Nein«, sagte Leo, »sie war so eine Art Mädchen für alles. Kann schon sein, dass sie unterhalb der Wahrnehmungsschwelle lag, aber das darf eigentlich nicht passieren. Vielleicht kann man diesen Stingl mal fragen?«

»Kann man nicht«, sagte Harting. »Der hat vor einem halben Jahr Adieu gesagt. Hat geerbt und lebt jetzt irgendwo in Südfrankreich. Natürlich könnte man hinfahren.«

Leo fing an zu lachen. Harting sah ihn fragend an, unangenehm berührt, als wüsste er, dass auch er ausgelacht wurde.

»Mein Gott, was sind wir manchmal für ein Dilettantenverein«, sagte Leo, als er sich beruhigt hatte. »Vor einem halben Jahr, ja?«

»Ja. Im Januar.«

»Und wie lange war er bei euch? Oder bei uns, meinetwegen, ich gehöre ja auch zu der Truppe.«

»Seit 1983, wenn ich das richtig im Kopf habe. Er ist vom BND zu uns gekommen. Beste Empfehlungen.«

»Schön. Also, jetzt erzähle ich dir mal den Roman, den ich mir da zurechtlege. Du weißt ja, ich habe früher Germanistik studiert und lese auch heute noch ganz gern. Da schleust ihr also einen Mann ins Presseamt ein, der was rauskriegen soll, was er aber nicht rauskriegt. Dafür findet er eine andere Sache, aber bevor er euch was erzählen kann, ist er tot. Zwei Tage danach kündigt eine subalterne Mitarbeiterin des Presseamts fristlos und verschwindet Hals über Kopf spurlos, obwohl sie eigentlich für den Freitagabend mit ihrem Stecher zum feinen Essen in Düsseldorf verabredet ist.«

»Moment mal«, sagte Harting, »woher weißt du das denn? Wer ist das denn jetzt wieder?«

»Das spielt doch jetzt gar keine Rolle, Rolf. Ihr setzt einen Mann, einen guten Mann auf den Fall an, dem aber leider die Tatsache dieser merkwürdigen Kündigung und dieses Verschwindens entgeht. Seltsam, seltsam. Vielleicht entgeht ihm aber auch gar nichts, sondern er behält es einfach nur für sich. Alles verläuft nach und nach im Sande, und dieser gute Mann, dieser Stingl, erbt dann auch noch richtig Geld, steigt aus dem Dienst aus und zieht nach Südfrankreich. Wie alt war der übrigens?«

»Stingl? Um die vierzig, ich müsste nachsehen.«

»Kriegt er irgendwelche Ruhebezüge?«

»Kriegt er. Auf ein Konto in Marseille. Nicht viel, aber er braucht es ja auch nicht.«

»Schön für ihn. Deshalb muss er trotzdem nicht dort sein, in Marseille. Verstehst du, was ich meine?«

»Langsam, ja. Das sind alles ziemlich schlechte Nachrichten.«

»Ja«, sagte Leo. »Aber nun kommt die gute Nachricht. Diese Sonja Seeger ist wieder aufgetaucht. Die wohnt jetzt in Aachen und arbeitet in der freien Wirtschaft. Import Export. Ich erzähle dir gleich mehr. Kriege ich noch einen Kaffee?«

Harting hatte sich wieder gefasst.

»Sicher, Leo. Weißt du was, du solltest bei uns anfangen.«

18 Armer Gregor, sagt Anita

Komisch, dachte Anita, mir ist gar nicht traurig zumute. Ich meine, es war doch irgendwie eine schöne Zeit, und ich habe Gregor immer noch sehr gern, mehr, als er weiß, aber es fällt mir überhaupt nicht schwer. Hoffentlich verkraftet er es. Er hat vorhin so bang geklungen, als ich angerufen habe. Bang ist nicht das richtige Wort, die Stimme war so tonlos.

Ich hätte mir doch ein Taxi nehmen sollen, ich unterschätze immer den Weg. Ich bin ja auch nicht mehr hier gewesen, seitdem Sonja wieder aufgetaucht ist. Jetzt wird es schon wieder so warm, gleich fange ich an zu triefen. Bonn ist wirklich noch einen Tick schlimmer als Köln. Aber jetzt lohnt kein Taxi mehr, da vorn ist schon die spanische Botschaft.

Fünf Minuten später hatte sie das Haus erreicht und sah Gregor auf dem Balkon stehen. Er winkte ihr zu und rief: »Ich mache auf!«

Jetzt muss ich mich wappnen, dachte Anita, als sie die Treppe hochstieg und dann Gregor in der offenen Tür stehen sah. Mich wappnen, zum ersten Mal seit fast einem Jahr. Bitte keine Zudringlichkeiten.

Sie war dann völlig verwirrt, beinahe enttäuscht, dass Gregor sie nicht an sich zog, ihr nicht unter den Rock griff oder an die Bluse, sondern sie einfach nur begrüßte, mit einem Lächeln, das Freude zeigte, sie zu sehen, und zugleich um Verzeihung für irgendetwas bat. So aber nicht, dachte Anita, wenn jemand Schluss macht, will ich das sein, vielleicht muss ich mich beeilen.

»Ich koche Kaffee«, sagte Gregor und ging in die Küche, um seine spuckende Maschine in Gang zu setzen. Anita setzte sich ins Wohnzimmer, wo ohne Ton der Fernseher lief, ein Spiel der Fußballweltmeisterschaft. Daran hatte sie nicht gedacht. Kam sie etwa ungelegen? Sie gehörte zu einer immer stärker schrumpfenden Minderheit, zu den Frauen nämlich, die sich nicht für Fußball interessierten. Trotz Leo. Trotz Gregor. Sie war eigentlich von Fußballfans, von ehemaligen Freizeitkickern umzingelt, aber sie ließ sich nicht anstecken. Auf dem Bildschirm liefen Schwarze gegen irgendwelche Europäer übers Feld, dann konnte sie die eingeblendete Bildzeile rechts oben entziffern. Da spielte Kamerun gegen Rumänien, wenn sie die Kürzel richtig deutete. Und es stand noch 0:0.

Gregor kam mit dem Kaffee und zwei Stück Kuchen, die er schnell geholt haben musste, nachdem sie angerufen hatte.

»Ich störe, nicht?« Anita deutete mit dem Kopf zum Fernseher.

»Um Gottes willen, nie. *Ladies first*, immer. Ich kann in den nächsten Wochen noch so viele Spiele sehen. Wir sind gerade erst in der Vorrunde. Aber ich weiß, dass dich das nicht interessiert. Ich mache aus.«

Bevor Anita protestieren konnte, hatte er die Fernbedienung in der Hand, schwenkte sie einmal kurz zum Bildschirm, und der wurde schwarz. Gleich danach nahm er eine andere Fernbedienung, schwenkte sie in Richtung Bang & Olufsen, und Anita hörte etwas, was nach ihrer Kindheit klang, ein bisschen vor ihrer Zeit. Dann erkannte sie Bossa-Nova-Rhythmen, schließlich die Stimme der Frau und das weltberühmte Lied vom Strand in Rio.

»Der Herr der Fernbedienungen«, sagte sie, »zaubert die Schöne aus Brasilien zu sich nach Hause. Dabei hast du doch deine Schöne aus Aachen.«

Gregor schüttelte den Kopf. »Nicht mehr«, sagte er.

»Ach, hat sie Schluss gemacht?«

»Nicht sie. Ich. Ich habe sie plötzlich gesehen, weißt du, und da wusste ich überhaupt nicht mehr, was ich von ihr wollte. Kennst du das, wenn jemand einfach … einfach unkenntlich wird, in einer Sekunde? Schwupp, und alles ist weg?«

»Sicher. Jetzt weiß ich, warum du dich vorhin am Telefon so komisch angehört hast. So leer.«

»Leer ist das richtige Wort.«

»Aber immerhin hattest du vorher deinen Spaß.«

»Überhaupt nicht.«

»War's nicht schön?«

»Da war gar nichts, seitdem wir uns wiedergetroffen haben. Hat dir Leo das nicht erzählt?«

»Nein, weißt du, Leo und ich sprechen nicht über deine Frauengeschichten. Was heißt das, es war gar nichts? Sie hat dich nicht rangelassen?«

Gegor nickte, auch wenn er den Ausdruck etwas vulgär fand.

»Armer Gregor! Du musst dich ja gequält haben! Wann war das, als du sie im Kasino getroffen hast? Ende März?«

»Ende März, ja.«

»Da hast du dich mehr als zwei Monate hinhalten lassen?«

Gregor machte eine abwehrende Handbewegung. »Also bitte«, sagte er, »so oft haben wir uns gar nicht gesehen. Es war nicht wie damals, weißt du. Schließlich wohnt sie jetzt in Aachen.«

Anita lächelte in sich hinein.

»Und im Übrigen«, sagte er, »ist es ja vorbei. Ich habe einen kurzen Augenblick lang ein Gesicht von ihr gesehen, das ich noch nicht kannte, und das hat gereicht. Möchtest du noch einen Kaffee?«

»Nein, eigentlich schon ein bisschen spät dafür. Schenk mir was Ordentliches ein.«

»Sherry? Wein? Sekt?«

»Hast du kein Kölsch im Kühlschrank? Ist doch Fußball!«

»Doch, sicher. Ich hole uns eins.«

Als er aus der Küche wiederkam, sagte sie: »Du hast eigentlich ziemlich künstlerische Arbeitszeiten. Es ist noch vor sechs, und du bist schon lange zu Hause.«

»Lass gut sein«, sagte Gregor, »in den nächsten Wochen geht es ganz schön rund. Das ist Zufall, dass ich heute so früh zu Hause bin. Und die Arbeit liegt im Übrigen auf meinem Schreibtisch drüben. Erklärung der beiden deutschen Regierungen zu offenen Vermögensfragen, falls du damit was anfangen kannst. Überhaupt nicht mein Metier, etwas für Fachleute, aber mein Chef möchte unbedingt, dass ich mir das durchlese.«

Anita hob abwehrend die Hände.

»War überhaupt nicht böse gemeint. Ich kritisiere dich doch nicht, weil du es dir anders einteilen kannst als Leo. Ich würde auch nicht meckern, wenn du gar nichts tust. Du musst hier nicht den Helden der Arbeit machen.«

Gregor ließ das Kölsch in die beiden Gläser fließen, die Kölner Stangen, die ihm damals, als er neu in Köln war, wie Reagenzgläser oder Behälter für Urinproben vorgekommen waren, und reichte Anita eins davon. Sie stürzte das Bier auf einen Schluck hinunter und hielt ihm ihr Glas zum Nachfüllen hin, nippte am neuen Bier und sah Gregor an.

»Da wir schon dabei sind«, sagte sie.

»Wobei? Bei meinen Arbeitszeiten?«

»Bei dir und den Frauen. Also, dies ist ein Abschiedsbesuch.«

»Das heißt, du willst mich nicht mehr sehen?«

»Wir können uns sehen, so oft wir wollen. Ich möchte nur nicht mehr so gern hierherkommen, jedenfalls nicht ohne Leo. Und ich möchte es nicht mehr mit dir treiben, weder in deinem Bett noch auf dem Stuhl noch sonstwo. Das ist vorbei.«

»Ich bin entzaubert?«

Anita lachte.

»Entzaubert! Wo holst du solche Wörter her, Gregor? Gefällt mir aber.« Sie nahm einen Schluck. »Also, es hat ein bisschen den Reiz verloren, aber das ist es nicht. Ich schäme mich einfach. Ich mag Leo nicht mehr betrügen. Ich war ein paarmal schon drauf und dran, es ihm zu sagen. Ich weiß, dass er mich nicht wegjagen würde, ich kenne Leo. Wenn er abends nach Hause kommt und mich in den Arm nimmt, manchmal bringt er auch etwas mit, dann wird mir ganz flau, Gregor. Egal, ob ich vorher hier gewesen bin oder nicht. Das geht nicht mehr.«

Einen Augenblick sagte keiner was. Dann fragte Anita: »Hat es dir die Sprache verschlagen? Erst lässt dich Sonja nicht ran, und jetzt nehme ich auch meinen Abschied?«

Sie sah sofort, dass sie nicht den richtigen Ton getroffen hatte, und zog nach: »Entschuldigung. Ich wollte dich nicht verletzen.«

Gregor verzog sein Gesicht zu einem mühsamen Lächeln.

»Das ist in Ordnung«, sagte er. »Irgendwann würde es zu Ende sein, das haben wir uns doch immer gesagt und uns geschworen, dass dann keiner traurig ist und keiner am anderen zerrt. Komm, ich hole noch ein Bier.«

Er kam mit zwei Flaschen zurück. Im Hintergrund lief das Mädchen aus Ipanema schon lange nicht mehr über den Strand. Statt dessen erzählte Stan Getz mit seinem weichen Tenorsax vom süßen Regen. Gregor schielte auf den schwarzen Bildschirm des Fernsehers. Anita fing seinen Blick auf und fing an zu lachen.

»Du möchtest das Fußballspiel zu Ende sehen! Gib's zu! Komm, schalte ein, Gregor.«

Er sah sie zweifelnd an.

»Schalte ein! Besser können wir doch diesen kleinen Abschied nicht begehen. Ich gucke auch mit zu.«

Gregor machte wieder souveräne Fernbedienungsgesten. Stan Getz verstummte, und auf den Bildschirm kehrte das Stadion von Bari zurück. Anita sah einen der schwarzen Spieler in ihren roten Hosen und grünen Trikots, der einen Tanz aufführte und um die Fahne tanzte, die an einer der Ecken des Spielfelds stand. Der Lärmpegel war sehr hoch, und Gregor kniff die Augen zusammen, um die eingeblendete Schrift besser lesen zu können. 2:0, hieß es da, 2:0 für Kamerun.

»Das ist Roger Milla«, erklärte Gregor, »der da tanzt. Der ist schon achtunddreißig und kommt immer erst spät ins

Spiel, weil er nicht mehr so viel Puste hat. Hat wohl das Tor geschossen.«

»Achtunddreißig«, sagte Anita, »der ist ja älter als ich! Und spielt noch Fußball! Richtig im Fernsehen, meine ich, nicht wie eure Bolzerei damals in Berlin. Damit liegt mir Leo manchmal immer noch in den Ohren.«

Das Spiel ging weiter. Kurz darauf schoss ein rumänischer Spieler ein Tor, und es stand nur noch 2:1. Der Spieler hieß Balint.

»Den Namen kenne ich bisher nur aus der Psychoanalyse«, sagte Gregor.

»Du beschäftigst dich mit Psychoanalyse?«, fragte Anita.

»Ich mache eine. Das weiß aber keiner, und du sagst es bitte auch keinem. Nicht mal Leo.«

»Sicher nicht. Hier in Bonn?«

»Nein«, sagte Gregor, »in Köln. Und zwar genau bei euch um die Ecke, in der Wüllnerstraße. Aber ich pass schon auf, dass mich keiner sieht, wenn ich da bin.«

»In der Wüllnerstraße? Ich glaube es nicht. Und seit wann?«

»Ein gutes Jahr bin ich schon dabei.«

Anita hatte sich immer noch nicht gefasst.

»Du gehst zum Seelenklempner?«

»Wenn du das so nennen willst. Macht mir nichts.«

»Da liegst du richtig auf der Couch und so?«

»Ich liege richtig auf der Couch und schaue in einen Garten, und manchmal sehe ich da ein Eichhörnchen den Baum hochhuschen. Aber das sollte wirklich keiner wissen, vor allem auch mein Chef nicht.«

»Sicher nicht«, sagte Anita. »Komm, konzentrier dich aufs Spiel.«

»Das Spiel ist gerade vorbei.«

Die Kameruner warfen die Arme hoch und stürzten vor allem auf Roger Milla zu, der die beiden Tore zum Sieg geschossen hatte.

»Schön, dass die sich so freuen«, sagte Anita. »Rufst du

mir ein Taxi? Zu Fuß schaffe ich das nicht mehr zum Bahnhof. Ich glaube, ich habe von den zwei Kölsch einen im Kahn.«

Das Taxi war zehn Minuten später da. In der Tür gab sie ihm einen Kuss auf die Wange.

»Komm gut nach Hause«, sagte Gregor.

»Armer Gregor«, sagte sie. »Alle Frauen verlassen dich.«

19 Ein neuer Archivar ist in der Stadt

Ein paar Tage danach, am Montagmorgen um halb zehn, sah Anita einen großen Möbelwagen die Landgrafenstraße herunterkommen, der vorsichtig zum Bogen nach rechts um die Ecke ausholte. *Spedition Görres* hieß es auf dem Sattelzug in großen roten Lettern, und in kleinerer Schrift war eine Koblenzer Adresse und Telefonnummer zu lesen. Solche Riesen verirrten sich hierher eigentlich nur anlässlich von Umzügen, denn irgendwelche Firmen waren in der ganzen Gegend nicht zu beliefern. Anita trat vor die Haustür, um das Abbiegemanöver zu beobachten. Der Wagen schlängelte sich elegant in die Wüllnerstraße, nach rechts: nicht zu Gregors Seite, dachte sie unwillkürlich. Sie hatte noch an dem Abend, als sie von Gregor nach Hause kam, einen heimlichen kleinen Gang um die Ecke gemacht und dort das Praxisschild gefunden, das ihr bisher nie aufgefallen war.

Ich bin schon wie diese Hausfrauen, die den ganzen Tag im Fenster hängen und alles beobachten, was sich in der Nachbarschaft regt, dachte sie, als sie dem Wagen langsam hinterherging. Der kam zwanzig Meter weiter mit dem typischen zischenden Geräusch vor dem Haus Nr. 118 zum Halt, dem Haus mit den schönen schieferblauen Fensterläden im ersten Stock, vor dessen durch ein Seil freigehaltener

Einfahrt ein mittelgroßer Mann im marineblauen T-Shirt und einer weiten hellen Hose wartete.

Bei der Schwüle heute ist es ganz bestimmt kein Zuckerschlecken, Möbelpacker zu sein, dachte sie. Hoffentlich hat er wenigstens was zu trinken für die Jungens. Ob ich mal hingehe und nachfrage? Ich bin wirklich schon wie diese Hausfrauen. Wie diese Hausfrauen? Ich bin eine von ihnen, was tue ich denn sonst?

Leo hatte ihr vor zwei Jahren vorgeschlagen, noch einmal ein Studium aufzunehmen, aber Anita hatte sofort abgewinkt. Sie hatte keine Lust, sich an der Uni mit Studenten und Studentinnen in Seminaren zu drängeln, die ein halbes oder ganzes Jahrzehnt jünger waren als sie. »Alles, was nach 1965 geboren ist, ertrage ich einfach nicht mehr«, sagte sie. »Lass mal, Leo, meine Studien mache ich schon allein zu Hause.«

Das tat sie. Leo brauchte einige Zeit, um überhaupt zu merken, was Anita alles in sich hineinfraß. Es fiel ihm erst auf, als sie beim Essen mit ihm und Gregor oder auf Partys plötzlich begann, Autoren und Theorien zu zitieren, von denen er selbst kaum etwas wusste. Lange Zeit hatte er sich vorgegaukelt, dass sie vor allem Romane las, obwohl er selten welche herumliegen sah. Nie hätte er gedacht, dass seine Frau Levi-Strauss lesen würde oder Leiris, dass sie dicke Bücher mit Titeln wie *Meereslust, Das Zeitalter der Extreme* oder *Das Paradies, der Geschmack und die Vernunft* von vorn bis hinten lesen, Bleistiftanstreichungen und Textmarkierungen vornehmen würde.

Jetzt war sie gerade von ihrem neuen Lieblingsbuch aufgestanden, das *Überwachen und Strafen* hieß, um ihrerseits den Vorgang in der Wüllnerstraße zu überwachen. Sie sah die Möbelpacker aussteigen, drei an der Zahl, und mit dem Mann sprechen, der ihnen ziemlich gestenreich zu erklären schien, wie das Aus- und Einladen vor sich gehen sollte. Da mische ich mich jetzt noch nicht ein, dachte sie, aber nachher gehe ich mal rüber und frage, wie es mit Getränken steht.

Männer denken oft nicht an so etwas, und er scheint allein zu sein.

Sie kehrte zu ihrem Buch zurück. Gregor und Leo hatten sich anfangs erstaunt angesehen, wenn sie plötzlich Bruchstücke neu angeeigneter Theorien zitierte oder mit Namen jonglierte. Sie hatten das bisher für ihr eigenes Privileg gehalten, mussten aber zugeben, dass Anita meistens wusste, wovon sie sprach. Mit Gregor hatte sie vor einigen Wochen nach einem ihrer letzten Treffen eine ganze Stunde lang, noch immer nackt, über einen Satz aus der *Fröhlichen Wissenschaft* diskutiert, und das war erregender als die Vögelei davor.

Heute warfen sich ihre beiden Männer keine Blicke mehr zu. Sie behandelten sie von gleich zu gleich, und dennoch blieb ein Unterschied. Anita hatte zu ihren Erkenntnissen und neuen Entdeckungen ein leidenschaftliches Verhältnis; Leo und Gregor dagegen konnten mit ihrem Wissen nur noch ironisch umgehen. Das hing gewiss mit ihren Tätigkeiten zusammen, die sie beide gleichermaßen ironisch ausübten. Leo diente einer Institution, der gegenüber er zwar loyal war, an die er aber schon lange nicht mehr glaubte, und Gregor hatte ihr vor Kurzem einen Vortrag gehalten, wie dilettantisch, wie blind umherstochernd schon Politik an sich sei, noch mehr aber die Berater, die meinten, etwas Sinnvolles beitragen zu können. »Im Grunde«, hatte er gesagt, »ist der Dicke der Einzige, der zur Zeit kein Dilettant ist, weil er genau weiß, was er will: die Einheit für das Land und für sich selbst einen Platz in den Geschichtsbüchern. Darüber muss er nicht mehr nachdenken, nicht eine Sekunde lang. Das macht ihn so stark.«

Über ihren Gedanken und Erinnerungen hatte sie den Umzug in der Nachbarschaft vergessen, als es plötzlich an der Haustür läutete. Als sie öffnete, stand der Mann mit dem marineblauen T-Shirt vor ihr, und noch bevor er etwas sagen konnte, sagte Anita: »Sieh an, der neue Nachbar! Ich habe schon vorhin mal um die Ecke geguckt, als der Möbelwagen kam. Alles fertig? Brauchen Sie etwas?«

Der neue Nachbar nickte verlegen und stellte sich vor. Carl Schelling hieß er, Carl mit C, war bisher Archivar in Koblenz gewesen und würde am ersten Juli im Kölner Stadtarchiv anfangen. Und fragen wollte er, ob sie vielleicht ein bisschen Dosenmilch übrig hatte, meinetwegen auch Sahne? Für seinen Kaffee?

»Kommen Sie doch rein«, sagte Anita, »wir müssen uns doch nicht in der Tür unterhalten.

Er war ihr in die Küche gefolgt, wo sie ihm zweimal Kondensmilch im Tetrapak in die Hand drückte.

»Direkt neben mir in dem Haus ist niemand«, sagte er, »sonst hätte ich Sie natürlich nicht bemüht.«

»Das macht gar nichts«, sagte Anita, »Sie sehen ja, dass ich Zeit habe. Vielleicht wollen Sie hier noch schnell einen Kaffee trinken?«

Carl Schelling winkte ab. Er hatte genug zu tun, er würde den ganzen Tag mit Auspacken und Einräumen beschäftigt sein, und den folgenden dazu. Aber er freute sich, schon mal Nachbarn kennengelernt zu haben – warum sagt er *Nachbarn,* dachte Anita, warum sagt er nicht *eine Nachbarin?* –, und es war manchmal eben doch ganz gut, wenn man die Dosenmilch vergessen hatte oder das Salz oder sonst was.

»Ich werde mich natürlich revanchieren«, sagte er und zeigte auf die beiden Packungen in seiner rechten Hand. »Also erst mal vielen Dank, Frau …«

»Münks.«

»Frau Münks. Ich gehe dann wieder.«

»Machen Sie sich keinen Kopf«, sagte Anita, »geht schon in Ordnung.«

Sie beobachtete ihn, wie er leicht gebeugt, die beiden Kondensmilchpackungen gegen die Brust gepresst, um die Ecke verschwand. Komischer Vogel, dachte sie. Carl Schelling, Carl mit C. Mir ist so, als hätte ich den Namen schon mal gehört.

»Aha«, sagte Leo abends, »Carl Schelling. Und Archivar ist er, sagst du?«

»Ja. Fängt hier im Stadtarchiv an.«

»Wie alt?«

»Ungefähr so wie du. Bisschen jünger vielleicht.«

»Wenn du mir noch zuhören würdest, wenn ich von unserer Berliner Fußballtruppe erzähle«, sagte Leo, »dann wüsstest du, wer das ist. Carl mit C oder mit K? Aber das hat er dir wahrscheinlich nicht gesagt.«

»Doch. Carl mit C, das hat er gleich betont.«

»Dann weiß ich, wer das ist. Der Beißer, der Kratzer, der Terrier. Müsste mit dem Teufel zugehen, wenn er's nicht ist.«

20 Ein Abendessen bei Carl Schelling

Gut zwei Wochen später, am 29. Juni, die Weltmeisterschaft machte eine Atempause, standen Anita und Leo bei ihrem neuen Nachbarn im Esszimmer, hoben ihre Champagnergläser und prosteten ihrem Gastgeber zu.

»Das hätten wir damals in Schmargendorf auch nicht gedacht«, sagte Carl Schelling zu Leo, »dass wir hier in Köln mal zusammen Champagner trinken würden, und dazu noch«, er wandte sich an Anita mit einer Verbeugung, »in Anwesenheit einer so schönen Frau.«

Anita lachte und bedankte sich abwehrend für die Schmeichelei, wie sie es nannte, konnte aber nicht verhindern, dass ihr Gesicht für einen kurzen Moment von einem zarten Rot erleuchtet wurde. Sie freute sich über das so formvollendet wie altmodisch vorgebrachte Kompliment.

»Setzt euch doch bitte und wartet einen Moment«, sagte Schelling und huschte in die angrenzende Küche. Sie hörten ihn dort leise hantieren, irgendwie schnell, geübt, dachte Anita, obwohl sie ihn gar nicht sehen konnte. Dann kam er zurück mit den Austern auf Eis und allem, was dazugehörte, mit den kleinen Gäbelchen, dem Brot und einer Vinaigrette, dazu eine Schale mit Zitronenwasser für die Hände. Die gute Küche und seine Bibliothek, erklärte er, das sei ihm im Laufe der Jahre das Allerliebste geworden, und Leo und Anita dachten im selben Moment: Und was ist mit den Frauen? Sie schlürften und tunkten und mümmelten Brot, und das Gespräch war nur stockend und fand allein zwischen Leo und Carl statt. Nein, an Uli Goergen konnte er sich nicht mehr so recht erinnern, dafür aber an diesen Klempner, der mitspielte, wie hieß der noch?

»Roland Nerow«, sagte Leo.

»Richtig, Roland Nerow.«

»Und an Gregor Korff erinnerst du dich auch?«

»Gregor Korff, ja, das sagt mir was, was ist aus dem geworden?

»Der wohnt gleich nebenan, in Bonn«, sagte Leo, »und ist als Berater in der ganz großen Politik. Kanzleramt, wenn du verstehst.« Vielleicht aber nicht mehr lange, dachte er im Stillen.

»Korff? Passt das zu ihm?«

»Weiß ich nicht. Zu dir passt auf jeden Fall der Archivar, wenn ich das sagen darf, ohne dich zu beleidigen.«

»Aber sicher. Archivare sind doch ganz wichtige Leute. Aber warum passt das zu mir?«

»Du warst immer ein Ordnungsdenker. Meine ich jedenfalls. Einer, der gegen das Chaos kämpfte, oder? Und auf dem Fußballplatz hast du schließlich auch immer aufgeräumt.«

Carl Schelling lächelte.

»Das ist Auslegungssache. Auf dem Platz habe ich doch immer Anschläge auf meine Gegenspieler verübt. Wenn man das so sieht, könnte ich ebenso gut als Terrorist durchgehen. Oder Anarchist, obwohl die meisten Leute gar nicht wissen, was das ist, Anarchismus.«

Leo warf bei diesem Nachsatz einen kurzen, prüfendberuflichen Blick auf den Gastgeber; der Linksextremismus war schließlich sein Arbeitsfeld. Aber mein Gott, Anarchismus, wer beschäftigte sich denn heute noch mit so etwas? Carl Schelling erhob sich und sammelte die Teller ein. Anita fragte sofort, ob sie helfen solle, und Schelling sagte sofort mit Nachdruck: »Sie bleiben selbstverständlich sitzen.«

Das war etwas schwierig mit dem Duzen und dem Siezen. Leo hatte ihn ein paar Tage nach seinem Einzug besucht, und nachdem Schelling ihn wiedererkannt hatte, waren sie sofort zum Du übergegangen. Als er aber Anita wenig später die Dosenmilch zurückbrachte und eine Tafel der allerfeinsten Schweizer Schokolade dazu, blieb er beim Sie, und Anita wusste nicht, wie sie sich verhalten sollte. Konnte sie als die Jüngere diesem ehemaligen Fußballfreund ihres Mannes einfach das Du anbieten? Kaum. Und jetzt, als sie hier zu dritt saßen und er sie weiterhin siezte und sie ihn natürlich auch, gefiel ihr das plötzlich sehr. Es müsste mehr solche Menschen geben, dachte sie, die einen nicht immer gleich umarmen, nur weil man zusammen mit ihnen isst oder ihnen ein bisschen Kondensmilch ausgeliehen hat. Sie sah Leo fragend an, aber der verstand nicht, und Carl Schelling kam aus der Küche zurück mit der Tomatensuppe, selbstverständlich nicht aus der Dose. Es gab ein bisschen frisch geriebenen Parmesan dazu. Nachdem Anita den ersten Löffel probiert hatte, strahlte sie den Koch mit einem Ausdruck an, der eine Mischung aus Dankbarkeit und Verzückung war, und sagte:

»Wunderbar. Wirklich wunderbar. Ich wünschte, Leo könnte so kochen, aber Leo ist leider ein lausiger Koch. Entschuldige.«

Leo nickte zustimmend, um zu zeigen, dass er sich nicht gekränkt fühlte. Und diesmal war es Carl Schellings Gesicht, das sich angesichts des Kompliments mit einem rötlichen Ton überzog.

»Es freut mich, dass es Ihnen schmeckt«, sagte er. »Ich mache die Suppe schon seit vielen Jahren so. Es ist ein wenig

Wein darin, und der geht im Aroma eine schöne Verbindung mit der Petersilie ein. Und Tomaten, wissen Sie, richtige echte Tomaten meine ich, sind mein absolutes Lieblingsgemüse. Ach, ich sträube mich eigentlich dagegen, sie Gemüse zu nennen. Sie sind etwas Göttliches.«

Jetzt kann ich ihm unmöglich das Du anbieten, dachte Anita. Das wäre der unpassendste Moment.

»Wirklich sehr gut«, sagte Leo, um das nun einsetzende Schweigen zu beenden. »Ja, meine Kochkünste sind beschränkt. Ich hatte nie richtig Zeit, das zu lernen. Liegt vielleicht daran, dass ich mit der Überwachung all dieser Linksradikalen immer voll beschäftigt war.«

Einen Augenblick kämpfte er, dann setzte sich ein eigenartiger Geständniszwang durch, und Leo sagte: »Ich war schon damals ein Spitzel, in Schmargendorf. Dich habe ich auch bespitzelt.«

Anita erschrak. Warum erzählte Leo das? Aber Carl Schelling lächelte nur und fragte: »Was gab es da zu schnüffeln? Das bisschen PL/PI?«

»Was heißt ›das bisschen‹? Du warst immerhin ein halbes Jahr bei der Truppe und hast sogar mal zwei Monate in einem Betrieb gearbeitet, wenn ich mich recht erinnere.«

»Klar. Und das hast du alles weitergegeben? Hattest du einen Kontaktmann?«

Leo nickte.

»Es scheint dich nicht weiter zu stören. Als ob du damit gerechnet hättest.«

»Tue ich immer, Leo. Ich gehe immer davon aus, dass mich geheime Augen beobachten und dass die Überwachung von Jahr zu Jahr perfekter wird. Mich überrascht gar nichts mehr.«

Anita hielt es nicht mehr aus.

»Könnt ihr mich mal aufklären? PL/PI? Was ist das denn für Zeugs?«

»Es war«, sagte Carl, »es ist schon lange nicht mehr, Frau Münks. Es war eine dieser Truppen, die damals alle die Partei der Arbeiterklasse aufbauen wollten. Proletarische Linke/Parteiinitiative hieß das, wenn man es vollständig aussprach. Da war ich mal kurz drin. Korff war in einer anderen Truppe, aber gleich zwei Jahre lang. Und Leo hat uns offensichtlich alle observiert. Dabei waren wir in Schmargendorf wirklich nur zum Fußballspielen.«

Er schien in keiner Weise angewidert, sondern lächelte und fragte, ob noch jemand Suppe wollte. Seine Gäste schüttelten den Kopf, und Carl sagte: »Dann muss ich mich jetzt mal eine Viertelstunde in die Küche verziehen, zur Vollendung des Hauptgangs.«

Kaum hatte der Archivar die Tür zur Küche verschlossen, zischte Anita Leo an: »Warum musstest du ihm das denn erzählen? Das spielt doch heute gar keine Rolle mehr.«

»Eben«, sagte Leo, »und deshalb darf er es auch wissen. Gregor weiß ja auch, dass ich ihn bespitzelt habe. Er hat es sogar schon damals erfahren.«

»Das ist vielleicht etwas anderes. Gregor ist dein bester Freund.«

»Und Carl ist jetzt unser Nachbar, und vielleicht wird er sogar unser Freund. Möchtest du den anlügen? Außerdem glaube ich doch gar nicht mehr an das, was ich da mache. Schon lange nicht mehr.«

»Ich weiß. Armer Leo. Loyalität ohne Glauben. Es muss schwer für dich sein.« Dann fiel ihr ein, dass sie vor Kurzem zu ihrem Ex-Liebhaber »armer Gregor« gesagt hatte, und sie dachte: *Mir scheinen alle Männer über kurz oder lang leid zu tun.*

Lammkeule mit Spinatfüllung gab es dann, dazu neue Kartoffeln und Tomaten in Petersilienbutter. Sie tranken einen kräftigen roten Bordeaux. Carl Schelling kam auf das Thema von vorhin nicht mehr zurück. Anita nahm ihren Mut zusammen und stellte eine der Fragen, von denen sie wusste, dass sie leicht als dumm abqualifiziert werden konnten:

»Wie wird man denn eigentlich Archivar?«

Carl Schelling legte ihr noch etwas Fleisch und Tomaten

in Petersilienbutter nach – Anita befand sich gerade in einer ihrer Heißhungerphasen – und fing an zu erzählen. Sehr von Vorteil war es, Geschichte studiert zu haben, was bei ihm der Fall war, und promoviert zu haben, was bei ihm ebenfalls der Fall war. Man musste dann das Glück haben, an der Archivschule in Marburg eine Ausbildung zu absolvieren. An die Marburger Zeit dachte er gern zurück. Nur die freie Zeit hatte er manchmal etwas bedrückend gefunden, dann war er ausgerissen nach Frankfurt. Schließlich musste man Glück haben oder in seinen Leistungen so überzeugend sein – die Promotion spielte dabei eine große Rolle –, um bei einem bedeutenden Archiv anzukommen. Das war ihm mit dem Landeshauptarchiv in Koblenz gelungen, und dort hätte er in einem guten Jahr sogar zum Archivleiter aufsteigen können, wenn er gewollt hätte.

»Das wollte ich vorhin schon fragen«, sagte Leo und tunkte mit dem letzten Stück Brot die Saucenreste vom Teller. »Was treibt dich denn nach Köln ans Stadtarchiv, wenn du an einem renommierten Landesarchiv warst und dort sogar hättest Leiter werden können?«

Carl Schelling lächelte eine Weile in sich hinein und legte die beiden Handinnenflächen gegeneinander, gleichsam in Dürer'scher Manier. Er schloss auch die Augen. Leo und Anita warteten auf eine Antwort und fürchteten, ihr Gastgeber sei in einen Sekundenschlaf verfallen. Dann sagte Carl: »Ich wollte in die große Stadt. Sie tut mir gut. Im Übrigen hat Köln das größte kommunale Archiv Deutschlands. Sogar nördlich der Alpen, wenn du es genau wissen willst. Ich bin also nicht in irgendeine kleine Klitsche gegangen.«

»Aber du hattest keine Schwierigkeiten in Koblenz im Archiv? Entschuldige, dass ich das so direkt frage, aber …«

»Ich bin mit allen bestens zurechtgekommen«, sagte Carl mit einer gewissen Ungeduld, die bedeutete, dass er nicht länger bei diesem Thema bleiben wollte. »Ich habe auch keine Dokumente geklaut und verkauft. Ich wollte einfach in die große Stadt. Ich freue mich auf die große Stadt.«

»Dann musst du morgen am späten Abend, wenn Italien gegen Irland gewonnen hat, einfach zum Rudolfplatz fahren«, sagte Leo. »Da hast du dann die große Stadt eine halbe Nacht lang. Ohrenbetäubend.«

»Ich kann das verstehen mit der großen Stadt«, sagte Anita. »Ich komme ja von hier. Leo ist aus einem kleinen Kaff. Und Sie? Oder darf ich das nicht fragen?«

»Ludwigshafen«, sagte Carl. »Ich komme aus Ludwigshafen, wie unser Kanzler auch. Das mit dem Rudolfplatz ist ein guter Tip. Werde ich machen.«

Zum Nachtisch gab es ein Bavarois mit Orangenlikör, dazu Orangenfilets, Erdbeeren und gehackte Pistazien. Sie zogen dann in eine Sitzecke um. Der Benedictine folgte und schließlich der Kaffee, und immer schläfriger, lässiger, weniger wachsam wurde das Gespräch. Man war redlich müde. Schließlich war Freitagabend, Carl und Leo hatten eine ganze Arbeitswoche hinter sich und Anita das Studium der ersten beiden Kapitel von *Geschichte und Eigensinn.* Carl wäre einer, dachte sie, mit dem könnte ich über so etwas reden. Leo kommt so langsam nicht mehr mit, glaube ich manchmal. Als Carl seine Gäste an der Tür verabschiedete, sagte sie: »Sie müssen bald zu uns kommen. So gut kochen wie Sie kann ich leider nicht. Ich werde mir aber Mühe geben.«

»Sie stellen bestimmt ihr Licht unter den Scheffel«, sagte Carl, und Anita musste wegen der altertümlichen Ausdrucksweise lächeln.

»Das ist ein sehr sympathischer Mann«, sagte sie, als sie an Leos Arm leicht schwankend die fünfzig Meter bis zu ihrem Haus ging. »Ob er ein Geheimnis hat?«

»Hat er bestimmt«, sagte Leo.

21 Im Amt

»Münks.«

»Guten Morgen in großer Zeit.«

»Das hatten wir doch schon mal. Vor ein paar Monaten.«

»Das haben wir dauernd«, sagte Gregor. »Wir kommen ja kaum noch zum Atmen wegen der großen Zeiten. Seit gestern sind wir schon mal Weltmeister. Wo habt ihr das Spiel gesehen?«

»Zu Hause. Zusammen mit unserem neuen Nachbarn, Carl Schelling. Kannst du dich an den erinnern?«

»Carl Schelling?«

»Der Terrier. War mal in der PL/PI.«

»Ja, jetzt erinnere ich mich. Wirklich kein Freund des körperlosen Spiels, damals in Schmargendorf. Der wohnt jetzt bei euch in der Nachbarschaft?«

»Ja. Ist Archivar geworden, arbeitet jetzt am Stadtarchiv. Aber Anita findet ihn sympathisch. Sie lässt dich übrigens grüßen.

»Grüß zurück. Und danach?«

»Was danach?«

»Was habt ihr danach gemacht?«

»Carl ist nach Hause gegangen. Er wirkte nicht sehr fröhlich. Anita und ich sind zu Hause geblieben und haben noch einen Film gesehen. Und du?«

»Ich war in meinem Haus in Königswinter. Ich habe alle Schotten dicht gemacht, damit keiner auf die Idee kommt, mit mir feiern zu wollen.«

»Hat's dir nicht gefallen?«

»Doch, doch. War ja verdient. Die Argentinier haben nichts gebracht.«

»Aber jubeln wolltest du nicht.«

»Nein. Ich komme auch gar nicht dazu. Wir haben so viel zu tun, Leo. Der Dicke rollt jetzt auf die Einheit zu wie eine Dampfwalze, den hält keiner mehr auf. Und wir müssen alle mit. Du, ich, das ganze Volk. In einer Woche fährt er zu Gorbatschow. Die Herren plauschen dann über die deutsche Einheit.«

»Darfst du mit?«

»Nein. Das ist auch nichts für mich, Leo. Aber ich bereite die Reise mit vor. Wie ist es bei dir?«

»Oh, einigermaßen interessant. Susanne Albrecht war nicht die einzige aus der RAF, die drüben gelebt hat. Es kommt so einiges in Bewegung. Drüben und auch hier.«

»Was heißt das?«

»Kann ich dir noch nicht sagen.«

»Ich bin dein Freund.«

»Auch gegenüber Freunden gilt manchmal die Geheimhaltungspflicht.«

»Ich bin offener.«

»Stimmt. Aber das Kanzleramt ist auch kein Geheimdienst.«

Donnerstagvormittag. Lage im Kanzleramt, der Kanzler und seine Mitreisenden noch im Jetlag vom Weltwirtschaftsgipfel in Houston. Hellwach wie immer Teltschik; dem entgeht nie etwas, dachte Gregor. Es ging unter anderem um den deutsch-polnischen Grenzvertrag, dann um die Stellungnahmen von Bush, Mitterrand und Thatcher zu einer eventuellen deutschen Wirtschaftshilfe für Gorbatschow. Ihr dürft ja helfen, hatte Maggie gesagt, aber nur, wenn Gorbi endlich die Marktwirtschaft einführt. Die liebte sie über alles. Dann kam die NATO dran: Wir müssen in der NATO bleiben. Wenn Gorbi das erlaubt, dann kann uns keiner mehr aufhalten. Gregor, fast so unausgeschlafen wie die Houstonfahrer, sah aus dem Fenster, dann auf die Wand, drohte einmal wegzukippen. Der Redestrom zog an ihm vorüber. Man verlangte von ihm auch nur Anwesenheit, keiner fragte ihn etwas. Das würde erst im Vieraugengespräch mit seinem Chef kommen, der sich auch sehr zurückhielt.

Nachmittags um halb vier bekam Leo einen Anruf aus dem Haus.

»Wenn du kannst«, sagte Harting, »dann komm mal um halb fünf zu mir rüber, Kaffee trinken. Es gibt was Neues wegen dieser Sonja Seeger und wegen Wuttkes Tod.«

»Ich nehme an, es sind keine angenehmen Nachrichten«, sagte Leo.

»Sieht so aus.«

Als Harting zu Ende erzählt hatte, fragte Leo: »Das müsst ihr weitergeben, nicht? Da kann man nicht den Deckel drauf halten?«

»Nein, auf Dauer geht das nicht, Leo.«

»Ist die Seeger schon festgenommen?«

»Ach, hatte ich das noch nicht erzählt? Die ist wieder über alle Berge. Die Wohnung in Aachen ist aufgelöst.«

»Weit kann sie aber nicht sein.«

»Sie war ja auch beim ersten Mal nicht weit. Aber das heißt nicht, dass man sie hätte kriegen können, oder?«

Am Montag darauf fiel das Telefongespräch von Amt zu Amt aus, denn Leo war nicht in seinem Büro und auch später am Tag nicht zu erreichen. Gregor versuchte es abends bei den Münks zu Hause. Anita war am Apparat und bedauerte: Leo war noch immer irgendwo unterwegs, sie wusste nicht wo, irgendetwas mit seiner Arbeit.

»Hast du den letzten Monat gut überstanden, so ganz ohne mich?«, fragte sie.

»Ich weiß gar nicht mehr, was ich in den letzten vier Wochen alles gemacht habe und wo ich war«, sagte Gregor. »Und das geht so weiter. Morgen legt der Kanzler erst richtig los. Der hat sich im Kaukasus bestimmt gut erholt.«

Wir bleiben in der NATO, sagte der Kanzler am nächsten Morgen vor der Bundespressekonferenz. Wir werden ein souveränes Land, die Viermächterechte enden. Die russischen

Truppen, sagte der Kanzler, bleiben noch eine Weile drüben, aber das nur drei oder vier Jahre. Das und einiges mehr, sagte der Kanzler, habe er mit seinem Freund Gorbatschow in Moskau ausgehandelt, und der Tag im Kaukasus sei großartig gewesen. Der Kanzler sprach staatsmännisch, plusterte sich nicht auf. Er war so souverän, wie sein Staat es bald sein würde. Seinen Triumph genoss er im Stillen. Nur die, die ihn kannten, sahen das, der treue Teltschik vor allem, und ganz da am Rand im überfüllten Saal Gregor, der sich gewissermaßen hineingeschmuggelt hatte. Wir erleben gerade Geschichte, dachten alle Anwesenden. *Den Mantel der Geschichte ergreifen, hat Bismarck gesagt,* hatte der Kanzler in Moskau gesagt. Interessante Aussage, hatte Gorbi gesagt. Die Geschichte ist eine Dampfwalze, dachte Gregor hinten in seiner Ecke, ganz am Rand, mit Blick auf die Rasenflächen draußen. Manchmal ist sie eine Dampfwalze. Dann plötzlich die beiden Worte, scharf und präzis: *Adieu Bonn.*

Er hatte eine Stunde Zeit, dann Gespräch beim Minister. In ein paar Tagen würden die Ferien beginnen. Er wusste nicht, wie er die Stunde füllen sollte. Eine Stunde ist nicht Fisch, nicht Fleisch. Sonst ging es ohne Pause Schlag auf Schlag, oder er hatte einen halben Tag für sich, den er verplanen konnte. Mit einer Stunde Zeit war im Prinzip nichts anzufangen, die machte ihn dumm im Kopf. Schließlich ging er langsam durchs Tulpenfeld zur Dahlmannstraße und nahm ein Taxi zum Marktplatz, um im *Müller-Langhardt* einen Kaffee zu trinken. Hier versteckte er sich gern, wenn er nicht die anderen aus der Politik treffen wollte. Nachdem der Morgen überraschend kühl begonnen hatte, kam die Sonne zurück: Kanzlerwetter, konnte man sagen. Er verzog sich trotzdem ins Innere des Cafés, während er sonst gern draußen saß und auf den Markt sah. Seine Lieblingskellnerin fragte ihn, ob es ein Milchkaffee sein sollte, wie immer. Sie war Mitte dreißig und wuchtig; sie rollte freundlich auf die Tische zu und fragte nach den Wünschen. Sie wusste, dass er irgendetwas mit

Politik zu tun hatte, wollte aber nie Genaueres wissen. Sie redete mit ihm übers Wetter oder über Familienkatastrophen, die in der Zeitung standen oder über den Entführungsfall, von dem am Abend zuvor im Fernsehen die Rede war. Wäre er eine Woche früher gekommen, hätte sie mit ihm über das Endspiel geredet und darüber, dass wir Weltmeister geworden sind.

Aus sicherer Entfernung sah er nach draußen und trank seinen Milchkaffee. Dass am Freitag die Parlamentsferien beginnen würden, hatte er seit Monaten gewusst, und doch überraschte es ihn jetzt. Er hatte sich keine Gedanken gemacht, was er tun könnte, ob er verreisen oder den Sommer in einem halb leeren, brütenden Bonn verbringen sollte. Bis Pfingsten hatte ihn Sonja in seinen Planungen gelähmt, denn er hatte sich immer noch Hoffnungen gemacht, mit ihr zusammen irgendwohin zu fahren. Seit jener plötzlichen Entzauberung am Rhein hatte er sich überhaupt nicht mehr mit Ferienplänen beschäftigt, dazu war nicht mehr die Zeit. Nun waren die Ferien plötzlich da. Ich werde in Bonn bleiben, dachte er, und mich manchmal in meinem Häuschen in Königswinter verkriechen. Schlafen und lesen. Wein trinken in Oberdollendorf. Im Siebengebirge umherstreifen. Wer weiß, wie lange das alles noch dauert, dachte Gregor, und eine Mischung aus Unruhe, Angst und Zukunftsekel bedrängte ihn immer stärker. Er winkte schnell der Kellnerin zum Zahlen, obwohl er noch Zeit hatte. Diese Stimmung musste weg, sie durfte nicht weiter wachsen. Auf ins Amt.

»So«, sagte die Kellnerin, »geht's schon weiter. Ja, man hat ja kaum mal eine Pause. Sie haben ja immer zu tun.«

»Na ja, so fleißig wie Sie bin ich bestimmt nicht«, sagte Gregor und gab ein dickes Trinkgeld, als wolle er ein für alle Mal Abschied nehmen.

In seinem Büro stellte er schnell die Punkte zusammen, die er dem Minister vortragen wollte. Er war schon an der Tür, als das Telefon klingelte. Leo war am Apparat.

»Nicht gerade unsere Zeit«, sagte Gregor. »Und ich muss jetzt zum Minister.«

Leos Stimme klang sehr entfernt, fast matt.

»Komm heute Abend mal zu uns«, sagte er. »Ich muss dir was erzählen. Ist wichtig.«

»Ist jemand gestorben? Hast du deinen Job verloren? Wollt ihr euch trennen, Anita und du?« Gregor versuchte, witzig zu sein, weil er sofort hörte, dass es sich um etwas handelte, was ihn betraf. Die Stimmung, die ihn vorhin im *Müller-Langhardt* attackiert hatte, kam zurück, und er wehrte sich verzweifelt dagegen.

»Es geht um deine Sonja«, sagte Leo mit seiner fernen Stimme.

»Sie ist nicht meine Sonja. Ich bin sie los. Zum Glück.«

»Das ist nicht so einfach, wie du denkst, Gregor. Heute Abend um sieben?«

22 Im Stadtwald

Langsam zog die Dämmerung auf. Leo und Gregor hatten von der Wüllnerstraße den Stadtwald im Halbkreis zuerst nördlich und dann westlich durchquert und sich danach vom Südufer des Adenauerweihers auf den Rückweg gemacht. Sie hatten die Försterei und den Wildpark passiert, und als alles gesagt und der helle Sommerabend ins Stadium des ersten Zwielichts eingetreten war, hatten sie den Kreis geschlossen und wieder die Wüllnerstraße erreicht. Sie blieben stehen, direkt vor der Praxis von Gregors Analytiker, von dem Leo offensichtlich nichts wusste: Anita hatte geschwiegen.

»Du hast natürlich noch eine kleine Schonfrist«, sagte Leo, »weil am Freitag die Ferien anfangen. Aber spätestens im Herbst bist du fällig. Dein Minister weiß es noch nicht, aber wenn er es weiß, kann er dich gar nicht halten.«

»Und was hat sie dazu gebracht?«, fragte Gregor.

»Das wird man höchstens erfahren können, wenn man sie kriegt«, sagte Leo. »Vielleicht war sie eine gläubige und aufrichtige Kommunistin, und die Gläubigen und Aufrichtigen, das weißt du ja …«

»… sind immer die Schlimmsten«, ergänzte Gregor.

»Richtig. Vielleicht hat sie aber auch einfach nur gern das Geld genommen. Davon hat sie nicht wenig bekommen. Das hätte man natürlich schon damals rauskriegen können, als sie zum ersten Mal verschwunden war, wenn man nicht den Bock zum Gärtner gemacht und ausgerechnet diesen Albert Stingl mit der Untersuchung beauftragt hätte. Und vielleicht hat sie es auch wegen dem gemacht, seinetwegen und wegen des Geldes. Ich habe Fotos von ihm gesehen, der sah nicht schlecht aus.«

»Die zweite Lösung ist dir natürlich lieber«, sagte Gregor. »Du hast sie ja nie gemocht. Wie hast du mal gesagt: Sie ist nicht echt. Wenn sie gläubig und aufrichtig gewesen wäre, dann wäre sie aber echt gewesen. Das kann dir nicht gefallen.«

»Mir ist gar nichts lieber, und mir gefällt auch gar nichts. Du tust mir nur leid. Nein. Ich mache mir Sorgen.«

»Das musst du nicht. Unkraut vergeht nicht«, sagte Gregor und merkte im selben Moment, dass er unisono Sonja und Anita zitiert hatte. Sie gingen weiter, schweigend, bis Gregor plötzlich sagte: »Du hast es vermasselt, Leo.«

»Bitte?«

»Du hast es vermasselt, sage ich. Sonjas Verschwinden damals hat keinen Menschen mehr interessiert, und das alles wäre nie rausgekommen, wenn du nicht nachgehakt hättest.«

»Da täuschst du dich. Du vergisst, dass sie wieder verschwunden ist und dass das jetzt für eine ganze Reihe Leute von Interesse ist. Das ist ja erst die Spitze des Eisbergs. Man ist gerade dabei, eine Gruppe zu bilden, die diesen ganzen Komplex untersuchen soll. In spätestens einem Jahr wärst du so oder so fällig gewesen.«

»Aber jetzt geht es um etwas anderes, um Geschäfte und Geldverschiebungen, und ich bin gar nicht mehr mit Sonja liiert.«

»Sicher. Aber man wird bei den Untersuchungen nicht stehen bleiben, sondern zurückgehen. Bis in das Jahr, wo sie im Presseamt angefangen hat. Und irgendwann würde dann auch dein Name auftauchen.«

Irgendwann. Irgendwann, nachdem Sonja 1983 beim Bundespresseamt angefangen hatte, ein Jahr danach vielleicht, musste jemand den Kontakt mit ihr aufgenommen haben. Vermutlich war es Albert Stingl selbst gewesen, man würde das herausbekommen. Albert Stingl, damals Mitte dreißig, vom BND zum Bundesverfassungsschutz gekommen, eingesetzt in der Abteilung IV, Spionageabwehr, Geheim- und Sabotageschutz. Zugleich Major der Nationalen Volksarmee der Deutschen Demokratischen Republik und tätig für das Ministerium für Staatssicherheit, Hauptverwaltung Aufklärung, als Kundschafter des Friedens. Einsachtzig groß, schlank, braunschwarzes Haar, tiefblaue Augen, Menjoubärtchen, schmale, feingliedrige Hände, in seiner Münchner Zeit »der schöne Albert« genannt, der legt sie alle flach, wenn er nur will. Nein, niemand hat ihn und Sonja jemals zusammen gesehen, jedenfalls kann sich bisher keiner erinnern. Andererseits geht so ein Geheimdienstler, und noch dazu ein doppelter, ganz schön geheim vor.

Nehmen wir also an, Stingl selbst hat sich 1983 an Sonja Seeger herangemacht. Die ist damals 24, verdient nicht schlecht, aber auch nicht gerade üppig beim Bundespresseamt, und möchte all die schönen Sachen, die damals wichtig wurden. Coole Klamotten. Essen in schicken Restaurants mit Neonlicht, in denen Kellner in langen weißen Schürzen bedienen. Cocktailbars, wenn nicht hier, dann in Köln. Vielleicht mal ein Cabrio. Reisen nach New York.

Ist nur eine Theorie, Gregor. Vielleicht hat er sie auch zur überzeugten Kommunistin gemacht. Vielleicht war sie auch schon eine und man hat nie etwas bemerkt. Während ihres Studiums war sie jedenfalls nicht auffällig. Keine Friedensbewegung, keine linksradikalen Gruppen, nicht mal sozialdemokratische Hochschularbeit. Die hat einfach nur fleißig studiert, um ganz schnell fertig zu werden.

Jedenfalls ist das Ziel, als sie so weit ist, etwa Frühjahr 1984, der politische Berater Gregor Korff. Genau genommen natürlich nicht er persönlich, sondern sein Chef, seit derselben Zeit Parlamentarischer Geschäftsführer der Bundestagsfraktion seiner Partei. PGF. Fraktionsmanager. Der Mann mit der Peitsche. Dass ihr mir richtig abstimmt. Dass ihr mir richtig argumentiert. Dass ihr bitte vor der Presse keinen Blödsinn erzählt. An den kann sich Sonja aber schlecht ranschmeißen. Der hat eine Familie irgendwo da oben im Emsland, da ist er so oft wie möglich. Der geht außerdem auf die fünfzig zu. Also, sagt Albert, da ist dieser Korff, an den machst du dich ran. Der geht hier und da mal mit einer ins Bett, nichts Ernstes, ansonsten ist er ein bisschen einsam. Die Frauen, die er trifft, sind ihm auch alle zu eigenwillig. Die wissen immer schon, wo es langgeht. Du bist jung, du kannst noch als die Naive durchgehen, das wird ihm gefallen.

Ist nur eine Theorie, Gregor, ich sag's noch mal. Mit Albert Stingls Worten, meine ich. Dass Sonja auf dich angesetzt wurde, steht fest. Ich weiß auch nicht, ob sie je mit dem schönen Albert im Bett war. Und ob das noch weiterging, als sie schon mit dir zusammen war.

Aber zutrauen tust du es ihr, Leo.

Also läuft sie ihm ein paarmal auffällig über den Weg. Sie weiß natürlich, wo er abends hingeht. Das hat der schöne Albert alles ausgekundschaftet, er ist ja Kundschafter. Das sind nicht unbedingt Sonjas Orte, aber sie ist anpassungsfähig. Zum ersten Mal spricht sie Gregor in der *Schumannklause* an, am Flipper. Eine gute Gelegenheit, denn flippern kann sie, das macht ihr sogar Spaß, wie fast alle Arten von Zocken.

Es war doch am Flipper in der Schumannklause*?*

Ja. Da war es.

Dann zeigt sie sich ihm zweimal im *Grunert's* und erwischt ihn dann wieder in der *Schumannklause* am Flipper, wo sie einen halben Abend gegeneinander spielen. Sonja bleibt Siegerin, weil sie sich länger konzentrieren kann als Gregor.

Nein, Leo, nicht deshalb. Sondern weil ich irgendwann nur noch überlegte, wie ich sie an diesem Abend ins Bett kriegen konnte.

Aber da musstest du dir ja gar keine großen Gedanken machen.

Nein, musste ich nicht. Wir tranken noch ein Glas Wein im Lamme Goedzak, *und damit waren wir ja schon auf mehr als halbem Weg in die Kurfürstenstraße. Sonja wusste das, Sonja wollte das.*

Und wann war das genau?

Das war im Wonnemonat Mai, den genauen Tag kann ich dir nicht mehr sagen.

Nun sind sie ein Paar, sind abends unterwegs, machen ihre Reisen, fahren mal nach nebenan, nach Köln, wo Sonja Leo und Anita kennenlernt und gleich wittert, dass Leo sie nicht leiden kann. Oft ist sie für Tage abgetaucht, auch telefonisch schlecht zu erreichen, und wenn Gregor sie fragt, wo sie war, kommt die bekannte Antwort. Nie sollst du mich befragen.

Sie befragt ihn schließlich auch nicht, jedenfalls hat er nicht den Eindruck.

Wenn ich heute so daran denke, habe ich eine ganze Menge erzählt. Aber sie hat nicht wirklich danach gefragt, Leo.

Unwirklich aber schon. Sie hat dir die Sachen aus der Nase gezogen, das hast du gar nicht gemerkt.

Ein paarmal essen sie auch im *Ruland am Markt*, und einmal erzählt Gregor ihr, dass schon Karl Marx hier verkehrt hat.

»Der hat in Bonn studiert, wusstest du das?«

»Nee«, sagt Sonja, »wusste ich nicht. Ist ja auch nicht so interessant. Das ist schon so lange her.«

Statt dessen entdeckt sie die Beatles, und Gregor kann ihr alles darüber erzählen. Auch von früher erzählt er, vom Schuppen und von Reni Fuchs, und sie grinst, ist aber diskret und fragt nicht zu sehr nach. Ein angenehmer Fall von fehlender rückwärtiger Eifersucht, das hat Gregor selten erlebt im Verlauf seiner erotischen Karriere. Übrigens erzählt er auch von Christine Keeler, und sie macht große Augen und ist wirklich interessiert.

»Weißt du, ob die noch lebt?«

»Ich glaube, ja«, sagt Gregor, »irgendwo in London, etwas verarmt. Ich meine, ich habe da mal so was gelesen.«

Dann ist Speyer dran, Carla und Wilma und all die anderen, schließlich die Nacht, in der sein jetziger Chef ihn erst betrunken gemacht und dann angeheuert hat. Hier ist Sonja wieder neugieriger. Wenn es um seinen Chef geht und um Gregors Arbeit, fragt sie nach, und wenn Gregor sagt, das sei langweilig, sagt sie: »Behandle mich nicht wie ein dummes kleines Mädchen, das nur an schicke Klamotten und hippe Nächte denkt. Erstens: Ich habe auch studiert, mein Lieber. Zweitens: Ich möchte gern noch eine Menge lernen.«

Das klang aber früher anders. Wie war das noch? »Sie ist ganz aufs Äußere aus. Hat keine Tiefe.« Dafür ist sie ganz schön in die Tiefe gegangen.

Ich hatte nie das Gefühl, dass sie mich aushorcht, Leo.

Genau das aber tut sie, und in den Tagen, in denen sie so schwer zu erreichen ist, trifft sie sich vermutlich mit ihrem Kontakt. Bestimmt nicht Albert Stingl persönlich. Man muss das noch herausfinden, ob sie in eine andere Stadt gefahren ist, um ihre Erkenntnisse weiterzugeben oder Instruktionen zu empfangen von einem Mann oder einer Frau, die vielleicht aus Berlin angereist sind, Hauptstadt der DDR. Oder aber in Hannover gelebt hat oder Düsseldorf.

Wir kriegen alles raus, wenn wir wollen. Nur leider oft zu spät. Hat von deinen Sachen übrigens nie mal was gefehlt?

Weiß ich nicht mehr. Doch, einmal fehlte ein Memo, das ich mir tagsüber bei einer Besprechung gemacht habe. Aber ich bin schusslig, das weißt du, Leo. Ich bin nicht so ordentlich wie du. Da habe ich mir nie Gedanken gemacht.

Dann wird Alarm gegeben, März 1987. Dieser Wuttke im Bundespresseamt ist einer aus der Inneren Kanalstraße in Köln, und er hat spitzgekriegt, dass Sonja für die Normannenstraße in Berlin, Hauptstadt der DDR, arbeitet. Sonja muss sofort verschwinden. Natürlich wird man ihr dabei helfen, und natürlich weiß man, wohin die Reise geht.

Das ist der Grund, warum Gregor an seinem neununddreißigsten Geburtstag umsonst an der Tür von Sonjas Appartement Sturm klingelt, bis der Nachbar von gegenüber ihn aufklärt. Es wird auch hier nicht Albert Stingl persönlich gewesen sein, der Sonja beim Verschwinden geholfen hat, sondern jemand, dessen Gesicht man in Bonn wie in Köln nicht kennt.

Und natürlich wisst ihr auch nicht, wohin sie verschwunden ist.

Doch, das wissen wir inzwischen genau. Sonja Seeger hat dann bis zum Winter 1989/90 in Mühlenbeck gearbeitet, Teil des Mühlenbecker Landes, Deutsche Demokratische Republik, knapp jenseits der nördlichen Stadtgrenze der Hauptstadt. Da war sie in der Buchhaltung der »Kunst- und Antiquitäten GmbH« tätig. Doch, doch, so etwas hatten die. Die gab es schon seit 1973. Seit Januar 1974 hatte sie das ausschließliche Recht auf den, ich zitiere, »Export und Import von Antiquitäten, bildender und angewandter Kunst, Volkskunst sowie Gebrauchtwaren mit kulturellem Charakter«, Zitatende. Die haben Museen und Privathaushalte geplündert und im Ausland zu Valuta gemacht. Gesellschafter der Firma waren die Herren Schuster und Uhlig, aber der Mann, der hinter allem stand, war ein gewisser Schalck. Ist dir sicher inzwischen ein Begriff. Schalck-Golodkowski mit ganzem Namen.

Ist mir schon lange ein Begriff. Habe ich letzten November noch zweimal getroffen. Natürlich nicht allein, sondern zusammen mit dem Minister. Sehr merkwürdige Zusammenkünfte. Da haben wir noch ganz gesittet über den Reiseverkehr gesprochen und über die Elektrifizierung einer Eisenbahn-Transitstrecke Berlin–Hannover. Als ob die drüben noch etwas zu sagen gehabt hätten, pleite, wie sie waren. Und welchen Namen hatte Sonja da, in Mühlenbeck?

Nun, sie hat ihren eigenen. Irgendwann, so hat man sich gedacht, kann sie sich outen, denn in die BRD kann sie ohnehin nicht zurück, das Risiko ist zu groß, auch wenn Wuttke zum Schweigen gebracht wurde, bevor er etwas sagen konnte. Aber Sonja musste weg aus Bonn; man traut ihr vielleicht auch nicht, sie hätte schwach werden können. Nur Albert Stingl arbeitet weiter seelenruhig in der Abteilung IV des Verfassungsschutzes. Der fühlt sich sicher und ist das auch, bis der Staatsladen da drüben endgültig zusammenbricht.

Die Leute vor der eigenen Nase sind immer am schwersten zu entdecken.

Das glaube ich sofort, Leo. Ist mir ja mit Sonja auch so gegangen.

Dann aber, als der Laden zusammenbricht, muss eine Menge Geld gerettet werden, bevor es dem Klassenfeind in die Hände fällt. Da sind Konten aufzulösen bei der Deutschen Handelsbank, und da sind zahlreiche Firmen in Ost und West, die ehemals der Abteilung »Kommerzielle Koordinierung« (KoKo) unterstanden, in treue private Hände zu überführen, bevor sich der Klassenfeind auch diese Firmen krallt. Eigentlich müsste ja die Treuhand ihre Hand darauf legen. Tut sie auch, indem sie die Person der Genossin Traudl Lisowski mit dieser Aufgabe betraut, die ist mit Herrn Schalck gut befreundet und hat schon lange mit ihm bei der KoKo zusammengearbeitet. Die benennt Firmen um, verkauft sie an alte Getreue, gründet einige neu, und wundersame Wege geht das Geld. Ob sie das alles in eigener Regie tut, man weiß es noch nicht. Sonja Seeger, im Kunsthandel nun ohnehin schon erfahren, fängt bei *WorldArt* an, in der Antwerpener Niederlassung.

Eine reine Geldwaschanlage. Eine Adresse.

Aber an dem Tag, da ich Schluss gemacht habe, war sie doch bei einem Kunden. Mit einem Bild.

Hast du das Bild gesehen, Gregor?

Nein. Sie hatte es ja schon bei dem Kunden gelassen.

Aha. So. Doch, bei einem Kunden könnte sie gewesen sein. Hat aber vielleicht etwas anderes dagelassen.

Denn womit hier und da gehandelt wird, das sind Juwelen und andere Geschmeide. Die haben sich im Lauf der Jahrzehnte so angesammelt. Die haben die Übersiedler zurückgelassen, die Freigekauften, die Staatsfeinde, die in den Westen gegangen sind. Das ist der geheime Schatz der Genossen, irgendwo versteckt, kein Rheingold, eher Havelgold. Eine halbe Milliarde Mark wert, sagen die Experten. *Davon weiß ich nun rein gar nichts*, sagt Herr Schalck, inzwischen wohnhaft in Rottach-Egern, Tegernsee.

Es ist ja nicht so, dass sie nur Geld hin- und hergeschoben hat, deine Sonja.

Ist nicht meine Sonja.

Sie hat durchaus Waren von hier nach da gebracht, sicher auch hochpreisige Antiquitäten. Vor allem aber Schmuck. Einer der Teilhaber von WorldArt *ist übrigens ein gewisser Stingl.*

Und warum ist sie nun verschwunden?

War ohnehin kühn von ihr, in Aachen zu wohnen.

Sonja hatte immer einen kleinen Hang zur Zockerei.

Jedenfalls wollte die Polizei zugreifen. Unter anderem Hehlerei, illegaler Handel, Geldwäsche. Was die neueren Delikte betrifft. Natürlich auch, was die alten Zeiten betrifft, geheimdienstliche Tätigkeit gegen die Bundesrepublik, Paragraf 99 StGB. Freiheitsstrafe bis zu fünf Jahren, in schweren Fällen bis zu zehn. Aber entweder hat sie gute Antennen, oder, was ich eher annehme, auf unserer Seite gibt es noch immer undichte Stellen. Jedenfalls war sie weg, als die Polizei kam. Wohnung ausgeräumt, wie damals in Bonn, diesmal allerdings nicht mehr gekündigt. Die Zeit war wohl nicht mehr. Die Firmenadressen in Hamburg und Antwerpen existieren noch. Aber das sind eben nur Adressen.

»Nein«, sagte Leo jetzt noch einmal, als sie vor dem Haus in der Landgrafenstraße standen, »ich habe es nicht vermasselt. Man hätte dich da auf Dauer nicht raushalten können. Willst du noch mit reinkommen, etwas trinken?«

Gregor schüttelte den Kopf, den Wagenschlüssel schon in der Hand.

»Ich fahre nach Hause. Am Freitag fangen die Ferien an, und ich weiß immer noch nicht, was ich mache. Grüß Anita noch einmal.«

23 Frau Mohr-Hagen greift ein

Einsamer nie als im August.

Manchmal auch schon im Juli. Bonn leerte sich, Schulferien kamen dazu, und am dritten Tag seines Urlaubs fuhr Gregor die Hügel und die Berge hoch in seine Hütte. Sein Haus. Seine Festung.

Sein Chef, der noch nichts wusste, hatte ihn am Freitag mit den Worten verabschiedet: »Ich lasse Sie in Ruhe, Korff. Da müsste schon einer den Kanzler stürzen, damit ich Sie anrufe. Und das schafft zur Zeit keiner. Noch immer keine Urlaubspläne?«

»Königswinter«, hatte Gregor gesagt. »Das Gute liegt so nah.«

In dem winzigen Gärtchen hinter seinem Haus kniete ein Mann auf dem Boden, als Gregor ankam. Das war kein Grund zur Beunruhigung, den kannte er. Das war Hennes Stüssgen, der seine Gärtnerei bald zumachen würde. »Auf den Tag freue ich mich, das können Sie mir glauben«, hatte er Gregor beim letzten Mal erzählt. Der sah regelmäßig nach Gregors Gärtchen, einmal die Woche, gewissermaßen im Vorbeifahren auf dem Weg zu den größeren Arbeiten. Er sah nach dem kleinen Rasenstück, das an drei Seiten mit Buschwerk bepflanzt war, und nach dem kleinen Kräutergarten auf der Hangseite mit den drei Tomatenpflanzen darin. »Sie können sich jederzeit von den Kräutern nehmen«, hatte Gregor zu Frau Frings gesagt, »ich bin ja so selten da. Mir reicht, was übrig bleibt. Nur die Tomaten, die müssen sie mir lassen.«

Sie waren sein Sommerglück. Sie erzählten ihm von seiner Jugend, von den Augustabenden damals, wenn er aus dem Schuppen nach Hause kam und es dort Abendbrot gab. Tomaten hatten seine Eltern immer im Garten, und die Ernte war reichlich. Dann gab es Tomaten jeden Abend, mit Zwiebeln dazu, Salz und Pfeffer. Leuchtend rot schmeckten sie und saftig.

»Eine Woche noch«, sagte Hennes Stüssgen, während er mit einem leichten Ächzen wieder auf die Beine kam, »dann sind sie soweit. Bleiben Sie jetzt länger?«

»Ich bleibe länger«, sagte Gregor, »drei Wochen wenigstens. Ich habe Urlaub.«

Der Gärtner wusste, dass Gregor irgendetwas mit Politik zu tun hatte, so ähnlich, wie die Kellnerin im *Müller-Langhardt* das wusste oder sein Nachbar aus dem Erdgeschoss in der Kurfürstenstraße. Es machte ihn weder neugierig noch devot. Er schien es eher hinzunehmen wie einen angeborenen Makel, wie eine zurückgebliebene Aknenarbe aus der Pubertät oder eine Hasenscharte etwa. In seiner ganzen Karriere hatte Gregor nicht ein einziges Mal den sprichwörtlichen Taxifahrer getroffen, der auf der kurzen Fahrt stellvertretend für das Volk die politische Lage kommentierte, und auch sein Gärtner mochte sich dazu nicht bewegen lassen. Vielleicht gehörte Gregor nicht zu denen, denen das Volk sich öffnete.

War es die Hitze, oder war es das beginnende Alter? Mit zweiundvierzig? Gregor wachte jeden Morgen um halb sieben, spätestens sieben auf: ausgeschlafen und ruhig. Er ging zuerst ein paar Schritte in den Garten, in dem es um diese Zeit noch angenehm kühl war. Um elf, halb zwölf spätestens ließ er die Jalousien herunter. Die Post mit den nachgesandten Zeitungen kam erst in der Mittagszeit, manchmal schon, wenn er sich wieder für eine Stunde schlafen gelegt hatte. Mit den Frings sprach er dann und wann »über den Zaun«; seit ihre Kinder studierten, fuhren sie erst im September in Urlaub. Einmal an einem Wochenende musste er zu ihnen kommen. Herr Frings hatte sich ein Boulespiel gekauft, und sie weihten es zusammen im Frings'schen Garten ein. Dazu gab es besten Rheinwein und Carpaccio; Frau Frings war auf der Höhe der Zeit.

Dreimal fuhr er nach unten, um sich in Königswinter mit Vorräten einzudecken. Beim dritten Mal, als der Wagen den

Berg hochkroch, merkte er, dass er nicht mehr richtig zog. Bitte nicht, dachte Gregor, halt noch ein paar Tage durch. Gleich nach dem Urlaub bringe ich dich nach Siegburg. Da saß sein Autoschrauber, der nur Oldtimer behandelte und sich das gut entlohnen ließ.

Zweimal rief Leo an, und beide Male sagte Gregor: »Verschon mich mit allem, was aktuell ist. Besonders, wenn es mich betrifft. Das dicke Ende kommt schon noch früh genug.«

»Was machst du da oben?«, fragte Leo.

»Ich lese Fontane«, sagte Gregor. »Diese ganzen traurigen Geschichten, weißt du. Ehebruch, Resignation, Glücksverfehlung. Die Romane chronologisch hintereinander weg.«

»Kenne ich. Habe ich ausführlich gemacht im Studium. Tut's dir gut?«

»Sehr gut. Sehr tröstlich, das alles. Ich sammle Kräfte für die Schlacht nach dem Urlaub.«

»Ja, also da …«

»Nicht weiterreden, Leo. Ich will nichts wissen. Noch nichts. Eine Woche habe ich noch Zeit. Im Übrigen scheint mein Borgward kaputtzugehen. Das tut mir wirklich weh.«

Am Montag war noch nichts zu spüren. Der Minister begrüßte ihn herzlich und erkundigte sich nach Gregors Urlaub. Dann sagte er: »Heute vor neundundzwanzig Jahren haben sie die Mauer hochgezogen in Berlin, und jetzt wird sie wieder abgebaut. Und wir müssen uns beeilen, dass wir alles unter Dach und Fach kriegen. Erstens haben unsere Freunde in Washington jetzt durch den Einmarsch von Saddam in Kuwait andere Sorgen, und zweitens bricht die DDR wirklich einfach zusammen. Beinahe schneller, als uns lieb sein kann. Wir haben eine Menge zu tun.«

Gregor hatte von sich aus aktiv werden wollen, hatte sagen wollen: »Herr Minister, es ist etwas passiert, und wir müssen uns trennen.« Aber der Schwung seines Chefs nahm ihn mit ins Tagesgeschäft, und er schwieg.

Drei Tage darauf hatte sich die Lage verändert. Als Gregor morgens im Amt eintraf, winkte ihn der Minister persönlich in sein Büro, bat ihn Platz zu nehmen und sah ihn traurig an.

»Ich weiß, was Sie mir jetzt sagen wollen«, sagte Gregor. »Ich kann Ihnen nur versichern, ich habe nie auch nur das Geringste geahnt. Nie.«

»Das glaube ich Ihnen gern. Sie wissen ja, wie sehr ich Sie schätze. Ich hätte Sie doch damals nicht aus Speyer weggelockt.«

»Aber Sie können mich nicht halten.«

Der Minister schüttelte den Kopf. »Auf Dauer nicht, beim besten Willen nicht. Das wissen Sie. Ich kann das schon deshalb nicht mehr unter der Decke halten, weil es schon zu viele wissen. Und gestern Abend, Sie waren schon auf dem Weg nach Hause, kam deswegen eine Anfrage von Frau Mohr-Hagen. Sie hätte am liebsten gleich einen Untersuchungsausschuss. Den kriegt sie natürlich nicht, wegen so einer Lappalie, aber Sie können sicher sein, dass das Thema spätestens morgen in der Presse auftaucht.«

»Oh je«, sagte Gregor, »dann gibt es keine Chance mehr.«

Dietlind Mohr-Hagen war von Hause aus eine Hagen, zwar nicht von Tronje, aber immerhin aus Worms, und bekennendes Mitglied der Freien Demokratischen Partei. Sie arbeitete als persönliche Referentin eines Abteilungsleiters im Bundesministerium für Wirtschaft und schwärmte von dem Tag, als sie mit einer Delegation zu Verhandlungen nach London mitgeflogen war und Frau Thatcher persönlich kennengelernt hatte. Was für eine Frau! Frau Thatcher natürlich, nicht Dietlind. Aber man durfte vermuten, dass Dietlind sich als deutsche Speerspitze des Thatcherismus betrachtete. Ihr Mann, der Herr Mohr, tat seine Schuldigkeit als Inhaber und Chef einer florierenden Firma für Finanzdienstleistungen. Die Mohrs, oder Mohr-Hagens, gaben in ihrem Haus in Bad Godesberg gern Gesellschaften, in denen sie, ihren eigenen

Worten nach, »Menschen aus unterschiedlichen Bereichen« zusammenbrachten. Dort ging es, immer noch nach ihren Worten, »ganz ungezwungen« zu.

Zu einer dieser Gesellschaften war auch Gregor eingeladen gewesen, im September 1986. Er brachte Sonja mit, zum nicht geringen Entzücken der oft schon etwas älteren Herren auf dieser Gesellschaft, Herrn Mohr durchaus eingeschlossen. Frau Mohr-Hagen, deren Kopfform sich am ehesten als kastenförmig beschreiben ließe und deren Gesichtszüge im jahrelangen Kampf für die freie (nicht so sehr soziale) Marktwirtschaft strenge Gestalt angenommen hatten, gefiel das selbstverständlich nicht, aber das war nicht der eigentliche Anlass für das Zerwürfnis, das folgen sollte. Im fortgeschrittenen Verlauf des Abends kam man auf das Attentat auf Pinochet zu sprechen, bei dem vor knapp zwei Wochen zwar fünf Leibwächter ums Leben gekommen waren, nicht aber der Gemeinte selbst. Der Retter Chiles, wie sich Frau Mohr-Hagen unmissverständlich ausdrückte, sich wohl bewusst, dass sie in diesem Kreis nicht ohne Widerspruch bleiben würde, das sei ihr klar, schon gewiss nicht bei den eingeladenen Künstlern. Sie lächelte (oder versuchte zu lächeln) in Richtung des jungen Komponisten, der heute eingeladen war, und des Neuen Jungen Malers, der vor ein paar Jahren schon die Jungen Wilden abgelöst hatte. Nein, das Blut, das in Chile geflossen sei und vielleicht noch fließe, gefalle ihr nicht, die Einschränkung mancher Grundrechte ebenso wenig: Das könne einer überzeugten Liberalen nicht gefallen. Aber Chile sei abgewirtschaftet gewesen, als der General die Macht übernommen habe –

– »die Macht *ergriffen*!«, rief einer der Gäste keck dazwischen –

– und der General habe das Land seitdem nicht nur vor dem Ruin bewahrt, sondern ihm zu einer neuen wirtschaftlichen Blüte verholfen, von der alle Gutwilligen im Lande sehr wohl profitierten, ganz so, wie es Frau Thatcher in England getan habe. Und dann prägte Frau Mohr-Hagen den

Satz, der erst viel später in die öffentliche politische Folklore eingehen sollte und deren eigentliche Urheberin heute längst vergessen ist. »Sozial ist, was Arbeit schafft!«, rief Dietlind unter den bewundernden Blicken ihres Mannes und einiger anderer Gäste.

Bei den bedauernden entschuldigenden Worten für die zahllosen Morde und anderen Verbrechen, die auf Anordnung und im Namen des Retters von Chile begangen wurden, hatte sich in manchen Ecken Verlegenheit gezeigt, Wegschauen und Weghören, hier und da auch leiser Protest, übrigens nicht bei den Künstlern. Gregor hatte das völlig unberührt gelassen, und Sonja hatte unpassenderweise, wie er fand, in sich hineingelächelt. Als Dietlind Mohr-Hagen aber das Hohelied des entfesselten freien Marktes sang, der allen guten und fleißigen Menschen zugute kommen würde, als sie sich nicht entblödete, nach ihrer zündenden Parole auch noch die olle Kamelle von der unsichtbaren Hand herunterzuleiern, die sich des Egoismus jedes Einzelnen bediene, um das allgemeine gesellschaftliche Glück zu fördern, da riss ihm der Geduldsfaden wie seit jenem Fest nicht mehr, als eine andere Frau davon gefaselt hatte, es gebe keine Zufälle, und er ihr einen Vortrag über Kontingenz gehalten hatte: Der freie Markt, die unsichtbare Hand, wenn's den Reichen gut geht, geht's uns allen gut, Unternehmen entlasten, Steuern runter, und ihr werdet schon sehen, alle haben was davon, kriecht Ihnen in den … das ganze liberale Märchen (das *neo* sparte er sich bei seiner Begriffsbildung) hatte so einen Bart, und es war verwunderlich, dass es immer wieder Dumme gab, die darauf hereinfielen. Und ganz besonders hübsch war es, wenn eine Angehörige des Schmarotzerapparats der politischen Klasse, gepampert und ausgestopft mit bestem Gehalt, mit sogenannten Aufwandsentschädigungen und anderen Sonderzuwendungen, die alte Weise »Jeder ist seines Glückes Schmied« sang und zu Selbstverantwortlichkeit und Eigeninitiative mahnte und zu einem schlanken Staat. Um mit dem zu beginnen, müsste man achtzig Prozent der

Funktionsstellen, deren Inhaber an diesem Abend hier in der Bad Godesberger Villa von Herrn Mohr ihren Wein tranken und ihre Quiches Lorraine mümmelten, schon mal abschaffen, die Stelle von Frau Mohr-Hagen und von ihm, Gregor Korff, mit eingerechnet. Wenn er also dieses alte Märchen hörte, dessen eigentliche Botschaft hieß: »Gebt den anderen nicht so viel, damit mehr für uns bleibt«, dann musste Gregor gewöhnlich hässlich lachen, aber auch das nur, damit ihm nicht das Kotzen kam.

So dachte er über diese Dinge. Und ziemlich genau mit diesen Worten sagte er es auch an diesem Septemberabend, nachdem Frau Mohr-Hagen mit ihrer Verteidigung von General Augusto Pinochet fertig geworden war. Das arme Publikum, das mehrheitlich schon bei Dietlinds Ausführungen peinlich berührt gewesen war, wusste nun gar nicht mehr, wie es sich verhalten sollte. Dabei war man doch vor allem hierhergekommen, um sich in aller Ruhe auf Kosten des bekannt großzügigen Hauses Mohr vollzustopfen und zu besaufen und am Rande vielleicht das eine oder andere Geschäft unter Dach und Fach zu bringen. Auch Gregor war, als er Frau Mohr-Hagen die Leviten las, nicht mehr ganz nüchtern. Bevor sie aber auf diese Tatsache zu sprechen kam, schoss sie einige Pfeile auf seine Vergangenheit ab. Einmal Kommunist, immer Kommunist, fauchte sie. Oh ja, sie wisse sehr wohl, dass er vor anderthalb Jahrzehnten in einer Berliner Kaderschmiede, wie sie sich ausdrückte, ausgebildet worden sei. Sie könne sich durchaus vorstellen, dass er damals Steine geschmissen oder Autos in Brand gesetzt habe, als sein Leitwolf Dutschke angeschossen worden war. Habe ich nicht, dachte Gregor, dafür bin ich etwas zu spät nach Berlin gekommen. Sie habe einige seiner Schriften gelesen und wisse, wie sehr er den Liberalismus hasse. Tue ich ganz und gar nicht, dachte Gregor, nur dieses Geschwätz kann ich nicht ertragen, dass alles sich wundersam zum Besten fügt. Aber woher kennt die, fragte er sich zugleich, die alten Geschichten aus Berlin? Wo ist das über mich gespeichert? Sie finde es bedenklich, fuhr Dietlind fort, dass er einige Jahre lang in Speyer künftige Verwaltungsbeamte und hohe Funktionsträger dieses Staates habe indoktrinieren dürfen, und sie finde es noch bedenklicher, dass er jetzt noch näher ans Zentrum der Macht herangerückt und Einflüsterer eines wichtigen Politikers geworden sei, den sie persönlich übrigens sehr schätze. Bei dem Wort vom Einflüsterer kicherten einige ganz leise, und Gregor kicherte gleichsam im Stillen und dachte: *Du bist doch so blöd, du hast doch überhaupt keine Ahnung*. Inzwischen hatte Sonja seinen rechten Arm genommen und lehnte sich an ihn. Dietlind zog nun ihren letzten Pfeil aus dem Köcher und rief: »Im Übrigen schämen Sie sich, Sie sind ja total betrunken!«

So schlimm war es nicht, einige andere Gäste schwankten und lallten da wesentlich stärker. Gregor machte sich aber nicht die Mühe zu protestieren, sondern erinnerte sich in diesem Moment einer berühmten Replik von Winston Churchill: »Ich bin morgen wieder nüchtern«, sagte er, »aber Sie, Sie sind ja so hässlich!«

Sofort, nachdem er das gesagt hatte, wusste er, dass es nun an der Zeit war zu gehen und nicht auf den Rausschmiss zu warten. Sanft zog er Sonja dem Ausgang zu, etwas unsicher, ob nicht Herr Mohr auf ihn zuspringen und ihm einen gezielten Faustschlag versetzen würde. Nichts dergleichen geschah. Gregor und Sonja huschten durch ein Spalier von Erstarrten, und die wenigen Rufe der Empörung waren so leise, dass Gregor und Sonja sie gar nicht verstanden. Nur von Peter Glotz, der spät gekommen war, fing er ein amüsiertes Lächeln auf, begleitet von einem kaum wahrnehmbaren Kopfnicken. An der Garderobe ließen sie sich von einem Mädchen ihre leichten Sommermäntel geben, denn die sozialen Mohrs bestritten ihren Haushalt mit Personal und schufen Arbeit. Draußen schimpfte Sonja ein bisschen mit Gregor, aber nicht ernsthaft, und ihr größtes Problem war es dann, irgendwo in dieser Gegend ein Taxi zu bekommen. Aber auch das gelang.

Der Vorfall war natürlich schnell rum, und sein Chef sagte zu ihm: »So was macht man aber nicht.«

»Muss ich mich entschuldigen?«, fragte Gregor.

»Meinetwegen nicht. Und es hat wohl sowieso keinen Sinn. Sie haben jetzt einfach eine Feindin mehr. Die ist unversöhnlich.«

»Ich wüsste gern, woher sie etwas über meine Berliner Zeit weiß. Hätte nicht gedacht, dass das noch wichtig ist.«

»Ist es ja auch nicht. Hören Sie, Korff, über uns alle liegt irgendwo Material rum, und Frau Mohr-Hagen ist bekannt dafür, dass sie immer alles weiß. Egal, Sie laufen ihr ja höchst selten über den Weg.«

So war das damals gewesen, vor vier Jahren. Heute stellte sich von Neuem die Frage, woher Frau Mohr-Hagen so früh alles wusste und nach einem Untersuchungsausschuss schrie. Den würde sie nicht bekommen. Ihre Partei würde sich hüten, ihn zu beantragen, dazu war die Sache viel zu unwichtig und das gute Koalitionsklima viel zu wichtig, gerade in diesen großen Zeiten. Aber Gregor würde gehen müssen, eher morgen als übermorgen.

»Ich glaube Ihnen«, wiederholte der Minister jetzt, »und ich mache Ihnen überhaupt keinen Vorwurf. Das ist einfach Künstlerpech. Und bis Ende September bleiben Sie bei mir, auf jeden Fall. Es gibt sehr viel zu tun. Wir müssen Formen finden, wie wir die Einheit feiern. Machen Sie sich Gedanken. Auch wenn die Volkskammer das noch absegnen muss, der Beitritt ist beschlossene Sache, was anderes geht gar nicht mehr. Seit ein paar Tagen gibt es schon einen Termin. Dritter Oktober.«

Gregor überlegte einen kurzen Moment, ob er dem Minister sagen sollte, er sei vermutlich von allen seinen Mitarbeitern am wenigsten geeignet dafür, Formen für eine Feier zur deutschen Einheit zu finden. Aber er verschluckte diese Bemerkung, und sein Chef sprach auch schon weiter.

»Ende September sind Sie fast acht Jahre bei mir, wissen

Sie das eigentlich? Ich werde schon dafür sorgen, dass Sie eine vernünftige Abfindung bekommen. Aber davon darf Frau Mohr-Hagen nun wirklich nichts erfahren.«

24 Bungalow. Abschied von den Eltern

Eine Woche später erklärte sich die noch immer existente, wenn auch nicht länger funktionsfähige Deutsche Demokratische Republik selbst zum künftigen Beitrittsgebiet, das mit Wirkung vom 3. Oktober der Bundesrepublik einverleibt werden sollte. So etwas muss man natürlich feiern, und sein Chef hatte tatsächlich Gregor mit in die Kommission abgeschoben, die Vorschläge für diese Feier machen sollte, wohl wissend, dass Gregor der letzte war, dem zu symbolischen Akten dieser Art etwas Brauchbares einfallen würde.

Die Kommission war mit lauter eifrigen Menschen besetzt, unter ihnen als einer der eifrigsten Professor Jerschel, der Redenschreiber, der damit endgültig das Gefühl hatte, Geschichte zu gestalten, wie er es sich immer gewünscht hatte. Nicht ganz zu Unrecht, denn eine würdige Feier verlangt schließlich eine gewisse Gestaltungskraft. Und Professor Jerschel hatte eine Menge Ideen. Gregor dagegen konnte sich in dieser Kommission weitgehend auf Anwesenheit beschränken. Ab und zu brachte er Gedanken seines Chefs ins Spiel. Außerdem notierte er sich, was besprochen wurde, und trug es seinem Chef vor. Während der Sitzungen sah er oft aus dem Fenster. Sonst hatte er viel freie Zeit. Er war schon *am Rande, wo das Dasein fällt und das Ich beginnt.* Da gefiel es ihm, und sein Chef kannte ihn gut genug, um das zu wissen. Er hatte Gregor nicht abgeschoben, sondern ihm einen Schonraum zur Verfügung gestellt. Auf den Hauptkampfplätzen mochten die Jerschels dieser Welt sich austoben.

Für ihn war es ein träumerischer September. Noch einmal

hatte sein Mann in Siegburg einen Austauschmotor aufgetrieben und seinen Borgward gerettet, und Gregor streifte abends oder oft auch schon nachmittags durchs Land wie damals in den ersten Jahren in Speyer. Das Wetter schwankte zwischen schönem Spätsommer und ersten Herbsttagen. Er fuhr jetzt manchmal auch ins Rechtsrheinische hinüber, ließ sein Auto auf einem Parkplatz stehen und folgte ausgeschilderten Wanderwegen, kehrte dann aber auf halbem Weg immer um, weil er Angst hatte, sich in der beginnenden Dämmerung im Wald zu verlaufen. Er aß in Restaurants, die nach ehemaligen Mühlen benannt waren, und überlegte dabei, ob er sich einen Hund anschaffen sollte. Jetzt, wo er Zeit haben würde. Zeit wofür?

Irgendwann werde ich wieder Geld verdienen müssen, dachte Gregor.

Er las einen Kriminalroman, in dem ein Privatdetektiv beauftragt wurde, einen Mann wiederzufinden, seinerseits Mitarbeiter eines Detektivbüros. Der hatte aus Belgien durch Übergabe einer bestimmten Summe ein Bild auslösen und zurückbringen sollen, das vor Wochen aus einem Museum gestohlen worden, genauer: gegen eine perfekte Fälschung ausgetauscht worden war. Nun ist er aber selbst spurlos verschwunden. Der Privatdetektiv fährt also nach Belgien, nach Brüssel zuerst und nach Ostende, und erlebt allerlei Verwicklungen. Er verliebt sich zum Beispiel in eine schöne, undurchsichtige Frau, wie es sich gehört für seinen Beruf, und wie es sich ebenfalls gehört, wird sie später seine Auftraggeberin. Er findet auch das Bild wieder, dann ist es aber wieder weg. Schließlich findet er einen Toten, geht mit der schönen Frau ins Kino, lässt einen sehr dicken Mann verhaften, verhilft einem Liebespaar zur Flucht nach Buenos Aires, fliegt später selbst besuchsweise dorthin und lebt schließlich wieder zu Hause in Köln, den Beschreibungen nach zu urteilen nahe am Rudolfplatz. Grund für alle diese Verwicklungen ist, wie immer in guten Kriminalromanen, *eine Geschichte von früher,* in diesem Fall eine Familiengeschichte von Liebe und Zurückweisung und Verlassenwerden und Verrat, an der Freud seine Freude gehabt hätte.

Gregor erzählte sie seinem Analytiker, während er draußen wieder das Eichhörnchen im Baum sitzen sah.

»Mir hat vor allem gefallen«, sagte er gegen Ende der Stunde, »wie er damit zurechtkommt, betrogen zu werden. Hinters Licht geführt. Allein gelassen. Sein erster Auftraggeber, der Museumsmensch, betrügt ihn, weil er nur das Bild wiederhaben möchte und ihn alles andere gar nicht interessiert, schon gar nicht der Tote. Mit dem lässt er ihn allein. Die Frau betrügt ihn, weil sie mit der Wahrheit immer nur bröckchenweise herausrückt, und weil sie mit ihm schläft, obwohl sie einen anderen liebt. Er wird von allen gebraucht und hilft ihnen auch, aber dann lassen Sie ihn allein.«

»Also Sie meinen«, sagte der Analytiker, »Ihr Minister hätte Sie eigentlich halten müssen?«

Gregor sagte nichts.

»Und Sonja hätte Ihnen natürlich sagen müssen, dass sie nur mit Ihnen ins Bett geht, weil sie an Informationen über Ihren Chef herankommen möchte.«

»Nein, natürlich nicht«, sagte Gregor. »Aber betrogen hat sie mich schon.«

Die Pause dauerte vielleicht eine halbe Minute, dann sagte er: »Morgen ist mein letzter Tag. Ich räume mein Büro aus. Was ich da habe, passt alles in einen Kofferraum.«

Sein Analytiker räusperte sich und sagte dann: »Und Sie sind ein bisschen traurig.«

»Vielleicht. Und wenn es nur …«

»Wenn es nur was?«

»Und wenn es nur die Tatsache ist, dass ich da einen Platz hatte, an dem ich regelmäßig auftauchte.«

»Den hat Ihnen Sonja weggenommen.«

»Den hat sie mir weggenommen, ja.«

»Und was werden Sie nun tun?«

»Vielleicht schreibe ich ein Buch. Das ist ja heute Mode, wenn man ausgestiegen ist aus der Politik. Vielleicht mache ich zu Hause ein Büro auf und biete meine Beraterdienste an. Der Minister kann mich natürlich nicht in seinem Stab halten, aber das hindert schließlich andere nicht, mich als freien Berater in Anspruch zu nehmen. Man muss sich um mich keine Sorgen machen. Unkraut vergeht nicht.«

Er wartete auf eine Reaktion; sein Analytiker kannte den Satz, wusste, dass sowohl Anita wie Sonja ihn benutzt hatten, und sie hatten in einer früheren Sitzung ausführlich darüber gesprochen. Aber es kam nichts mehr, die Uhr war abgelaufen, und er hörte nur den immer gleichen Satz zum Ende jeder Stunde: »Ja, es ist Zeit.«

Es war Zeit. Das Wenige, was er noch im Büro hatte, passte wirklich in den Kofferraum, und um sechzehn Uhr am Freitagmittag war er damit fertig. Sein Chef wartete in seinem Büro auf ihn. Gregor sah überrascht, dass er sehr berührt zu sein schien. Er sagte mit gepresster Stimme: »Ich habe ja Ihre Telefonnummer. Und Sie meine. Versteht sich, dass Sie mich jederzeit anrufen können. Sehr dumme Geschichte, das mit Ihrer früheren Freundin. Nehmen Sie einfach erst einmal eine Auszeit. Ich habe noch etwas für Sie. Nehmen Sie sich auch da Zeit; Sie müssen es nicht gleich hier auspacken.«

Jetzt kommt die goldene Uhr, dachte Gregor und wusste im gleichen Moment, dass das falsch war, und ungerecht dazu. Der Minister überreichte ihm ein kleines Päckchen im Oktavformat, eingewickelt in schwarzes Geschenkpapier ohne Muster. Er war froh, es nicht gleich auspacken und etwas dazu sagen zu müssen. Zweifellos ein Buch, und ganz gewiss keiner der üblichen Prachtbände, die gewöhnlich als Abschiedsgeschenke dienten. Sein Chef hatte sich bestimmt Gedanken gemacht. Jetzt drückte er ihm noch einmal die Hand, dann huschte er aus dem Büro des Ministers und verließ, vermutlich zum letzten Mal, das Kanzleramt. Er ging quer über den Rasen und blieb dann zwischen Henry Moores *Large Two Forms* stehen, als könnte er sich zwischen ihnen verstecken. Aber zwischen den riesigen Öffnungen fühlte er sich im Gegenteil wie eine Zielscheibe, und schnell verließ er das Gelände.

An der Dahlmannstraße warteten wie immer die Taxis, deren Fahrer gelangweilt neben ihren Wagen standen und sich in allen süd- und südosteuropäischen Sprachen unterhielten. Der erste in der Reihe war schon sprungbereit, als er Gregor sah, aber der winkte ab. Er blieb kurz vor den Bungalows mit den Abgeordnetenappartements stehen, um sich eine Zigarette anzuzünden. In einem der Appartements hatte er einmal eine Nacht mit einem SPD-Mann und dessen Freundin durchgetrunken. Die Appartements waren klein und so hellhörig, dass man eigentlich alles hörte, was der Nachbar trieb: ob er telefonierte oder kotzte oder vögelte. »Wir sind doch immer für Transparenz in der Politik«, hatte der SPD-Mann gewitzelt, »hier haben wir sie in Reinkultur.« Damals hatte Gregor den Witz recht blass gefunden, heute gefiel er ihm besser. Die neue Hauptstadt, das wusste er, würde überall dickere Mauern haben.

Er ging weiter über sein altes Gelände, so nannte er es in diesem Augenblick. Vor Kurzem hatte ein Architekturjournalist, der sich schon auf Berlin freute, Abschied nehmend über das Bonner Regierungsviertel geschrieben, es sehe aus wie eine Anhäufung von Finanzämtern. Das Funktionale war gemeint, das Sachliche, das Flachdach, der Bungalowstil. Er selbst war in einem Bungalow aufgewachsen. Nach dem Umzug an die Küste hatte sein Vater gebaut, wie man sagte (natürlich hatte er bauen lassen), einen kleinen, fast zu kleinen Bungalow mit Satteldach, der sagte: »Ich bin zwar wer, ich führe die finanziellen Geschäfte einer ganzen Stadt, aber ich drehe nicht durch. Seht meine bescheidene Hütte.«

So wie das Haus seiner Jugend, in dem er sich wohlgefühlt hatte und das ihm nicht zu klein war, so war das ganze Regierungsviertel, dachte Gregor jetzt. Das war der Grund, warum er sich hier nie unbehaglich, fremd oder gar eingeschüchtert gefühlt hatte. Er war hier gleichsam zu Hause gewesen, bei den Eltern. Nun würde er von ihnen Abschied nehmen müssen.

Was würde in den nächsten Jahren aus diesen Gebäuden werden? Denn dass die Regierung nach Berlin umziehen würde, stand für Gregor fest, auch wenn es noch nicht beschlossen war. Schon wiederholten einzelne Zeitungen an fast jedem zweiten Tag die Leier, dass das neue, das größere Deutschland Repräsentation brauche, andere symbolische Formen, eine andere Architektur: selbstbewußt, souverän, salbungsvoll. Verantwortung. Weltpolitik. Das Mündel will jetzt endlich Vormund sein.

Schließlich ging er zu seinem Wagen und fuhr nach Hause. Erst dort merkte er, dass er seinen Büroschlüssel mitgenommen hatte. Keine Interpretationen, bellte er im Geist seinen Analytiker an. Ach Quatsch, das werde ich dem gar nicht erst erzählen. Ich bringe den Schlüssel jetzt gleich dahin. Hat zwar Zeit bis Montag, aber ich will jetzt endlich reinen Tisch.

Er nahm ein Taxi zum Kanzleramt und gab den Schlüssel ab, ließ sich die Rückgabe quittieren. Die Stille des Wochenendes brütete schon im Foyer. Wie damals in der Kaserne, dachte Gregor, vor über zwanzig Jahren. Dann ging er zu den Taxis in der Dahlmannstraße. Schon wollte er einsteigen, als er aus Richtung der Villa Dahm einen alten Bekannten kommen sah, allein und unbeschwert, ohne Aktentasche, die Hände in den Hosentaschen. Der kommt wohl geradewegs aus der Parlamentarischen Gesellschaft, dachte Gregor. Er wartete.

»Wollen Sie auch in die Stadt, lieber Korff? Sie hatten heute Ihren Abschied, nicht? Wollen wir zusammen essen? Ich lade Sie ein.«

»Lieber Herr Glotz«, sagte Gregor, »da kann ich überhaupt nicht Nein sagen. Bei Ihnen nicht.«

25 Rheinhotel Schulz. Die serbische Hochstaplerin

»Es ist ein Jammer«, sagte Peter Glotz eine knappe Stunde später, »aber es wäre natürlich so oder so passiert, mit und ohne Mohr-Hagen. Die Tante habe ich gefressen, das können Sie mir glauben. Ich fand Ihren Auftritt damals bei denen zu Hause köstlich, davon abgesehen, dass alles, was Sie gesagt haben, völlig richtig war. Aber ich weiß nicht, ob Sie wirklich traurig darüber sein müssen, dass Sie aus dem ganzen Laden rauskommen. Ich wünsche mir manchmal dasselbe. Schauen Sie mal, unser Fisch kommt. Schade, dass es zu kalt ist, um noch auf der Terrasse zu sitzen.«

Sie waren schließlich in Unkel gelandet, im Rheinhotel Schulz, weil Glotz kaum, dass sie im Taxi saßen, dem Fahrer spontan dieses Fahrtziel angegeben hatte, ohne Gregor zu befragen. Dem war es recht gewesen; an diesem Tag wäre er auch mit ihm nach Brüssel gefahren oder nach Paris. In den Zeiten, da sein jetziger Gastgeber noch Bundesgeschäftsführer der Partei gewesen war, hatte Gregor manchmal mit Glotz zu tun gehabt. Sie mochten sich gleich; sie erkannten sich. Aber zu oft liefen sie sich nicht über den Weg.

»Sie könnten eine große Karriere machen«, hatte Peter Glotz eines Abends zu ihm gesagt, kurz bevor seine eigene abbrach und er sein Amt als Geschäftsführer seiner Partei verlor. »Aber ich glaube, Sie wollen gar nicht, weil Sie dazu nicht fleißig genug sind. Sie vergnügen sich lieber mit Ihrer schönen Freundin. Recht so. Solche Menschen fehlen mir hier.«

Jetzt war seine »schöne Freundin« spurlos verschwunden und hatte ihn gleichsam postum zu Fall gebracht, und Gregor, der immer das Loblied des Zufalls gesungen und Wörter wie Vorsehung oder Schicksal verabscheut hatte, schien es diesmal doch wenigstens wie eine glückliche Fügung, dass er am Abend seines endgültigen Abschieds ausgerechnet auf diesen Geistesverwandten gestoßen war. Das wird ein sehr langer Abend, dachte er, als der Kellner ihnen den Fisch servierte. Wir werden morgen beide einen Kater haben, und wir werden es nicht bereuen.

»Sie müssen keine Angst haben, dass Willy Brandt gleich zur Tür reinkommt, nur, weil er hier wohnt«, sagte Glotz jetzt. »Der freut sich schon auf Berlin und die große Feier. Ich verehre ihn ja, wissen Sie, aber bei manchen Sachen kann ich dann nicht mehr mitziehen.«

»Sie werden nicht dort sein?«

»Nein. Ich denke, ich bin ein ähnlich vaterlandsloser Geselle, wie Sie einer sind. Seien Sie froh, dass Sie raus sind aus dem Spiel.«

»Das klingt fast so, als ob Sie die Mauer wieder hochziehen wollten.«

»Erzählen Sie doch nicht so einen Quatsch«, sagte Glotz leicht unwillig. »Was geschehen ist, war gut und notwendig. Es ist wunderbar, dass da nun niemand mehr eingesperrt werden kann. Mich regt nur die allgemeine Blauäugigkeit auf. ›So viel Anfang war nie‹ und der ganze Blödsinn. Als ob wir die Stunde Null hätten, die es auch nie gegeben hat. Eine lange Periode des Friedens und des Glücks der Völker, dass ich nicht lache. Sie wissen doch wie ich, dass wir bald auch in Europa wieder Kriege haben werden. Selbstbestimmungsrecht der Völker, und jede kleine Nationalität bekommt ihren kleinen Staat. Das war schon 1919 falsch, warum soll es 1990 richtig sein? Lauter kleine Fürsten, die sich gegenseitig die Köpfe einschlagen. Stichwort Souveränität. Da kennen Sie sich doch aus mit Ihrem Schmitt.«

»Es ist nicht mein Schmitt«, sagte Gregor, »ich habe nur im Studium und danach über ihn gearbeitet. Aber Sie müssen nicht glauben, dass ich meinen Chef mit Schmitt in der Hand beraten hätte.«

»Das wäre wohl auch danebengegangen. Wissen Sie, ich bin übrigens froh, dass wir gerade diesen Kanzler haben. Der war schließlich nie ein Deutschnationaler, und von der deutschen Einheit hat der doch vor einem Jahr noch nicht mal geträumt. Fragt sich, wie lange er noch das Sagen hat. Vielleicht sehnen wir uns eines Tages nach ihm zurück. Das hätte ich vor ein paar Jahren auch noch nicht gesagt. Ach, lassen wir das, das ganze Elend kommt noch früh genug. Die Seezunge ist doch wunderbar zart, nicht wahr, und die Sauce nicht so überbetont. Wollen wir noch eine Flasche Wein bestellen?«

Er wartete die Antwort nicht ab, sondern winkte dem Kellner.

»Und was machen Sie jetzt?«

»Ich weiß es noch nicht«, sagte Gregor. »Noch habe ich ja ein bisschen Geld, und im Vertrauen, mein Abschied wird mir auch noch mal versüßt.«

»Versteht sich«, sagte Glotz. »Ihr Chef weiß schließlich, was sich gehört. Das ist ein nobler Mann.«

»Mein Ex-Chef, seit ein paar Stunden. Aber ausgesorgt habe ich natürlich nicht, und außerdem neige ich dazu, Geld, das ich habe, auch irgendwann auszugeben.«

»Sehr gut. So halte ich es auch. Sie waren vorher an der Universität?«

»An der Verwaltungshochschule in Speyer. Davor ein paar Jahre in Göttingen, aber das waren Lehraufträge. Akademisches Proletariat.«

»Aber es gäbe doch sicher wieder einen Weg zurück? Nicht gerade nach Speyer, aber an eine Universität?«

»Ich habe mir darüber noch keine Gedanken gemacht«, sagte Gregor. »Ich bin erst ein paar Stunden außer Dienst.«

Glotz hob abwehrend die Arme. »Richtig, richtig. Ich bin manchmal zu schnell, zu hastig, wissen Sie, immer vorwärts. Manchmal mag ich das selbst nicht an mir. Sie sind anders, glaube ich.«

»Vorwärts möchte ich gerade nicht«, sagte Gregor. »Aber wenn mich einer treibt, dann gehe ich schon. Das hat mein Vater immer gesagt: *Es geht alles. Es geht sogar ein Schwein, wenn es getrieben wird.*«

»Ich kann Sie leider nicht treiben«, lachte Glotz. »Ich kann Ihnen keinen Job anbieten; ich bin ja nur noch ein einfacher Abgeordneter. Ihr Vater ist tot?«

»Seit ein paar Jahren, ja.«

»Und was hat er früher gemacht? Entschuldigen Sie, dass ich Sie so ausfrage. Sie müssen natürlich nichts sagen.«

»Mein Vater hat in einer kleinen Stadt die Finanzen verwaltet«, sagte Gregor. »Er war Stadtkämmerer. In puncto Geld war er ganz anders als ich. Geizig war er nicht, aber Geld hat er nur sehr vorsichtig ausgegeben. Das der Stadt und sein eigenes genauso.«

»Interessant. Wo war das? Irgendwo hier? Bad Honnef? Linz? Siegburg?«

Gregor sah ihn erstaunt an.

»Es war in Norddeutschland. Ich bin nicht von hier.«

»Seltsam. Ich hätte Sie für einen waschechten Rheinländer gehalten, sprachlich etwas abgeschliffen durchs intellektuelle Milieu.«

»Nein, nein. Ursprünglich komme ich von der Grenze, die es jetzt nicht mehr gibt, und dann waren wir in Ostfriesland. Da sind Sie wahrscheinlich noch nie gewesen.«

Plötzlich wirkte der Alkohol, zusammen mit dem Gedanken an den heutigen Abschied, und machte ihn sentimental, auch ungeschützt. Er begann, von seinen Schuljahren zu erzählen, vom Schuppen, dessen Geheimnis er zusammen mit Nott gehütet hatte, bis die Fuchs-Schwestern kamen. Er erzählte vom Beckett-Spielen und von der Atemlosigkeit, die Christine Keeler damals bei ihnen ausgelöst hatte.

»Ja, das war noch mal was«, sagte Glotz. »Das kriegen wir hier nicht hin, das gibt es eben nur in England oder Frankreich. Wir hatten dafür die richtig blutige Version, ein paar Jahre früher, die Nitribitt. Bei uns endet alles gleich mit einem Mord. Können Sie sich daran noch erinnern, oder waren Sie noch zu klein?«

»Ich war neun«, sagte Gregor, »aber ich kann mich erinnern. Meine Oma las fast alle Illustrierten. Im Lesezirkel.

Ich habe es aber nicht wirklich verstanden, weil ich nicht wusste, was eine ›Lebedame‹ ist. So stand das nämlich immer in den Blättern.«

Sie waren schon um sieben im Restaurant angekommen; als sie aufbrachen, war es halb zwölf. Am Ende waren sie bei Doderer angekommen, »mein geliebter Doderer«, wie Glotz sagte, und bei Musil.

»Solche Leute wie Moosbrugger«, sagte Glotz, »für die mache ich eigentlich Politik. Hört sich furchtbar pathetisch an, aber ich meine es ernst.«

»Ich habe Musil nie zu Ende gelesen«, gab Gregor zu. »Nach etwa sechshundert Seiten ist mir die Luft ausgegangen.«

»Dann sollten Sie es noch einmal versuchen«, sagte Glotz, »Sie haben doch jetzt erst einmal Zeit. Ach, Kakanien! Das war es, und das wäre es auch heute: ein europäisches Kakanien. Aber statt dessen werden wir lauter kleine Möchtegernstaaten bekommen, und unseren alten Kaiser Wilhelm kriegen wir in irgendeiner Gestalt auch zurück, ob mit oder ohne Bart. Das wird ganz schön gräulich, lieber Korff. Ich sage es noch einmal: Seien Sie froh, dass Sie draußen sind. Aber ich bin es noch nicht, und ich muss jetzt. Ich stehe früh auf, wissen Sie.«

Draußen herrschte dichter Nebel. Die beiden Taxen kamen gleichzeitig an. Gregor schwankte, Peter Glotz hielt sich ziemlich gerade.

»Sie müssen mich mal besuchen auf dem Menzenberg«, sagte er, als er einstieg. »Wunderschöner Ausblick. Außerdem ein Weingut gleich nebenan. Gute Heimfahrt. Sie haben es ja ein bisschen weiter als ich.«

Ich hätte ihm wenigstens zum Abschied gern die Hand gegeben, dachte Gregor und stieg in sein Taxi ein. Der Fahrer wartete, während Gregor dem davonfahrenden Wagen vor sich nachsah.

»Bonn, Kurfürstenstraße«, sagte Gregor schließlich, und

der Wagen rollte leise und langsam durch die Nebelwand, die immer nur ein Stück zurückwich.

»Hatten Sie etwas zu feiern?«, fragte der Fahrer unterwegs.

»Ja«, sagte Gregor. »Kann man sagen, ja.«

Der Fahrer schien auf mehr zu warten. Schließlich, als er sah, dass sein Fahrgast in brütendes Schweigen verfallen war, sagte er: »Sie müssen natürlich nicht sagen, was es war.«

Zu Hause sah Gregor das Geschenk des Ministers auf dem Tisch liegen, noch immer verpackt. Er nahm es kurz in die Hand, legte es wieder auf den Tisch zurück und begann dann doch, es aus der Verpackung zu schälen, bis er einen broschierten Band im Großoktav enthüllt hatte, etwa 160 Seiten stark, angenehm in der Hand liegend, von Herrn Carl Schmitt-Dorotić, Politische Romantik, München & Leipzig 1919. Der Minister wusste natürlich, dass Gregor den Text besaß, aber eben nicht als Erstausgabe. Die Erstausgabe, das war gewissermaßen eine andere Spielart der goldenen Uhr.

Schmitt-Dorotić, so hat er sich damals genannt, der verliebte Idiot. Durfte er auch, weil er sie geheiratet hatte: Pauline Carita Maria Isabella Dorotić, die serbische Adlige. Kennengelernt hatte er sie allerdings als spanische Tänzerin, auch wenn sie sich nicht Lola Montez nannte. Wie sie dann zur Serbin wurde, man weiß es nicht mehr. Und wer sie wirklich war, man weiß es auch nicht genau, vermutlich aber die Tochter eines Wiener Schneiders. »Cari« nannte Schmitt sie. *Das unvergleichliche Kind. Ich bin ganz hingerissen von ihrer verständigen, grenzenlosen Liebenswürdigkeit. – Cari zog ihr rotseidenes Kostüm an; ich war begehrlich und stark liebedienlich. Nachts prachtvoll und lange unartig. – Mittags nach dem Essen schliefen wir ein wenig. Ejakulation auf die herrliche ›Cari‹.*

Der herrlichen Cari gelang dann einige Jahre danach, was heute nur noch wenigen gelingt: spurlos zu verschwinden. Allerdings verschwanden vorher sämtliche Möbel und die

Schmittsche Bibliothek aus der Wohnung in München. Aber bis dahin war er gern Herr Schmitt-Dorotić. *Was ist meine Liebe anders als ein kindliches Anklammern an haltlose Dinge; ich will treu sein und ein Mädchen zur Treue zwingen.*

Wie kann man nur so blöd sein, dachte Gregor jetzt in seiner leichten Trunkenheit. Doch, man kann natürlich. Aber das Format wie diese Cari hatte Sonja nie. Die »serbische Gräfin«, die alles mitgehen lässt, das ist doch was. Sonja dagegen war nur eine schwache Kopie. Sie war einfach nur eine Stasitante, die beim Bundespresseamt arbeitete. Wie kann man nur so blöd sein. Ich muss ins Bett.

26 Ein Geständnis

Eine knappe Woche später, am neuen Tag der neuen deutschen Einheit, dem noch vor einem Jahr völlig undenkbaren Feiertag, teilte Anita ihrem Mann mit, dass sie schon vor einiger Zeit mit Gregor Schluss gemacht habe. Natürlich begann sie zuerst damit, überhaupt zu erzählen, dass sie mit Gregor ein Verhältnis gehabt habe, eine Affäre, eine kannibalische Liebschaft gewissermaßen, dass aber nun, nach einem knappen Jahr, der gegenseitige Appetit vergangen sei, ganz plötzlich, auf ihrer Seite jedenfalls, von der anderen wusste sie es nicht genau. Sie erzählte das morgens am Frühstückstisch, mit gesenktem Blick und hochgezogenen Schultern, unschlüssig das Brötchenmesser in der Hand haltend. Danach begann sie zu weinen, so heftig, dass sie keine Sprache mehr hatte, um ihrem Mann deutlich zu machen, dass sie nicht über das Ende der Affäre weinte, sondern darüber, dass sie ihn betrogen hatte. Dann hörte sie auf zu weinen und starrte Leo aus leeren Augen an, die Augenwinkel matt schimmernd von trocknenden Tränen.

»Aber das wusste ich doch«, sagte Leo, beugte sich über

den Tisch, entwand ihr sanft das Brötchenmesser und nahm ihre Hände. »Das wusste ich spätestens seit dem Frühjahr.«

Ein guter Staatsschützer und Geheimdienstler ist per se vor allem ein guter Zeichenleser. Wenn er kreativ ist, wird er nicht bloß die von ihm selbst oder anderen mühsam gesammelten Fakten auswerten. Er wird nicht nur die Berichte lesen und abheften. Er wird nicht nur registrieren, was hier und dort vorgefallen ist; er wird schon ahnen, was hier und dort noch geschehen könnte. Er wird den Text lesen, der unter den Texten liegt, und Verknüpfungen herstellen, die den meisten anderen unsichtbar bleiben, weil sie wie Kabel tief unter der Oberfläche verlaufen. Kurz gesagt, unter dem Fleisch wird er die Muskeln, hinter der Verkleidung die Strukturen erkennen.

Im vorliegenden Fall waren die Strukturen nur schlecht verborgen und die Zeichen leicht zu entziffern, natürlich auch deshalb, weil Leo, als Ehemann, Teil dieser Strukturen war. Es musste im März dieses Jahres gewesen sein, kurz nach der Volkskammerwahl, als er und Anita mit Gregor in Bonn essen gewesen waren, an einem Freitagabend, wie er sich genau erinnerte. Kein Edellokal, einfach nur eine Osteria in der Nähe von Gregors Wohnung. Sie aßen auch nicht so etwas wie schwarze Nudeln mit Lachs, sondern zweimal Spaghetti Pesto (Gregor und er) und einmal eine riesige Pizza Frutti di Mare. Sie sprachen über die Wahlen im Osten, später aber auch über Anitas zweiten Arztbesuch gestern bei dem Spezialisten in Bonn, der mit ihr über die Ergebnisse gesprochen hatte. Die Krankheit, die sie habe, gebe es eigentlich noch nicht, sollte heißen, sie habe noch keinen Namen, aber man könne sie sehr wohl behandeln. In Zukunft bekam sie einmal wöchentlich eine Spritze, bis auf Weiteres, und würde ihre derzeitige äußere Erscheinung beibehalten, mit nur sehr leichten Gewichtsschwankungen, wie sie bei den meisten Menschen normal seien. Anita hatte ihn gefragt, ob sie vielleicht hysterisch sei, Frauen seien doch immer hysterisch, und der Arzt hatte richtig verärgert abgewinkt und gesagt, mit diesem ganzen Hysteriequatsch bei Frauen werde viel Schindluder getrieben. Sie habe eine sehr seltene Ausprägung einer sehr seltenen Stoffwechselstörung, damit basta.

»Ich bin nicht hysterisch, jetzt habe ich's vom Spezialisten«, sagte Anita, schob den Teller mit den Pizzaresten beiseite und lachte kurz auf, dann begann sie zu weinen, einsetzend mit einer schrillen Dissonanz und endend in einem verebbenden Schluchzen.

Leo saß neben ihr und wollte den Arm um ihre Schulter legen, aber Gregor hatte sich schon über den Tisch gebeugt und seine Hände auf Anitas gelegt und sagte leise und sanft: »Ist ja gut. Ist ja gut. Natürlich bist du nicht hysterisch.«

Es war nicht die Geste selbst, die Leo die Augen öffnete. Sie waren seit bald acht Jahren ein eng verbundenes freundschaftliches Trio, zwischen seinem Freund und seiner Frau gab es bei der Begrüßung immer Wangenküsschen; er drückte ihr schon mal die Hand ganz fest oder legte ihr den Arm um die Schulter und zog sie an sich. Das alles waren Gebärden einer sehr weitgehenden freundschaftlichen Intimität, durchaus nicht ganz frei von erotischen Untertönen, aber immer deutlich diesseits einer gewissen Grenze. Was ihm die Lage mit einem Schlag deutlich machte, waren die Sätze seines Freundes, genauer die Tonlage, in der sie gesprochen wurden, diese Sanftheit eines Liebenden, eines Mannes jedenfalls, der an einer Frau gewisse Rechte hatte, sonst hätte er eben auch nicht das Recht, solche Sätze in dieser Tonlage zu sagen. Eigentlich wäre es Leo gewesen, der diese Sätze in diesem Ton hätte sagen dürfen, und eben das hatte er auch tun wollen: Aber sein Freund war ihm zuvorgekommen. Und Anita hörte auf zu schluchzen.

Von nun an fiel es Leo nicht mehr schwer, die Zeichen zu lesen. Da Anita wöchentlich nach Bonn musste, um ihre Spritze zu bekommen, konnte er sich die darauf folgenden Treffen ausmalen, jeweils natürlich nach Gregors dienstlichen Möglichkeiten und Erfordernissen. So ein Berater, der, wie er immer wieder stolz betonte, einen sehr eigenwilligen Arbeitsvertrag hat, ist allerdings in seinen Strukturen viel flexibler als ein Mitglied der Ministerialbürokratie, wenn auch nicht völlig frei. Einmal, als Leo Anita abends ganz arglos fragte, wie es denn in Bonn gewesen sei, sah er, wie sie errötete. Ein andermal warf sie sich ihm nach der Rückkehr vehement in die Arme, und auch dieses Zeichen wusste Leo richtig zu lesen. Allerdings sah er auch, dass Anita keinen Augenblick daran dachte, ihn zu verlassen, ja, er sah, dass sie ihn viel höher schätzte als ihren Liebhaber: Er, Leo, war ihr Mann, bis dass der Tod.

Nicht ein einziges Mal in dem halben Jahr, das seit dem Essen in Bonn vergangen war, versuchte er, Anita aus der Reserve zu locken, ihr eine Falle oder sie gar direkt zur Rede zu stellen. Er las die Zeichen, er wertete sie für sich aus, er ergriff aber keine Maßnahmen. Er war hier gewissermaßen nicht im Dienst und wusste im Übrigen mit Sicherheit, dass sie sich ihm eines Tages eröffnen würde.

»Das wusste ich schon seit einem halben Jahr«, wiederholte er jetzt, als Anita ihn ungläubig ansah.

»Hat Gregor dir das erzählt?«

»Den Deubel wird er tun«, sagte Leo, »hätte ich auch nicht getan, an seiner Stelle. Aber ich kenne dich doch. Und Gregor kenne ich auch. Und nun ist es vorbei.«

Das war keine Frage, sondern eine Feststellung, und Anita nickte auch nur, ohne das noch einmal zu beteuern, sah ihn aber nicht ohne eine gewisse Angst an, nicht ohne die unausgesprochene Frage, was denn Leo nun aus dem Ganzen machen würde.

»So etwas passiert«, sagte der. »Was schlimmer ist: Vorgestern haben wir zum ersten Mal ein wichtiges Datum vergessen.«

»Vorgestern?«

»Vorgestern war der 1. Oktober.«

27 Erinnerungen an einen Hochzeitstag

Damals, an diesem 1. Oktober 1982, hätte Leo gern als erster am Morgen geheiratet, aber sie hatten sich zu spät um einen Termin gekümmert. Vor ein Uhr mittags war nichts mehr frei. Anita hatte als Trauzeugen einen Schulfreund mitgebracht, mangels einer Freundin. Leo hätte gern Gregor mitgebracht, aber der saß noch in Speyer und packte vermutlich Umzugskisten. Also überredete er einen Kollegen aus dem Amt.

Leo trug einen feinen Anzug, in dem er aussah wie einer aus Birglar, der einen feinen Anzug trägt. Anita kam im sehr kurzen schwarzen Rock und in pinkfarbener Bluse, darüber eine leichte dunkle Wolljacke. Ihr Schulfreund hatte angezogen, was er am Morgen gerade gefunden hatte, und Leos Kollege trug wie Leo selbst einen feinen Anzug, in dem er aussah wie einer, der selbstverständlich jeden Tag so angezogen ist. Er hatte einen Fotoapparat mitgebracht und fotografierte Leo und Anita nach der kurzen Zeremonie vor der Tür des Standesamtes. »Für die Akten«, wie er scherzhaft sagte, bevor er direkt ins Amt an der Inneren Kanalstraße verschwand. Anitas Schulfreund fuhr zur Universität. Leo und Anita standen frisch getraut auf der Straße und gingen einfach mal los.

Sie waren schon leicht angetrunken, als sie am frühen Nachmittag einen Döner in der Nähe des Barbarossaplatzes betraten, um wenigstens eine Kleinigkeit zu essen. Beide bestellten Schafskäse mit Zwiebeln und Salat, dazu türkischen Tee. An hohen Tischen mit weinroten Decken standen Barhocker, und oben über der Theke lief stumm der Fernseher. Fast waren sie die Einzigen, die hinsahen, während sie aufs Essen warteten. Nur ein junger Mann im weiß bestäubten grauen Kittel, Merkmal irgendeiner ehrlichen Arbeit, hob ab und zu den Kopf, während er seinen Döner aß.

Niemand brauchte den Ton. Ein Mann hielt seine Abschiedsrede: Das war sichtbar für jeden, der die letzten Wochen verfolgt hatte. Danach verließ er das Rednerpult, wie so oft grimmige Beherrschung in Haltung und Gang, die sagte: Mehr konnte ich nicht tun, jetzt könnt ihr euch holen, worauf ihr so scharf seid.

Der ehrliche Arbeiter hatte zu Ende gegessen und bezahlt und drehte beim Hinausgehen noch einmal den Kopf zum Fernsehbild, kurz zögernd, dann ging er mit einem kaum hörbaren Gruß. Die Kamera schwenkte auf den Kandidaten, der es kaum abwarten konnte, warum musste zuvor so viel geredet werden? Der Schafskäse mit Zwiebeln und Salat für das frisch getraute Paar war fertig. Dazu passte der Tee jetzt nicht mehr, eher Wasser, aber Anita und Leo entschieden sich für zwei Dosen Kölsch. Zwei Tische weiter tauschten drei türkische Männer ihre Erlebnisse aus oder machten Pläne. Für das Hohe Haus hatten sie keinen Blick.

Einen Redner weiter waren Leo und Anita bei der dritten Dose Kölsch, und bei der nächsten endlich durfte der Kandidat die Glückwünsche seines Vorgängers entgegennehmen, mit gesenktem Kopf auf diesen herabschauend, während seine Fraktion das Erwartete beklatschte. Fünf Minuten vorher war Klauke mit einem Galeristen in den Dönerladen gekommen. Wenn die richtigen Leute hereinkommen, kann Döner mehr sein als Imbiss. »Die Brille ist ja märchenhaft«, sagte Klauke jetzt, als Dr. Kohl nach dem Glückwunsch seines Vorgängers den Kopf wieder hob, und sein Galerist sagte: »Das ist Kunst, ich finde, das ist Kunst.«

Der Dönermann kannte weder Klauke noch den Galeristen, sonst hätte er beide längst hofiert. Leo kannte Klauke bis dahin auch nicht, aber Anita klärte ihn auf, denn für die Kunst und die Künstler war sie zuständig.

»Komm, lass uns gehen«, sagte sie.

Sie haben sich auch später nie genau erinnern können, wie es weitergegangen ist. Nur, dass sie irgendwann abends vom *Blue Shell* aus ein Taxi in Anitas Wohnung in der Trajanstraße

ZWEITER TEIL

Saboteure Delinquenten

28 Tischgespräche in Lindenthal

Schließlich wurde das Dessert aufgetragen, und Anita betonte noch einmal, dass es sich dabei nicht um ihre Kreation handele, sondern um die ihres lieben Nachbarn und Freundes Carl Schelling. Carl errötete leicht, aber das Erröten galt dem »lieben Nachbarn und Freund« und war kein Zeichen von Ängstlichkeit, dass etwa seine Charlotte Malakoff mit Heidelbeerpüree nicht die Gnade der Gäste finden würde. Sobald diese probiert hatten, kamen auch die ersten »Ah!«s und »Oh!«s, die zugleich auch dem von Leo ausgeschenkten Dessertwein galten, einem fünf Jahre alten Vin Santo di Montecarlo.

Da der 1. Oktober auf einen Donnerstag fiel, hatten sie sich am Ende auf den Freitag geeinigt. Zwei Jahre und zwei Tage – weil es ein Schaltjahr war – waren seit Anitas Geständnis am Frühstückstisch vergangen. Inzwischen war Margret Thatcher zurückgetreten, und Frau Mohr-Hagen war in Schwierigkeiten geraten, weil das Wirtschaftsministerium die Firma ihres Mannes etwas zu reichlich mit Beratungsaufträgen versehen hatte. Das Parlament hatte beschlossen, dass die Regierung ins Neue Berlin umziehen sollte, und Carl Schelling schrieb in seiner freien Zeit zu seinem eigenen Vergnügen an einer Geschichte des linksrheinischen Separatismus. In Jugoslawien massakrierten sich die Völker gegenseitig, in Zagreb wurde ein *Café Genscher* eröffnet, und Gregor Korff und Peter Glotz trafen sich monatlich einmal zum Essen und sprachen über diese und andere traurige Dinge. Der Präsident der Treuhandanstalt war in seinem Haus in

Düsseldorf erschossen worden, und nach Leos Erzählungen hatte man Sonja in Marseille gesehen, aber bevor man sie sich greifen konnte, war sie wieder untergetaucht. In Kuwait hatten die Amerikaner über CNN gezeigt, wie man einen klinisch sauberen Krieg führt. In der Sowjetunion hatten die Rechtgläubigen versucht, Gorbatschow zu stürzen, aber Freund Jelzin hielt mit breiter Brust dagegen. Bei Paris hatte ein Disneyland eröffnet, und Anita hatte angefangen, in einer Werbeagentur zu arbeiten. Im Sommer hatte man die dänischen Nationalspieler aus ihrem Urlaub geholt, damit sie an der Fußballeuropameisterschaft teilnahmen (für Jugoslawien, das keiner dabeihaben wollte), und da sie schon einmal den Urlaub hatten abbrechen müssen, machten sie Nägel mit Köpfen und wurden Europameister. Ende August hatten Herr Kohl, Bundeskanzler, Herr Diepgen, Bürgermeister in Berlin, und Herr Stolpe, Ministerpräsident in Brandenburg, den Hauptstadt-Vertrag unterschrieben. Zwei Tage später hatte die *Quick* ihr Erscheinen eingestellt, und Gregor erinnerte sich an die Comics mit Nick Knatterton, die er als Kind so gern gelesen hatte. Und während sie jetzt in der Landgrafenstraße im Esszimmer saßen und Carl Schellings Charlotte Malakoff verzehrten, lagen Petra Kelly und Gert Bastian erschossen einträchtig nebeneinander in ihrem Reihenhaus in Bonn-Tannenbusch, aber das würden sie alle, die hier saßen, erst zweieinhalb Wochen später erfahren.

»War denn schon mal einer länger drüben?«, fragte Ulrich Goergen jetzt, der inzwischen von Heidelberg an die Universität Frankfurt (am Main) gewechselt war. »Ich meine, nicht nur als Tourist, sondern beruflich?«

Carl Schelling war vor einem Jahr auf einem Archivtreffen in Weimar gewesen. Es ging um die Neuorganisation der ostdeutschen Archive. Er hatte nicht viel von der Stadt gesehen, weil man fast rund um die Uhr gearbeitet hatte.

»Immerhin waren wir abends essen, und das war schon ziemlich passabel«, sagte er.

»Wenn es um die Neuorganisation der ostdeutschen Archive ging, wäre als Tagungsort doch eher die Normannenstraße in Berlin angemessen gewesen«, sagte Goergen. »Die hatten schließlich das größte Archiv von allen. Da kommt ihr sicher nicht mit, Leo.«

»Sehr witzig, Uli. Warst du ja schon immer.«

»Aber ich meine das ganz ernst. In Archiven wird schließlich der Klatsch über die Leute aufbewahrt. Wenn sie dann jemand nutzt, entsteht manchmal Literatur. Und die Stasi, das meine ich auch ernst, war der größte Literaturproduzent der DDR.«

Leo wollte etwas sagen, aber Carl kam ihm zuvor: »Da hat er recht.«

»Womit? Mit der Stasi?«

»Mit dem Klatsch über die Leute.«

»Wir sind vor Kurzem eine Woche in Leipzig gewesen, bei einer Cousine meiner Frau«, sagte Herr Körfers, bevor das Archivthema weiter vertieft werden konnte. Das Ehepaar aus dem Haus nebenan, Nummer 107, sah in der Wohnung nach dem rechten, wenn Leo und Anita in Urlaub waren. Herr Körfers hatte in leitender Position für eine Versicherung gearbeitet und war vor einem Jahr vorzeitig in Ruhestand gegangen, sechzig Jahre alt.

»Das ist zwar alles noch sehr kaputt da«, sagte Frau Körfers, »aber man sieht schon, was aus der Stadt werden kann. Wissen Sie, ich bin schon seit meiner Kindheit im Rheinland, aber meine Familie kommt eigentlich aus Sachsen. Das ist trotzdem nicht meine alte Heimat«, setzte sie schnell hinzu. »Das müssen Sie nicht denken.«

Das Küken in der Runde war Anne, die Kommunikationsdesign studierte und in der Werbeagentur, für die Anita jetzt halbtags arbeitete, vor einigen Monaten ein Praktikum gemacht hatte. Anne hatte gerade und als einzige noch einmal einen Nachschlag von Carl Schellings mächtigem Dessert genommen und gesagt: »Schmeckt einfach super. Dass Sie so etwas können! Ich kann gerade mal ein Eis mit Karamellsoße übergießen. Fertig gekauft, versteht sich.« Sie saß neben Anita, von oben bis unten ganz in schwarz, mit der Ausnahme der grünen Strähnen im ebenfalls pechschwarz gefärbten Haar. Zweiundzwanzig war sie letzte Woche geworden, und Anita hatte sie entschlossen zu ihrer Freundin gemacht. Sie ging mit Anne ins Kino und in die Disco, ins Museum, in die Kneipe und zum Shoppen in die Ehrenstraße.

Sie sei auch schon mal im Osten gewesen, erzählte Anne jetzt, nachdem sie ihre zweite Portion Dessert verputzt hatte. Mit einem Freund sei sie »quer durch« gefahren, durch Thüringen und Sachsen bis Berlin und zurück dann weiter nördlich. Sie könne sich nicht mehr an alle Orte erinnern, an denen sie gewesen sei, aber schön sei Erfurt gewesen, zum Beispiel, und Leipzig sei auch ganz spannend, da müsse sie Körfers' recht geben.

»Vielleicht gehe ich später dahin, wenn ich mit dem Studium fertig bin«, sagte sie, »da muss doch alles neu aufgebaut werden und es gibt bestimmt große Arbeitsfelder und jede Menge zu tun. Da kann man sicher was werden.«

»Vielleicht müssen Sie sich beeilen, junge Frau«, sagte Uli Goergen, »auf manchen Gebieten sind die Abzocker schon da gewesen.«

»Du bist unmöglich, Uli«, sagte Leo. »Ich glaube nicht, dass Anne« – er durfte sie duzen, Anita hatte es ihm erlaubt – »abzocken will. Du hast einfach eine Art...«

»Ist schon gut«, unterbrach ihn die junge Frau, »kann ich doch verstehen, dass er so denkt. Nein, ich finde es einfach interessant da, so auf den ersten Blick, ja? Aber ich habe auch nichts dagegen, mal viel Geld zu verdienen. Das können Sie sich hier alle nicht mehr so vorstellen, Sie haben genug, aber...«

»Na, wenn Sie sich da man nicht täuschen«, sagte der Tischlermeister Heinrich Gruhl aus Raderberg, und seine Frau Elisabeth lachte. Selbstverständlich waren Anitas Eltern auch gekommen, bisher recht wortkarg in dieser Versammlung studierter Menschen, dabei aber durchaus aufmerksam, und man hatte nicht das Gefühl, dass sie sich unwohl fühlten. »Das mag sicher auf den Herrn Professor hier zutreffen«, fuhr Anitas Vater fort, »und Herr Korff hat wohl auch nicht schlecht verdient. Nein, nein, Sie müssen nichts sagen, ich will es gar nicht wissen. Ich will auch nicht wissen« – mit Blick auf Carl Schelling –, »was so ein Archivar verdient, aber ein Tischlermeister mit eigenem kleinen Betrieb, junge Frau, der verdient gerade mal so viel, dass er seine Steuern bezahlen und von dem, was übrig bleibt, mehr schlecht als recht leben kann.«

Vor fünf Jahren noch hätte Anita bei solchen Ausführungen ihres Vaters die Augen verdreht und ihr Ich-kanns-nicht-mehr-hören-Gesicht aufgesetzt. Inzwischen wusste sie, dass ihr Vater die Wahrheit sagte und auch früher seine Klagen völlig berechtigt gewesen waren. Auch die anderen in der Runde nickten verständnisvoll. Das Thema Geld hatte jetzt den Osten und die Fahrt nach drüben verdrängt. Da kaum einer außer Anitas Eltern seinen Besitzstand ehrlicherweise so hätte darstellen können, als habe er zu kämpfen, ging es eher darum, das Erworbene zu rechtfertigen. Schließlich übte man verantwortungsvolle Tätigkeiten aus – oder hatte sie ausgeübt wie Herr Körfers –, und das hatte nun einmal seinen Preis. Leo wies darauf hin, dass er ständig dem Konflikt ausgesetzt sei zwischen demokratischen Grundüberzeugungen und der Gefahr, zum »gewohnheitsmäßigen Verdachtschöpfer« zu werden (eine Formulierung, die seinen ehemaligen Mitspielern aus Schmargendorf ein beifälliges Lachen entlockte). Herr Körfers, der gern zugab, dass sein Ruhestand mehr als nur abgesichert sei, betonte, dass jeder, der auf die angeblich so habgierigen Versicherungen schimpfe, ihren Wert erst in dem Augenblick erkenne, da ihm die richtige fehle, das heißt nach dem Unglück. Carl Schelling sagte, dass Archive das Gedächtnis einer Zeit bewahrten, die sich dem willentlichen Gedächtnisverlust ergeben habe und in einer Art permanenter Gegenwart angekommen sei, und dass ein Archivar wegen seines Wissens der Melancholie und den Depressionen eigentlich nicht entkommen könne, es sei denn, er sei völlig empfindungslos. Sein Gehalt, das so großartig übrigens auch wieder nicht sei, sein Gehalt also enthalte deshalb auch einen gewissen Anteil an Schmerzensgeld.

Professor Ulrich Goergen dagegen, ordentlicher Professor für Philosophie an der Universität Frankfurt am Main (mit dem Schwerpunkt Geschichte der Philosophie), sagte ganz beiläufig: »Also, ich bin völlig überbezahlt, wie die meisten meiner Kollegen auch. Was ich verdiene, ist durch nichts gerechtfertigt. Dass wir uns nicht missverstehen: Ich bin natürlich gut in meinem Fach, ich bin sehr gut, man könnte auch sagen der Beste, aber das muss natürlich jemand anders sagen.« Er lächelte. »Was ich verdiene, ist trotzdem nicht gerechtfertigt. Aber schließlich wollte man mich unbedingt haben, da muss man dann auch ein entsprechendes Angebot machen. Im Übrigen«, er wandte sich jetzt explizit an seine Generationsgenossen in der Runde, »im Übrigen gab es mal eine Zeit, wo wir alle über den Begriff ›gerechter Lohn‹ hässlich gelacht haben, weil wir wussten, dass es den nicht geben kann. Stimmt's nicht? Carl? Gregor? Aber ihr habt eure blauen Bände sicher längst zum Antiquar gegeben. Richtig so. Der Mann mit dem Vollbart ist derzeit ja auch reichlich außer Mode. Kommt aber wieder, das verspreche ich euch. Wartet mal so zehn bis fünfzehn Jahre ab.«

»Ich habe noch nie etwas zum Antiquar gegeben«, sagte Carl Schelling. »Das widerstrebt meinem archivarischen Grundgefühl.«

Mit der letzten Bemerkung landete er einen kleinen Lacherfolg und lachte selbst mit, verfiel danach aber wieder in die leicht grüblerische Stimmung, in der er schon den ganzen Abend gewesen war. Da die meisten ihn aber nicht gut genug kannten, fiel diese Stimmung nur Leo und Anita auf. Die anderen am Tisch dagegen sahen jetzt eher zu Gregor hinüber, der nun schon seit einiger Zeit nichts mehr gesagt und auch keinen Versuch unternommen hatte, seine Vermögensverhältnisse zu rechtfertigen. Mit diesen Blicken bedeutete man ihm, dass er jetzt an der Reihe war.

Gregor wartete lange, und als er schließlich zu sprechen begann, sah man schnell, wie er die allgemeine Verblüffung bei seinen Worten genoss: »Also, als der Minister mich in die Wüste schicken musste, habe ich ja eine ganz passable Abfindung bekommen, und von meinen vorherigen Gehältern habe ich auch manchmal etwas zurückgelegt. Ein bisschen geerbt habe ich ja auch. Aber das meiste davon habe ich in das Haus in Königswinter gesteckt. Leider ist Bonn nicht ganz billig, wie jeder weiß, noch sind wir schließlich Hauptstadt. Meine Miete ist vor einem Jahr erhöht worden, ich war in den letzten beiden Jahren viel auf Reisen – Paris, Triest, Lissabon und so weiter, einige von euch wissen das ja –, und ich habe in der ganzen Zeit keine Einkünfte gehabt, weil ich zu faul war, irgendetwas dafür zu tun. Nicht zu faul, ein hässliches Wort, sagen wir: antriebsarm. Ich wollte nicht noch ein Buch über Interna der Bonner Szene für den Markt liefern, und ich hatte bisher auch noch keine Lust, mich als freier Berater anzubieten. Jetzt sind die Vorräte fast aufgebraucht, man könnte auch sagen, ich stehe kurz vor dem Ruin. Das ist natürlich stark übertrieben. Ich bin gerade damit beschäftigt, mein Haus in Königswinter zu verkaufen. Leider kann man mit Immobilien derzeit keinen großen Schnitt machen, aber ich habe einen guten Makler. Da oben auf den sieben Bergen habe ich eh nichts mehr zu suchen. Hoffentlich findet sich aber bald einer, der meint, dass er da glücklich werden kann und mir deshalb das Haus abkauft.«

Das nun folgende Schweigen sagte viel, und bei einigen seiner Zuhörer war die Verblüffung eine doppelte: zum einen über die krude Tatsache, dass Gregor Korff langsam das Geld ausging (wer acht Jahre in Bonn gearbeitet hatte, im Vorraum der Macht, hatte der nicht für immer ausgesorgt?), zum anderen aber waren zumindest Leo und Anita, vielleicht auch Carl, etwas beschämt darüber, dass sie sich nie die Frage gestellt hatten, wovon Gregor in den letzten beiden Jahren eigentlich sein Leben bestritten hatte. Das Ehepaar Körfers machte einen etwas betretenen Eindruck. So detailliert über Geld zu sprechen, vor allem, wenn man bald keins mehr hatte, hielten sie für etwas unschicklich. Anitas Eltern dagegen schienen eher amüsiert, und Frau Gruhl sagte im breitesten rheinischen Ton, was alle dachten: »Also, die Überraschung iss Ihnen wirklisch jelungen, Herr Korff, dat will isch mal sachen.«

»Und was machst du, wenn das Geld vom Hausverkauf auch verjubelt ist?«, fragte Ulrich Goergen. »Ich meine, du kannst ja kaum mit der glücklichen Fügung rechnen, dass du danach passgenau stirbst. Bitte um Verzeihung für die zynische Formulierung, meine Damen.«

Eben das war es. Die Kontingenz, sie schien seit einiger Zeit etwas zu haken in Gregors Leben. Bisher war ihm sein Leben zugefallen. Leo hatte ihn vor seiner Kadertruppe gerettet. In Göttingen hatte er eine angenehme, wenn auch schlecht bezahlte Warteschleife durchlaufen, bis die Verwaltungshochschule in Speyer ihn holte. In St. Augustin war er auf seinen künftigen Chef gestoßen, damals noch nicht Minister, sondern selbst noch im Aufstieg begriffen, der nahm ihn einfach mit. Dann kam, nachdem Gregor sich längst angekommen glaubte, das plötzliche Ende. Dem war eine Warteschleife gefolgt, die diesmal endlos zu sein schien und von der er nicht wusste, wie er sie aus eigenen Kräften verlassen konnte. Sein Leben selbst in die Hand zu nehmen, war nicht die Stärke des ehemaligen Ministerberaters Gregor Korff.

Das sagte er jetzt alles nicht, sondern statt dessen nur: »Ja, ich müsste wohl wieder etwas finden.«

»Der Weltgeist wird es dir nicht zutragen«, sagte Uli Goergen. »Dass es mit dem nicht klappt, habe ich euch damals schon erklärt. Aber vielleicht hätte ich was, was dich interessiert. Lass uns morgen drüber reden. In meinem Hotel?«

»Nichts gegen ein Frühstück im Dom-Hotel, Uli«, schaltete Leo sich schnell ein, »aber es wäre schön, wenn alle morgen zum Frühstück zu uns kämen. Das soll übrigens nicht heißen«, wandte er sich an die anderen, »dass der Abend zu Ende ist. Wir können doch alle ausschlafen. Morgen ist deutsche Einheit.«

Um zwei Uhr mittags am folgenden Tag standen Anita und Leo vorm Haus und winkten zum Abschied. Uli Goergen fuhr als erster, dann folgte Gregor, und Carl ging um die Ecke nach Hause. Anne war schon eine Stunde früher gegangen, weil sie ab nachmittags kellnern musste. Als sie niemanden mehr sahen und die Stille des Feiertags sich wieder über die Lindenthaler Straßen senkte, gingen sie Hand in Hand zu ihrer Wohnung zurück, und Anita fragte: »Was denkst du, was haben Gregor und dieser Uli Goergen vorhin bei ihrem Spaziergang im Stadtwald miteinander ausgekungelt? Geht Gregor jetzt zu dem an die Uni nach Frankfurt?«

»Zu dem direkt wohl kaum«, sagte Leo. »Uli kann ihm nicht einfach an seinem Lehrstuhl eine Stelle verschaffen, Großordinarius hin oder her. Das ist ein bisschen zu unverblümt. Ich denke, er wird in den nächsten Tagen einen Kollegen anrufen. Darüber haben sie wahrscheinlich gesprochen. Wir werden bald erfahren, was dabei herauskommt. Gregor geht schon nicht unter.«

»Und Carl?«

»Was ist mit Carl?«

»Er wirkt so in sich gekehrt. Als ob er etwas ausbrütet.«

»Vielleicht tut er das.«

»Du weißt etwas darüber?«

»Nicht wirklich. Komm, wir räumen schnell die Küche auf und machen uns noch einen schönen Sonntag.«

»Einen schönen Feiertag«, korrigierte Anita. »Heute ist Samstag.«

29 res publica. eine zeitschrift für freie geister

Ein böiger Wind trieb ruckartig weiße Wolkenknäuel durch den hellblauen Himmel. Klare Konturen, Märzlicht. Anita sammelte ihre Pappen wieder ein, während der Werbechef der Firma Haverkamp & Kragl, Saunabau und Saunazubehör, ihr zerstreut zusah. Er war ein kleiner Mittdreißiger mit einem halb kahlen Eierkopf und leichtem Bauchansatz, den er offenbar durch Kettenrauchen zu bekämpfen versuchte.

»Bilder«, sagte er, »die Bilder sollen sprechen. Text so wenig wie möglich. Wir sehen uns dann am Freitag noch einmal, mit dem veränderten Entwurf?«

»Ja«, sagte Anita, die endlich alles Material verstaut hatte, und dachte: Beim letzten Mal sollte noch der Text stärker gemacht werden.

»Wie sind Sie eigentlich Papp... – wie sind Sie Kontakterin geworden, Frau Münks?«, fragte der Werbechef plötzlich.

»Sie können ruhig Pappenträgerin sagen, das macht mir überhaupt nichts«, sagte Anita. »Ich bin Quereinsteigerin, gewissermaßen.«

»Ach. Und was heißt das?«

»Ich habe vor zwei Jahren in der Rezeption der Agentur angefangen, aber mein Chef hat schnell gemerkt, dass ich mehr draufhabe.«

»Gut, wenn man einen solchen Chef hat. Meiner merkt gar nichts. Und vorher, was haben Sie vorher gemacht?«

»Vorher war ich acht Jahre zu Hause. Nein, nicht bei den Kindern, wir haben keine. Und davor habe ich ein Studium abgebrochen, Kunstgeschichte und Literaturwissenschaft. Eine Weile habe ich auch mal als Redakteurin bei einer Stadtzeitung gearbeitet.«

Sie klemmte sich ihre Mappen unter den Arm und sagte: »Wenn Ihr Chef so wenig merkt und Sie hier unglücklich sind – doch, doch, das sind Sie, das sehe ich doch –, dann wechseln Sie einfach die Seite. Bei uns wird zur Zeit ein neuer Konzeptioner gesucht, der alte geht in einem Monat.«

»Und warum?«

»Ich weiß nicht. Vielleicht fühlt er sich von unserem Chef verkannt. Überlegen Sie sich's. Freitag kann ich Ihnen mehr erzählen. Ich muss los.«

Zurück über die Brühler Straße, schon in der Dämmerung, der Stau zum Glück in der Gegenrichtung, stadtauswärts. Die Agentur kann noch einen Augenblick warten, die sind auch um halb acht noch da. Darauf, dass sie mit ihrer Zeit nicht klar kommen, sind sie schließlich alle mächtig stolz. Immer im Einsatz, immer kreativ. Wir sind die Avantgarde. Des Konsumismus. Der Selbstausbeutung. Der neuen Zeit.

Sie überlegt, ob sie kurz ihren Eltern Guten Tag sagen soll. Was drängelt der da hinter mir, darf man nicht mal eine Sekunde überlegen? Jetzt ist es zu spät. Also weiter, rein in die Südstadt. Wenn ich einen Parkplatz finde, gehe ich mal kurz ins *Opera*. Da bin ich seit Ewigkeiten nicht mehr gewesen. Zum letzten Mal vor fünf Jahren? Vor acht? Das neue Deutschland gab es jedenfalls noch nicht.

Sie quetscht den geliebten 205 zwischen zwei Dicke auf dem Mittelstreifen. Als sie als Kontakterin anfing, hat sie ihren Chef gefragt, ob sie mit so einer kleinen Kiste überhaupt zu Kunden fahren darf. »Das ist doch Klasse«, hat der Chef gesagt, »das macht doch viel mehr her, als wenn Sie mit einem Alfa Romeo oder einem Rover anrücken. Und passt doch sowieso gut zu einer Frau.«

Im *Opera* ist es voll. An der Theke stauen sich die Dämmerungstrinker. Rauch hängt dick in der Luft. Es ist nicht mehr der Laden, in dem sie Leo kennengelernt hat. Man hat mehrfach umgebaut; der Geist der frühen Achtziger ist längst verflogen. Er war auch damals schon eher woanders beheimatet, denkt sie, zum Beispiel ein paar Ecken weiter im *Out*. Das *Opera* ist inzwischen eigentlich mehr eine Kneipe für die Bergheimer geworden, das weiß sie. Sie möchte hier auch nur einen Milchkaffee trinken. Ein Tisch am Fenster wird gerade frei. Ihre Augen tränen etwas von dem Rauch. Sie ist das nicht mehr gewohnt, hat vor zwei Jahren aufgehört.

Als sie ihren Kaffee bestellt und sich ans Kneipenlicht gewöhnt hat, entdeckt sie zwei Tische weiter Carl Schelling. Was um alles in der Welt macht der hier? Trinkt der hier sein Feierabendbier, wenn er abends aus der Severinstraße kommt? Warum nicht; er fällt kaum auf, der Archivar. Aber er ist nicht allein, ihm gegenüber – und mit dem Rücken zu Anita – sitzt ein Mann in einer Lederjacke. Anita weiß, dass es Glückssache ist, das Alter eines Menschen zu schätzen, von dem man nur den Rücken sieht. Sie ist sich dennoch hier ganz sicher: Der ist nicht älter als dreißig, eher darunter. Die beiden stecken die Köpfe zusammen. Das ist kein entspanntes Gespräch, sondern ein vertrauliches. Dann beugt sich der Jüngere plötzlich zur Seite, um etwas aus der Aktentasche zu holen, die neben ihm auf dem Boden steht. Sie kann sein Profil sehen und stellt fest, dass sie mit ihrer Altersschätzung richtig lag.

Er zieht ein Schriftstück aus der Tasche, ein Dokument, ein schmales Bündel, irgendein DIN-A 4-Stück – mehr kann sie nicht erkennen –, und reicht es Carl, der es seinerseits in der eigenen kleinen Aktenmappe aus weichem schwarzen Kalbsleder verstaut, mit der sie ihn manchmal morgens aus dem Haus gehen sieht. Dann steht der junge Mann auf und geht schnell und blicklos aus dem Lokal, ein hagerer Kerl mit einem schmalen Gesicht und ebenso schmalen Schultern. Carl hat jetzt freie Sicht auf Anita und entdeckt sie, schlägt die Augen nieder, als sie ihm zaghaft zuwinkt. Er will nicht mit mir sprechen, denkt sie. Ich werde nicht an den Tisch gehen. Was da passiert, geht mich nichts an.

Seit sie in der Agentur von der Rezeption (halbtags) in den Außendienst als Kontakterin gewechselt ist, seit etwa einem Jahr also, sieht sie Carl nur noch auf der Straße oder anlässlich gegenseitiger Einladungen. Seit dem Fest zum zehnjährigen Hochzeitstag haben sie eigentlich kaum zehn Sätze miteinander gesprochen, überlegt sie, und das ist nun schon bald ein halbes Jahr her. Keine Gespräche mehr über den rheinischen Separatismus der zwanziger Jahre oder die Geburt des Gefängnisses. Schade, denkt Anita, aber ich wollte es ja nicht anders. Statt dessen darf ich jetzt den Werbechef von Haverkamp & Kragl trösten.

Und sie haben es noch immer nicht zum Du gebracht. Carl Schelling, der inzwischen bezahlt hat und nun mit der Aktenmappe unter dem Arm an ihrem Tisch vorbeikommt – *vorbei muss,* denkt Anita –, bleibt kurz stehen und sagt: »Guten Abend, Frau Münks. Ich sage jetzt nicht so was Blödes wie ›so ein Zufall!‹. Leider habe ich wenig Zeit. Ich muss nach Hause und noch etwas tun. Ich nehme an, Sie bleiben noch?«

»Ich muss nachher noch in die Agentur«, sagt Anita, »mein Wagen steht draußen«, und sie sieht seine Erleichterung, dass sie sich ihm nicht anschließen und zur U-Bahn will.

»Leo und Sie könnten mal wieder zum Essen kommen«, sagt Carl, »schöne Grüße! Ich melde mich!« Und weg ist er.

Anita sieht ihn draußen noch einmal mit gesenktem Kopf am Fenster vorbeihasten, Richtung Karolingerring, und denkt: Das muss ich heute Abend Leo erzählen.

Leo musste man eigentlich nichts mehr erzählen, aber das konnte Anita nicht wissen. Seit mehr als einem halben Jahr war er auf Carl Schellings Spur: sehr ungern. Er hortete die Erkenntnisse, die ihm geliefert wurden, und hielt sorgsam gewisse Teile des Mosaiks unter Verschluss.

Vor zweieinhalb Jahren, wenige Tage nach dem Beitritt des ostdeutschen Staates zum westdeutschen, hatte die Abteilung III die *Gruppe August Reinsdorf* zum ersten Mal ins Visier genommen, die unregelmäßig eine sehr gut aufgemachte und tatsächlich im Bleisatz hergestellte Zeitschrift von jeweils 24 Seiten Umfang namens *res publica. eine zeitschrift für freie geister* herausgab. Die elegante Kleinschreibung beschränkte sich übrigens auf den Titel, im Textteil ging es typografisch ganz konventionell zu. Darin wurde zum einen in Form eines *ABC des Anarchismus* die Theorie ausgebreitet und interpretiert, durchaus in dem Bemühen, sie für die Jetztzeit brauchbar zu machen. Vom Informationskapitalismus war die Rede und vom Leviathan in Gestalt der totalen Überwachung und Durchsichtigkeit des Einzelnen, all das ausgeführt in einem eher unaufgeregten, mehr feststellenden als anklagenden Ton. Da waren Intellektuelle am Werk, denen man die Freude an der geistigen Geschmeidigkeit und auch am Witz deutlich anmerkte. Es wurde aber auch zur *direkten Aktion* aufgerufen, verschwommen genug, um nicht ohne Weiteres belangt werden zu können, aber auch deutlich genug, um konkrete Ziele daraus ableiten zu können. Die Gruppe kämpfte insbesondere auch gegen »das sogenannte wiedererwachende Nationalgefühl, den sogenannten gesunden Patriotismus, der aus der falschen Sehnsucht nach überschaubaren Verhältnissen und klaren Zugehörigkeiten kommt«, wie es in einer Ausgabe der *res publica* hieß. In einer anderen machte sich der Autor nach der Hauptstadtdebatte Gedanken über »die mögliche Wiederkehr von Kaiser Wilhelm in neuer Gestalt, mit oder ohne Bart. Zwar wiederholen sich die geschichtlichen Ereignisse bekanntlich immer nur als Farce«, schrieb er, »aber wenn bei der Farce ein bestimmtes Maß an Dummheit und Aufgeblasenheit überschritten wird, kann auch sie brandgefährlich und todernst werden.« Die Artikel waren meist mit Kürzeln gekennzeichnet, nur der Leitartikel war mit vollem Namen signiert, die aus der Geschichte entliehen waren und von Ausgabe zu Ausgabe wechselten: einen Artikel hatte Buenaventura Durruti geschrieben, einen anderen Michail Bakunin, einen dritten Johann Most und einen vierten Emma Goldman. Die intellektuellen Mitglieder der Gruppe hatten offensichtlich Freude an der Charade und am intellektuellen Spiel, und Leo teilte ihre Freude: Er las diese Zeitschrift wirklich gern. Sie war so viel besser und intelligenter als die meisten anderen Quellen, die er studieren musste, und er freute sich auf jede neue Ausgabe. In Buchläden, auch in denen des sogenannten linken Spektrums, war die Zeitschrift nicht erhältlich. Sie fand sich in offenbar mit Bedacht ausgewählten Briefkästen, und zwar in Berlin, in Hamburg und Kiel, im Rheinland und Ruhrgebiet, im Raum Rhein-Main-Neckar, in München und eigenartigerweise auch in einigen Kleinstädten des Allgäus. Manchmal lagen ein paar davon auch in bestimmten Kneipen aus, ohne dass deren Wirte sagen konnten, wie sie dahingekommen waren. Selbstverständlich zeichnete niemand presserechtlich verantwortlich, aber die Zeitschrift selbst wurde als *Offizielles Organ der Gruppe August Reinsdorf* bezeichnet.

Mit diesem Namen verband zunächst niemand etwas im Amt, bis ein wissenschaftlicher Mitarbeiter, der junge Dr. Sandmann, herausfand, dass der Namensgeber ein deutscher Anarchist gewesen war, der im Februar 1885 in Halle hingerichtet wurde, sechsunddreißig Jahre alt.

»Die Geschichte, die dahinterstand, war tragisch und auch ein wenig tragikomisch«, erzählte Sandmann. Der Handwerker August Reinsdorf, geboren 1849 in Pegau …«

»Wo zum Teufel ist das?«

»In Sachsen«, sagte der vortragende Mitarbeiter gut gelaunt, »etwas südlich von Leipzig. Das Wappen zeigt einen gelben Löwen auf blauem Grund.«

»Wie originell.«

»Gewiss doch. August Reinsdorf plante also zur Enthüllung des Niederwalddenkmals zusammen mit einigen anderen einen Anschlag auf Kaiser Wilhelm den Ersten, der das Denkmal 1883 einweihte, im September. Sie wollten den Kaiser mit einer Bombe in die Luft jagen.«

»Meine Güte«, sagte Leo. »Warum haben sie nicht einen Anschlag auf das Denkmal selbst geplant? Das wäre eine Tat gewesen, aufs Innigste zu loben.«

»Bitte?«, fragte der andere leicht verwirrt.

»Eine kleine Variation auf den Hamlet-Monolog«, sagte Leo, »das ist vielleicht nicht Ihr Spezialgebiet. Man kann ja auch nicht alles wissen. Ich meinte nur, uns wäre eine Scheußlichkeit erspart geblieben, wenn man das Ding gleich bei der Einweihung in die Luft gejagt hätte.«

»Das wollten Sie ja, das Denkmal und den Kaiser dazu.«

»Und es hat nicht geklappt?«

»Nein. Die Gruppe hatte aus Kostengründen keine Lunte gekauft, die wasserdicht war. In der Nacht vor dem Anschlag hat es geregnet, und wegen der feuchten Lunte explodierte die Bombe am nächsten Tag nicht. Man soll halt nicht am falschen Ende sparen.«

Dr. Sandmann lächelte in sich hinein und lauschte seinem eigenen Scherz einen Augenblick nach.

»Aber wenn nichts passiert ist, wie ist man dann diesem Reinsdorf auf die Schliche gekommen?«, fragte Leo.

»Na ja, die Geheimdienste arbeiteten schon damals mit Methoden, die uns nicht ganz unbekannt sind«, sagte Sandmann. »Das Geld, mit dem der Sprengstoff gekauft wurde, kam wahrscheinlich direkt aus einem Fond der Polizei. Zwei Polizeiräte hatten in die anarchistische Bewegung Spitzel eingeschleust. V-Männer, würden wir heute sagen.«

Dr. Sandmann war vor einem halben Jahr frisch von der Universität Tübingen in den Dienst eingetreten und erfreute sich an der internen Terminologie. Er schmeckte besonders gern Wörtern wie »abtarnen«, »abschalten« oder »verbrannt« nach, obwohl oder gerade weil er mit der operativen Arbeit nicht das Geringste zu tun hatte.

»Der Plan könnte also schon bekannt gewesen sein. Dann kam noch etwas anderes dazu. Einer der Beteiligten an dem missglückten Attentat, ein gewisser Karl Bachmann, hat in Luxemburg damit angegeben, was sie vorgehabt hatten und dass er dabei gewesen sei. Den hat man dann verhaftet und nach Deutschland ausgeliefert. Da hat er gesungen, und einige der Beteiligten wurden zum Tode verurteilt, andere zu Zuchthausstrafen. Reinsdorf ist im Februar 1885 hingerichtet worden. Nach ihm hat sich offenbar die Gruppe benannt, die wir beobachten.«

Dr. Sandmann faltete die Hände und sah Leo an.

Du beobachtest gar nichts, dachte Leo, und sagte dann: »Vielen Dank. Das war sehr informativ.«

»Und wenn ich das noch anmerken darf«, sagte Sandmann und löste die Hände wieder aus ihrer andächtigen Verklammerung, »Reinsdorf war durchaus ein Vertreter der Propaganda der Tat. Die Gruppe hat sich bestimmt nicht umsonst nach ihm benannt.«

Sehr gut beobachtet, dachte Leo, und sagte: »Sicher nicht. In ihren Publikationen wird schließlich auch zur Tat aufgerufen. Aber bisher ist ja noch nichts weiter passiert.«

Bald passierte jedoch etwas. In die Wohnung eines Staatssekretärs wurde eingebrochen, ohne dass etwas gestohlen oder beschädigt wurde. Es wurde lediglich alles auf den Kopf gestellt: die Möbel verrückt, die Bettwäsche abgezogen, der Wecker im Kühlschrank versteckt, der Bildschirm des Fernsehapparats mit einer schwarzen Folie verklebt, auf der mit weißer Schrift geschrieben stand: *Macht macht blind.* Darunter war das Symbol der Gruppe zu finden, ein fünfzackiger schwarzer Stern, in dem ein kleiner, stilisierter weißer Affe saß, der seinen Kopf in Denkerpose auf die rechte Vorderklaue stützte. Dieses Symbol war immer auch an irgendeiner Stelle der Zeitschrift zu finden, recht versteckt: so dass Leo eine Weile brauchte, um es in der jeweiligen Ausgabe zu entdecken. Er kannte das von der Witzseite einer Programmzeitschrift: *Finden Sie die Maus? Unser Zeichner hat sie auch auf dieser Seite wieder einmal versteckt.*

Die nächste Aktion war bereits etwas zerstörerischer. Auf der Baustelle Sony-Center am Potsdamer Platz stürzte durch einen Sprengsatz von erheblicher Kraft eines Nachts ein Rohbau ein. Diesmal war ein deutlich sichtbares Schild mit dem bekannten Symbol in die Erde gerammt, auf dem zu lesen stand: *Schlecht geplant, schlecht gebaut!*

»Die haben jedenfalls keine nasse Lunte benutzt«, sagte Leo.

»Nein«, sagte der Experte, »die haben eine Fernzündung eingesetzt.«

Das war im Sommer 1991. Eine vergleichbare Aktion gab es wenig später in einer norddeutschen Kleinstadt, als über Nacht eine fast fertige Brücke gesprengt wurde, die über einen kleinen Fluss führen sollte und gegen die es teilweise heftige Bürgerproteste gegeben hatte, weil sie das Stadtbild zu zerstören drohte. Bisher hatte es die Brücke von 1926 allemal getan. Die Täter hinterließen diesmal nur auf einem großen Schild das Symbol der Gruppe und sparten sich einen Kommentar, offenbar im vollen Vertrauen darauf, dass jeder im Ort die Aktion verstehen würde.

1992 im Frühjahr wurde in einem großen Frankfurter Kaufhaus eine ganze Etage leergeräumt, selbstverständlich wieder in einer nächtlichen Aktion. Die Produkte fand man ordentlich aufgestellt im großen Hof des Hauses, auf dem normalerweise die Ware angeliefert wurde. In der leeren Etage war ein Zettel mit dem bekannten Symbol an die Wand gepinnt, auf dem zu lesen stand: *Nichts entspannt mehr als ein leeres Warenhaus. Ihre ungeheure Warensammlung finden Sie auf dem Hof.*

Bis dahin ergab sich folgendes Bild: Die Täter beschränkten sich in ihren Aktionen, um eine Unterscheidung aus Leos Jugendzeit zu gebrauchen, auf Gewalt gegen Sachen und vermieden solche gegen Personen, indem auch die Sprengungen zu Zeiten durchgeführt wurden, in denen kein Mensch in der Nähe war. Leo und seine Mitarbeiter gingen sogar davon aus, dass die Gruppe dies bei der Vorbereitung der Aktionen ausdrücklich sicherstellte. Die Aktionen waren außerdem nicht auf bestimmte Regionen beschränkt und hatten ganz unterschiedliche Zielsetzungen, insofern waren sie weder örtlich noch inhaltlich vorhersehbar. Die Professionalität, mit der sie durchgeführt wurden, und die großen zeitlichen Abstände, in denen sie erfolgten, ließen auf gründliche Vorbereitung schließen und darauf, dass sich unter den Mitgliedern der Gruppe auch Personen mit erheblichem technischen Fachwissen befanden, die nicht nur in der Lage waren, Sprengsätze herzustellen und zu zünden, sondern die beispielsweise auch Alarmanlagen lahmlegen konnten. Die Botschaften, die hinterlassen wurden, deuteten ebenso wie die Zeitschrift darauf hin, dass es sich bei den Delinquenten andererseits zu einem großen Teil um Intellektuelle handelte. Schließlich musste Geld im Hintergrund sein, denn die Aktionen waren durchaus mit nicht geringen Kosten verbunden gewesen. Es konnte sich bei den Tätern also einerseits um gut verdienende Akademiker und Führungskräfte handeln. Es war aber auch nicht auszuschließen, so war die einhellige Meinung der im Amt mit diesen Vorfällen befassten Mitarbeiter, dass es sich um gut organisierte Stasiseilschaften handelte, die hier tätig waren, um im neuen Staat »das alte, ihnen so vertraute Geschäft der Destabilisierung und Zersetzung zu betreiben«, wie es Dr. Georgi, Leos unmittelbarer Chef, in einer Besprechung ausdrückte.

Leo war der einzige, der diese Variante für unwahrscheinlich hielt. »Dagegen spricht ihr Witz«, sagte er.

»Täuschen Sie sich mal nicht. Die bei der Stasi hatten auch eine skurrile Form von Humor«, sagte Dr. Georgi. »Oder halten Sie Markus Wolf für humorlos?«

Das war der Stand der Dinge im Sommer 1992. Es ließ sich einfach nicht länger umgehen, in dieser Sache wenigstens punktuell mit dem Bundeskriminalamt zusammenzuarbeiten. Durch die Methoden der bewährten Herold'schen Rasterfahndung bekam man endlich einen Hinweis auf eine der beteiligten Personen.

Der Ansatzpunkt war das Allgäu, das als Verteileradresse der Zeitung von den anderen Regionen deutlich abwich. Ende Juli stießen sie schließlich auf den in Isny tätigen Grundschullehrer Ludger Stein, der nicht nur als Verteiler der Zeitung im Allgäuer Raum fungierte, sondern offenbar auch an den bisherigen Planungen höchst aktiv beteiligt gewesen war. Einige der Kontakte konnten sie nachträglich zurückverfolgen und so weitere Mitglieder der Gruppe erfassen. Eine der treibenden Kräfte war eine Professorin der Universität Münster, am Institut für Wirtschaftsgeschichte, zehn Jahre jünger als Leo. Ein paar Handwerker waren dabei, aus traditionellen Handwerksberufen, darunter auch ein Setzer alter Provenienz: Das erklärte die sorgfältige Gestaltung der *res publica*. Wo allerdings gesetzt und gedruckt wurde, hatten sie noch nicht herausgefunden. Der Setzer wurde observiert, ging aber brav seiner Tätigkeit in einem Kleinverlag für bibliophile Bücher in einem Örtchen der Voreifel nach. Es war zumindest jetzt noch nicht opportun, diesen Verlag zu durchsuchen, davon abgesehen, dass das Amt keine polizeilichen Aufgaben wahrnehmen durfte und andererseits der Kreis der in all diese Zusammenhänge eingeweihten Personen so klein wie möglich gehalten werden musste. Natürlich war weder die Sprengung der Brücke noch die leergeräumte Warenhausetage geheim zu halten, aber es war nicht besonders schwierig, die Zusammenhänge zu vernebeln, denn die *Gruppe August Reinsdorf* war außer den Briefkastenempfängern der *res publica* und ausgewählten Mitarbeitern des Amtes niemandem ein Begriff. Sie schien auch keinen Wert darauf zu legen, sich »in den Massen zu verankern«, um eine weitere Wendung aus Leos Jugendzeit zu gebrauchen.

Im September 1992 jedoch war Leo selbst plötzlich Empfänger der neuen Ausgabe von *res publica*. Sie fand sich im Briefkasten, als Leo sich auf den Weg zur Dürener Straße machte, um Brötchen zu holen. Die Tüte legte er, bevor er ins Amt verschwand, auf den Küchentisch, damit Anita sie später dort fand. Um diese Zeit schlief sie noch, weil ihre Arbeit in der Agentur es mit sich brachte, dass sie oft erst spät ins Bett fand. Leo packte die neue Ausgabe der Zeitschrift in seine Aktentasche und freute sich auf die Lektüre. In die Freude mischte sich allerdings auch eine gewisse Besorgnis. Er wusste nur zu gut, wer ihm dieses Geschenk in den Korb gelegt hatte, irgendwann in der vergangenen Nacht vermutlich.

Zu den Kontaktpersonen, die sie nach der Entdeckung von Ludger Stein in den letzten Wochen hatten herausfiltern können, gehörte auch Carl Schelling. Sie waren sich über die Strukturen der Gruppe noch völlig unklar, davon abgesehen, dass es offenkundig kein Büro, keine Zentrale, keinen festen Treffpunkt gab. Vermutlich hatten sich noch nie alle Gruppenmitglieder zusammen getroffen. Carl Schelling aber, so viel wusste Leo inzwischen, gehörte wahrscheinlich schon zu dieser Gruppe, bevor er von Koblenz nach Köln gezogen war, in Leos Nachbarschaft.

Als sie im vergangenen Herbst ihren zehnten Hochzeitstag gefeiert hatten, hatte er alle Anspielungen unterlassen. Carl sollte unter keinen Umständen auch nur ahnen, dass Leo von seinem zweiten Leben wusste. Er ärgerte sich damals noch tagelang, dass er am nächsten Tag Anita in ihrem Gefühl bestärkt hatte, Carl brüte etwas aus. Er wusste bis heute nicht, wie er mit den Informationen über Carl Schelling verfahren sollte. Außer ihm selbst kannten sie nur zwei Fahnder des BKA, weil es Leo bisher gelungen war, sie seinen eigenen Mitarbeitern und Herrn Dr. Georgi gegenüber zu unterschlagen.

»Warum soll er sich nicht mit einem jungen Mann im *Opera* treffen, der ihm irgendein Schriftstück gibt?«, fragte er deshalb abends, als Anita ihm im Bett von ihren Beobachtungen erzählte. »Vielleicht irgendetwas fürs Archiv. Vielleicht betreut er nebenher eine Uniarbeit. Schließlich ist er Historiker. Vielleicht ist es auch etwas ganz anderes. Wir wissen sicher manches nicht von Carl, und das finde ich persönlich sehr gut. Ich muss schon beruflich schnüffeln, da habe ich privat keine Lust mehr dazu.«

Das leuchtete Anita ein.

»Oder meinst du«, fragte sie plötzlich, »meinst du, er ist schwul? Es ist nur, weil er so peinlich berührt war, mich zu sehen. Dass ich ihn mit dem jungen Mann beobachtet habe, meine ich.«

»Das glaube ich eher nicht«, sagte Leo. »In Berlin damals war das jedenfalls nicht so, das weiß ich. Er hatte eine Vorliebe für den Typ Mexikanerin, würde ich das nennen. Du verstehst, klein, Wuschelkopf, riesige schwarze Augen, volle sinnliche Lippen, und ... und...«

»Und dicke Möpse«, ergänzte Anita. »Ja, kann ich mir vorstellen. Gute Nacht. Schlaf schön.«

Am nächsten Morgen fand er die neue Ausgabe von *res publica* im Briefkasten, wie beim letzten Mal in einem neutralen braunen Umschlag vom Format DIN C6 ohne Aufschrift. Er packte sie diesmal erst im Amt aus und wollte sich wie immer zuerst auf die Suche nach dem schwarzen Stern mit dem kleinen weißen Affen machen, stutzte dann aber. Die Hälfte der Zeitschrift war diesmal Fotos vorbehalten, und die Fotos zeigten Germania-Statuen in ganz Deutschland mit Angabe des jeweiligen Standorts, darunter Steinhude, Amt Neuhaus, Witten an der Ruhr, Heilbronn (da saß der Kaiser Wilhelm der Germania zu Füßen), Bad Düben und andere. Die Germania auf dem Niederwalddenkmal fehlte. Sie fehlte jedoch nicht im zweiten Teil des Heftes, in dem auf zwölf Seiten die *Geschichte der Nationalallegorie Germania im 19. und 20. Jahrhundert* dargestellt wurde: knapp, klar, sachlich, aber mit einem für den geübten Leser erkennbaren ironischen Unterton. Für Leo gab es keinen Augenblick Zweifel daran, dass diese schöne kühle Prosa von Carl Schelling geschrieben worden war, auch wenn sein Autor mit John Penzenbach zeichnete. Das war der Name, unter dem Reinsdorf nach der Rückkehr aus der Schweiz nach Elberfeld gegangen war und den Anschlag aufs Niederwalddenkmal vorbereitet hatte.

»Ich denke, ich weiß, was sie als Nächstes vorhaben«, sagte Leo zwei Stunden später zu Dr. Georgi und den Mitarbeitern. »Ich weiß bloß nicht, wann und wo. Hoffentlich finden wir es rechtzeitig heraus.«

30 Am Rhein so schön (2)

»Politische Romantik«, dachte Gregor, als der Zug langsam den Koblenzer Hauptbahnhof verließ, »politische Romantik hätte Herr Schmitt das genannt, wenn er noch lebte, und dabei mahnend den Zeigefinger erhoben. Dem Romantiker geht es um sich selbst und das eigene Erleben, und dazu ist ihm jeder Anlass recht. *Ihre Taten sind Zeitschriften*, und wenn sie Bomben schmeißen, dann auch nur, damit ein spannender Roman anfängt. So hätte Herr Schmitt das gesehen.«

Wobei man nie vergessen sollte, dass Herr Schmitt in seiner Jugend selbst eine höchst romantische Ader hatte. Er wäre sonst nicht auf eine angebliche serbische Gräfin hereingefallen.

Draußen der Maimorgen – *der Maienmorgen,* dachte Gregor tatsächlich – glänzte in den schönsten Farben, während der Zug Fahrt aufnahm, dabei aber doch verhalten blieb, als wolle er den Reisenden den Anblick der allerschönsten Strecke am Strom entlang, die jetzt begann, nicht durch zu hohe Geschwindigkeit verwischen oder gar vorenthalten. Mittwoch, Seminartag. 14–16 Uhr: *Einführung in Carl Schmitt.* Seit Göttingen vor fast zwanzig Jahren hatte sich eigentlich nichts geändert. Danach, 16–18 Uhr *Dezisionismus. Rezeptionsgeschichte eines Begriffs*. Anschließend Abendessen bei Uli Goergen und seiner Frau Barbara in der Klettenbergstraße 11. Da hätte es natürlich auch ein Gästezimmer für ihn gegeben, aber Gregor zog es vor, bei seinen wöchentlichen Besuchen ein Pensionszimmer zu nehmen.

Es war, wie Leo es Anita gegenüber vermutet hatte. Ulrich Goergen hatte Wort gehalten, und er hatte schnell gehandelt. Schon wenige Wochen nach dem gemeinsamen Spaziergang im Kölner Stadtwald am 3. Oktober bekam Gregor einen Anruf aus Frankfurt, und wenige Tage danach eine Einladung zu einem Gespräch am Institut für Politikwissenschaft. Seine künftige Chefin, gut zehn Jahre älter als er, sah ihn lange neugierig an, bevor sie das Gespräch mit den Worten eröffnete: »Ich wollte immer schon mal wissen, wie so ein richtiger Politikberater aussieht, einer mit Einfluss.«

»Ein gewesener«, sagte Gregor. »Wie Sie wissen, bin ich seit zwei Jahren draußen. Vielleicht ändert sich dann ja auch das Aussehen. Und was den Einfluss angeht, da machen Sie sich bitte keine falschen Vorstellungen.«

»Möchte ich aber gern«, sagte Frau Professor Marck. »Lassen Sie mir doch meine Illusionen. Und jetzt wollen wir mal sehen, was ich für Sie tun kann, junger Mann.«

Das durfte sie so sagen: Sie hatte über Herrn Schmitt schon promoviert, als Gregor noch in Schmargendorf Fußball spielte. Sie war eine Frau mit Einfluss.

Der junge Mann wurde also ab dem nächsten Semester mit den genannten zwei Seminaren (Proseminaren, genau genommen) in den Lehrbetrieb eingebunden, vor allem aber in die Forschung. Frau Marck betraute ihn mit einer fleißigen Detektivarbeit über Herrn Schmitts Wirkung in der Linken seit 1950. Sie tat das nicht aus Mitleid mit einem arbeitslosen Politikberater, sondern weil sie Gregor für fähig hielt, ihr brauchbare Ergebnisse zu liefern.

Immerhin durfte Gregor, wenn er nicht lehren musste, zu Hause bleiben in Bonn, und so kam es, dass er nun einmal wöchentlich die schöne Rheinstrecke von Bonn nach Mainz fuhr, bevor er dort in die S-Bahn nach Frankfurt umstieg. Am Tag darauf *vice versa*. Als er zum ersten Mal Peter Glotz davon erzählte, sagte der: »Das ist ja eine richtige sentimental journey. Von der alten politischen Hauptstadt in die alte Geldhauptstadt und zurück.«

»Die Geldhauptstadt bleibt ja«, sagte Gregor. »Oder denken Sie, das Geld geht nach Berlin?«

Glotz lachte. »Um Gottes willen, das Geld wird sich hüten.«

Das war vor ein paar Wochen gewesen, an einem der ersten warmen Tage des Jahres im Bonner *Kaisercafé*. Gestern am frühen Abend dagegen hatte er mit Leo in Köln in der *Decksteiner Mühle* gesessen, nachdem der ihn mit panisch zerquälter Stimme angerufen hatte. Ja, Gregor müsse morgen wieder nach Frankfurt, das wisse er, aber er, Leo, müsse unbedingt etwas loswerden. Und mit Anita könne er darüber nicht sprechen.

Also hatten sie draußen gesessen, Spargel gegessen und Weißwein getrunken, und Leo hatte sich dreimal umgesehen, bevor er von der *Gruppe August Reinsdorf* zu erzählen begann. Von dem Schriftsetzer August Reinsdorf zuerst, der sich vor dem geplanten Anschlag den Fuß gebrochen hatte und die Arbeit deshalb delegieren musste, dann von dem Kauf der nicht wasserfesten Lunte, an der das Unternehmen gescheitert war. Dann erzählte er von der *zeitschrift für freie geister,* holte zwei Exemplare davon aus seiner Aktentasche und reichte sie Gregor mit so verstohlenem Blick, dass der sagte: »Wenn du weiter so verschwörerisch guckst, Leo, werden wir gleich verhaftet.«

Er begann zu blättern und zu lesen und sagte nach ein paar Minuten: »Gut gemacht. Und gut geschrieben. Und was ist daran nun so schlimm, dass du mich unbedingt heute noch sprechen musstest?«

Leo erzählte jetzt von dem Einbruch beim Staatssekretär, von der kleinen Explosion im Sony-Center, von der eingestürzten Brücke oben an der Küste und von dem Frankfurter Kaufhaus. Gregor hörte mit wachsendem Interesse zu.

»Das sind doch alles Dienstgeheimnisse, die du mir da anvertraust«, sagte er schließlich.

»Aber sicher. Und jetzt kommt eins, das so geheim ist, dass es selbst im Amt bisher keiner außer mir kennt.«

»Und das wäre?«

»Zu der Gruppe gehört auch unser Freund Carl.«

»Carl Schelling?«

Leo nickte und sagte: »Schrei nicht so.«

»Carl Schelling«, wiederholte Gregor leiser. »Ja. Ja, das passt eigentlich. Findest du nicht?«

»Sicher«, sagte Leo, »aber ich würde ihn gern raushalten.«

»Wo raushalten? Gibt es bald – wie nennt man das – gibt es bald einen Zugriff? Warum nicht schon lange, wo ihr doch so viel wisst?«

»Weil unser Chef immer noch an weitere Hintermänner glaubt, die er in alten Stasi-Seilschaften vermutet. Und da will er ran. Aber bei dem, was sie als Nächstes vorhaben, muss man wohl vorher eingreifen.«

»Und was haben sie vor?«

Leo holte jetzt die letzte Ausgabe der Zeitschrift hervor, zeigte Gregor die Fotoserie mit den Germania-Statuen und dem Artikel, der mit John Penzenbach gezeichnet war.

»Lies nur mal die ersten paar Absätze«, sagte er. »Das ist Carl. Ich kann ihn hören.«

Gregor las und nickte dann. »Ich kenne ihn nicht so gut«, sagte er, »aber ich kann mir gut vorstellen, dass er so spricht. Und was haben sie jetzt vor? Du meinst …«

»Sie wollen das hinkriegen, was damals an der nassen Lunte gescheitert ist, ja. Das meine ich. Darüber sind wir uns im Amt auch einig. Natürlich ohne einen Kaiser dabei mit in die Luft zu jagen. Sie haben das Terrain schon seit einigen Wochen sondiert. Carl war allerdings nicht zu sehen, aber das heißt nicht, dass er nicht bei der Aktion selbst beteiligt sein wird.«

»Und wie wollen sie das machen?«

»Das wissen wir noch nicht. Heutzutage braucht man keine Lunten mehr, Gregor. Man muss nicht einmal unmittelbar vor Ort sein. Schließlich gibt es Fernzündungen.«

»Ich finde ja«, sagte Gregor und winkte der Kellnerin, »im Grunde wäre das ein verdienstvoller Akt. Bist du mal an diesem Denkmal gewesen?«

Leo schüttelte den Kopf. »Aber ich weiß, wie es aussieht«, sagte er. »Schlimm genug.«

»Ich war da«, sagte Gregor. »Mit meiner Mutter. Du weißt ja, sie wohnt in Wiesbaden. Wir haben uns das angesehen, und weißt du, was meine Mutter dann gesagt hat?«

»Nein«, sagte Leo, »aber du wirst es mir gleich erzählen.«

»Sie hat gesagt: ›Eigentlich wäre es Zeit, dass das mal jemand in die Luft jagt.‹ Aber von August Reinsdorf hat sie bestimmt noch nie was gehört.«

Die Bahn schmiegte sich jetzt der Rheinschleife an, die auf Boppard zuführte. Er lehnte den Kopf ans Fenster und verfolgte die kleinen Wettrennen mit den Autos auf der B 9, die der Zug auf Dauer immer gewann. Gregor hatte vor einem Monat nun doch kapitulieren müssen: Der Austauschmotor seines Borgwards hatte nicht allzu lange gehalten. Sein Mann in Siegburg gab ihm für den Wagen *gutes Geld*, wie er selbst behauptete, aber Gregor glaubte, er habe das geliebte Stück für 'n Appel und 'n Ei weggegeben. Er hatte so viel gelernt in den letzten zwei Jahrzehnten, aber wenn es ums Geschäft ging, ließ er sich immer noch übers Ohr hauen, das wusste er. Gegen joviale Rheinländer mit schwarzen Schnauzbärten kam er schon gar nicht an. Daran würde sich auch nichts mehr ändern.

Seine Gedanken kehrten zur *Gruppe August Reinsdorf* zurück. Ohne Zweifel politische Romantik, aber doch mit hohem Symbolgehalt. Immerhin war dieses Denkmal nicht nur scheußlich, wie er sich mit Leo gestern Abend einig gewesen war, es war auch das abscheulichste Monument des Nationalismus am Rhein. Der schöne Fluss hatte es wahrlich nicht verdient, durch ein solches Denkmal verschandelt zu werden. Schließlich war er von der Quelle bis zur Mündung fest mit Europas Westen verbunden. Was hatte er also zu tun mit den Kaisern Wilhelm und ihren Kanzlern und Ministern? Und ihren Nachfolgern, die jetzt die Baustelle Berlin kultivierten? Der Plan der Gruppe hatte Gregors volle Sympathie. Wenn sie es gut anstellten und niemand dabei zu Schaden kam, dann war es wirklich ein verdienstvoller Akt, was immer Herr Schmitt dazu gesagt hätte.

Eine Tat, die insgeheim vielleicht auch Glotz gefreut hätte, dem er davon natürlich nichts erzählen würde. Niemandem konnte er davon erzählen. Leo hatte sein Wissen bei ihm abgeladen, und nun musste Gregor sehen, was er damit anfing. Wenn die kolossale Germania in die Luft gehen und in sich zusammenstürzen würde, hätte das die Wirkung eines befreienden Gelächters auf der einen Seite, und die andere Seite würde einfach nur doof gucken. Nichts wäre nötiger, dachte Gregor, als so eine kleine Bombe am passenden Objekt. Gerade jetzt, wo wir so entsetzlich normal werden wollen, ein Land wie jedes andere.

Er war gerade weggedämmert, als der Zug scharf bremste und ein Ruck ihn nach vorn riss. *Unfall mit Personenschaden,* dachte Gregor sofort: eines dieser bahninternen Kürzel wie *betriebsinterne Störung* oder *Schäden an der Oberleitung.*

Aber schon zwei Minuten nach dem abrupten Halt setzte sich der Zug wieder in Bewegung und rollte langsam durch Bacharach, dicht vorbei an Häusern und Gasthäusern, vor denen an diesem schönen Maimorgen bereits die ersten Tagestouristen saßen. Einmal hatte er mit Sonja eine Schiffsreise mit der Köln-Düsseldorfer gemacht, von Köln nach St. Goar und zurück. Das hatte fast einen ganzen Tag gedauert. Sie waren in Bacharach in den engen Straßen und Gassen herumgelaufen und hatten schließlich irgendwo Rheinischen Sauerbraten gegessen. Gregor fragte sich, wie er die Welt angesehen hätte, wenn er nicht in der flachen Weite der Norddeutschen Tiefebene groß geworden wäre, sondern in einem solchen Rheinort, mit dem Fluss auf der einen Seite und dem Gebirge auf der anderen, dazwischen eingequetscht der Ort. Vermutlich wäre der Fluss seine Rettung gewesen, der Weg nach draußen. Sonja und er hatten damals die bedrückende Enge dieser Orte empfunden. Von außen, von oben, vom Zugfenster aus sahen sie sich *lieblich* an, so *lieblich* wie mancher der hier angebauten Weine. Auch, wenn man an ihren Uferpromenaden entlanglief oder direkt am Fluss saß, waren sie zu ertragen. Aber an einem Novemberabend gegen neun, wenn nur noch wenige Straßenlaternen brannten und ein Elfjähriger damals spätestens ins Bett geschickt wurde, in sein Zimmerchen, das nach hinten auf den Hang hinausging, was dachte der sich von der Welt? Er dachte vielleicht: Wenn ich groß bin, werde ich Flussschiffer, dann bin ich hier weg.

Jetzt bewegte sich der Zug schon auf Bingen zu; danach würde er ins Industrieumland von Mainz vordringen und alle Rheinromantik abrupt ein Ende finden. Da würde keiner eine Germania hinsetzen, schon gar nicht so einen Rüdesheimer Koloss. Das Problem war natürlich, dass Carl dabei war und eventuell mit auffliegen würde. Das gab zwar eine schöne Schlagzeile her: *Das ist der Dynamitarchivar!* Aber es würde auch die Karriere, ja sogar sein Leben zerstören. Carl war nicht der Mann, der zum Beispiel eine längere Untersuchungshaft durchstehen würde. Seit er nach Köln gekommen war, hatte Gregor ihn einige Male bei verschiedenen Gelegenheiten getroffen. Je größer die Gesellschaft, desto unwohler fühlte sich Carl und zog sich bei der nächsten Gelegenheit in seinen Schutzraum zurück. Aber auch mit Tagen allein in einer Einzelzelle würde er nicht zurechtkommen. Gregor konnte sich ihn nur schwer als einen Gramsci vorstellen, der in disziplinierter Arbeit seine Gefängnishefte vollschrieb.

Ein einziges Mal war er mit Carl in der Berliner Zeit nach dem Fußball unterwegs gewesen, an einem schönen Juliabend 1972. Das war Zufall, weil sie vom Heidelberger Platz aus in derselben U-Bahn gesessen hatten. Sie aßen zusammen im *San Marino* am Savignyplatz eine Pizza, und am Ende dieses Abends wusste Gregor sehr viel mehr von dem anderen, der für seine Verhältnisse ungewöhnlich gesprächig gewesen war. Der erste in der ganzen Verwandtschaft, der Abitur machte: Sein Vater war ein kleiner Bahnbeamter. Carl der Überflieger, aber einer, der damit nicht glänzen konnte, nicht nach außen prunken wie Uli Goergen. Erst an diesem Abend erfuhr Gregor, was sein Mitspieler alles wusste, worin er sich auskannte, worin er sich mühelos bewegte, und sah zugleich, dass er peinlich darum bemüht war, nicht als Aufschneider zu erscheinen, als Blender. Er war gerade damit beschäftigt, ein Promotionsstipendium zu ergattern, sein Examen hatte er schon hinter sich. Schließlich saßen sie im *Café Bleibtreu*, das damals ziemlich neu war, und Gregor sah, wie Carl praktisch in der Wand zu verschwinden versuchte, wenn irgendjemand beim Hereinkommen zu ihnen hinübersah. Vorher waren sie gegenüber im Kino gewesen. Eine große Westernretrospektive lief, und sie hatten *Jesse James* gesehen, mit Tyrone Power und Henry Fonda. Gregor hatte dabei beobachten können, wie sein Nebenmann die Fäuste ballte, wenn den James-Brüdern Unrecht geschah. Er hörte ihn sogar mit den Zähnen knirschen.

Merkwürdigerweise fand dieser Abend keine Fortsetzung. Carl nickte ihm am nächsten Samstag zwar zu, als er auf dem Schmargendorfer Platz eintraf, aber nach dem Spiel gingen sie getrennte Wege. Auch später hatten sie kaum etwas miteinander zu tun. Der eine gemeinsame Abend war nicht der Beginn einer wunderbaren Freundschaft gewesen. Die Bilder dieses Abends hatte Gregor aber noch heute vor sich, und sie passten zu dem Carl, den er jetzt erlebte.

»Vielleicht geht alles aber auch aus wie das Hornberger Schießen«, dachte Gregor, als der Zug sich durch die Mainzer Industrie auf den Hauptbahnhof zu bewegte und jenseits des Fensters in großen Lettern ERDAL prangte. Er nahm seine kleine Tasche aus dem Gepäcknetz und schob sich mit den anderen Reisenden der Tür entgegen.

Eine knappe Dreiviertelstunde danach verließ er die S-Bahn, ging von ganz hinten den langen Bahnsteig hinunter, durchquerte die Halle unter dem hohen Dachgewölbe und trat hinaus auf die aufgeheizte Straße, vor sich das flimmernde Licht der ehemals Freien Reichsstadt Frankfurt, darin sich die Schicksale trafen, die Fluglinien, die Geldströme, die Handelswaren, die Begierden und endlich auch der Geist. Dann hatte er Carl Schelling vergessen.

31 »Endlich hat mal was geklappt«

Eigentlich geschah nichts in diesem Frühjahr und Frühsommer 1993. Oder eben nur *seinesgleichen,* wie es Glotz frei nach Musil in einem ihrer Gespräche sagte. Glotzens Vorsitzender Engholm war zurückgetreten, weil er zugeben musste, vor etlichen Jahren gelogen zu haben. Nichts, aber auch gar nichts hatte er vor der Wahl gewusst von dem, was Dr. Barschel gegen ihn angezettelt hatte. Eine ganze Menge hatte er gewusst, wie sich nun herausstellte, und die Anweisung gegeben: Da rühren wir uns jetzt erst mal nicht, den lassen wir ins Messer laufen.

Mister Einheit Ost, der große Hoffnungsträger und Verkehrsminister Krause, musste zurücktreten, weil er kräftig in die eigene Tasche gewirtschaftet hatte. Vom Kapitalismus lernen heißt raffen lernen. Auch der charismatische Gewerkschaftsführer Steinkühler trat zurück. Dieser verdiente Arbeiterführer hatte aufgrund interner Informationen ein bisschen zu geschickt mit Aktien jongliert und dabei richtig Kohle verdient. Insidergeschäfte nennt die Börsenaufsicht so etwas, und sie mag es gar nicht.

Eine serbische Tennisspielerin – oder durfte man noch sagen: eine jugoslawische Tennisspielerin? – wurde in Hamburg bei einem Turnier durch den Messerstich eines deutschen Zuschauers verletzt. Der mochte das nicht, dass sie auf Platz 1 der Weltrangliste stand. Da gehört doch die Steffi hin, meinte der Deutsche.

Und Türken gehören selbstverständlich nicht in eine deutsche Stadt, zum Beispiel nach Solingen. Deshalb setzt man ihr Haus in Brand und sieht mal, wie viele dabei sterben. Es sind dann fünf geworden, zwei erwachsene Frauen und drei kleine Mädchen.

In der Wohnung unter Gregor gab sich Mitte Juni Dr. Behrens den Tod. Gregor war ihm ein paarmal im Eingang begegnet und hatte einige Sätze mit ihm gesprochen: ein

Mann Mitte fünfzig, der in der Hauptabteilung Rüstung des Verteidigungsministeriums arbeitete und ihn immer mit einer Mischung aus Verhuschtsein und Freundlichkeit grüßte, bevor er mit seinen Einkaufstüten in seiner Wohnung verschwand. Nun war er zum letzten Mal darin verschwunden und hatte sich mit einem fachmännisch zusammengestellten Giftcocktail von seinem Leben getrennt. Da hatte ihm gewiss jemand geholfen, aber der meldete sich nicht. Gregor erwartete, in den kommenden Wochen über Rüstungsspionage oder aktive und passive Bestechung zu lesen und dabei Dr. Behrens erwähnt zu finden. Nichts dergleichen geschah. Dr. Behrens war unheilbar krank gewesen. Er wollte den Bahnverkehr nicht stören und warf sich deshalb nicht vor einen Zug. Bevor er sich vergiftete, schickte er eine Postkarte ins Ministerium, man möge in seiner Wohnung nach ihm selbst und nach den Verfügungen und Anordnungen sehen, die in der oberen Schublade seines Schreibtischs zu finden seien. Dr. Behrens wollte seinen Nachbarn nicht durch einen unangenehmen Geruch zur Last fallen.

Aber sonst geschah nichts. Gregor fuhr in diesem sonnigen Frühsommer hin und her zwischen Bonn und Frankfurt, hielt seine Lehrveranstaltungen ab, aß bei den Goergens zu Abend und streifte manchmal durchs nächtliche Frankfurt, anfangs überrascht, wie früh die Stadt schlafen ging und wie leer ihre Straßen um Mitternacht waren. Dann saß er wieder zu Hause oder in Bibliotheken und forschte. Wo immer er war, im Zug, an der Universität, in der Bibliothek, am Rheinufer, in der *Schumannklause,* im Kasino, zu Hause oder hoch über Königswinter, um endlich den Verkauf seines Hauses abzuwickeln, wurde er das Gefühl nicht los, dass es diese Welt eigentlich nicht gab. Es gab sie natürlich, aber sie konnte ihm nichts anhaben. Er lebte in einer Art dauerhafter Trance, wohltemperiert und nicht unangenehm. Alles in Watte? Oder schien ihm, als sei's in der bleiernen Zeit? Immerhin war er froh, nicht an irgendwelchen Umzugsvorbereitungen seines Chefs von Bonn nach Berlin teilnehmen zu müssen.

Das wäre dann auch nicht nötig gewesen, denn plötzlich geschah doch etwas. Was genau geschah, hat man hinterher so ganz nie herausfinden können oder herausfinden wollen. Jedenfalls waren auf dem Bahnhof der Stadt Bad Kleinen, Mecklenburg (ich war bis heute nicht in der Heimat meines Vaters, dachte Gregor) und um diesen Bahnhof herum 97 Beamte im Einsatz, bestens bewaffnet, um zwei Terroristen festzunehmen, einen Mann und eine Frau. Es war auch noch ein dritter dabei, aber mit dem hatte es eine besondere Bewandtnis. Man stellte die drei in der Bahnhofsunterführung, nachdem sie die Gaststätte *Billard-Café* verlassen hatten. Die konnte Gregor sich vorstellen, ohne je ein Foto davon gesehen zu haben. Die Frau und einer der Männer wurden geschnappt, der zweite konnte nach oben auf den Bahnsteig fliehen, nachdem er zuvor einen jungen Beamten der GSG 9 (Mogadischu! Mogadischu!) angeschossen hatte. Der Fliehende war selbst angeschossen worden und fiel oben auf dem Bahnsteig auf die Gleise. Da starb er dann, aber wie das geschah, darüber gab es zwei Ansichten. Die eine besagte, der vierzigjährige Mann, geboren in Wiesbaden, hoch musikalisch und mit einem absoluten Gehör ausgestattet, habe sich selbst erschossen, um nicht festgenommen zu werden. Die andere Ansicht des Vorfalls lief darauf hinaus, er sei von einem Beamten mit einem Kopfschuss getötet worden. Aus Rache für den Schuss, der seinen Kollegen schwer verwundet hatte.

Darüber diskutierte die Republik in Gestalt ihrer kritischen Medien eine Woche lang. Dann trat Gregors Ex-Chef zurück. Was hatte der damit zu tun?

Ein Jahr, nachdem Gregor ihn verlassen musste, hatte man ihn zum Bundesminister des Inneren gemacht. Der Bundesminister des Inneren *ist verantwortlich für die Gewährleistung der inneren Sicherheit, für die Sicherheit der Bürgerinnen und Bürger und ebenso für den Schutz unserer Verfassung.* Zwei Bürger waren dort auf dem Bahnhof gestorben, der eine von ihnen ein Hüter der Verfassung und der andere, jedenfalls nach dem Verständnis ihrer Hüter, ein Feind der Verfassung. Und Selbstmord oder Kopfschuss hin oder her: Bei der ganzen Aktion war, beinahe von Anfang an, einiges schiefgegangen. Man hatte die Terroristen observiert, zuweilen aber ihre Spur verloren. Die Funkverbindung beim Einsatz selbst war miserabel, eine effektive Koordination deshalb nicht möglich. Die Behörden und die Ämter (Bundesanwaltschaft, Bundeskriminalamt, Leos Truppe und schließlich die Staatsanwaltschaft Schwerin) gaben gar keine, zu knappe oder aber unklare Auskünfte. Für all das fühlte Gregors Exchef sich *politisch verantwortlich*, und deshalb trat er am Sonntag, dem 4. Juli, zurück. Einfach so, ohne dass ihn offiziell jemand gedrängt hatte.

Ein recht seltener Vorgang in diesem Land, an dem Gregor einst Wohlgefallen gehabt hatte. Er konnte sich gar nicht mehr daran erinnern, wann so etwas das letzte Mal vorgekommen war. Drei Tage später rief er seinen Exchef zu Hause an, um ihm seinen Respekt zu bekunden. *Hoffentlich stimmt die Nummer noch. Null vier sechs eins und weiter.*

»Guten Tag, Chef«, sagte Gregor und nannte seinen Namen. »Aber nein, das sind Sie ja gar nicht mehr.« Und bevor noch der andere seine Überraschung zeigen konnte, sagte Gregor seinen Spruch auf. Er wollte seinen Respekt loswerden, bevor man ihn unterbrechen konnte.

Er konnte die Rührung hören am anderen Ende der Leitung, und dann geriet das Gespräch ins ruhigere Fahrwasser des Austauschs von persönlichen Informationen. Wie *geht* es Ihnen; wie geht es *Ihnen*? Man war sich nach Gregors Entlassung noch einige Male zufällig begegnet in der kleinen Stadt Bonn und hatte ein paar Floskeln ausgetauscht, die auf dem Boden gegenseitiger Sympathie ein bisschen mehr wurden.

»Ich privatisiere noch«, hatte Gregor beide Male auf die Nachfrage geantwortet, was er denn jetzt tue. Jetzt konnte er sagen: »Ich arbeite in Frankfurt an der Universität.«

»Sie sind nach Frankfurt gezogen?«

»Nein, ich wohne nach wie vor in Bonn. Meine Lehrtätigkeit ist auf einen Tag beschränkt.« Er erzählte, und dann fragte er: »Und Sie? Was werden Sie jetzt tun?«

»Ich privatisiere noch«, war die Antwort, und Gregor konnte sich das deutlich sichtbare Lächeln vorstellen, das diesen Satz begleitete. »Soweit man mich lässt«, hörte er danach. »Schließlich bin ich immer noch Abgeordneter.«

Dann fragte Gregor nach dem zweiten Mann. Die Frage nach dem zweiten Mann, nach dem, der in Bad Kleinen angeblich festgenommen worden war, dann aber nicht mehr erwähnt wurde, war schon durch die Zeitungen gegeistert. Er konnte schließlich nicht spurlos verschwunden sein. War er aber, lautete die offizielle Version.

»Das glaubt doch keiner«, sagte Gregor. »Nicht, dass es mich wirklich interessiert.«

»Dann sage ich es Ihnen auch nicht«, sagte der Minister. »Sie werden es schon früh genug erfahren.«

Er erfuhr es ein paar Tage danach von Leo. Sie hatten ihre Gewohnheit beibehalten, am Montagvormittag miteinander zu telefonieren, auch wenn Gregor jetzt nicht mehr aus einem Amt anrief, sondern von zu Hause.

Der zweite Mann, erzählte ihm Leo auf seine hartnäckige Nachfrage, war ein V-Mann seiner Truppe gewesen. Er sollte bei der Aktion so eingesetzt werden, dass er auch später noch verwendet werden konnte und nicht verbrannte.

»Das können wir jetzt natürlich vergessen«, sagte Leo. »Die haben sich alle miteinander so dämlich angestellt, dass es in ein paar Tagen jeder weiß.«

»Musst du jetzt auch zurücktreten?«, fragte Gregor.

»Ich kann gar nicht zurücktreten. Ich bin kein Minister. Ich kann höchstens entlassen werden, aber das passiert nicht. Jedenfalls haben wir hier seit ein paar Tagen permanente Krisensitzung. Ich muss jetzt Schluss machen.«

Zehn Tage danach blinkte Gregors Anrufbeantworter wild und drängend, als er vom letzten Frankfurter Termin dieses Semesters nach Hause kam. Er blinkte sicherlich nicht anders als sonst, aber dass er überhaupt Signale gab, war schon etwas Außergewöhnliches. Das Gerät war immer überflüssiger geworden, seitdem Gregor aus dem Beraterdienst ausgeschieden war. Ein paarmal gab es zwar vier oder fünf Anrufe am Stück, aber es wurde keine Nachricht hinterlassen. Einmal hatte ihm eine männliche Stimme, wegen eines Rauschens im Hintergrund schlecht zu hören, zwei Minuten lang in einer slawischen Sprache auf seine Kiste gesprochen, bis diese ihm das Wort abgeschnitten hatte. Einmal hatte Peter Glotz angerufen und bedauert, dass er nicht da war. »Ich hätte Sie gern zum Essen eingeladen und mit Ihnen über unseren Dichter Botho und sein Sittengesetz und das Blutopfer gesprochen«, sagte er. Das hatten sie eine Woche später nachgeholt. Meist aber leuchtete es ihm nur grün und bewegungslos entgegen, wenn er nach längerer Abwesenheit in seine Wohnung zurückkam.

Jetzt aber zeigte der Zähler zwei neue Nachrichten an, die erste empfangen heute, 22. Juli, um 13:46 Uhr und die zweite um 15:20. Beide Male war es Leo, der ihn aufforderte, dringend, er wiederholte: *dringend* zurückzurufen. »Besser, du erfährst es von mir als aus dem Fernsehen oder der Zeitung.« Was er aber besser von Leo als aus der Zeitung erfahren sollte, das hatte dieser nicht gesagt. Leo hätte doch langsam wissen können, dass er donnerstags auf der Rückfahrt aus Frankfurt war und keineswegs immer gleich den ersten Zug nahm, der ihn ins Rheinland zurückbrachte. So eilig hatte er es manchmal nicht. Nun war es Abend geworden, und er wählte Leos Privatnummer. Anita meldete sich.

»Leo wollte, dass ich ihn unbedingt zurückrufe«, sagte

Gregor. »Wie geht es dir? Ich sollte vielleicht mal wieder bei euch vorbeikommen.«

»Vielleicht am besten jetzt gleich.«

»Du vergisst, dass ich kein Auto mehr habe. Und ich bin gerade aus Frankfurt zurück. Was ist denn nun Schlimmes passiert? Und wo ist Leo?«

»Leo ist noch im Amt«, sagte Anita.

»Immer noch Krise wegen Bad Kleinen?«

»Nein. Eher ein Erfolg. Sie haben Carl Schelling verhaftet. Unseren Carl.«

Carl Schelling hatte ab Montag, dem 12. Juli, seinen Jahresurlaub genommen. Das ist eine gängige Zeit im Jahr, verwunderlich höchstens bei einem Alleinstehenden, der nicht an die Ferienzeit seiner Kinder gebunden ist. Die Alleinstehenden bevorzugen eigentlich den September und verschwinden dann in der Toskana oder machen eine Städtereise nach Barcelona, das schwer im Kommen ist. Aber schließlich musste Carl Schelling sich an dieses Muster nicht halten. Er hatte am Freitag bei seinem Abschied von den Kollegen die Absicht geäußert, zuerst ein paar Tage zu Hause zu bleiben – *schließlich habe ich den Stadtwald vor der Haustür* – und dann seine Mutter in Ludwigshafen zu besuchen, der es nicht gut gehe. Tatsächlich hielt er sich zum Beginn seines Urlaubs in Köln auf, joggte morgens durch den Stadtwald und war nachmittags zuweilen in einem Café auf der Dürener Straße zu sehen. Meist saß er aber zu Hause. Abends leuchtete lange warmes Licht zwischen den blauen Fensterläden. Erst an seinem zehnten Urlaubstag bestieg Carl einen Zug nach Frankfurt am Main. Dort angekommen, mietete er bei Hertz einen Opel Omega Caravan und fuhr damit auf den Hinterhof eines kleinen Gewerbekomplexes im Ostend, wo er den Kofferraum des gemieteten Wagens öffnete und von einem jungen Mann ein Paket zuladen ließ. Danach fuhr Carl Schelling in das Hotel *Krone Assmannshausen,* wo für drei Nächte ein prachtvolles Zimmer für ihn reserviert war. Er aß im Hotel, ging früh auf sein Zimmer, erschien am nächsten Morgen um halb neun beim Frühstück und wartete.

Mit ihm warteten die wechselnden Mitarbeiter des Bundeskriminalamts, die ihn seit seinem Urlaubsantritt diskret begleiteten. Um zehn Uhr morgens fuhr ein roter Volvo Kastenwagen auf den Parkplatz des Hotels und stellte sich neben Carls Mietwagen. Carl schlenderte auf den Fahrer zu, der inzwischen ausgestiegen war. Man schüttelte sich kurz die Hand, dann gingen beide Herren daran, ihre jeweiligen Kofferräume zu öffnen. Als der noch recht junge Mann, Achim Oyten mit Namen, sich über den Kofferraum von Carls Mietwagen beugte, um das Paket herauszuheben, das dieser am Nachmittag zuvor in Frankfurt zugeladen hatte, traten die Herren vom Bundeskriminalamt hinzu, und es erfolgte ein schneller und störungsfreier Zugriff, sehr viel gelungener als einige Wochen zuvor in Bad Kleinen. In Wiesbaden erschien der Leiter des Einsatzes eine Stunde später im Büro seines Chefs und erstattete Bericht. Sein Chef sagte: »Ich danke Ihnen. Das hat ja sehr schön geklappt. Endlich hat mal was geklappt.«

»Ich hatte Carl nicht mehr raushalten können«, sagte Leo am nächsten Abend zu Gregor. »Georgi hat ziemlich komisch geguckt, als der Name schließlich auftauchte, und mich gefragt, wie ich diese Spur so lange übersehen konnte. Ich habe mich darauf hinausgeredet, dass man auf dem Auge vielleicht etwas blind ist, wenn man jemanden kennt, wenn er sogar ein Nachbar ist. Jedenfalls ist der Fall dann fast ganz in die Regie vom BKA übergegangen, wo er ja sowieso schon halb lag.«

»Und nun?«

»Nun können wir nur hoffen, dass es nicht so schlimm wird. Kann es eigentlich auch nicht werden. Alles, was man Carl zunächst vorwerfen kann, ist seine Mitarbeit an der *zeitschrift für freie geister* und die Tatsache, dass er im Kofferraum

Ammoniaknitrat hatte. Und leider auch, dass er das an jemanden weitergeben wollte, der es vermutlich weiterverarbeiten und dann in den Behälter einfüllen sollte. Die Fernzündung war wohl schon fertig, soweit ich informiert bin.«

»Und das hätte funktioniert?«

»Entschieden besser als vor hundertzehn Jahren. Das ist eben der technische Fortschritt, Gregor.«

»Weißt du, was ich gemein finde?«

Leo schüttelte den Kopf.

»Dass ihn das BKA um zwei Nächte in der *Krone Assmannshausen* gebracht hat. Das ist ein toller Schuppen, Leo.«

32 Besuche

Eine Woche später fuhr Gregor seine Mutter besuchen.

Carl war dem Haftrichter am Amtsgericht Rüdesheim vorgeführt worden, der Untersuchungshaft angeordnet hatte, weil seiner Ansicht nach Flucht- und Verdunkelungsgefahr und Teilnahme an der Bildung einer terroristischen Vereinigung vorlag. Der Fall hatte noch keine überregionale Presse, und so waren es fürs erste allein Anita und Gregor, die sich über diese absurde Entscheidung aufregten. Leo erklärte ihnen, dass der Richter kaum anders konnte, weil ihm gewiss das BKA als Einflüsterer im Nacken gesessen und sein erhebliches Interesse an dem Fall erklärt habe. Man *verbrachte* den Festgenommenen in die Justizvollzugsanstalt Wiesbaden, eigentlich spezialisiert auf den Jugendstrafvollzug, zuständig aber auch für die Untersuchungshaft von festgenommenen Personen im Bereich des Landgerichts Wiesbaden.

Für den Häftling Schelling gelten zweimal dreißig Minuten Besuchsmöglichkeit pro Monat. Besuchstermine können Montag,

Dienstag und Mittwoch und an bestimmten Besuchstagen an Wochenenden in der Zeit von 12 bis 15 Uhr vereinbart werden. Die Besuchserlaubnis muss beim zuständigen Amtsgericht eingeholt werden. Den Untersuchungshäftling Schelling, für den selbstverständlich die Unschuldsvermutung gilt – da lachen natürlich die Kriminalisten da oben auf dem BKA-Hügel, nur zwei Kilometer Luftlinie entfernt von Gregors Mutter –, den Untersuchungshäftling Schelling also muss man natürlich isolieren, damit die Ermittlungen nicht behindert werden. Kein Kontakt zu den normalen Strafgefangenen, die sind auch alle viel zu jung für ihn. Und Besuche gründlich prüfen. Warum will dieser Gregor Korff kommen, und wo sind die Angehörigen von Carl Schelling? Der Vater ist vor drei Jahren gestorben. Jetzt ist nur noch die Mutter da, die ist aber krank in Ludwigshafen. Korff war mal ein hohes Beratertier in Bonn, aber dann ist er abgestürzt, weil er sich von einer Stasitante hat aufs Kreuz legen lassen. Ist jetzt an der Uni Frankfurt. Aufpassen. Auf der anderen Seite ist es vielleicht nicht uninteressant, den vorzulassen. Am Ende hängt er noch mit drin. Würde ins Bild passen: Da ist schließlich auch diese Professorin aus Münster, die derzeit im Ausland ist, und es soll auch noch andere Akteure aus der intellektuellen Blase geben, nach dem, was die Kollegen und Konkurrenten vom Verfassungsschutz erzählen.

»Was wollte der machen?«, fragte Gregors Mutter, als sie auf dem Balkon der Wiesbadener Wohnung beim Abendessen saßen.

»Er wollte das Niederwalddenkmal in die Luft sprengen, Mama.«

Seine Mutter schüttelte den Kopf und hielt Gregor ihr Weinglas hin, damit der nachschenkte.

»Aber deshalb sperrt man doch niemanden ein«, sagte sie. »So einem gibt man doch einen Orden.«

Am nächsten Tag Punkt zwölf saßen sie sich gegenüber, unter dem nur scheinbar gleichgültigen Blick eines Vollzugsbeamten. Carl trug eine weite blaue Baumwollhose und einen dünnen Pullover von derselben Farbe. Natürlich, dachte Gregor, er gehört ja angeblich noch zur zivilen Welt da draußen: Man hat ihn nur mal eben eingesperrt.

»Ich habe die Sachen, die du angefordert hast, abgegeben«, sagte Gregor, »sie schauen sie noch durch, ob etwas Aufrührerisches dabei ist.«

Carl hatte Bücher aus seiner Wohnung bestellt, ausschließlich Romane. *Stolz und Vorurteil. Madame Bovary. Effi Briest. In Swanns Welt. Der Mann ohne Eigenschaften.*

»Du scheinst dich auf eine recht lange Zeit hier einzurichten.«

»Sie können mich sechs Monate hierbehalten. So lange haben sie Zeit, um das Verfahren zu eröffnen. Außerdem kann noch einmal Verlängerung der U-Haft beantragt werden. Wenn es so kommt, muss ich sicher noch einmal nachbestellen.«

»Anita will dich auch besuchen.«

»Schön.«

»Ich habe mit meinem Anwaltsfreund aus Hamburg gesprochen. Er hat sofort zugesagt, dich zu vertreten. Er hat gesagt, *jemand, der das Nie…«*

»Sehr schön«, unterbrach ihn Carl schnell und laut, »ich habe volles Vertrauen, dass er der Richtige ist, wenn du mir das sagst.« Er machte eine knappe Kopfbewegung in Richtung des Vollzugsbeamten, und Gregor begriff, dass es nicht ratsam war, vor fremden Ohren die geplante Tat zuzugeben. Sie wandten sich unverfänglicheren Themen zu. Gregor erzählte von der Arbeit an der Universität, und unversehens waren sie fast gleichzeitig bei den Berliner Sonnabenden vor mehr als zwanzig Jahren angekommen, bei dem einen vor allem, als sie zuerst zusammen Pizza gegessen hatten, dann ins Kino gegangen und schließlich im *Café Bleibtreu* gelandet waren.

Der Vollzugsbeamte wies höflich darauf hin, dass die Besuchszeit gleich abgelaufen sei. Carl nickte nur; er wirkte müde und sehr zerbrechlich. Plötzlich sah Gregor auf der anderen Seite des Tisches den Bruder sitzen, den er nicht hatte. Leo war das nie gewesen. Leo war der väterliche, manchmal auch gestrenge Freund, der aber auch gnädig vergeben konnte, wenn man an Gregors Affäre mit seiner Frau dachte: Obwohl es eine offizielle Vergebung nie gegeben hatte. Das Thema wurde zwischen ihnen ausgespart.

Der Vollzugsbeamte machte sich wieder bemerkbar, noch immer höflich, aber drängender jetzt. Der Besuchte und der Besucher standen auf. Gregor hätte Carl jetzt gern umarmt und ihn seinen Bruder genannt; aber nicht nur, dass körperlicher Kontakt mit dem Häftling hier wohl nicht gestattet war: Er wusste auch nicht, wie Carl reagieren würde. Sie hatten sich eigentlich nie berührt, außer beim Fußball, wo es unausweichlich war. Auch an jenem gemeinsamen Abend in Charlottenburg nicht, und schon gar nicht, nachdem sie sich in Lindenthal wiedergetroffen hatten.

Am Ende, schon beim Verlassen des Besuchsraums, beklagte sich Carl, dass seit seiner Festnahme noch niemand vom Stadtarchiv hatte etwas von sich hören lassen.

»Du bist noch in Urlaub«, sagte Gregor, »wahrscheinlich wissen sie noch gar nichts davon. Und in den großen Zeitungen bist du noch kein Thema. Im Fernsehen auch nicht.«

»Und«, fragte seine Mutter abends auf dem Balkon, »lassen Sie den armen Mann wenigstens wieder raus?«

»Das glaube ich nicht.«

»Wann sollte denn das Denkmal in die Luft gejagt werden? Am Tag oder nachts? Ich meine, er wird doch nicht gewollt haben, dass Menschen zu Schaden kommen, oder?«

»Darüber haben wir nicht sprechen können, Mama. Wir waren ja nicht allein. Das konnten wir nicht zum Thema machen.«

Es wurde dann aber bald Thema, als die großen Zeitungen sich der Sache annahmen. Die Mehrzahl von ihnen hielt es für lächerlich, den braven Archivar mit der Begründung der

Fluchtgefahr in Haft zu halten. Auch über den Begriff *terroristische Vereinigung* erregte man sich. Die staatstragenden Ämter hielten in ihrer geschickt dosierten Informationspolitik dagegen, indem sie auf eine verschwundene Professorin aus Münster hinwiesen (von der sich allerdings bald herausstellte, dass sie lediglich Urlaub in ihrem Haus in Italien machte) und nach und nach das Bild der *Gruppe August Reinsdorf* schärfer konturierten, indem sie auf die früheren Aktionen hinwiesen. Die Journalisten hielten mehrheitlich dagegen, indem sie gerade aus diesen Aktionen schlossen, dass es sich immer strikt um *Gewalt gegen Sachen* gehandelt und die Gruppe die Schädigung von Menschen niemals in Kauf genommen habe. Die Kollegen vom Feuilleton machten sich ausführlich über *res publica. eine zeitschrift für freie geister* her, und sogar die sich selbst mit Stolz *bürgerlich* nennenden Blätter attestierten ihr ein Niveau, »wie man es im deutschen Linksradikalismus kaum erwarten konnte«.

Deutscher Linksradikalismus, dachte Gregor, *ich fasse es nicht.*

Zu dem Häftling selbst drang natürlich keiner der Journalisten vor. Immerhin war sein Anwalt aus Hamburg bereit, mit einigen von ihnen zu sprechen, allerdings nur, um jedem von ihnen zu sagen, dass Carl Schelling erst in der Hauptverhandlung zur Sache aussagen werde und dass es im Übrigen lächerlich sei, ihn unter dem Vorwand der Flucht- und Verdunkelungsgefahr weiter in Haft zu halten.

Das zweite hatten sie allerdings schon alle mindestens drei- oder viermal geschrieben. Zwar bekamen sie schnell heraus, wer außer seinem Anwalt den Inhaftierten besuchte. Anita verweigerte jedoch jedes Interview mit Hinweis auf ihre prekäre Stellung als Ehefrau eines Mitarbeiters des Bundesverfassungsschutzes, der an den ersten Ermittlungen in diesem Fall selbst mitgewirkt habe und mit dem Inhaftierten von früher her befreundet gewesen sei. Daraus ließ sich wenigstens ein dünnes Garn spinnen, und man konnte allerhand Vermutungen anstellen. Das Haus in der Wüllnerstraße, in dem Carl wohnte, wurde fleißig fotografiert, und um die Ecke das Domizil von Leo und Anita auch. Leos Chef verzog zuweilen schmerzhaft das Gesicht, wenn er die Zeitungen las.

»Ich weiß ja, dass Sie nichts dafür können, Münks, und dass die Journaille gnadenlos ist«, sagte er, »aber kann man da nicht irgendwie einen Riegel vorschieben?«

»Ich kann schlecht den nächsten Fotografen zusammenschlagen, der da aufkreuzt«, sagte Leo, »und mehr als strikte Verweigerung gegen alle Medien können meine Frau und ich nicht leisten.«

»Da haben Sie wohl recht«, sagte Dr. Georgi. »Ach, vielleicht sollte Ihre Frau einfach nicht mehr nach Wiesbaden fahren.«

Leo schnaufte einmal, bezähmte sich dann aber und sagte: »Ich kann es ihr nicht verbieten.«

Gregor dagegen wiederholte jedem Journalisten, der ihn anrief, stereotyp: »Ich habe Ihnen zu dem Ganzen nichts zu sagen.«

Im Oktober 1993 bestellte Carl Schelling neue Bücher aus seiner privaten Bibliothek. Kleist war dabei und *Die Wahlverwandtschaften, Der Zauberberg* und der zweite Band Proust, Laurence Sterne und die *Finzi-Contini*. Vier Monate später, in einem klirrend kalten Februar, wurde vor dem Landgericht Wiesbaden die Verhandlung gegen ihn eröffnet.

33 Vor dem Urteil: Shelter from the Storm

Zehnter Juli ... Proust hat Geburtstag: las Gregor am Morgen in einem Gedicht, hinter den noch geschlossenen Vorhängen, die vom Licht des Hochsommermorgens flammend rotgelb gefärbt wurden. Er hatte sich einen Kaffee ans Bett geholt, fünf Kissen in den Nacken gestopft und lag nackt unter einem dünnen Laken, das in diesen Tagen und Nächten als Bettdecke reichte. Zehnter Juli, Proust hat Geburtstag; ein entfernter Freund draußen im Bergischen übrigens auch. Gefeiert haben wir Proust schon vor vierzehn Tagen auf der Matinée im Garten von Dr. Speck, wie beinahe jedes Jahr um diese Zeit. Auch da regierte schon die Hitze, die die Stadt seit längerer Zeit im Griff hielt, mit Ausnahme eines kurzen Unwetters mit Hagelschauern am vergangenen Montag.

»Sie sehen müde aus«, hatte Dr. Speck nach dem Mittagsimbiss auf der Matinée zu ihm gesagt. Gregor war seit fast zehn Jahren Mitglied der Gesellschaft, und deren Präsident konnte sich bei aller ihm eigenen Diskretion eine solche Bemerkung erlauben. Gregor verwies auf sein wöchentliches Pendeln zwischen Bonn und Frankfurt und sagte dann: »Ich mache mir außerdem Sorgen um einen Freund.«

Dr. Speck nickte; natürlich wusste er, um wen es ging, der Prozess gegen Carl wurde in den Zeitungen durchaus verfolgt. Er wurde anfangs eher schleppend geführt, dann das Tempo angezogen. Das Verfahren gegen Achim Oyten, den jungen Mann, der das Ammoniaknitrat aus Carls Kofferraum hatte entgegennehmen wollen, war abgetrennt worden, und der junge Mann hatte alles Mögliche zugegeben. Verfahren gegen andere Mitglieder der *Gruppe August Reinsdorf*, die Münsteraner Professorin etwa oder den Grundschullehrer aus Isny, wurden noch vorbereitet. Das konnte noch sehr lange dauern. Vorläufig stand Carl im Mittelpunkt, der zur Sache selbst nur immer wieder die eine Aussage machte, dass der Sprengsatz in der Nacht vom 24. auf den 25. Juli letzten Jahres hatte gezündet werden sollen und dass selbstverständlich Vorsorge dafür getroffen worden wäre, dass bei dieser Aktion keine Menschen zu Schaden gekommen wären, und, »soweit es in unserer Macht stand«, ergänzte Carl, »nicht einmal Tiere«. Auf die Frage, wie diese Vorsorge ausgesehen hätte, verweigerte Carl jede weitere Auskunft, da er andere an der geplanten Aktion Beteiligte weder belasten noch auch nur mit Namen nennen wollte.

Zehnter Juli, Proust hat Geburtstag, aber Leo, Anita und ich sind heute Abend in Köln im Tanzbrunnen. Und morgen wird das Urteil verkündet.

Nachmittags um vier, nach einem trägen Tag am Bonner Rhein mit träumerischen Blicken auf luftig gekleidete Frauen, traf er in Köln bei Leo und Anita ein. Sie tranken noch Kaffee im Garten, dann brachen sie auf. Gregor ging ganz selbstverständlich auf Leos Passat zu, der direkt vor dem Haus stand, aber Leo schüttelte den Kopf.

»Wir fahren mit dem Taxi bis zum Zoo«, erklärte Anita, »und da nehmen wir die Seilbahn. Das habe ich mir gewünscht. Da vorn kommt das Taxi schon.«

Zwanzig Minuten später schwebten sie in einer roten Gondel mit der Nummer 14 über der Zoobrücke. Gregor hatte sich zuerst kurz gesträubt, weil er Höhenangst hatte. Da die Gondeln aber geschlossen waren, hielt er es dann doch gut aus und genoss sogar den Blick auf den Rhein, danach auf das glitzernde Band der Autos auf der Zoobrücke. Dann baumelte die Gondel über dem Rheinpark nieder. Die Fahrt war Premiere für sie alle gewesen. Am glücklichsten war Anita.

Im Rheinpark nahmen sie nicht die Kleinbahn, sondern gingen die Strecke zum Tanzbrunnen zu Fuß. Anita fragte Leo noch einmal, ob er die Karten auch wirklich dabei habe, und Leo blieb in gespieltem Erschrecken stehen, beruhigte Anita dann aber schnell, als diese wirklich darauf hereinfiel. Auf dem Open-Air-Gelände hatten sich überall Gruppen zu kleinen Picknicks niedergelassen. Man sah leere Sekt- und Wasserflaschen im Gras liegen, Melonenschalen, angeknabberte Baguettes. Manche hatten kleine Radios dabei und hörten angestrengt einer Reportage zu. Gregor fiel wieder ein, dass tatsächlich in diesen Wochen auch eine Fußballweltmeisterschaft stattfand, die er von Anfang an für *nicht ganz echt* gehalten hatte (so hatte er sich Leo gegenüber ausgedrückt), weil man in Detroit spielte und in San Francisco, in Los Angeles und in Dallas, in New York und in Paolo Alto.

»Ich wette«, hatte er gesagt, »bei denen stimmen nicht mal die Maße der Tore.«

Jetzt fielen einige der Sitzenden hintenüber, und einer von ihnen schüttelte grinsend den Kopf.

»Aus«, sagte er zu Gregor, der stehen geblieben war, »wir sind raus. Bulgarien hat 2:1 gewonnen.« Dann fing er an zu lachen und brüllte: »Aus! Aus! Aus! Aus! Halten Sie mich für verrückt, meine Damen und Herren, Deutschland ist ausgeschieden!«

Sie kamen vielleicht eine Viertelstunde zu spät, um einen wirklich guten Platz zu bekommen. Vorn die Reihen standen fest geschlossen, niemand konnte sich da durchdrängeln oder dazwischenquetschen. Immerhin aber war die Bühne noch in guter Sichtweite, und als eine halbe Stunde später – absolut pünktlich! – der Sänger und seine Band die Rampe betraten und mit schnellen Schritten, in einer offensichtlich einstudierten Choreografie, Aufstellung nahmen, stellten sie fest, dass sie nahe genug waren, um sogar die Gesichtszüge zu erkennen.

Unter dem schwarzen, breitkrempigen Hut leuchtete das Gesicht von Bob Dylan unnatürlich weiß, fast bleich. Vermutlich hatte daran auch die Maske kräftig mitgearbeitet. Nachdem der Begrüßungsbeifall abgeklungen war, wartete man auf eine Ansage, ein paar Worte, ein *good evening* oder *nice to be here with you,* aber die Mitglieder der Band konzentrierten sich auf ihre Instrumente, und Dylan sah starr ins Publikum, ohne einen Ton zu sagen. Seine Gesichtszüge sahen aus wie die einer Wachsfigur. Dann nickte er kurz den Musikern zu, es gab ein *one two three,* und die Band begann zu spielen.

Das tat sie anderthalb Stunden lang, ohne Pause, ohne

Zwischenansagen, ohne irgendwelche Mätzchen auf der Bühne. In der Mitte das kalkweiße Gesicht von Bob Dylan, manchmal ein strenger, aber nicht unfreundlicher Blick ins Publikum, das unten in der leuchtenden Abendsonne stand, während die Musiker im Schatten des Bühnendachs spielten. Alles, was sie zu sagen hatten, sagten sie an diesem Abend tatsächlich durch die Musik, in die sie sich verbissen, konzentriert und verträumt, schwebend und mitreißend, ganz und gar versunken und ohne alle Angst, das Publikum zu verlieren. Das folgte ihnen. Es hörte zu, statt sich selbst zu feiern, und es hätte doch, wenn Gregor sich die zwei Generationen ansah, die hier standen, so viel Vergangenheit zu feiern gegeben. Und sicher wurde auch nach jedem Lied der Jubel stärker. Man hatte mit Titeln aus dem letzten Album begonnen, *World Gone Wrong,* spielte dann aber ältere Titel. *Don't think twice, it's allright* kam, und Gregor spürte Wellen von Rührung neben sich und bei sich selber. Die meisten Tränen blieben indes versteckt hinter Sonnenbrillen. Sie galten sicher bei vielen der Erinnerung daran, dass man das einmal gelebt hatte, im Original gewissermaßen, und dass es zwar unwiederbringlich war, aber allen denen, die hier standen, auch nicht genommen werden konnte. Aber die eigentliche Bewegung, so erklärten es sich Leo, Anita und Gregor hinterher, kam aus der Tatsache, dass der Sänger, der da vorn stand, nichts Bemitleidenswertes hatte. Er war kein Zitat seiner selbst. Er war immer noch ganz da und machte sehr gute Musik, und nach anderthalb Stunden, nachdem er am Ende *Shelter from the Storm* gesungen hatte, verneigte er sich einmal ganz knapp und verschwand mit seiner Band, in einer wohl ebenfalls einstudierten Choreografie, von der Bühne. Kein Applaus konnte ihn und seine Musiker dazu rühren, noch einmal zu erscheinen und sich dankend zu verbeugen, geschweige eine Zugabe oder zwei zu spielen. Die Zeit war genau bemessen, und keiner der Anwesenden, dachte Gregor viel später einmal, wird sie je vergessen.

Zurück fuhr keine Seilbahn mehr, dann doch zu Gregors

Erleichterung. Sie nahmen deshalb die irdische, später sogar unterirdische Bahn, aßen am Ring, in der Nähe des Zülpicher Platzes, eine einfache Pizza und tranken alle etwas zu viel Wein dazu. Noch immer lastete die weiche warme Luft über der Stadt.

34 Kriegsrat in der Landgrafenstraße

Den ganzen Vormittag saß er zu Hause und wartete, bis elf noch auf dem Balkon, danach im Schatten der Wohnung. Nott meldete sich gegen halb eins, mit einer dünnen, leicht belegten Stimme, die gar nicht zu ihm passte. Man hatte Carl wegen »Vorbereitung eines Explosionsverbrechens« nach § 311 b StGB zu fünf Jahren Freiheitsstrafe verurteilt. Das war für dieses Delikt die Höchststrafe. Wegen derselben Straftat war der junge Achim Oyten schon drei Monate vorher zu acht Monaten verurteilt worden; das lag knapp über der Mindeststrafe. Man war davon ausgegangen, dass Oyten nur das etwas naive *Werkzeug von Drahtziehern* gewesen war. Einer dieser Drahtzieher, wenn nicht gar der wichtigste, war offenbar Carl Schelling, der sich, außer zum geplanten Zeitpunkt der Tat, nur noch zweimal geäußert hatte. Einmal betonte er, dass er und die Gruppe die Sprengung des Denkmals als einen Akt der Landespflege, in diesem Fall der rheinischen Landespflege betrachtet hätten, als eine hygienische Maßnahme sowohl ästhetischer wie auch moralischer Art, wobei er, Carl Schelling, die beiden Aspekte für sich ohnehin nicht trennen könne. Später wies er noch einmal ausdrücklich darauf hin, dass man keinem Menschen habe schaden wollen, nicht einmal den Tieren, die im Umkreis des scheußlichen Monuments lebten.

Diese Aussage wurde vom Vorsitzenden Richter, Dr. Korti, ganz offensichtlich nicht für glaubwürdig gehalten. Bei der

Urteilsverkündung gab es überraschte Aufschreie, Raunen unter den Journalisten, ungläubiges Gelächter, Tumulte in einer Ecke des Publikums, in der eine Gruppe vornehmlich junger Leute saß, die seit Beginn des Prozesses *in wechselnder Zusammensetzung* (wie es in einem Bericht von Mitarbeitern aus Leos Truppe hieß) bei jedem Verhandlungstag anwesend gewesen war. Einer von ihnen, ein junger Mann mit einer samtschwarzen Ballonmütze, wie man sie gewiss nicht von der Stange kaufen konnte, rief erregt ein paarmal: »Fick dich, Alter, fick dich doch!«, bis er aus dem Saal entfernt und vorübergehend in Gewahrsam genommen wurde.

»Und was ist mit Berufung?«, fragte Gregor.

»Berufung geht nicht«, sagte Nott. »Er ist von einer Strafkammer verurteilt, da gibt's keine neue Beweisaufnahme. Revision ginge, wegen Rechtsfehlern, aber die gab es nicht, das kannst du mir glauben. Die haben unheimlich aufgepasst.«

»Fünf Jahre wird er nicht durchhalten«, sagte Gregor.

»In der Untersuchungshaft hat er mir aber einen sehr starken Eindruck gemacht.«

»Möglich. Sogar sicher, er war immer sehr ruhig, wenn ich ihn besucht habe. Er war ja auch allein und hatte genug zu lesen. Aber jetzt kommt er doch in den normalen Strafvollzug, oder?«

»Ja.«

»Das hält er nicht lange durch.«

»Das hält er nicht lange durch«, sagte Anita am frühen Abend, als sie in der Landgrafenstraße zu dritt im Garten hinter dem Haus saßen. Drei dicht belaubte Baumkronen und ein Sonnenschirm schützten sie gegen den Hochsommer.

»Lesen kann er auch im Strafvollzug«, sagte Leo, »und die Besuchszeiten sind gegenüber der Untersuchungshaft sogar erweitert.«

»Aber er soll fünf Jahre da sitzen, Leo. Jeden Morgen, wenn er aufwacht, weiß er jetzt, dass er noch weit über tausend Tage eingesperrt sein wird.«

»Keine fünf Jahre«, schaltete Gregor sich ein, »die bisherige Haftzeit wird schließlich angerechnet. Aber du hast recht, das wird er nicht aushalten.«

»Warum seid ihr da so sicher?«, fragte Leo. »Carl war immer ein Einsiedler.«

Anita und Gregor sahen sich an, begannen beide gleichzeitig zu sprechen, brachen ab.

»Rede du.«

»Nein, du.«

Gregor begann mit der Geschichte des einen Abends, den er damals in Berlin nach dem Fußball mit Carl verbracht hatte. Er schilderte, wie Carl im Kino neben ihm die Fäuste geballt und mit den Zähnen geknirscht hatte. Dann erzählte er von den Besuchen in der Untersuchungshaft.

»Wir haben immer gedacht, dass er ein etwas sonderlicher Typ ist, wie man sich einen Archivar eben vorstellt«, sagte er. »Ein Mensch, der in seinem Beruf perfekt ist, gern liest und gern allein lebt und außerdem manchmal großartig kocht. Das ist gewissermaßen seine der Gesellschaft zugewandte Seite. Aber von der ungeheuren Wut, die in ihm steckt, haben wir kaum etwas gemerkt.«

»Aber die haben wir doch im Grunde alle«, sagte Leo.

»Aber wir leben sie nicht. Wir sind Ironiker, Leo. Wir begnügen uns damit, alles zu durchschauen und spöttisch den Mund zu verziehen. Wir sprengen höchstens in unseren Träumen Denkmäler in die Luft. Dann wachen wir auf, lächeln zufrieden und finden uns ab. Aber Carl hat auf diesen Moment wirklich gewartet, er hat ihn sich ersehnt. Das hat er mir selbst erzählt. Carl ist keiner, der sich abfindet.«

»Er wird sich auch mit der Haft nicht abfinden«, sagte Anita. »Deshalb dürfen wir nicht warten. Wir müssen eine Kampagne starten. Freiheit für Carl Schelling. Wir haben gute Mobilisierungschancen. Ich denke, die Presse wird sich morgen oder übermorgen auch über das Urteil aufregen, da können wir einhaken.«

Leo sah seine Frau an und sagte sanft: »Denk dran, dass

dein Mann beim Verfassungsschutz arbeitet und schon wegen deiner Besuche in der U-Haft von seinem Chef angesprochen worden ist.«

Anita holte tief Luft und begann, von Kleinmut zu reden, von Feigheit vor dem Feind und von Spießigkeit, bis Gregor eingriff und sagte: »Anita muss ja in der Kampagne nicht öffentlich auftreten, Leo. Das können andere tun, ich zum Beispiel, ich habe nicht viel zu verlieren. Oder noch besser Uli Goergen, der sitzt so fest im Sattel, sprich auf seinem Lehrstuhl, dem kann keiner was. Und wir kriegen ganz bestimmt noch ein paar Prominente dazu. Niemand will, dass du Schwierigkeiten in deinem Job bekommst.«

Anita schnaufte, aber Gregor wandte sich an sie und sagte: »Keiner hat was davon, wenn Leo Probleme kriegt. Das hat auch nichts mit Kleinmut zu tun, Anita, und Feigheit ist ein böses Wort. Es geht nicht um Heldentum, sondern um das Machbare. Um Carl.«

»Hier spricht der erfahrene Berater«, sagte Leo und lächelte. »Natürlich müssen wir für Carl etwas tun. Ich muss da nur eben im Hintergrund bleiben. Wir sollten jetzt etwas essen gehen. Wir haben nichts im Haus, und unser bester Koch sitzt leider hinter Gittern.«

DRITTER TEIL

Partisanen Vaganten

35 Kampagne. Das Normale und das Andere

»Es bleibt also«, sagte Ulrich Goergen zum Abschluss, »vorderhand bei den drei Punkten: politischer Prozess, Gesinnungsurteil, drakonisches Exempel. Natürlich haben Kollege Lamm, Gregor und Nott recht. Wir könnten Korti wahrscheinlich eine irreguläre und extrem einseitige Prozessführung nachweisen. Aber wenn es ins juristische Detail geht, winken alle ab, das ist langweilig. Außerdem ist das immer Interpretationssache. Wir müssen einerseits auf die Tränendrüse drücken und andererseits auf das offensichtlich gezielt Abschreckende der Strafe hinweisen. Bis dahin unbescholtener Archivar, hervorragende Qualifikation, alles andere als ein Revoluzzer, eher sanftmütig, allein lebend, ein Träumer eher als ein Bombenleger, ein Schöngeist. Hier wird mutwillig ein Leben zerstört. Das ist fürs Gefühl. Dann die offensichtliche Unangemessenheit des Strafmaßes. Niemand konnte Carl Schelling nachweisen, dass er Schäden an Leib und Leben von Menschen in Kauf genommen hätte. Er hat ganz im Gegenteil darauf hingewiesen, dass alle Maßnahmen getroffen werden sollten, um das auszuschließen. Man hat ihm also einfach nicht geglaubt. Das nenne ich mir ein Gesinnungsurteil.«

Sie saßen im Wintergarten des Hauses in der Klettenbergstraße, mit Blick auf einen Teil des weitläufigen Gartens der Familie Goergen. Draußen hing feuchte Kühle in den Ästen, und die Goergen'sche Katze, schwarz mit weißen Kuhflecken auf der Brust, hockte jetzt maunzend vor der

Scheibe: Es war ihr zu kalt. Der Hausherr stand auf und schob die Tür zur Seite. Die Katze huschte zwischen den im Kreis stehenden Sesseln hindurch und verschwand Richtung Küche. Der Herbst hatte sich früh angemeldet in diesem Jahr. Noch war nicht klar, ob es sich um einen ersten Besuch handelte, oder ob er gleich bleiben wollte.

Gregor war direkt von seinem Seminar hierher gekommen, Dr. Lamm, emeritierter Professor für Rechtstheorie, Rechtssoziologie, Strafrecht und Strafprozessrecht an der Johann-Wolfgang-Goethe-Universität, wohnte ohnehin in Frankfurt, ein paar Straßen weiter. Nott hatte Carl am Vormittag in der JVA in der Oberen Kreuzäckerstraße besucht, wohin er verlegt worden war. Zusammen mit Anita, die aber in diesen Tagen in ihrer Agentur unabkömmlich war, bildeten sie den harten Kern der Kampagne für Carl Schelling: *das Politbüro,* wie Ulrich Goergen gern sagte. Für die Anzeigen, die in den nächsten Tagen in den Zeitungen erscheinen sollten, würde er verantwortlich zeichnen. Das Geld brachte eine erstaunlich große und auch finanzstarke Gruppe prominenter Unterstützer auf. Den anderen Mitgliedern der *Gruppe August Reinsdorf* hatte man, auch weil Carl geschwiegen hatte, eine Mitbeteiligung an den Planungen nicht nachweisen können; man hätte sonst Interna aus der Arbeit des Verfassungsschutzes verwenden müssen. Die Mitarbeit an der *zeitschrift für freie geister* reichte nicht aus, um sie in Haft zu nehmen. In der Kampagne tauchten sie offiziell nicht auf. Gregor war aber in den vergangenen Wochen viel unterwegs gewesen in der ganzen Republik, in Münster und im Allgäu, in Kiel und am Bodensee, und hatte Umschläge mit Geld entgegengenommen.

Es war dieses Streunen kreuz und quer durchs Land, im Zug oder im Mietwagen, was ihm an der ganzen Kampagne bisher am meisten Freude bereitet hatte. Auf der langen Zugfahrt nach Konstanz Anfang August, dösend in der Wärme des Fensterplatzes, im schnellen Wechsel von Licht und Schatten, verstand er sich selbst und die anderen nicht mehr und war glücklich damit. *Man muss so weit kommen, sich selbst nicht mehr zu verstehen, sonst täten wir nicht, was wir tun.* Seit den Tagen, da er in Westberlin vor Borsig oder AEG morgens um halb sieben Flugblätter verteilt hatte, frierend und ängstlich gegenüber den Arbeitern, die auf ihn zukamen, hatte er sich darum bemüht, unauffällig zu werden, nicht zu sehr abzuweichen nach der einen oder anderen Seite, ein halbwegs zufriedenes Leben zu führen im jeweiligen Strom der Zeit. Im Großen und Ganzen war ihm das gelungen, wenn es auch kleine Ausreißer gab wie den Auftritt damals bei Frau Mohr-Hagen. Deswegen wurde man aber nicht verstoßen, sondern gewann zumindest insgeheim sogar Bewunderung oder erhielt auch ganz offen Beifall. Dass er über Sonja gestolpert war, rechnete ihm niemand persönlich zu. Jeder in seinen Kreisen wusste, wie schnell man aus der Bahn geworfen werden konnte, wenn man mit den falschen Leuten in Kontakt kam. Ansonsten war er geradezu die Personifizierung der Normalität, oder wenigstens einer möglichen Spielart davon. Selbst die Tatsache, dass er jahrelang einen alten Borgward fuhr, gehörte noch dazu. Alle Normalen legten sich irgendein Distinktionsmerkmal zu, ein Markenzeichen, vielleicht, damit sie sich wenigstens selbst in der Menge erkannten. Gregor Korff war genau das, wohin alle drängten, er war *die Mitte.*

Leo war die Mitte, und Anita auch. Ulrich Goergen war die Mitte und gewiss auch Frau Mohr-Hagen, von ihrem Mann ganz zu schweigen. Auch Gregors Psychoanalytiker, von dem er vor einigen Monaten Abschied genommen hatte, war die Mitte, Professor Jerschel war es und ganz sicher der Kanzler in besonders beeindruckender Ausprägung. Nott weniger, aber das lag vor allem an seiner Funktion, an der Klientel, die er verteidigte, und am Blick der anderen darauf. Das hinderte ihn nicht, in einer großen, schön eingerichteten Altbauwohnung in Eimsbüttel zu leben, die Gregor vor ein paar Wochen, nicht lange nach dem Urteil, zum ersten

Mal gesehen hatte. In seinem Selbstverständnis war wohl auch Nott *die Mitte.*

Und nun Carl! Den hatten sie bis vor einiger Zeit geradezu für den Inbegriff von Normalität gehalten, von Angepasstheit, wie mancher es böswilliger gesagt hätte. Bis ihm Leos Amt auf die Schliche kam, obwohl natürlich die Mitarbeit an einer *res publica* genannten *zeitschrift für freie geister* noch niemanden aus der Gesellschaft ausschloss, so wenig wie Gregors Schimpfrede gegen Frau Mohr-Hagen. Wer schreibt oder schimpft, rebelliert ja noch nicht. Er macht sich ein bisschen Luft; das taten Abgeordnete im Bundestag von Zeit zu Zeit auch, und die saßen, von links nach rechts, nach eigenem Bekunden allesamt in der Mitte. Erst die *Vorbereitung eines Explosionsverbrechens* schob Carl an den Rand, ins Extrem, und nicht nur die Vorbereitung, sondern auch die feste Entschlossenheit, es zu tun, hätte man ihn nicht gehindert. Und dann in der Haft seine Weigerung, außer ein paar Angaben zur Person und zum Zeitpunkt der geplanten Tat nichts zu sagen: einerseits, um niemanden zu belasten, aber auch aus einer prinzipielleren Haltung, die ein Mann wie Richter Korti offensichtlich sehr gut verstanden und persönlich genommen hatte, einer Haltung, die ausdrückte: *Ich habe euch nichts zu sagen. Wir sprechen nicht die gleiche Sprache.*

Das hatte es schon so lange nicht mehr gegeben, diese Zeit war eigentlich vorbei. Carl war gewissermaßen altmodisch konsequent und moralisch, wobei er damit niemandem schadete als sich selbst, und es war diese Haltung, die zuerst Anita und Gregor beeindruckte und bald in der Folge der Kampagne so beachtlich viele Mitstreiter zukommen ließ, ob genannt oder ungenannt. Anita war das geheime Zentrum und die Triebkraft der Kampagne. Sie erfüllte Leos Wunsch und tauchte nirgends öffentlich auf, sie gab ihren Namen für keine Erklärung und keine Aktion her, sie verteilte auch keine Flugblätter, wie es Gregor jetzt wieder tat, fünfundzwanzig Jahre nach Borsig und AEG. Sie nahm auch nur sehr selten an den Sitzungen des *Politbüros* teil und verzichtete schweren Herzens darauf, Carl zu besuchen. Aber sie entwickelte die Ideen und gab sie an Gregor und die anderen weiter.

Professor Ulrich Goergen war zusammen mit dem ehemaligen Kollegen Lamm federführend nach außen. Das brachte die beiden Herren nicht ernsthaft in Gefahr, es kostete den Ruheständler nicht seine Bezüge und Uli Goergen nicht seinen Lehrstuhl. Es trug ihnen seitens einer Zeitung einen strengen Kommentar ein, der aber so verschwurbelt geschrieben war, dass nur Textgelehrte herausfinden konnten, dass ein Tadel darin enthalten war. Uli Goergen als Philosophieprofessor wurde noch schonend behandelt; es galt hier offenbar weitgehend Narrenfreiheit. Dem ehemaligen Strafrechts- und Strafprozessrechtslehrer Lamm aber mochte der Kommentator nicht nachsehen, dass er sich als äußerst aktiver Teilnehmer einer Kampagne für einen rechtskräftig Verurteilten einsetzte, der einen Anschlag vorbereitet hatte, mochte dieser nun mit Gefahr für Leib und Leben verbunden sein oder nicht. Das störte den emeritierten Professor nicht weiter; er murmelte nur etwas von dem Mond und dem Hund, nachdem er den Kommentar gelesen hatte.

Allen, die näher mit der Kampagne befasst waren, war anzumerken, dass sie plötzlich lebendiger wurden. Uli Goergen, der immer noch dann und wann seinen berühmten Satz *Ich kann nur Ironie* wiederholte und der jetzt vom *Politbüro* sprach und von der *Parallelaktion*, war dennoch unermüdlich darin, die Basis der Kampagne zu verbreitern und ihren Elan nicht erlahmen zu lassen. Mochte er nur Ironie können, war es ihm trotzdem sehr ernst, vor allem, nachdem er Carl einmal im Gefängnis besucht und dieser von der »zerbrechlichen Einrichtung der Welt« gesprochen hatte.

»Ich möchte wirklich nicht«, sagte Uli jetzt, in seinem eigenen Wintergarten sitzend, »dass wir eines Tages, wenn es zu spät ist, auf einem Zettel nur noch lesen können: ›Die Wahrheit ist, dass mir auf Erden nicht zu helfen war.‹ Das hat doch so ein Arschloch wie der Korti gar nicht verdient.

Das Arschloch ist gewissermaßen beiseite gesprochen, Kollege Lamm, kein Grund für eine Anzeige. Also, wer macht den Textentwurf?«

Der Text erschien als Anzeige in vier großen Tageszeitungen und einer Wochenzeitung. In einer liberalen Zeitung gab es noch einmal einen Kommentar, der sich recht deutlich zur Unangemessenheit des Urteils äußerte. In einer anderen Zeitung erschien eine Glosse zum Niederwalddenkmal mit dem Tenor, dass mit ihm recht eigentlich erst Preußen am Rhein Einzug gehalten und dass das dem Rheinland zumindest ästhetisch nicht besonders gutgetan habe. Ansonsten trat der Fall Carl Schelling deutlich hinter den letzten Zuckungen eines müden Wahlkampfs zurück. Glotz kämpfte in München, und Gregor vermisste die Treffen zum Essen oder auch nur zum Bier. Er hätte gerade jetzt gern jemanden zum Reden gehabt, der nicht in die Kampagne verwickelt war, aber wusste, um was es ging.

Dafür luden ihn Anita und Leo zu ihrem zwölften Hochzeitstag zum Essen ein. Sie saßen im *Moissonnier* in der Krefelder Straße, das Gregor noch nicht kannte. Sie hatten einen Tisch ziemlich in der Mitte einer der langen Reihen bekommen. Leo hatte den Tisch schon vor drei Wochen bestellt. Anders hatte man hier keine Chance, jedenfalls nicht abends. Jeder Platz war besetzt, dicht an dicht saßen die Gäste. Die Tischgespräche, die Rufe nach den Kellnern, das Klirren der Bestecke erfrischten und belebten Gregor, der müde in Köln angekommen war und den Abend sogar abgesagt hätte, hätte es sich nicht um den Hochzeitstag der beiden gehandelt.

»Wunderbar«, sagte er. »Die müssen eine Brasserie in Paris abgebaut und hier eins zu eins wieder aufgebaut haben. Carl wäre sicher auch entzückt gewesen.«

»Carl hat uns überhaupt erst mit diesem Lokal bekannt gemacht«, klärte Anita ihn auf. »Vor anderthalb Jahren hat er uns mal hierher eingeladen. Wir haben nach dem Anlass gefragt, es gab keinen. Er hatte es entdeckt, er hatte es ausprobiert und für gut befunden, er wollte es mit uns teilen. Carl war eigentlich immer jemand, auch wenn er noch so in sich gekehrt schien, der großzügig weitergeben konnte.«

»Du redest von ihm wie von einem Toten«, sagte Leo.

»Vielleicht ist er das bald, wenn wir ihn nicht rauskriegen.«

Das war so abrupt und so hart gesagt, ohne jede lindernde Einschränkung, dass für Gregor einen Augenblick lang die Melodie verstummte, die ihn bis eben umgeben hatte, und die gleichsam pariserischen Farben des Raums sich in ein Schwarzgrau abstumpften. Denn das Schlimme war, dass Anita recht hatte; nur hatte er nicht damit gerechnet, dass sie ausgerechnet an diesem Abend und unter diesen äußeren Umständen diese Wahrheit aussprechen würde. Er hatte Carl gerade erst vor ein paar Tagen in Frankfurt besucht und sah die Veränderungen, die seit der Untersuchungshaft mit ihm vorgegangen waren. Carl war irgendwie in sich zusammengefallen, sah sich während des Besuchs unruhig nach allen Seiten um und war manchmal kaum zu verstehen. Immerhin hatte er ihm bei dieser Gelegenheit die Geschichte erzählt, warum er von Koblenz nach Köln gezogen war.

Bisher hatte Gregor vermutet, Carl habe entgegen seiner Aussagen Schwierigkeiten mit seinem Chef in Koblenz gehabt, oder aber er sei aus Gründen, die mit der Arbeit der *Gruppe August Reinsdorf* zusammenhingen, nach Köln gegangen, gleichsam dorthin geschickt worden, obwohl dies zur Gruppe nicht gepasst hätte. Jetzt erfuhr er, dass es die Liebe gewesen war, die ihn aus Koblenz vertrieben hatte.

Etwas mehr als ein Jahr, bevor Carl Schelling ans Kölner Stadtarchiv wechselte, hatte er an seinem alten Arbeitsplatz eine junge Frau kennengelernt. Neununddreißig war er damals und im Blick der anderen das, was man früher einen

»eingefleischten Junggesellen« genannt hat und nun wahlweise als »Single« oder als »einsame arme Socke« bezeichnete. Dabei sah er gut aus mit seinen weichen, aber keineswegs schwammigen Gesichtszügen, den verträumten braunen Augen und seiner beinahe zarten, aber ganz und gar nicht traurig-krummen Gestalt.

Im Archiv gingen verschiedene Gerüchte um: Carl Schelling habe eine Geliebte in Belgien (jemand hatte ihn einmal zufällig sonntags über die Grenze fahren sehen); er besuche regelmäßig Bordelle; nein, das sei es nicht, in Wirklichkeit sei er schwul. Einer sagte: alles falsch, was Frauen angeht, kommt der Carl gar nicht vom Fleck, weil er immer noch ständig bei seiner Mutter hängt. Das hatte etwas für sich, denn an Sonntagen fuhr er oft nach Ludwigshafen hinunter, so weit war das schließlich nicht. Seine Mutter war schon lange nicht mehr gesund. Sonst aber wusste keiner so genau, was er trieb, wenn er abends das Gebäude in der Karmeliterstraße verließ. Zwar sah man ihn manchmal einkaufen, gern auch in Delikatessenläden. Man sah ihn auch im Sommer mittags draußen vor Cafés sitzen, immer allein und meist verborgen hinter einer großformatigen allgemeinen Zeitung für Deutschland. Von den Kollegen aber war nie jemand bei ihm zu Hause gewesen, in dem kleinen Haus am Waldrand oben in Karthause mit dem kleinen Garten hintendran, den Carl scherzhaft als »mein Klostergärtchen« bezeichnete. Denn er war ja nicht verbissen und verbiestert, sondern umgänglich und freundlich sogar, der Archivoberrat Carl Schelling. Er war auch hilfsbereit, gab jüngeren Kollegen Tipps, und wurde sogar oft gebeten, den Führer zu machen, wenn wieder einmal Schulklassen zur Führung durchs Archiv angemeldet waren. Nur wer er eigentlich war, das wusste keiner.

Dann fing in der Abteilung HN (Historisches Archiv und Nichtstaatliches Archivgut) eine neue Kollegin an, Frau Dr. Andrea Anders, gebürtig aus Traben-Trarbach. Frau Dr. Anders war blutjung, fanden alle, die sie zum ersten Mal sahen, und erstarrten. Nun ja, sie war siebenundzwanzig und eine, wie es der Kollege Redwitz sagte, *irgendwie italienische Erscheinung.* Sie hatte Carls Augen, nur eben in dunkelblau, pechschwarzes Haar, das Carl eher asiatisch fand als italienisch, und eine fast weiß schimmernde Porzellanhaut. Die Kollegen erstarrten bei ihrem Anblick natürlich nicht so sehr, weil sie angeblich blutjung war (eine siebenundzwanzigjährige, sehr zielstrebige Wissenschaftlerin darf in diesem Alter sehr wohl diese Stufenleiter ihrer Karriere erreicht haben), sondern wegen ihrer kaum in die richtigen Worte zu bannenden Schönheit. Damit ist schwer umzugehen, man liegt eigentlich immer daneben, ob man nun drüber hinwegsieht oder Anspielungen macht, ob man es eher poltrig versucht oder mehr in eine Art Minnesang verfällt. Es ging also eigentlich keiner richtig mit ihr um. Die Schönen haben es zwar in vieler Hinsicht leichter als andere, aber sie haben es eben auch verdammt schwer.

Nur Carl, er wusste kaum wie, fand die richtige Art des Umgangs. Er sprach sachlich und fachlich und freundlich mit ihr, mit Respekt vor ihren Kenntnissen. Er half ihr, sich an ihrem neuen Arbeitsplatz zurechtzufinden, trat dann höflich beiseite und verbarg seine bewundernden Blicke doch nicht ganz. Denn die Schönen fühlen sich zwar zuweilen genervt, wenn man sie anstarrt, aber sie möchten denn doch bewundert werden.

Dann, an einem Maiabend, traf er sie in einem Restaurant, in dem er manchmal nach Feierabend aß. Das Lokal war ziemlich neu, und der Küchenchef gab sich alle Mühe, mit wechselndem Erfolg: Er suchte noch, wie Carl feststellte, und man konnte bisher nur hoffen, dass er auch finden würde. Nun stellte er der schönen Frau gerade persönlich ihr Essen hin, und Carl trat an den Tisch und fragte, ob er sich dazusetzen dürfe. Die Kollegin konnte schlecht etwas dagegen haben. Auf dem Teller war Tafelspitz, etwas Kaiserschoten dabei und Salzkartoffeln, recht einfach und ohne Schnickschnack also.

Carl bestellte kurz entschlossen das gleiche Gericht, auf das er, weil es das Tagesgericht war, nicht lange warten musste, so dass ihm die Peinlichkeit, der Kollegin allzu lange beim Essen zusehen zu müssen, erspart blieb. Man entspannte sich auf beiden Seiten. Der Tafelspitz wurde nicht mit der klassischen Meerrettichsauce serviert, sondern mit Schnittlauchsauce – so stand's auch an der Tafel. Als sie zu Ende gegessen hatten und die Kollegin Anders sich lobend über dieses einfache und doch so raffinierte kleine Gericht äußerte, sagte Carl (und wieder wusste er kaum, wie er dazu kam): »Das kann ich besser.«

Frau Dr. Andrea Anders zog amüsiert die Brauen hoch und lächelte und sagte: »Wirklich?«

»Ich beweise es Ihnen gern«, sagte Carl.

Er bewies es ihr, fünf Tage danach, oben über den Hügeln von Koblenz in seinem Haus am Waldrand. Er servierte eine selbst gemachte *Terrine de canard aux noisettes* vorweg, dann den Tafelspitz mit der Schnittlauchsauce, nur eben besser als dort unten im Restaurant: Das musste Andrea Anders zugeben. Am Ende verführte er sie mit einer *Crème brulée,* die auf den Punkt genau zubereitet war, und danach gingen sie so selbstverständlich miteinander ins Bett, als sei das von Anfang an das Ziel des Abends gewesen.

»Vielleicht war es das auch?«, fragte Anita jetzt, während Gregor erzählte.

»Carl bestreitet das«, sagte Gregor, »aber natürlich weiß man nicht immer, was man sich wirklich wünscht.«

Anita lief knallrot an und eine irritierende Pause trat ein, in der die Blicke zwischen den dreien hin und her gingen. Auch wenn niemand sprach, war klar, dass jeder von ihnen auf seine Weise an Anitas Affäre mit Gregor oder aber an Gregors Affäre mit Anita dachte, die doch eigentlich längst vergessen war.

»Jedenfalls blieb es nicht bei diesem einen Mal«, erzählte Gregor schließlich weiter, »sondern die beiden wurden ein

Paar. Auch im Archiv musste man das zur Kenntnis nehmen, mehrheitlich missbilligend übrigens.«

»Warum?«

»Man fand, der Altersunterschied sei zu groß. Zwölf Jahre.«

»Ich bitte dich«, sagte Anita, »Leo und ich sind vierzehn Jahre auseinander.«

»Sicher. Carls Eltern waren auch zwölf Jahre auseinander, hat er mir erzählt. Und meine Eltern immerhin zehn. Ich glaube, das war es auch nicht. Es hat wohl niemand dem Carl zugetraut, dass er eine so schöne Frau erobern konnte, und deshalb hat es ihm auch keiner gegönnt. Und schließlich hat es ja auch nur einen Sommer lang gehalten. Ein wunderschöner Sommer, wenn man Carl hört, die schönsten Monate seines Lebens.«

»Wann war das noch mal genau? Ich bin jetzt mit der Zeitrechnung etwas durcheinander.«

»Sommer 89. Da stand sogar die Mauer noch.«

»Und was ist dann passiert?«

»Im September war Carl ein paar Tage bei seiner Mutter gewesen, um ihr bei der Regelung von bürokratischem Kram zu helfen. Er war diesmal mit dem Zug nach Ludwigshafen gefahren, und als er am Sonntagabend zurückkam, holte Andrea ihn auf dem Koblenzer Hauptbahnhof ab. Noch während sie aufeinander zugingen, sah Carl, wie sie ihn plötzlich entgeistert anstarrte, nur noch zögerlich weiterging und sich dann in den Arm nehmen ließ wie eine leblose Puppe. Sie gingen zusammen essen in demselben Lokal, in dem alles angefangen hatte, und Carl wusste, so hat er es mir gesagt, dass es unwiderruflich zu Ende war. Er wusste nur nicht warum.«

»Er war plötzlich entzaubert«, sagte Anita und zwinkerte Gregor zu. »Damit kennst du dich doch aus.«

»Habe ich da etwas verpasst?«, fragte Leo.

»Überhaupt nicht. – Jedenfalls hat er noch einige Monate lang die merkwürdigsten Anstrengungen unternommen, sie wiederzubekommen, aber er wusste eigentlich von Anfang an, dass es aussichtslos war. Das Schlimmste war dann, dass Andrea Anders ein Dreivierteljahr danach einen Professor von der Universität Mainz heiratete. Der war zwanzig Jahre älter als sie. Das hat Carl dann gar nicht mehr ausgehalten, und deshalb ist er nach Köln gekommen.«

Jetzt wurde das Hauptgericht für alle drei gebracht, und das Gespräch verließ Carl für lange Zeit. Leo bestellte eine neue Flasche Wein und sagte: »Schließlich sind wir heute zwölf Jahre verheiratet, und das wollen wir feiern.« Er erzählte ausführlich die Geschichte ihrer damaligen Hochzeit, von der er glaubte, dass Gregor sie nicht kannte. Gregor mochte ihm nicht sagen, dass Anita sie ihm einmal erzählt hatte, in der Wohnung in der Bonner Kurfürstenstraße, nackt auf dem Laken. Als sie schließlich beim Dessert angekommen waren, kam Leo auf Carl zurück: »Als wir hier essen waren, hat er jedenfalls nicht gesagt: ›Das kann ich besser.‹ Er hat gesagt: ›Hier würde ich gern arbeiten.‹«

»Statt dessen sitzt er im Knast«, sagte Gregor, »und das noch einige Jahre lang, Kampagne hin oder her. Das wird er nicht aushalten. Darüber müssen wir uns klar sein.«

Anita flüsterte etwas. Die beiden Männer sahen sie fragend an; sie räusperte sich und sagte dann lauter: »Wir müssen ihn eben rausholen.«

36 Interviews

Die beiden Bewacher von Carl Schelling, PHM Gustav Klimt, 36, und POM Peter Christiansen, 28, sagten beide übereinstimmend aus, dass sie vom Fahrer des Krankenwagens in keiner Weise gewarnt worden waren. Sie hätten Schelling in ihrer Mitte gehabt, der sich vollkommen ruhig verhalten, ja sogar ein bisschen gedöst habe. Der einzige Warnhinweis seitens des Fahrers sei ein plötzliches Murmeln und dann der Ausruf *Ja, was ist das denn? Was soll denn das?* gewesen, da aber sei es bereits zu spät gewesen, und als Nächstes hätten sie nur noch die Vollbremsung mitbekommen.

Und war nicht genug Zeit, zur Waffe zu greifen?

Sie hätten ja zur Waffe gegriffen, sagte PHM Klimt, aber die Entführer – wenn man sie Entführer nennen könne – oder auch die Befreier, aber das klinge sehr seltsam – also die Entführer …

Wie viele waren das?

Es waren vier, sagte PHM Klimt, nein, es waren fünf, glaubt POM Christiansen. Die Entführer – alle trugen die üblichen Strumpfmasken – hatten also den Fahrer in ihre Gewalt gebracht – der Transportraum hinten war ja verriegelt – und hielten ihm von zwei Seiten je eine Waffe an den Kopf. »Es galt also abzuwägen – nein, es galt gar nicht mehr abzuwägen«, korrigiert sich PHM Klimt, »es war doch ein ganz klarer Fall –, ob das Leben des Fahrers oder das weitere Festhalten des Häftlings Carl Schelling Priorität hatte.« Für ihn wie für seinen Kollegen sei das gar keine Frage gewesen.

Und wie ist das dann genau abgelaufen?

Sie hätten den Transportraum öffnen und den Häftling Schelling aussteigen lassen müssen.

Der war nicht durch Handschellen gefesselt?

Der sei nicht durch Handschellen gefesselt gewesen, weil weder sein Verhalten in der Haft noch auf dem Transport irgendeinen Hinweis auf einen möglichen Ausbruchsversuch geliefert habe. Und es sei ja, dies nur nebenbei – die Ermittlungen würden da sicher Klarheit bringen –, es sei ja nicht einmal sicher, dass Carl Schelling selbst von seiner geplanten Befreiung gewusst habe. Schließlich sei er ein Gefangener von einem hohen symbolischen Wert gewesen, wenn er als einfacher Polizeihauptmeister sich diese Einschätzung erlauben dürfe. Man solle nur an die Kampagne denken, die da seit Monaten gelaufen sei. Aber Schelling habe weder Ausbruchsabsichten erkennen lassen noch sei er im Strafvollzug renitent gewesen. Bei der Verwendung von Handschellen sei die Polizei gehalten, das Prinzip der Verhältnismäßigkeit anzuwenden.

Zurück zu der eigentlichen Aktion.

Sie hätten sich dann auf den Boden legen müssen, mit dem Gesicht nach unten. Sie seien ihrerseits mit Handschellen gefesselt worden –

Nicht gerade das Prinzip der Verhältnismäßigkeit.

»Vom Standpunkt der Terroristen schon.«

Terroristen?

»Also der Befreier. Die Gewichtung der Tat obliegt der Justiz.« Sie seien also gefesselt und die Tür sei von außen verriegelt worden. Der Fahrer sei in der Fahrerkabine gefesselt und ihm sei der Wagenschlüssel abgenommen worden. Sie hätten das Starten mehrerer Wagen gehört –

Mehrerer?

»Es waren vier. Man braucht schon einen gewissen Materialeinsatz, um sicherzugehen, dass der Krankenwagen nicht mehr ausweichen kann und auch wirklich hält.«

Gut. Und dann?

Dann seien Schüsse gefallen, nicht aus einer Pistole, sondern höchstwahrscheinlich aus einer Uzi –

Uzi?

»Na, die handliche israelische Maschinenpistole. Müsste man eigentlich kennen. Wird auch immer noch bei der Bundeswehr verwendet. Da ist nicht schwer ranzukommen.«

Aha.

Die Schüsse hätten den Wagen also fahrunfähig gemacht, für den Fall, dass der Fahrer noch über einen Ersatzschlüssel verfügt hätte.

Wie fahrunfähig?

Na ja, die Reifen, das sei doch ein bewährtes Mittel. Sie hätten sich schließlich befreien können – man lerne ja so etwas bei der Polizei, die Ausbildung sei erstklassig – und habe dann die Kollegen alarmiert, aber da sei fast eine Stunde vergangen gewesen.

Empfanden Sie den Vorfall als eine persönliche Niederlage?

Sie hätten sich kein Fehlverhalten zuschulden kommen lassen, auch keine Nachlässigkeiten. Selbst wenn der Häftling Schelling mit Handschellen gefesselt gewesen wäre, hätten sie bei diesem Material- und Personaleinsatz der Gegenseite wohl kaum eine Chance gehabt. Vielleicht wäre es besser gewesen, wenn man dem Fahrer vorn noch eine Begleitperson beigegeben hätte. Der hätte die Gefahr vielleicht rechtzeitig gerochen. Aber schließlich sei die Personalsituation bei der Polizei hinlänglich bekannt.

Also keine persönliche Niederlage?

»Nein. Aber wenn der Polizei was schiefgeht, sieht sie immer blöd aus, und die Häme ist groß. Das ist nun mal so.«

War der Krankentransport des Häftlings Schelling genügend abgesichert?

Als erfahrener Leiter der Vollzugsanstalt gehe er von Erfahrungswerten aus. Es sei bei Carl Schelling nicht zu erwarten gewesen, dass eine Gefangenenbefreiung erfolgen würde.

Was sind das für Erfahrungswerte?

Menschenkenntnis, Verhaltenseinschätzung, Einordnung von Beobachtungen.

Beobachtungen?

In der JVA werde ja nicht nur eine Strafe vollstreckt. Es werde das Verhalten des Häftlings beobachtet, protokolliert, eingeschätzt. Veränderungen während der Haftzeit, Äußerungen, Stimmungsschwankungen. Der Häftling werde hier nicht als Täter ins Visier genommen – das habe ja schon das Gericht erledigt –, sondern als Mensch gesehen.

»Der Strafvollzug ist eine sehr komplexe Sache.«

War die Überführung von Carl Schelling in die Uniklinik Bonn unerlässlich?

»Das war sie. Dafür stehe ich als Arzt voll ein. Ich hätte das hier in der Anstalt nicht in den Griff bekommen und auch nicht die Verantwortung übernehmen können.«

Um welche Krankheit handelte es sich denn überhaupt? Man hat gehört, der Häftling sei schlechter Stimmung gewesen, aber das trifft doch wohl auf die Mehrheit der Häftlinge zu. Es ist schließlich kein Spaß, eingesperrt zu sein.

»Der Häftling Schelling war meiner Ansicht nach stark suizidgefährdet.«

War?

»Wie es ihm jetzt geht, können wir nicht wissen. In der Haft wäre die Gefahr jedoch zu groß gewesen. Er gehörte meiner Ansicht nach unter ständige Beobachtung.«

Und warum musste es die Psychiatrische Klinik an der Uni Bonn sein? Das hat schließlich den Transportweg länger und das Risiko größer gemacht.

»Ein Risiko habe ich überhaupt nicht gesehen, da war ich mit der Leitung der JVA völlig einig. Wenn Sie gesehen hätten, wie absolut antriebsarm Schelling in den letzten Monaten war, wie lethargisch, hätten Sie auch nicht an Ausbruch gedacht. Es ist ja im Übrigen nicht sicher, ob …«

… er von seiner bevorstehenden Befreiung überhaupt gewusst hat. Und warum nun Bonn?

»Er wäre dort von den Fachkräften und von den Therapieformen her am besten aufgehoben gewesen.«

Woher wissen Sie das?

»Es ist nicht das erste Mal, dass ich Suizidgefährdete aus der JVA dorthin überwiesen habe. Ein bisschen Erfahrung müssen Sie mir schon zubilligen. Ihre Fragen sind etwas penetrant. Ich gebe gern Auskunft, aber ich muss mich nicht rechtfertigen.«

Es gibt bereits Spuren?

»Es gibt lediglich Vermutungen. Sie dürfen nicht vergessen, dass die überwältigten Polizisten sich erst nach einer Stunde befreien konnten. Es ging alles so schnell, dass keins der beteiligten Autos identifiziert werden konnte. Es ist auch kein irgendwie verdächtiges Fahrzeug gefunden worden.«

Es deutet also alles auf eine sehr professionell durchgeführte Aktion hin.

»Auf jeden Fall. Leider gibt es bis heute keine Botschaft oder Bekennerschreiben.«

Vermuten Sie denn einen politischen Hintergrund?

»Ich denke zumindest, wir können ausschließen, dass Schelling seine Befreiung selbst aus der Haft heraus organisiert hat. Dafür gibt es nicht den geringsten Hinweis.«

Sie ermitteln also eher in Richtung der Gruppe August Reinsdorf?

»Ja. Und in Richtung der an der Kampagne für Schelling Beteiligten.«

Halten Sie das für wahrscheinlich? Professor Goergen etwa oder dieser emeritierte Professor, wie heißt er ... Lamm?

»Das scheint Sie zu erstaunen. Deutsche Professoren waren aber in den vergangenen drei Jahrzehnten zu allerhand fähig.«

Davor auch.

»Ich weiß nicht, was und wen Sie damit meinen. Jedenfalls haben wir die Herren beide schon einvernommen.«

Und was ist mit den Besuchern im Gefängnis?

»Schelling hat nach seiner rechtskräftigen Verurteilung nur noch von einer Person Besuch bekommen, insgesamt achtmal.«

Wer war das?

»Keine Auskunft. Die Person ist aber bei jedem Besuch streng kontrolliert worden. Kassiber sind ausgeschlossen. Wir haben die Person auch einvernommen. An der Befreiung unmittelbar kann sie nicht beteiligt gewesen sein, für diesen

Zeitpunkt gibt es ein mehrfach bestätigtes Alibi. Es deuten auch keine Indizien darauf hin, dass er an der Vorbereitung der Befreiung teilgenommen hat. Aber unseren Ermittlungen sind natürlich rechtliche Grenzen gesetzt.«

Lassen Sie überwachen?

»Keine Auskunft.«

Und wo ist Carl Schelling vermutlich jetzt? Sie haben doch gesagt, sie hätten Vermutungen.

»Keine Auskunft. Aber denken Sie doch mal nach. Es hat eine Stunde gedauert, bis die Polizeibeamten sich befreien und jemanden benachrichtigen konnten. Die Aktion hat kurz vor dem Ziel stattgefunden, am Rheinhöhenweg. Von Bonn bis zur nächsten Grenze braucht man bei guter Ortskenntnis weniger als eine Stunde.«

Sie denken an Belgien?

»Erst einmal. Grüne Grenzen gibt es da genug. Es gibt ja eigentlich nur noch welche. Denken Sie mal an Mützenich, an Winterspelt, an Konzen. Aber jetzt ist eine gute Woche vergangen, da kann Carl Schelling schon sonst irgendwo auf der Welt sein. Wir ermitteln in alle Richtungen. Nehmen Sie das mal wörtlich.«

37 Eine Art Heiliger

Niemand verfolgt mich, dachte Gregor, als er bei Mützenich in dem gemieteten Renault über die Grenze fuhr. Anita hatte mitkommen wollen, aber Leo hatte das strikt verboten, und auch Gregor wäre es nicht recht gewesen. Jetzt hätte er vielleicht gern jemanden bei sich gehabt, um seine Angst zu bekämpfen. Nässe und Dunst hingen in den Wäldern rechts und links der Straße; das Örtchen Ternell, ein kleiner Häuserhaufen, war finster und wie ausgestorben in der Mittagszeit: Dieser Mai 1996 wollte auch kurz vor Pfingsten nicht leuchten. Er gab Gas, wollte das gottverlassene Hochplateau so schnell wie möglich hinter sich lassen, atmete auf, als die Straße schließlich nach unten abfiel und die ersten Häuser von Eupen auftauchten.

Er stellte den Wagen auf dem Parkplatz des GB ab und setzte sich ins Café des Supermarkts. Belgischer Kaffee, belgische Patisserie. Menschen, die mit Bestecken klapperten oder ihr benutztes Tablett abstellten. Um ihn herum ein Deutsch, das die Worte ebenso kaute, wie es die Eifeler auf der anderen Seite der Grenze taten, und dessen Melodie rheinisch war. Gregor atmete auf. Raus aus den Wäldern, zurück in der Plastikwelt, alles ein bisschen schäbig, draußen grelle Reklamewände, *wenn mir etwas passiert, bin ich nicht allein.*

Natürlich konnte ihm gar nichts passieren. Er saß hier im Café, und man hatte ihm gesagt, dass er nur zu warten brauche. Keine Signale, kein Erkennungszeichen, *wir werden dich erkennen. Ein Mann, etwa Mitte dreißig, wird an deinen Tisch kommen und sagen: ›Lieber Herr Korff, ich freue mich so, Sie wiederzusehen. Bin etwas aufgehalten worden, aber jetzt können wir. Der Wagen steht draußen.‹*

»Der Wagen steht draußen«, sagte der Mann Mitte dreißig eine Viertelstunde später am Ende seines Textes zu Gregor, und Gregor stand auf und folgte ihm. Es war ein dunkelblauer Passat mit Darmstädter Kennzeichen. Auf dem Fahrersitz saß ein jüngerer Mann als der, der ihn abgeholt hatte, und hinten Carl, schon neu eingekleidet, und lächelte Gregor schwach zu, als dieser einstieg und sich neben ihn setzte.

»Wie geht es dir?«

»Gut, danke. Nur etwas müde.«

»Für einen Depressiven ist das eine erstaunliche Antwort. Und eine erstaunliche Leistung, dass du das hinbekommen hast.«

»Ich musste nichts hinbekommen«, sagte Carl. »Ich hatte wirklich Depressionen, das weißt du auch.«

»Es tut mir leid, dass es so lange gedauert hat. Es hat Zeit gebraucht, das alles vorzubereiten.« Und das Geld aufzutreiben, dachte Gregor, um die Aktion bezahlen zu können.

»Wohin fahren wir jetzt?«

»Wir fahren nach Maastricht. Du kriegst einen neuen Pass, und dann werden dich Leute in Empfang nehmen, die ich nicht kenne. Die bringen dich weiter, besorgen dir eine Wohnung und vielleicht auch eine Arbeit.«

»Und was machst du hier?«

»Ich übergebe dich gewissermaßen«, sagte Gregor, »und ich hinterlasse den holländischen Freunden eine Kontaktadresse.« Er klopfte auf seine Brusttasche. »Ist hier drin, im Umschlag. Kenne ich aber selber nicht.«

Carl lachte plötzlich laut.

»Was ist?«

»Wir haben alle so einen verdammten Hang zur Geheimniskrämerei. Leo und du, und ich natürlich auch. Ich frage mich, ob es nicht eine Nummer kleiner gegangen wäre.«

»Das hätte man den Richter, der dich verknackt hat, allerdings auch fragen können.«

Carl nickte. »Ja. Ich wollte doch einfach nur dieses scheußliche Denkmal aus der Welt haben. Die Preußen am Rhein.«

»Es hätte viele gegeben, die dir dankbar gewesen wären. Sogar meine Mutter. Von deiner soll ich dich übrigens grüßen. Es geht ihr besser, und sie kann wieder gut laufen. Geht wieder selbst einkaufen. Und spielt jeden Donnerstag mit drei anderen Frauen Canasta.«

»Vielleicht kannst du ihr einen Brief von mir mitbringen, den schreibe ich schnell.«

»Kaum. In den nächsten Wochen und Monaten ist es nicht ratsam, dass irgendjemand von uns deine Mutter noch einmal besucht. Da müssen wir einen anderen Weg finden.«

Carl nickte. »Ich sehe schon, die Heimlichkeiten hören nicht auf.«

Eine Weile schwiegen sie. Der Fahrer verließ die Autobahn schon wieder bei der Ausfahrt Battice und fuhr weiter über die Landstraße nach Norden. Es war nicht mehr so verhangen wie vorhin auf dem Hohen Venn; einmal schielte sogar die Sonne durch die Wolkendecke, um daran zu erinnern, dass fortgeschrittener Mai war. Der Fahrer und der Mann Mitte dreißig, der sich Gregor auf dem Weg zum Auto als Franz vorgestellt hatte, sagten keinen Ton. Als sie die Grenze passiert hatten, fragte Gregor:

»Erinnerst du dich an den einen Abend in Berlin, nach dem Fußball?«

»Kommt drauf an, an welchen.«

»Wir haben schon einmal darüber gesprochen, als ich dich im Knast besucht habe. Wir beide sind zusammen zum Savignyplatz gefahren und haben eine Pizza gegessen. Dann sind wir ins Kino gegangen. *Jesse James*.«

»Ja, sicher.«

»Was ich dir nie gesagt habe: Ich habe dich beobachtet, während der Film lief. Du hast mit den Zähnen geknirscht und manchmal die Fäuste geballt.«

»Das tun wir doch alle, oder? Sind nach außen ganz brav und knirschen nachts mit den Zähnen. Du doch auch. Sogar Leo. Ich bin nur auf der praktischen Ebene etwas weitergegangen.«

Sie bogen jetzt nach links ab und fuhren auf Maastricht zu.

»Stimmt«, sagte Gregor, »und dir hätte man es von uns allen eigentlich am wenigsten zugetraut. Also, wenn Leo zum Beispiel sich einfach umgedreht hätte, vom Staatsschützer zum Staatsfeind, das hätte man eher verstanden, oder ich, nachdem ich rausgeflogen bin aus der Politik.«

»Oder Anita«, sagte Carl und lachte, »wenn sie einfach eine Bombe geschmissen hätte.«

»Oder Anita, ja. Aber du, der stille Archivar …«

»Und ich bekomme einen neuen Pass?«

»Ja. Der Passfälscher soll ein Meister sein. Steinalt. Er hat schon im Zweiten Weltkrieg Pässe gefälscht für seine Landsleute.«

»Und wie werde ich heißen? Wo bin ich geboren? Was habe ich in meinem Leben gemacht?«

»Das weiß ich auch nicht. Das haben andere ausgetüftelt. Lass dich überraschen.«

Carls Lächeln, das bisher verhalten gewesen war, begann nun zu strahlen.

»Schön«, sagte er. »Schön. Ich wollte schon lange mal ein anderer sein. Hoffentlich gelingt es mir. Ich glaube, ich habe ein Anrecht darauf, dass mir mein zweites Leben gelingt.«

In Maastricht trafen sie sich in einem der Cafés am Marktplatz. Der Fahrer blieb wieder im Auto sitzen, und Carl, Gregor und Franz gingen hinein. Es war jetzt früher Nachmittag. Franz sah sofort in einer Ecke des Cafés die beiden Kontaktpersonen sitzen, einen großen jungen Mann mit blondem Haar und eine dunkelhaarige Frau in Gregors Alter. Er winkte kurz; die beiden zogen noch ein paar Stühle an ihren Tisch und rückten zusammen. Sie bestellten alle Kaffee. Der junge Mann und die Frau nannten ihre Namen nicht. Die Frau führte das Wort; sie sprach deutsch ohne Akzent. Gregor war zusehends irritiert. Er glaubte, ihr schon einmal begegnet zu sein, konnte sie aber nicht einordnen. Lea? Nein, Lea hätte nicht ohne Akzent gesprochen: Bei ihr war das Schwäbische etwas so Organisches, dass sie es nie verlieren würde. Aber wenn er nicht sowieso einer Täuschung aufsaß, war es auf jeden Fall sehr lange her, dass er diese Frau schon einmal gesehen hatte.

Carl würde nun bei den beiden einsteigen und zunächst nach Utrecht gebracht werden, wo er kurze Zeit bei Freunden wohnen könne. Sie hätten eine Legende vorbereitet, die müsse er erst einmal auswendig lernen. Bei diesem Satz strahlte Carl erneut. Die Frau sprach ruhig und immer mit einem leisen Lächeln, wirkte in keiner Weise aufgeregt oder gehetzt. Auch ihre Stimme hatte er schon einmal gehört, dessen war Gregor sich ganz sicher, nur eben in einer viel jüngeren Tonlage. Sie waren fast mit allem fertig und schon am Ausgang, als die Frau plötzlich zu ihm sagte: »Ich brauche noch den Umschlag mit der Kontaktadresse, Gregor.«

Er griff nach seiner Brusttasche und hielt dann inne. Er hatte sich so wenig vorgestellt wie die beiden.

»Woher kennst du meinen Namen?«

Ihr Lächeln nahm zu, und er sah jetzt die zahllosen kleinen Lachfalten um die Augen.

»Ach, Gregor«, sagte sie. »Ich hätte nicht gedacht, dich noch einmal zu treffen. Vor allem nicht auf dieser Seite der Grenze.«

»Ich bin öfter in Holland«, sagte er.

»Das meine ich nicht. Wenn ich's richtig weiß, hast du mal auf der Seite der Macht gearbeitet.«

»Na ja, auf der Seite der Macht ... Im Übrigen bin ich rausgeflogen. Aber jetzt möchte ich deinen Namen wissen.«

»Ich bin Irene Fuchs«, sagte sie, »und vor langer, langer Zeit habe ich dir einmal in einem Schuppen, der nicht mehr steht ... Ich muss das nicht weiter ausführen, glaube ich. Keine Erinnerung mehr, nein?«

Gregor begann zu lachen. »Mein Gott, bin ich blöd«, sagte er. »Ich wusste es die ganze Zeit. Die Augen, die Mandelaugen! Reni!«

Die anderen waren schon einige Schritte nach draußen gegangen. Gregor zog sie heftig an sich, gab ihr einen Kuss auf die Stirn und ließ sie dann wieder los.

»Damals warst du eher zögerlich«, sagte sie.

»Das bin ich eigentlich immer noch. Mit Frauen habe ich nicht so viel Glück.«

»Du Armer. Wir müssen jetzt zum Auto.«

»Ja, aber erzähl doch mal.«

»Nein, tue ich nicht. Ich bin jetzt in Amsterdam, seit vielen Jahren. Ich arbeite in einem Supermarkt, halbe Stelle, und außerdem mache ich in dieser Gruppe mit. Wir helfen Leuten, die irgendwie in Schwierigkeiten sind.«

»Ja, das kann man von Carl wohl behaupten«, sagte Gregor leise, damit die anderen, die vor ihnen gingen, ihn nicht verstehen konnten. »Kümmert euch gut um ihn, er hat es verdient. Er ist eine merkwürdige Figur, weißt du. Eine Art Heiliger, würde ich sagen. Wenn man es genau bedenkt, hat er das Leben von uns allen ziemlich umgekrempelt, wahrscheinlich, ohne es zu wollen. Von mir, von Leo, von Anita, sogar von Uli Goergen. Aber die kennst du ja alle gar nicht.«

»Wir sind da«, sagte Reni Fuchs. Die anderen waren vor einem crèmefarbenen Citroën aus den späten siebziger Jahren stehen geblieben, und der junge Mann schloss ihn auf und stieg ein. Franz hob die Hand zum Abschied, nickte allen kurz zu, drehte sich um und ging zum eigenen Wagen zurück. Carl stieg hinten ein, Reni schlüpfte auf den Beifahrersitz. Der junge Mann hinterm Steuer zeigte deutliche Ungeduld, als sich Gregor noch einmal in den Wagen beugte; deshalb richtete er sich gleich wieder auf.

»Tut mir leid, wir müssen los«, sagte Reni. »Es müssen ja nicht wieder dreißig Jahre werden.« Sie zog ihre Tür zu, der junge Mann ließ den Motor an, der Wagen kam sanft in Fahrt, und Gregor blieb allein zurück.

38 Seinesgleichen geschieht: Gregor und die Propaganda der Tat

Vier Wochen lang wartete er täglich auf einen zweiten Besuch seitens der Vertreter der Sicherheit, der Autoritäten, der Polizei. Man hatte ihn fünf Tage nach der Aktion vernommen; damit hatte er gerechnet. Er war zum Zeitpunkt der Tat nachweislich im Frühstücksraum einer Frankfurter Pension gewesen, bevor er sich auf die Rückfahrt nach Bonn gemacht hatte. Ja, mit dem Zug, die Fahrkarten hatte er schon zur Abrechnung nach Frankfurt geschickt. (Der Mietwagen, den er in Koblenz übernahm, war von jemand anderem für ihn gemietet worden; sein Name tauchte nicht auf.) Er hatte damit gerechnet, dass man sowohl sein winziges Büro an der Uni wie auch seine Wohnung in Bonn durchsuchte. Nichts dergleichen geschah. Er wurde auch nicht gefragt, wo er sich in den Tagen nach der Aktion aufgehalten habe. Auch auf die Kampagne wurde er nicht angesprochen. Er hatte allerdings nie offiziell mit seinem Namen irgendwo für die Kampagne gehandelt oder unterzeichnet, er war vor allem der Kurier gewesen. Die beiden Ermittlungsbeamten, die ihn zu Hause in seiner Wohnung besuchten (wenigstens einen Blick also wollten sie darauf werfen), bedankten sich nach einer halben Stunde höflich und gingen. Das war es *noch nicht,* dachte Gregor, und seitdem wartete er. Es kann doch nicht sein, dass man heutzutage einfach so davonkommt. Obwohl Carl ja auch davongekommen ist, hoffentlich zu seinem Glück.

Er wartete auf Anrufe, Anfragen, Vorladungen. Er wartete noch immer auf die Wohnungsdurchsuchung, auch wenn das etwas spät gewesen wäre. Er wartete darauf, dass zwei Männer kamen und ihn in die Mitte nahmen. Darauf, dass man ihn auf der Straße festnahm oder aus dem *Café Müller-Langhardt* holte. Etwas musste doch geschehen. Schließlich war bekannt, dass er Carl in der Haft besucht hatte, nicht nur einmal.

Einen ganzen kalten und verregneten Juni lang wartete Gregor, bis er schließlich nicht mehr daran dachte. Ein wenig erstaunt war er darüber, wie weit die Maschen in den Fangnetzen des Staates geknüpft, wie durchlässig sie doch waren. Etwas erstaunter noch war er über sich selbst, dass er in der Lage gewesen war, solche Aktionen durchzuführen, mit Erfolg sogar. *Eigentlich war ich immer eher ein Zuschauer, manchmal auch ein Kommentator. Selbst in meiner Zeit als Berater. Ich wäre nie auf die Idee gekommen, selbst Akteur werden zu wollen. Staatssekretär? Gott bewahre, da hätte ich sofort Nein gesagt.*

Den Juli noch pendelte er in einem unvermindert kalten Sommer zwischen Bonn und Frankfurt. Dann kamen die Ferien, und Mitte August fuhr er nach Hamburg, um mit Nott zu sprechen. Sie trafen sich in einem Hotel vis à vis vom Hauptbahnhof, auf der Seite Sankt Georg. Notts Kontakt zu Carl war vielfach vermittelt und verschlüsselt; die Staatsmacht hätte, um dahinterzukommen, klüger sein müssen, als sie anscheinend war. Dennoch sah Gregor sich dreimal um, bevor er das Hotel betrat. Nott hatte am Fenster gesessen und ihn beobachtet.

»Wenn du dich so aufführst«, sagte er lächelnd, »sinken die Chancen rapide, dass wir unbeachtet bleiben. Setz dich.«

Die Tische waren weiß gedeckt, sonst kahl: Aber jetzt kam eine Auszubildende, um auf jedem eine kleine Vase mit einem Sträußchen abzustellen. Sie bestellten Kaffee. Draußen zogen nah am Fenster Eilige vorbei, einzeln und in Gruppen. Andere standen vor der roten Ampel und warteten auf das Zeichen, die Kirchenallee überqueren zu können und danach im Gewölbe des Hauptbahnhofs zu verschwinden. Es war Freitagnachmittag, der Drang ging aufs Wochenende: ins Reihenhaus oder in die Hochhauswohnung an der Mundsburg, zur Geliebten oder zur Frau, in die Eckkneipe oder den Garten.

»Manchmal habe ich alle ganz lieb«, sagte Gregor. »Könnte sie alle umarmen. Auch die, die ich nicht kenne. Gerade die, die ich nicht kenne.«

»*Ich liebe euch doch alle*«, sagte Nott und grinste.

Der Kaffee kam, und als die Kellnerin gegangen war, sagte Nott: »Deinem Freund Carl geht's ganz gut.«

Sie hatten ihn in Amsterdam untergebracht. Das bot sich an. Je größer die Stadt, desto besser. Dort gab es das dichteste Netzwerk. Sie hatten ihm eine winzige Wohnung in De Pijp besorgt, in der Frans-Hals-Straat. Und der Archivar Carl Schelling, der jetzt übrigens Heiner Röttgen hieß, nachzulesen in dem von Arie Kousbroek angefertigten Pass, einem Meisterwerk, arbeitete nun in der Küche eines kleinen

Restaurants am Zeedijk und berechtigte, was seine Kochkünste anging, zu den schönsten Hoffnungen: wusste Nott zu berichten. Späterer Aufstieg nicht ausgeschlossen. Da staunte Gregor sicher nicht schlecht?

Nein, das tat er nicht. »Er war wohl schon immer ein erstklassiger Koch«, sagte er statt dessen. »Anita hat mir davon erzählt. Ich hatte nur einmal das Vergnügen, ein Dessert von ihm zu probieren. Köstlich.«

Heiner Röttgen, das sollte Gregor noch wissen, falls er ihn je in Amsterdam besuchen wollte – *Gott bewahre!* machte Gregor mit beiden Händen: *viel zu riskant!* –, Heiner Röttgen war vor drei Jahren aus Mönchengladbach nach Holland eingewandert, zunächst nach Utrecht und dann nach Amsterdam. Der Pass machte ihn nun fünf Jahre jünger. Und vor Mönchengladbach und Utrecht, da war er sehr lange in Frankreich gewesen. Ein Abenteurer eben, dieser Heiner Röttgen. Ein Vagant. Ein Lebenskünstler.

»Warum denn Frankreich, zum Teufel?«

»Weil Carl ziemlich passabel Französisch spricht, sich in Frankreich auskennt und das doch recht nah liegt für einen Koch. Außerdem ist Frankreich groß.«

»Gut. Das sehe ich ein.«

»Das kannst du nun alles Anita melden, wenn du willst. Wie geht es dir sonst?«

Gregor zuckte mit den Schultern.

»Ich weiß nicht.«

Am nächsten Morgen im Zug zurück nach Bonn sah er auf der Seite 12 einer deutschen Qualitätszeitung ein Foto von Professor Jerschel. Es passierte ihm nicht zum ersten Mal, beim Aufschlagen einer Zeitung auf dieses Gesicht zu stoßen, das forsch und entschieden, aber auch ernst und verantwortungsbewusst in die Kamera blickte. In gewisser Hinsicht war Jerschel so etwas wie sein Nachfolger geworden, nur wesentlich öffentlichkeitsbewusster, als Gregor es je gewesen war. Der kleine Redenschreiber von einst, über den sich

Gregor bei seiner Vorstellung in Bonn noch mokiert hatte, gehörte nun dem engsten Kreis des Kanzlers an, war ein sogenannter Vordenker, ein Begriffs- und Meinungsbildner geworden, jemand, der *Themen besetzte.* Zu seinen Steckenpferden hatte in den vergangenen Jahren unter anderem die »weltpolitische Verantwortung Deutschlands« gehört, ferner die »Pflicht zur humanitären Intervention«, auch wenn das eigene Land da noch nicht ganz mitziehen wollte oder konnte. Über »Deutschlands Rolle in Mitteleuropa« dachte er angeregt und öffentlich nach, dabei nicht selten die Meinungsseite der Zeitung benutzend, die Gregor jetzt gerade in der Hand hielt. Mit manch anderen diskutierte er über »Normalisierung« und »gesunden Patriotismus«, ohne sich dabei allerdings zu der Forderung zu versteigen, der Tag in deutschen Schulen möge mit dem Absingen der Nationalhymne beginnen. Auch das Schulgebet favorisierte er nicht; für Werte aber trat er ganz entschieden ein, mochte man auch nicht immer wissen, welche denn nun gemeint waren. Kurz, Professor Jerschel war in den letzten fünf Jahren zu einem Chefideologen geworden.

Vor ein paar Wochen, als Gregor mit Glotz zum vermutlich letzten Mal im Rheinhotel Schulz saß – »ich gehe nach Erfurt, mein lieber Korff, an die neue Universität« –, hatte er ihm gebeichtet, dass er es gewesen war, der diesen Jerschel nach Bonn geholt hatte. Er hatte ihm von der New-Wave-Kneipe in Neukölln erzählt, damals, kurz nach der Wende. (Man sagte jetzt oft: »damals, kurz nach der Wende«, als sei das schon sehr lange her.) Von Jerschels roter Lederkrawatte erzählte er und von seinem Kampf ums Gleichgewicht am Tresen, von seinen leuchtenden Augen beim Klang des Wortes Geschichte, von seiner Verzückung, als er erfuhr, mit wem er es zu tun hatte.

»Ich könnte mich heute noch ohrfeigen, dass ich den für die Redenschreibergruppe vorgeschlagen habe«, sagte Gregor.

»Machen Sie sich keine Vorwürfe«, sagte Glotz. »Wenn er

es nicht wäre, wäre es ein anderer. Diese klugen Professoren, die gern mitmischen möchten, sterben nie aus. Und seine Begriffe hat er ja auch nicht für sich gepachtet. Von Normalität und Normalisierung faselt heute schließlich jeder. Deshalb haben wir ja auch endlich wieder Krieg in der Nachbarschaft.«

Diesmal belehrte Professor Jerschel seine Leserschaft über Grundwerte. Gemeint waren nicht Grundrechte wie etwa die Unverletzlichkeit der Wohnung oder das Brief- und Fernmeldegeheimnis, sondern eher charakterliche Tugenden, die er in diesen Zeiten vermisste. Die Formulierungen des Artikels waren teilweise schon etwas angegangen, hatten leichten Schimmelgeruch. Entscheidend schien eher, sie noch einmal durch bewusste Schlichtheit zu kräftigen und an prominenter Stelle zu bündeln. Jerschels Argumentation ging davon aus, dass eine »falsch verstandene Form der Selbstverwirklichung« einen »allgemeinen Werteverlust« herbeigerufen habe, über den nachzudenken sei. »Politisches Handeln«, ging es weiter, »kann den ethischen Grundkonsens eines Volkes niemals ersetzen. In diesen Grundkonsens gehören auch Tugenden wie Rücksichtnahme und Hilfsbereitschaft, Dankbarkeit und Höflichkeit, Anstand und Würde. Sie sind bei uns allzu lange als altmodisch verschrien und als minderwertige Sekundärtugenden verspottet worden. Wer aber zur Mündigkeit erziehen will, darf eben sittliche Ansprüche nicht herunterschrauben.« Gregor legte die Zeitung beiseite, sah draußen die sattgrünen Weiden des Münsterlands vorbeiziehen und dachte über das Herunter- und Heraufschrauben sittlicher Ansprüche nach. Er warf einen flüchtigen Blick auf den Schluss des Artikels, um nachzuschauen, ob Jerschel inzwischen doch beim Schulgebet angekommen war. Das war offensichtlich noch nicht der Fall. Gregor dachte auch darüber nach, ob Würde eine Tugend sein könne, wie denn der ethische Grundkonsens eines Volkes zustande komme und ob es wohl auch eine richtig verstandene Form der Selbstverwirklichung gebe. Wenn ja, wer repräsentierte sie? Der Kanzler selbst vermutlich, der lange darum gekämpft hatte, dieses Amt zu erobern und es nun schon vierzehn Jahre lang entschlossen besetzte und gegen alle Angriffe verteidigte. Das war sicher eine Form der Selbstverwirklichung. Oder sein kleinerer Kollege, der Bundestrainer, den niemand so recht hatte ernst nehmen wollen und der vor ein paar Monaten mit seiner Nationalmannschaft Europameister geworden war. In London, bei den größten Feinden der deutschen Einheit!

Er nahm sich den Artikel noch einmal vor. Dass er all diese Sätze und Wendungen schon einmal irgendwo gelesen zu haben glaubte, überraschte ihn nicht weiter. Es gab in diesem Bereich nichts Neues unter der Sonne, und was insbesondere Jerschel da aufwärmte, waren nun wirklich sehr alte Kamellen. Was ihn irritierte, war die Tatsache, dass er diese Sätze mit einer Stimme verband, die nicht die Jerschels war, sondern die des Kanzlers selbst. Aber natürlich, schließlich schrieb unter anderem Jerschel ja die Reden des Kanzlers! Ja, der war jetzt wirklich da angekommen, wovon er damals gegen Mitternacht in der Neuköllner Kneipe geträumt hatte. Und hatte nicht einmal seinen Lehrstuhl an der Freien Universität aufgeben müssen. Irgendwelche späten Stasi-Enthüllungen waren kaum zu erwarten, weil er erst später in die Politik eingestiegen war. Wenn einer sich selbstverwirklicht hatte, in der richtig verstandenen Form natürlich, dann Professor Volker Jerschel. *Und ich Blödmann habe ihm dabei geholfen.*

Sechs Wochen später, der Kanzler hatte gerade mit 5145 Tagen Amtszeit einen neuen deutschen Rekord aufgestellt, veranstaltete die Industrie- und Handelskammer der Stadt Köln eine Podiumsdiskussion zum Thema »Wertewandel oder Werteverfall?«. Eigentlich wusste niemand so recht, warum gerade dieser Verein das machte, dessen eigentlicher Zweck doch darin bestand, seine Zwangsmitglieder abzukassieren.

Eingeladen waren Professor Dr. Volker Jerschel, 40, Berlin und Bonn, der Schriftsteller und Publizist Paul Schuster, 56, Berlin, Frau Professor Noelle-Neumann, 79, Allensbach und der Erziehungswissenschaftler Heinrich Hördle, 42, Tübingen. Die Diskussion fand im großen Veranstaltungssaal der IHK in Unter Sachsenhausen statt und war öffentlich. Sobald Gregor davon erfahren hatte, besorgte er sich eine Karte und traf zu Hause seine Vorbereitungen. Obwohl handwerklich nicht besonders geschickt, gelang es ihm doch in stundenlanger Arbeit, das Gewünschte zu verfertigen. Vielleicht hätte sich Carl auf so etwas beschränken sollen, dachte er, dann hätten wir ihn nicht aus dem Gefängnis holen müssen.

Am fraglichen Abend war Gregor früh da und setzte sich in die zweite Reihe. Die Plätze auf dem Podium waren noch leer, aber schon durch Namensschilder markiert. Ganz links würde Hördle sitzen, den er nicht kannte, neben ihm Frau Noelle-Neumann. In der Mitte saß der Moderator, Dr. Rieck, ein routinierter Rundfunkmann. Jerschel folgte, und rechts ganz außen saß Paul Schuster. Der war ein paar Jahre älter als Gregor, ging aber immer noch als fast jugendlicher Schriftsteller durch, der von Zeit zu Zeit mit einer energischen Kopfbewegung sein Haar zurückwarf. Er schrieb eigentlich keine Bücher mehr, was zu begrüßen war, sondern flammende Artikel, und war auf allen Podien zu finden. Einer der flammenden Artikel hatte im vergangenen Jahr dazu aufgerufen, endlich Bodentruppen der NATO in Bosnien einmarschieren zu lassen und dem »gnadenlosen und zynischen Pazifismus« ein Ende zu machen. Einst war er zum Studium nach Berlin West gegangen, um dem Wehrdienst zu entkommen. Einst hatte er sogar einen wirklich guten Text geschrieben, eine Rede, gehalten während der Besetzung eines Instituts an der Universität, die rhetorisch von großer Schönheit war. Der Text dieser Rede war an verschiedenen Stellen abgedruckt worden, und Gregor hatte ihn schon mit Begeisterung gelesen, bevor er selbst nach Berlin West kam. Dann hatte Schuster angefangen, zähe Romane zu schreiben, und schließlich hatte er nur noch Meinungen geäußert. Deshalb war er so gern gesehen auf allen Podien. Auf den freute Gregor sich besonders, während der Saal sich langsam füllte. Erstaunlich, dachte er, wie viele Leute sich für so ein abgelutschtes Thema wie den Werteverfall interessieren.

Eine Weile saß er mit seiner kleinen Aktentasche auf dem Schoß, wie ein Angestellter, der direkt nach Feierabend in eine Veranstaltung geraten ist, an der teilzunehmen er sich eigentlich nicht befugt fühlt. Dann stellte er die Tasche behutsam auf den Stuhl neben sich.

Als die Diskussionsteilnehmer einmarschiert waren, hielt ein Vertreter der Industrie- und Handelskammer eine kurze Begrüßungsansprache, in der er, mit angestrengtem Blick auf seinen Zettel, die drei Herren und die eine Dame vorstellte. Dann bekam Rieck das Wort, sprach gut gelaunt von Umbruchszeiten und erschwerter Orientierung, streifte den Mauerfall und die Veränderungen in Mitteleuropa, kam kurz auf die Verhältnisse an den Schulen und stellte dann die erste Frage an Frau Noelle-Neumann, wie es sich gehörte. Frau NN führte den Werteverfall, der für sie außer Frage stand, auf schwindende Bindung an Religion und Kirche, auf sinkende Akzeptanz von Normen, auf den Bedeutungsverlust traditioneller Tugenden zurück, etwa: Höflichkeit, gutes Benehmen, Pünktlichkeit, Ordnung, Sparsamkeit. Hier durfte Jerschel verstärkend einhaken, danach unterfütterte Schuster diese Tendenz philosophisch und glänzte mit Beispielen aus der Literatur, in der es ja oft um sich auflösende Gesellschaften, um Krisenzeiten gehe. Allein dem Erziehungswissenschaftler sah man die Bauchschmerzen bei diesem allgemeinen Lamento an. Er versuchte tapfer, empirisch dagegenzuhalten, und wies darauf hin, dass die Gesellschaft, in der man lebe, sich weder auflöse noch auch nur in einer außergewöhnlichen Krisensituation befinde. Seine Chancen standen nicht gut, weil ihn keiner kannte. Auch Jerschel kannte kaum jemand; man wusste aber, dass er ganz nah beim Kanzler war, von dessen Macht ein Abglanz auf ihn fiel, so wie einst ein Abglanz von der Machtfülle des Ministers auf Gregor gefallen war, als der sich noch im Kanzleramt herumtrieb. Schuster war vielen im Publikum ein Begriff, weil dieses die einschlägigen Zeitungen und Magazine las. Und Frau Noelle-Neumann war einfach Frau Noelle-Neumann, das verstand sich von selbst.

Das war die Rollenverteilung, und so lief der Abend ab. Tapfer focht man drei gegen einen, das Publikum applaudierte bei den besonders griffigen Stellen, und Paul Schuster warf ab und zu sein Haar zurück. Es war sehr praktisch für Gregor, dass Schuster und Jerschel nebeneinandersaßen. Nach einer Dreiviertelstunde öffnete er behutsam und unauffällig seine Aktentasche, um zur Tat zu schreiten. Schuster hatte sich gerade über seine jungen Jahre ausgelassen und in einem entschlossenen *mea culpa* am Ende den erschütternden Satz gesagt: »Wir waren damals keine Demokraten!« Das Publikum war mehrheitlich ebenso gebannt von diesem Schuldeingeständnis wie Professor Jerschel und Frau Professor Noelle-Neumann, während Dr. Hördle gelangweilt in irgendwelchen Papieren blätterte. Gregor war kein guter Werfer; das Schlagballwerfen war bei den Bundesjugendspielen immer seine schwächste Disziplin gewesen, später dann das Kugelstoßen. Er führte den ersten Wurf dennoch mit einer gewissen Lockerheit aus, und der Überraschungseffekt war so groß, dass ihn auch am zweiten niemand hinderte. Das erste Farbei traf Paul Schuster an der rechten Schulter; rot lief die Sauce das dunkle Sakko hinunter. Das zweite, grün gefüllt, schlug auf dem Tisch unmittelbar vor Jerschel auf, der zurückzuckte, aber dennoch wenigstens bekleckert wurde. Gregor blieb mit hängenden Armen stehen und wartete. Seine Nachbarin zur Linken, eine mittelalte Dame, aus dem Bibliothekswesen vielleicht, blieb sitzen und sah zu ihm auf, erstaunt, aber nicht empört. Rechts neben ihm der Stuhl war unbesetzt, weil seine Aktentasche darauf gelegen hatte. *Was geschieht nun?* dachte Gregor. Niemand kam auf ihn zugestürzt. Hauseigene Sicherheitskräfte schienen es hier nicht zu geben, von Polizei ganz zu schweigen. Er hatte doch damit gerechnet, dass man ihn wegzerrte. Statt dessen konnte er in aller Ruhe beobachten, wie Paul Schuster sein Sakko auszog und Professor Jerschel aufgestanden war und etwas irritiert auf seinen Schoß blickte. Der Moderator murmelte etwas Unverständliches und blieb eigenartig hilflos. Dann kamen endlich doch zwei geschmeidige Herren in den Dreißigern auf Gregor zu, bauten sich vor ihm auf und baten ihn, mitzukommen.

»Aber selbstverständlich komme ich mit«, sagte Gregor. »Sie müssen mich nicht festhalten.« Er schaute noch einmal zum Podium und sah jetzt Jerschels Blick auf sich gerichtet. Der hatte ihn erkannt.

»Tut mir leid, Herr Kollege«, rief Gregor, »aber das musste sein.« Dann ging er mit den beiden Herren mit, die ihn aufmerksam in ihrer Mitte hatten, ihn aber nicht anrührten. Gregor drehte sich noch einmal um und rief: »Wo haben Sie denn Ihre rote Lederkrawatte gelassen?«

39 Eine kurze Geschichte des Farbeis

»Der Wurf eines Farbeis«, las er eine Woche später in Notts Brief, »kann durchaus strafbar sein. Wird eine Person getroffen, kann eine Körperverletzung vorliegen (§ 223 StGB). Die Tat wird nur auf Antrag verfolgt.«

Strafanträge von Volker Jerschel oder Paul Schuster lagen bisher nicht vor. Natürlich konnte das noch kommen, schon allein, um dem Werteverfall Einhalt zu gebieten. Auf der anderen Seite konnte Gregor sich nicht vorstellen, dass Jerschel sich lächerlich machen wollte. Er musste damit rechnen, dass Gregor die Ursprünge seiner Karriere offenlegen würde. Schließlich hatten seitdem schon mehrere Journalisten bei ihm angerufen, um die *Hintergründe der Aktion zu erfahren,* wie einer von ihnen sich ausgedrückt hatte. In den Presseberichten war auch von der *ominösen roten Lederkrawatte* die Rede, zu der sich aber bisher *weder Professor Jerschel noch der Täter* hatten äußern wollen. *Der Täter* hatte sich bisher gegenüber der Presse gar nicht äußern wollen. Man wusste aber immerhin, dass er *bis kurz nach der Wende* als Berater des früheren Kanzleramtsministers gearbeitet hatte und dann *nach der Aufdeckung von Stasiverwicklungen entlassen worden war.* Er *darf heute an der Universität Frankfurt tätig sein,* empörte sich ein Blatt, das über *das Attentat in der Industrie- und Handelskammer* berichtete.

»Geht der Wurf daneben und die Farbe bekleckert Kleidung, Wände oder andere Gegenstände«, schrieb Nott weiter, »kann eine Sachbeschädigung vorliegen (§ 303 StGB). Das richtet sich danach, wie schwer die Farbe zu entfernen ist und ob das äußere Erscheinungsbild der verschmutzten Sache erheblich verändert ist.«

Schusters Sakko, Jerschels Hose, dachte Gregor. Das äußere Erscheinungsbild von beiden war natürlich erheblich verändert. Das Podium war auch bekleckert. Das hatte aber die vier Streiter nicht gehindert, die Diskussion nach kurzer Unterbrechung, in der unter anderem das Podium ausgetauscht wurde, fortzusetzen. Man konnte schließlich nicht über Werteverfall diskutieren und bei der ersten kleinen Attacke zurückweichen. Das hätte geheißen, dem Werteverfall Vorschub zu leisten.

»Zu den Bemalungs- und Beschmutzungsfällen gibt es umfangreiche Literatur und Rechtsprechung«, schrieb Nott weiter, »da war vieles lange strittig, der Verurteilungswille hat sich dann aber doch durchgesetzt.«

Verurteilungswille. Schön formuliert, dachte Gregor. Könnte von Carl Schmitt sein.

»Es kommt darauf an, ob Jerschel und Schuster als öffentliche Personen eingeschätzt werden«, schrieb Nott in einem Postscriptum. »Dann ist zwar ebenfalls ein Strafantrag erforderlich; die Staatsanwaltschaft kann aber wegen des besonderen öffentlichen Interesses von Amts wegen die Strafverfolgung einleiten. Das glaube ich in diesem Fall jedoch nicht, auch wenn Paul Schuster ein staatstragender Schriftsteller ist.«

Es folgte ein handschriftlicher Zusatz: »Ich soll Grüße ausrichten vom Koch des Restaurants *Het Melkmeisje* in Amsterdam. Es geht ihm gut, und es würde ihm eine Freude bereiten, Dich eines Tages zu beköstigen.«

Er steckte den Brief in die Innentasche seines Sakkos, während der Zug die Loreley passierte, die im Novembernebel hing, lehnte sich in seinem Sitz zurück, schloss die Augen und überließ sich seiner Erinnerung an einen schönen Maiabend in Westberlin, 1969. Früher Abend noch und also taghell. Man saß in den Räumlichkeiten der Evangelischen Studentengemeinde in Dahlem, um eine Diskussion zu verfolgen, von der Gregor eigentlich kein Wort verstand. Er hatte mit der Evangelischen Studentengemeinde nichts zu tun: An ihren Gott – oder irgendeinen anderen – glaubte er nicht. Es ging aber nicht um Gott, sondern um Fragen der Hochschulverfassung. Gregor interessierte sich auch dafür nicht, aber ein früherer Mitschüler, der schon zwei Semester vor ihm das Studium in Berlin aufgenommen hatte, hatte ihn dorthin mitgenommen. Gregor war neu: in der Stadt, an der Universität, in den Seminaren, zwischen den Konflikten, die er nicht verstand. Nichts wünschte er sich mehr, als sich bald zurechtzufinden. Wenn er gar nichts mehr verstand, flüchtete er ins Kino. Aber das war meistens spätabends. Jetzt war es erst sieben Uhr. Durchs offene Fenster hörte man draußen in einem Baum die Vögel. Der Stellvertreter des Wissenschaftssenators war da, die Professoren Gollwitzer und Taubes und ein Studentenvertreter, dessen Namen Gregor vergessen hatte. Es ging um Drittelparität und andere Dinge, von denen Gregor nicht das Geringste verstand. Er klammerte sich an einzelne Worte, die ihm bekannt vorkamen. Er wollte jetzt nicht gehen, keine Niederlage eingestehen. Er war immer noch nicht angekommen, obwohl er schon vier Wochen in der Stadt war. Das mochte er niemandem verraten.

Dann öffnete sich langsam die Tür des Veranstaltungsraums. Zwei junge Männer und eine Frau huschten hinein, leise und ohne ein Wort, gleichsam auf Zehenspitzen; niemand hatte sie kommen gehört. Man hatte kaum Zeit, ihre Gesichter zu lesen, schon hatten sie ihre Farbeier geworfen – *abgeworfen,* dachte Gregor jetzt, *wie Bomberpiloten* – und waren wieder verschwunden. Es hatte vor allem den stellvertretenden Wissenschaftssenator getroffen, der wohl das Hauptziel gewesen war. Aber auch Taubes war bekleckert und der Studentenvertreter, nur Gollwitzer war ganz unbeschadet davongekommen.

Die Reaktion der Getroffenen wie der Zuschauer war, ähnlich wie viele Jahre später bei Gregors Aktion, eher Betretenheit als Empörung. Es war allerdings auch eine gewisse einverständige Reaktion, denn da solche Aktionen damals auf dem Gelände der Freien Universität Berlin und in der unmittelbaren Nachbarschaft, zu der man die Evangelische Studentengemeinde zählen konnte, an der Tagesordnung waren, schien niemand wirklich überrascht. *Bringen wir es möglichst schnell hinter uns,* hieß eher die Grundhaltung, *sollen sie ihre Farbeier werfen und dann abziehen.* Auch damals hatten die Herren auf dem Podium (eine Dame war nicht dabei gewesen) nach einer kurzen Pause weitergemacht, nachdem die drei Revolutionäre schnell wieder verschwunden waren, ohne dass jemand versucht hätte, sie aufzuhalten. Man war kurz in die im selben Haus gelegene Dienstwohnung des Studentenpfarrers gebeten worden, um sich oberflächlich zu reinigen, und kehrte dann zu Fragen der Machtverteilung an den Universitäten zurück.

Bei den seltsamsten Anlässen und den eigenartigsten Situationen war später das Bild dieses schönen Maiabends vor Gregor wieder aufgetaucht. Er erinnerte sich noch, dass Taubes einen hellgrauen Anzug und dazu ein weißes Hemd ohne

Krawatte trug, während Gollwitzer eher dunkel gekleidet war. Er hörte wieder die Vögel draußen im Baum, und so kurz er auch nur die Gesichter der drei Werfer gesehen hatte, so deutlich hatte sich ihm ein bestimmter Eindruck eingeprägt: der des Unerlösten. Er fand kein anderes Wort. Die zwei jungen Männer und die junge Frau (*die beiden Jungen und das Mädchen,* dachte Gregor auch manchmal und hielt das für passender) wirkten bei ihrer kurzen Aktion eher gehemmt. Sie lachten nicht, nachdem sie ihre Farbeier geworfen hatten, ihre Mienen blieben so angespannt wie ihre Körper, und was Gregor noch immer am meisten beschäftigte, war die vollständige Lautlosigkeit ihres Kommens und Gehens. *Sie waren nicht befreit, nachdem sie es getan hatten.*

Er selbst schleuderte während seines ganzen Studiums nicht ein einziges Mal so ein Wurfgeschoss. In den ersten Semestern ergab es sich nicht, und später in seiner Kadertruppe, seiner Firma, wie er sie dann nannte, waren derartige Aktionen selbstverständlich verpönt, kleinbürgerlicher Aktionismus. Genosse Mao, der ein Farbei warf: undenkbar.

In Sitzungen und bei offiziellen Empfängen, im kleinen Kreis beim Kanzler und im Theater, auf einer Zugfahrt und einmal sogar auf einer Trauerfeier war die Erinnerung an diesen Abend plötzlich zurückgekehrt, immer begleitet von dem Gefühl des Unerlösten: Als sei das damals nicht ganz zu Ende gebracht geworden, als hätte Gregor noch etwas zu tun. An jenem Abend in den Achtzigern bei Frau Mohr-Hagen etwa war das Erinnerungsbild sehr stark, und ganz sicher hätte er da geworfen, wenn er denn ein Farbei bei sich geführt hätte. Nun, da er es endlich getan hatte und nicht weggelaufen war, sondern gewartet hatte, bis ihn jemand mitnahm, wusste er nicht genau, wie er sich fühlte. Lächeln musste er, wenn er an den Überraschungseffekt dachte; das war ihm gelungen. Damit konnte schließlich keiner rechnen, dass der einstige Politikberater Gregor Korff in einer Veranstaltung der Kölner Industrie- und Handelskammer zwei Farbeier werfen würde. Aber ein wenig enttäuscht war er andererseits, wie lasch die Reaktionen im Publikum und selbst bei den Betroffenen gewesen waren. Von Jerschel würde bestimmt kein Strafantrag gestellt werden, und vermutlich würde auch der bedeutende Autor Paul Schuster davon absehen, obwohl man bei dem nie wissen konnte. Die Industrie- und Handelskammer würde Gregor natürlich wegen Sachbeschädigung belangen wollen, das war verständlich. Aber seine Aktion hatte sich ja eigentlich nicht gegen die Industrie- und Handelskammer gerichtet, die ihm herzlich egal war. Die einzigen, die sich aufregten, aber das aus professionellen Gründen und in rein professioneller Manier, waren die Schreiber von *Bild*.

Niemand hatte gelacht, das war es. Niemand außer Anita, die seine Aktion als *schräge Idee* bezeichnet hatte, und Glotz, der ihn aus Erfurt angerufen hatte.

»Nicht mein Stil, das wissen Sie«, sagte er, »ich habe auch in meinem Studium so etwas nicht gemacht. Das gab es damals noch nicht. Aber trotzdem *chapeau*, mehr noch wegen Schuster als wegen Jerschel. Den habe ich gefressen. Man kann ja in seiner Jugend Revolutionär spielen und sich später ändern, aber deshalb muss man doch nicht diese Werteschleimerei mitmachen. Am liebsten würde ich Sie auf der Stelle zum Essen einladen, Korff. Unkel oder Bad Honnef. Aber ich kann aus Erfurt nicht weg, hier ist zu viel zu tun. Hoffentlich kriegen Sie keine Schwierigkeiten. Halten Sie mich auf dem Laufenden.«

Schwierigkeiten bekam er natürlich. Nach der Rückkehr aus Frankfurt fand er in der Post zwei Briefe, von denen der eine von der Staatsanwaltschaft kam, der andere von seinem Vermieter. Die Staatsanwaltschaft informierte ihn darüber, dass er seitens der Industrie- und Handelskammer der Sachbeschädigung beschuldigt werde, und zwar, indem er einen Tisch, zwei Stühle und den Fußboden mit Abtönfarbe erheblich verunreinigt habe. Das war zu erwarten gewesen. Sein Vermieter informierte ihn darüber, dass er ihn nicht mehr haben wollte, nachdem er in den vergangenen Tagen in der Zeitung gelesen hatte, was Gregor getan hatte. Nicht einmal darüber, dass er gar nicht mehr in der Politik war, sondern an der Universität, hatte er ihn unterrichtet! Der Mann sah ein Vertrauensverhältnis gestört und kündigte ihm die Wohnung zum 1. Juni nächsten Jahres. Gregor war seinem Vermieter, der in Andernach wohnte, bisher nur zweimal begegnet, beim Abschluss des Mietvertrags und einmal, als es um den Einbau des Fahrstuhls ging und der Mann zu einer Ortsbesichtigung nach Bonn kam. Dieser Brief war nicht zu erwarten gewesen, und das Ganze war auch nicht so einfach, wie sein Vermieter sich das vorstellte, das wusste Gregor. Er hatte seine Miete zu bezahlen und die Hausordnung einzuhalten; beides tat er. Allgemeines Wohlverhalten in der Öffentlichkeit war nicht Gegenstand eines Mietvertrages.

Aber vielleicht sollte ich den Brief als eine Anregung lesen, dachte er. *Vielleicht sollte ich gehen. Wenn ich nur wüsste, wohin.*

40 Himmelsrichtungen

Das grelle Sonnenlicht des späten Vormittags blieb zurück, nachdem er in den Bauch der Halle von Amsterdam CS eingetaucht war. Ein großer Schwarzer warf ihm einen fragenden Blick zu, ein gezischtes Verkaufsangebot folgte: Gregor kannte sich in den Sorten nicht aus. Er schüttelte unwillig den Kopf und ging weiter. *Ich sehe immer noch nicht alt genug aus, um in Ruhe gelassen zu werden.* Er kaufte sich zwei Zeitschriften und ging dann zum Bahnsteig hoch, wo der Zug schon abfahrbereit stand.

»Du kannst jederzeit hierherkommen, wenn du drüben keine Lust mehr hast«, hatte Carl zum Abschluss gesagt. »Du hast mir geholfen, ich helfe dir. Arie Kousbroek ist immer noch aktiv.«

»Ich brauche keinen neuen Pass und keinen neuen Namen«, hatte Gregor geantwortet.

»Es lebt sich aber gut damit.«

Er war vorgestern angekommen, bei ähnlich strahlendem Juniwetter wie heute, und hatte sich ein Zimmer im Hotel *Prins Hendrik* genommen. Vor ein paar Jahren wäre er noch ins *Golden Tulip* gegangen, aber inzwischen musste er sein Geld etwas mehr zusammenhalten. Die Sachbeschädigung in der IHK Köln war noch problemlos zu bezahlen gewesen. Aber nach Monaten eines absurden Briefwechsels war sein Vermieter im Mai schließlich auf den Gedanken gekommen, ihn wegen Eigenbedarfs zu kündigen. Den musste er auch erst einmal nachweisen, aber Gregor hatte keine Zweifel, dass es ihm am Ende gelingen würde. *Wer weiß, vielleicht muss ich eines Tages auch einen neuen Pass bezahlen können. Völliger Blödsinn natürlich, niemand verfolgt mich.*

Niemand verfolgt mich.

Nur sein Vertrag an der Frankfurter Universität war nach dem Wintersemester nicht verlängert worden. Es seien Mittel gestrichen worden, und naturgemäß fielen Stellen wie seine solchen Kürzungen zuerst zum Opfer. Das war die dürre Mitteilung der Universität. Frau Professor Marck bedauerte, aber ihr Bedauern war verhalten. Das Verhältnis zwischen ihr und Gregor hatte sich in den letzten Jahren sehr zur Routine abgekühlt. Gregor, das hatte sie herausgefunden, war nicht der leidenschaftliche Forscher, den sie sich versprochen hatte, und er war auch nicht ihr Verbindungsglied zur wirklichen Politik, wie sie es sich vielleicht erhofft hatte. Gregor, das hätte er selbst ihr erzählen können, war es seinerseits leid, die hunderttausendste Trouvaille zu Carl Schmitt aufzutreiben. Genau besehen, das musste er sich eingestehen, war er diesen Mann Carl Schmitt selber leid. Diesen ehrgeizigen jungen Mann, der den Ausnahmezustand und einen Feind brauchte, um selbst jemand zu sein. Diesen kleinen Kaufmannssohn, der sich von einer serbischen Hochstaplerin hinters Licht führen ließ. Der war nicht mehr interessant für Gregor, diesen verträumten Beamtensohn, der sich von einer hannöverschen Stasimitarbeiterin hatte hinters Licht führen lassen.

»Mach dir keine Sorgen«, sagte Ulrich Goergen am Telefon, »irgendetwas finden wir schon für dich.«

»Mach dir auch keine Sorgen«, sagte Gregor, »ich werde schon selbst etwas für mich finden. Aber danke fürs Angebot, Uli.«

Niemand verfolgte ihn, aber er blieb vorsichtig. Auf keinen Fall wollte er Carl, der von seinem Kommen nichts wusste, in seiner Wohnung aufsuchen. Nicht einmal das Viertel wollte er sich ansehen, in dem Carl wohnte. Reni Fuchs hätte er gern besucht, aber er hatte keine Ahnung, wo sie wohnte. Statt dessen ging er ins *Stedelijk Museum* und sah sich lange Breitners *Dämmerung auf dem Rokin* an. Dann fuhr er ins Hotel zurück und vergrub sich. Auch am zweiten Tag blieb er meist auf seinem Zimmer. Oft stand er am Fenster und sah nach unten auf die Stadt, die er liebte. Davon hatte kaum einer eine Ahnung, nur Leo wusste davon. *Die Stadt der Räuber und der freien Geister.*

Erst am Abend des zweiten Tages ging er ins *Melkmeisje* und bekam einen kleinen Platz am Fenster, hoch über dem Kolk. Ein drahtiger junger Mann in schwarzen Jeans und schwarzem T-Shirt im Feinrippstil bediente ihn. Gregor aß eine Tomatensuppe, dann Gambas mit Knoblauch und Olivenöl, dann ein Straußenfilet in Kerbelsauce. Das Restaurant füllte sich. Draußen die Junisonne über dem Wasser mochte nicht untergehen. Über die Brücke drängelten sich in beiden Richtungen Passanten. Touristen und Einheimische saßen vor den Kneipen des Oudezijds Kolk, tranken und lärmten. Ein kleiner Schleppkahn zog unterm Fenster vorbei, auf dem ein junger Mann stand und ins Wasser pinkelte. Um halb neun wünschte Gregor, den Koch persönlich zu sprechen, um ihm seine Zufriedenheit ausdrücken zu können. Der junge Mann war hocherfreut, nickte und bat um etwas Geduld. In der Zwischenzeit werde er ihm noch ein Getränk auf Kosten des Hauses bringen.

Carl Schelling hatte in dem einen Jahr Küche nicht zugenommen. Er war noch immer der Terrier. Einen Moment stutzte er, als er Gregor sah, dann kam er lächelnd an seinen Tisch. Ein so schönes und müheloses Lächeln hatte Gregor an Carl nie vorher gesehen, in Berlin nicht und auch nicht in Köln. *Es geht ihm gut.*

Er wies auf den Stuhl gegenüber, und Carl setzte sich.

»Hätte ich vor zwei Monaten noch nicht gedurft«, sagte er, »aber jetzt bin ich der Küchenchef hier. Der alte hat gekündigt. Wegen mir.«

»Wegen dir?«

»Ja. Ich war ihm zu gut. Wir kamen nicht miteinander klar, und der Chef hat durchblicken lassen, dass er eher mich behalten würde als ihn. Da ist er von selbst gegangen. Hat es dir geschmeckt?«

»Es war großartig, aber ich hatte auch nichts anderes erwartet. Ich wusste ja, wer in der Küche stand. Ist das der Chef?«

Gregor zeigte auf einen zweiten, etwas älteren Mann in schwarzen Jeans und schwarzem Feinrippshirt, der zu ihnen hinübersah.

»Ja.«

»Weiß er, wer du wirklich bist?«

»Natürlich nicht. Und ich werde es ihm auch nicht erzählen.«

»Du machst keinen gehetzten Eindruck.«

»Ich bin wachsam. Das ist alles. Bist du schon lange in Amsterdam?«

»Zwei Tage.«

»Ich muss zurück in die Küche«, sagte Carl. »Komm um elf ins Café *De Roode Baron* am Zeedijk. Du gehst da unten nur über die Brücke.«

Er saß an einem kleinen Tisch gegenüber der Theke, an der die Stammgäste lärmten, die er im Halbdunkel der kleinen Kneipe nur undeutlich sehen konnte. Er hielt sich an seinem Bier fest; niemand von den Gästen sah zu ihm hinüber. Der Blick des Wirts galt nur seinem Glas. Carl kam um Viertel nach elf, winkte dem Wirt zu, bestellte ein Bier, wurde auch von einigen Thekengästen begrüßt und setzte sich dann zu Gregor an den Tisch.

»Hier nehme ich immer meinen Absacker«, sagte er. »Wo wohnst du?«

»Nicht weit. Hotel *Prins Hendrik*.«

»Du bleibst länger?«

»Nein, ich fahre morgen zurück.«

Eine kurze Pause folgte, ein leichter Anflug von Verlegenheit, dann kam Carls Bier. Er nahm einen Schluck und fragte: »Wie geht's an der Uni?«

»Gar nicht«, sagte Gregor und begann zu erzählen. Carl lächelte zuerst, lachte dann und war begeistert.

»Wunderbar«, sagte er am Ende. »Das hätte ich dir gar nicht zugetraut.«

»Ich mir vor ein paar Jahren auch noch nicht«, sagte Gregor. »Vergiss nicht, dass ich mal die Staatsmacht beraten habe.«

»Und wovon wirst du jetzt leben? Verschafft Uli dir eine neue Pfründe?«

»Hat er mir angeboten, ja, aber ich habe abgelehnt. Ich bin ja schon groß.«

»Manchmal braucht man aber Hilfe. Wenn man aus dem Knast raus muss, zum Beispiel.«

»Sicher. Aber mich wird man nicht einsperren. Ich musste nur bezahlen wegen Sachbeschädigung. Wir wollen auch nicht über mich reden, sondern über dich.«

Ihm gehe es gut, hatte Carl Schelling dann gesagt. Vielleicht sei er eigentlich als Koch geboren, und das Archiv sei nur ein Umweg gewesen. Er fühle sich im Übrigen ziemlich sicher. So leicht werde man ihn hier nicht finden. Seine winzige Wohnung sei völlig ausreichend und sein Pass erstklassig. Nach und nach finde er Freunde, mehr vielleicht, als er in Koblenz und in Köln je gehabt habe. Es mache ihm eine diebische Freude, dass es ihm gelungen sei, sich in Luft aufzulösen und ein anderer zu werden. Das sei immer sein Traum gewesen, aber er hätte nie damit gerechnet, dass er ihn eines Tages verwirklichen werde. »Und da ist meine Liebste«, sagte er, als die Tür aufging und eine Frau von etwa dreißig Jahren hereinkam, mit langem, glattem rötlichen Haar, das im Nacken durch eine kunstvolle Spange zusammengehalten wurde. Sie winkte der Theke zu, sah sich suchend um, entdeckte die beiden am Tisch und kam zu ihnen.

»Gregor, Veronika«, stellte Carl vor, und Gregor stand auf, um der jungen Frau die Hand zu geben. »Gregor ist aus Deutschland und hat heute Abend bei uns gegessen«, erklärte Carl. Die Frau setzte sich, und Gregor sah Carl fragend an.

»Veronika weiß alles«, sagte Carl. »Sie weiß sogar, wer du bist.«

»Das stimmt«, sagte die junge Frau und winkte noch einmal zur Theke. »Carl hat mir von Sie erzählt.«

Es war nach zwei Uhr nachts, als Gregor in sein Hotel zurückkam, nachdem er Carl und Veronika bei ihren auf einem Hinterhof angeketteten Fahrrädern verlassen hatte. Sie waren noch eine Kneipe weitergezogen, weil der *Roode Baron* irgendwann zumachen wollte. Dort hatte Gregor die Geschichte der beiden erfahren. Es überraschte ihn nicht, dass die Frau es gewesen war, die Carl erobert hatte, nicht umgekehrt. Sie war einige Male im *Melkmeisje* zum Essen gewesen. Schließlich hatte sie, wie Gregor heute Abend auch, nach dem Koch gefragt, und als er kam, »sah ich sofort, das ist ein Mann mit einem Geheimnis«. Den umwarb sie mit Beharrlichkeit und hatte schließlich Erfolg.

»Veronika arbeitet im Internationalen Institut für Sozialgeschichte«, erzählte Carl, »und zwar nicht im Sekretariat, sondern in der Forschung. *Frauenarbeit in den nördlichen Niederlanden von 1500 bis 1815.*« Gregor sah einen leichten Anflug von Röte auf Carls Gesicht, spürte den Stolz, dass seine Freundin so klug war und so schön dazu, und das in seinem Alter, sechsundvierzig Jahre. Das war das Glück, endlich. Hoffentlich hält es, dachte Gregor, sonst werden wir einen sehr unglücklichen Menschen sehen. Aus dem Gefängnis konnten wir ihn befreien, aber das Unglück würde er vielleicht nicht überleben.

Dann begann Gregor begeistert von dem Besuch zu erzählen, den er kurz nach Abschluss seines Studiums einmal im Institut gemacht hatte, in den windstillen Wochen zwischen Diplom und dem Umzug nach Göttingen. Da hätte er gern gearbeitet, ein Traum. Er schwärmte von dem schönen Haus an der Keizersgracht und beneidete Veronika darum, in so einer Umgebung arbeiten zu können, gar nicht zu vergleichen mit dem Bonner Kanzleramt oder der Uni Frankfurt, wenn er das mal so sagen dürfe.

»Wir sind schon lange umgezogen«, sagte Veronika und lächelte. »Das alte Haus wurde zu klein.«

Gregor brach ab und nickte. Fehlschlag der Begeisterung. Dann sah er zu Carl hinüber und sagte: »Aber eigentlich haben Sie sich doch einen künftigen Mitarbeiter geangelt, oder? Bei seinen Qualifikationen?«

Veronika zuckte mit den Schultern, und Carl hob abwehrend beide Hände und sagte: »Ich will nur noch kochen.«

Jetzt fuhr der Zug an und verließ die Stadt erst ostwärts, dann nach Süden. Zwischen den Häuserreihen stand die Sonne hoch und fiel fast senkrecht von oben auf das Fenster, neben dem Gregor saß. Er blinzelte durch die trübe Scheibe und dachte an gestern Abend.

»Ich will nur noch kochen.«

Und ich? Ich will nur noch durch die Gegend fahren? Oder besser noch, gefahren werden?

»Arie Kousbroek ist immer noch aktiv.«

Aber ich brauche keinen neuen Pass und keinen Namen. Andererseits: Ich möcht einmal ein solcher sein, wie ein anderer sein könnte.

»Du kannst jederzeit hierherkommen, wenn du drüben keine Lust mehr hast.«

Schön zu wissen. Und eine ganz neue Bedeutung von »drüben«. Vor knapp zehn Jahren haben wir darunter noch etwas anderes verstanden. Eine vertrackte Sache ist das mit den Himmelsrichtungen.

Als der Zug sich der Grenze näherte, fiel ihm wieder ein, dass Anita ein Auto zu verkaufen hatte.

»Für dich beinahe zu verschenken«, hatte sie gesagt, »siebenhundert für die alte Kiste. Läuft immer noch eins a. Aber mein Chef sagt, ich muss jetzt den nächsten Schritt machen. ›Am Anfang war das ganz prima mit dem 205, Anita, das hat dir die Herzen geöffnet. Aber jetzt musst du ein bisschen zeigen, dass du Erfolg gehabt hast. Kann ruhig wieder ein Frauenauto sein, aber eine Klasse drüber.‹«

»Und jetzt willst du mir dein altes Frauenauto verkaufen?«, hatte Gregor gefragt.

»Würde dir gut stehen, Gregor.«

Recht hat sie. Ich werde in Köln aussteigen und den Wagen gleich mitnehmen.

41 Erinnerungen an den Frieden

Sie stellten die Autos in der Schönhauser Straße ab und überquerten dann die Rheinuferstraße. Gregor und Anita waren vorgefahren, und Leo war ihnen in seinem Passat gefolgt. Unten am Strom setzten sie sich auf eine Bank und hielten die Gesichter in die Nachmittagssonne. Dann zog Gregor sein Portemonnaie und gab Anita die siebenhundert Mark, die er gleich am Hauptbahnhof aus dem Automaten gezogen hatte.

»Um Carl müsst ihr euch wirklich keine Sorgen machen zurzeit«, wiederholte er.

»Und um dich?«, fragte Anita.

»Um mich auch nicht. Und wie war das vorhin mit deinem Abschied von der Firma, Leo? Habe ich das richtig verstanden?«

Anita kicherte.

»Er hat einen guten Arzt«, sagte sie.

»Was?«

»Ausgebrannt«, erklärte Leo. »Ich bekomme ein Attest, dass ich völlig ausgebrannt bin. Erschöpft. Vorzeitiger Ruhestand wird dringend befürwortet.« Er machte eine Pause. »Stimmt ja auch. Ich bin tatsächlich ausgebrannt. Schau mal, ich habe mehr als zwanzig Jahre lang den Staat geschützt, und was ist dabei herausgekommen?«

Er sah Gregor an, als erwarte er von ihm wirklich eine Antwort.

»Die Berliner Republik«, sagte Gregor schließlich.

»Eben.«

»Und das ist nicht deine?«

»Nicht meine, was heißt das schon? Ich habe gar nichts gegen das neue *juste milieu.* Es ist nicht schlechter und nicht besser als das alte. Aber was mich stört, ist der Glaube, wir seien nun endlich da angekommen, wo wir schon immer hinwollten. Alles andere war nur Vorbereitung, verstehst du? Das wirkliche Leben fängt jetzt erst an. Davor war alles irgendwie … ehemalig. Ehemalige DDR, schon die Wortbildung ist ein Quatsch. Und unser Land im Westen ist jetzt auch bloß ehemalig. Wir waren einfach nur Vorläufer, Gregor, und das kränkt mich. Die merken gar nicht, dass sie selbst nur Durchlauferhitzer sind.«

»Aber das ist doch immer so«, sagte Gregor milde. »Jede Generation hält sich für das Ziel der Geschichte. Da kann man doch still lächeln und drüberstehen.«

»Tue ich ja auch meistens. Was ich sagen will: Es interessiert mich nicht mehr. Und wenn man sich für sein Land und seine Zeit nicht mehr interessiert, lieber Gregor, dann ist man ausgebrannt. Mein Arzt lügt also nicht.«

»Mit einundfünfzig, das ist verdammt früh. Und das Geld?«

»Ich habe einige Einbußen, klar. Aber Anita verdient inzwischen auch nicht schlecht. Sie verdient sogar ziemlich gut, um ehrlich zu sein.« Er warf einen bewundernden, auch leicht erstaunten Blick auf seine Frau.

»Wir werden mehr reisen«, sagte Anita. »Wenn meine Zeit es zulässt. Du hattest deine Dienstreisen, aber Leo hat fast immer nur in seinem Büro gesessen.«

»Und wenn ihr nicht reist?«

»Dann liegen wir hier am Fluss im Gras. Erinnert ihr euch an den Tag damals, wo wir geschwänzt haben?«

»Ja!«

Das war im Mai 1989 gewesen, zur selben Zeit etwa, als Carl Schelling Andrea Anders mit seinen Kochkünsten bezauberte. Gregors Chef war seit drei Wochen Minister, und Gregor war für ihn nach Berlin geflogen, um einen Besuch vorzubereiten. Die Stadt träumte in der fast sommerlichen Wärme. Sie träumte ja eigentlich immer vor sich hin, schon seit dem Ende der Blockade. Sie döste durch die Jahrzehnte und hing dabei am nie versiegenden Tropf des Bonner Staates: ein Paradies für alle, die von der Geschichte die Nase voll hatten. Vielleicht sollte ich mir hier eine Zweitwohnung mieten, dachte Gregor damals, irgendwo Nähe Kudamm. Eis essen bei Berkel und ab und zu nach Kreuzberg ins Milieu.

Am letzten Tag schaffte er es, ab mittags ganz allein zu sein, und fuhr nach Schmargendorf, um den Platz zu suchen, auf dem sie damals Fußball gespielt hatten. Aber selbst wenn es diesen Platz noch gab, fand Gregor sich in den Feinheiten der Topografie nicht mehr zurecht. Er wusste nicht genau, wo er suchen sollte. Die Gegend war ihm ziemlich fremd, auch wenn er hier in der Nähe nicht nur Fußball gespielt hatte, wie er sich jetzt erinnerte. Irgendwo in diesen Straßen hatte er ein paar Wochen in einem Supermarkt gejobbt, den es vielleicht schon lange nicht mehr gab. Das war in seinem letzten Studienjahr gewesen. Die Chefin, eine noch junge Frau, kam aus Österreich und hatte einen Berliner geheiratet. Einmal hatte sie Gregor zu verführen versucht. Sie war hinten im Lager im kurzen Kittel die Leiter hochgestiegen, hatte sich von ihm Kartons angeben lassen und ihn ihre Schenkel und Unterwäsche sehen lassen. Als Gregor bei einem besonders schweren Karton ächzte, sagte sie genüsslich: »Sie müssen nachts nicht so viel pimpern, dann sind Sie auch nicht so müde am Tag.« Mein Gott, was war ich naiv damals, dachte Gregor, ich hätte ihr sofort unter den Kittel greifen müssen, und wir hätten zwischen *Sandeman Sherry* und *Mampe halb und halb* eine wunderbare Nummer im Stehen geschoben.

Er bestieg einen Bus und fuhr durch den Berliner Süden, wechselte den Bus, fuhr kreuz und quer. Schlachtensee im Maienlicht, und später Namen, die ihn immer melancholisch gestimmt und ihm Gedanken an stille Tragödien eingeflößt hatten: *Abendruh. Krumme Lanke. Hundekehle.*

Am frühen Abend war er in Dahlem gelandet, saß im Garten eines italienischen Restaurants und aß Nudeln. Zwei Tische weiter war ein kahlköpfiger Mann in seinem Alter schon beim Espresso angekommen und las die Zeitung. Sein Schädel glänzte wie poliert in der Abendsonne. Dann und wann sah er zu Gregor hinüber. Daneben hielt ein altes Ehepaar Händchen, zwei Siebzigjährige. *Was wäre gewesen, wenn ich hiergeblieben wäre? Wie hätte ich fünfzehn Jahre erlebt, in denen nichts passiert ist in dieser Stadt, außer dass hier und da eine Eckkneipe geschlossen hat? Und wie würde ich fünfundzwanzig weitere Jahre erleben, die mindestens noch vor mir liegen? Wie würde ich leben? Wo würde ich wohnen?*

Der Kahlkopf hatte inzwischen bezahlt, stand auf, kam an seinen Tisch, lächelte und nannte Gregors Namen. Sein Lächeln nahm zu, als Gregor ihn verwirrt ansah, und er sagte: »Ich bin Moritz Meißner. Wir haben mal zusammen die Partei aufbauen wollen. Ich war in der Abteilung Agitprop.«

Gregor erinnerte sich. Ein stiller Junge, der Architektur studierte und irgendwo aus der Gegend um Karlsruhe kam. Schon damals hatte er sehr lichtes Haar gehabt.

»Setz dich doch«, sagte Gregor und zeigte auf den Stuhl neben sich.

»Gut, aber nur einen Moment. Ich will nicht stören.«

Sie bestellten Espresso.

»Ich bin jetzt beim Senat«, sagte Moritz, »bei der Stadtplanung. Hat mich immer interessiert. Leider kann man hier nicht viel machen. Die Grenzen sind ja klar. Und unverrückbar.«

»Dann müsstest du eben nach Westdeutschland gehen«, sagte Gregor. »Da können Stadtplaner sich austoben.«

Der andere schüttelte den Kopf. »Das schaffe ich nicht mehr«, sagte er. »Ich bin jetzt zwanzig Jahre in Berlin, und wer so lange hier ist, der stirbt auch hier.«

Am nächsten Morgen war Gregor zurückgeflogen. Er verstand nicht, warum ihm ein paar Tränen kamen, als die Maschine in Tegel sanft in die Luft aufstieg und ruhig über der Jungfernheide schwebte. Der Abschied hier tat ihm wahrlich nicht weh. Er freute sich auf Bonn, wo sich die Dinge wenigstens irgendwie bewegten, wenn auch im Kreis. Er wischte sich die paar Tränen schnell weg und bestellte ein Wasser.

In Bonn erstattete er dem Minister kurz und bündig Bericht und meldete sich dann ab, weil er etwas zu erledigen habe. Dann rief er Leo im Amt an und fuhr nach Köln. Sie trafen sich im *Café Central;* Leo saß in der Ecke vor dem Durchgang zum Restaurant.

»Draußen mag ich nicht«, sagte er, als Gregor ankam, »die Lindenstraße ist mir einfach zu laut und verstunken. Anita kommt gleich.«

»Was hast du im Amt erzählt?«

»Dass ich sie zum Arzt fahren muss, zu einer Untersuchung nach Bonn. Eigentlich hätte ich nicht weg können. Wir sind schon voll bei den Umzugsvorbereitungen nach Chorweiler.

»Wann ist es soweit?«

»Im August.«

Anita kam, in schwarzen Jeans und weißem T-Shirt. Sie trug eine Sonnenbrille mit riesigen, sehr dunklen Gläsern, die von ihren Augen nichts mehr sehen ließen, und hatte eine große weiche Tasche bei sich, eine dieser billigen Stofftaschen, deren Reißverschluss immer schon nach dem zweiten oder dritten Mal kaputtgeht. Sie schob die Brille langsam ins Haar und fragte: »Na, Jungs, wo soll's hingehen?«

Sie entschieden sich für Gregors Isabella und fuhren die Rheinuferstraße hinunter. Anita saß vorn neben Gregor. »Schade, dass du kein Coupé hast«, sagte sie.

»Ich hasse Coupés«, sagte Gregor. Leo zeigte nach links auf den Kiosk, an dem Gregor und er zuerst von der Schleyer-Entführung erfahren hatten: »Weißt du noch?«

»Lange her«, sagte Gregor. »Heute herrscht Frieden.«

»Komisch, dass du dich darüber freust. Du bist doch eher Freund-Feind-Experte.«

»Nur, wer über Freund und Feind Bescheid weiß, schafft Frieden.«

»Hoffentlich wissen die das drüben auch«, sagte Leo.

»Was meinst du damit?«

»Drüben«, wiederholte Leo. »In der DDR. Da rumort es. Vielleicht passiert da was.«

Gregor schüttelte den Kopf, während er, schon weit hinter Rodenkirchen, einen Parkplatz suchte. »Das glaube ich nun wirklich nicht, Leo. Ich war doch gerade in Berlin, da hätte ich etwas gemerkt. Nichts, sage ich dir. Traumhafte Ruhe, wie immer. Hier?«

Er steuerte den Wagen an den Rand. Sie stiegen aus und gingen zu Fuß zu den Rheinwiesen hinunter. Leo trug die Tasche. Selbst am Fluss ging kaum Wind. Sie breiteten die Decken aus und legten sich hin. Anita griff noch einmal in die Tasche und hielt triumphierend eine kleine Kühlbox hoch.

»Hier«, sagte sie, »für später, wenn wir Hunger kriegen.«

Als sie einer nach dem anderen erwachten, war es gegen vier Uhr. Den Verkehr hörten sie nur gefiltert, aus der Ferne. Dreißig Meter weiter hatte sich ein Liebespaar niedergelassen.

»Ich habe geschlafen wie schon lange nicht mehr«, sagte Gregor.

»Ich auch.«

»Ich auch. Man hätte uns glatt ausrauben können.«

»Aber Leo«, sagte Gregor, »wir leben doch im Frieden. Wie oft soll ich's dir heute noch sagen?«

»Und was machen wir jetzt?«

»Jetzt machen wir die Kühlbox leer«, sagte Anita.

Das war der Tag, an dem sie geschwänzt hatten. So weit wie damals waren sie heute nicht rausgefahren, und in ihrem Rücken hörten sie deutlich den Verkehr.

»Wie naiv wir damals waren«, sagte Gregor. »Oder ich jedenfalls. Ich hatte wirklich geglaubt, der ewige Frieden sei angebrochen. Wenigstens für uns. Und ich habe einen Minister beraten! Das muss man sich mal vorstellen!«

»Aber der Minister hat es doch auch nicht besser gewusst als du«, sagte Leo, »nach dem, was du erzählt hast.«

»Stimmt. Was haben wir eigentlich damals gemacht, als wir die Sachen aus der Kühlbox verputzt hatten?«

Leo überlegte, schüttelte dann den Kopf. »Das weiß ich tatsächlich nicht mehr.«

»Dass ihr das nicht mehr wisst!«, rief Anita. »Wir sind irgendwann in einer Gartenwirtschaft gelandet, in Sülz oder Klettenberg, es war ja immer noch sehr warm. Da saß eine Truppe von jungen Männern, die hatten in der Nähe Fußball gespielt und spülten jetzt ihre Kehlen. Wie ihr damals in Berlin, nehme ich mal an. Ein paar von denen haben versucht, mich anzumachen. Denen war das ganz egal, dass ich zwei Männer dabei hatte. Wir haben uns auch noch mal etwas zu essen kommen lassen, und plötzlich haben wir in einer Ecke ganz hinten Leos Chef gesehen. Ausgerechnet hier, als ob es in Köln nicht Kneipen genug gibt! Gregor ist sofort an die Theke gegangen und hat bezahlt, und dann haben wir uns so schnell wie möglich aus dem Staub gemacht.«

»Stimmt, ja«, lachte Leo, »ich erinnere mich. Wie die ertappten Schulschwänzer.«

Gregor sagte: »Nein, wie die, die noch einmal davongekommen sind.«

»Richtig.«

Nach einer kurzen Pause sagte Anita: »Das war doch das Beste, was wir gehabt haben!«

42 Der Schuppen (2)

Gregor fuhr die Rheinuferstraße in nördlicher Richtung und stellte den 205 schließlich am Molenkopf ab, kurz hinter dem Cranachwäldchen. Noch einmal wollte er an den Fluss. Schon war früher Abend, aber ganz junihell. Mit gesenktem Kopf lief er durch die Wiesen, die Hände in den Manteltaschen; der offene Trenchcoat flatterte ihm um die Beine wegen des Rückenwinds. Dann hob er den Blick und sah fünfzig Meter links von sich einen Schuppen. Er zögerte, ging dann darauf zu. Wenn Nott und ich da drin wären, sagte er sich, wären wir jetzt in Alarmbereitschaft, weil dieser Mann auf unsere Festung zukommt. Das ist jetzt über dreißig Jahre her, dachte er dann.

Einen Augenblick blieb er stehen, etwas außer Atem. Plötzlich klopfte ihm das Herz im Hals, er wusste nicht, ob aus Angst oder Sehnsucht. Dann ging er entschlossen weiter auf den Holzbau zu, der keinen verfallenen Eindruck machte, wenn auch die Bretter reichlich verwittert wirkten. Er blieb vor der Tür stehen, unschlüssig, ob er die Klinke probieren sollte. Links der Tür war ein kleines Sprossenfenster eingelassen, sehr verschmutzt. Er versuchte hindurchzusehen, starrte aber im Gegenlicht nur in einen blinden Fleck. Was auch immer da drin sein mochte, welches Recht hatte er, hier einzudringen? Nur das eine, sagte er sich, nur das der Erinnerung. Der kostbaren Erinnerung.

Er klopfte an die Tür. Als keine Antwort kam, drückte er die Klinke nach unten und spähte in den Raum. Sofort tat es ihm leid, diese Grenze überschritten zu haben. Nebeneinander an einem Holztisch, auf dem eine Kerze brannte, saßen ein Junge und ein Mädchen, beide höchstens vierzehn Jahre alt, hielten sich an der Hand und sahen ihn feindselig an. Der Junge trug Jeans und einen dunkelgrauen Pullover. Das Mädchen, das zu ihren Jeans eine blassgrüne Bluse und eine dünne schwarze Jacke trug, schien zu frieren.

»Entschuldigung«, sagte Gregor, »Entschuldigung. Ich wusste nicht, dass jemand hier ist. Ich wollte nicht stören. Ich gehe sofort wieder.« Aber der Junge war schon aufgesprungen, unglaublich gewandt, schlug jetzt die Tür zu, drehte den Schlüssel im Schloss und steckte ihn in die Hosentasche. Dann fasste er Gregor am linken Arm und schleuderte ihn durch eine einfache Drehung zu Boden.

»Sie bleiben hier«, sagte er. »Sie werden nichts über uns erzählen.«

»Aber wem denn?«, fragte Gregor. »Ich war doch nur neugierig. Was ist das für ein Kampfsport, den du kannst?«

»Geht Sie nichts an.« Der Junge hatte sich auf Gregor gekniet und durchsuchte ihn, dann ließ er von ihm ab und stand auf.

»Sie können sich zu uns an den Tisch setzen.«

Gregor kam ächzend wieder auf die Beine und wischte sich den Mantel ab, zog ihn dann aus und legte ihn über den Klappstuhl, den man ihm hingeschoben hatte. Dann setzte er sich.

Kinder, dachte er, beinahe sind es noch Kinder. Jünger als Nott und ich damals. Der Junge war schlank, nicht besonders groß, wirkte aber sehr kräftig. Seine Haare waren das, was man strohblond nennt, die Augen irritierend blau. Das Mädchen erinnerte ihn ein bisschen an Reni Fuchs. Sie ballte auf eine Art die kleinen Hände zu Fäusten und presste dann die Fingerknöchel gegeneinander, wie es Reni auch oft getan hatte. Oder noch immer tat: Letztes Jahr in Maastricht, als sie Carl in Sicherheit gebracht hatten, hatte er das wieder an ihr beobachtet. Sie trug auch ihr dunkles Haar ähnlich wie Reni. Vielleicht kommt der Fransenpony wieder in Mode, dachte er.

»Seid ihr abgehauen?«, fragte er schließlich.

Der Junge schüttelte den Kopf.

»Wir wollen nur nicht, dass man unseren Schuppen entdeckt«, sagte er. »Wir gehen ganz normal zur Schule.«

Er zeigte auf die beiden Regale an der linken Wand. Gregor sah Bücher darin, Vorräte, einen Discman, auch ein paar Kleidungsstücke. An der rechten Wand stand eine kleine Liege. Gregor entdeckte in der Ecke zwei große Kanister.

»Wir haben das alles selbst gemacht hier«, sagte der Junge. »Wir wollen uns das nicht wegnehmen lassen. Sie sind der Erste, der hierhergekommen ist. Deshalb musste ich Sie durchsuchen.«

Gregor nickte; dann hörte er zum ersten Mal die Stimme des Mädchens. Es war eine volle, nachklingende Stimme, ein überraschend dunkler Glockenton, und doch klang sie so, als wolle sie ihr eigenes Volumen zurücknehmen, als spräche sie gleichsam unter Vorbehalt.

»Björn hat es nicht persönlich gemeint«, sagte sie. »Wir müssen uns schützen.« Nach einer Pause: »Wir sind Außenseiter, verstehen Sie.«

»Du bist also Björn«, sagte Gregor.

Der Junge nickte. »Kann nichts dafür, dass meine Eltern mich so genannt haben. Der Name war schwer in Mode, damals. Meine Freundin heißt Pia.«

»Björn ist doch ein schöner Name. Und Pia natürlich auch. Und warum seid ihr Außenseiter?«

»Wir sind nicht einverstanden«, sagte das Mädchen.

»Womit?«

»Mit allem. Wir sind am Rand der Gesellschaft. Und Sie?«

»Ich bin Gregor. Ich bin auch am Rand der Gesellschaft. Das heißt, bis vor Kurzem war ich mittendrin, ganz dick mittendrin, aber jetzt verliere ich vielleicht sogar meine Wohnung.«

»Obdachlos? Glaube ich nicht«, sagte Björn. »So, wie Sie aussehen. Sie können uns viel erzählen.«

»Mache ich«, sagte Gregor. »Gibt es etwas zu trinken?«

Es gab Kaffee aus einer Thermoskanne, der noch fast heiß war. Björn schenkte drei Tassen ein, und dann erzählte Gregor: wie er in Westberlin studiert hatte und bei einer der seltsamen kommunistischen Truppen gelandet war, von denen es damals so viele gab. Wie er durchs Fußballspielen Leo kennengelernt und seine Truppe verlassen hatte. Wie er sein Studium beendet und in Göttingen und später in Speyer gelehrt hatte, und wie er auf einer Tagung einen ranghohen Politiker kennengelernt hatte, der sein Chef werden sollte. Wie er von einer Frau, die er zu lieben glaubte, im Auftrag der Stasi bespitzelt wurde und wie das später herauskam. Wie er seinen besten Freund mit dessen Frau betrogen hatte und wie sie das schließlich beendet hatten. Wie sein Freund Carl in

Schwierigkeiten geraten und verurteilt worden war. Wie sie, also Anita und er, seine Befreiung inszeniert hatten und wie man ihn nach Holland gebracht hatte. Wie er bei der Veranstaltung in Köln die Farbeier geworfen hatte. Manchmal, während er erzählte, gab es ungläubige oder amüsierte oder zustimmende oder angewiderte Reaktionen von Björn. Als er von Carls missglücktem Anschlag berichtete, sahen die beiden sich bedeutungsvoll an. Als es um Carls Befreiung ging, mochten sie es kaum glauben. Der Junge schnaufte manchmal deutlich hörbar, und das Mädchen ballte immer wieder ihre Hände zu Fäusten und presste ihre Fingerknöchel gegeneinander. Gregor kam es vor, als habe ihm in seinem ganzen Leben noch nie jemand so aufmerksam zugehört wie diese beiden.

Er erzählte ihnen auch von seinem Borgward und seinem Haus hoch über Königswinter, von dem Abend bei Frau Mohr-Hagen und von Boris Beckers erster Sternstunde in Wimbledon. Ganz am Ende erzählte er ihnen, warum ihn der Schuppen so neugierig gemacht hatte, und dass er vor mehr als dreißig Jahren mit einem Freund zusammen ebenfalls einen solchen Schuppen entdeckt und eingerichtet und gehütet hatte vor neugierigen Blicken.

»Und das ist alles wahr?«, fragte Pia, als er geendet hatte. »Nichts an der Geschichte ist erfunden?«

»Ja, das ist alles wirklich passiert.«

»Schade, dass das mit dem Anschlag nicht geklappt hat«, sagte der Junge. »Eine Tasse Kaffee ist noch drin. Wollen Sie?«

»Gern. Ihr wollt auch so was machen wie einen Anschlag, stimmt's?«

Beide nickten.

»Die Kanister?«

Jetzt lachten sie. »Nein, nein, da ist nur Wasser drin. Wir wissen noch nicht, wie und was. Wir planen noch. Es soll keiner zu Schaden kommen.«

Gregor schlürfte den Kaffee. Dann hörte er sich sagen:

»Ich weiß gar nicht, ob ich das tun sollte, aber ich wünsche euch viel Glück dabei. Was macht ihr jetzt?«

Draußen hatte zaghaft die Dämmerung eingesetzt.

»Wir gehen langsam nach Hause«, sagte Björn, »Pia zu ihren Eltern und ich zu meinen. Wir dürfen ja nicht auffallen. Wir sind konspirativ, verstehen Sie?«

»Verstehe.«

»Und Sie, wohin gehen Sie jetzt?«, fragte das Mädchen.

»Ich weiß noch nicht. Ziemlich weit, glaube ich.«

Aus unserem Verlagsprogramm

Gail Jones
SECHZIG LICHTER / Roman
Dt. Erstausgabe / Gebunden / 224 Seiten / ISBN 978-3-89401-562-6
»Ich halte Gail Jones für eine der weltweit besten Schriftstellerinnen meiner Generation. ... ›Sechzig Lichter‹ ist eines meiner wenigen Lieblingsbücher.« *Raoul Schrott*
»Eine Familiengeschichte voller verworrener Lebenswege, wunderschön warmherzig erzählt.« *Andrea Ritter, stern*

Salvador Plascencia
MENSCHEN AUS PAPIER / Roman
Dt. Erstausgabe / Gebunden / 256 Seiten / ISBN 978-3-89401-587-9
»›Menschen aus Papier‹ ist ein Roman wie kein anderer, er entwickelt sich wie ein Schmetterling aus dem Kokon, magisch und ideenreich ... Calvino, Borges und García Márquez kommen mir in den Sinn, aber Plascencias Buch ist eine ganz eigene Kreation, gleichzeitig fest verwurzelt und hoch emporsteigend.« *T. C. Boyle*
»Ich kenne keinen jungen amerikanischen Autor, der ähnlich originell, innovativ oder stärker schreibt als Salvador Plascencia.« *George Saunders*

Maurizio Maggiani
REISENDE IN DER NACHT / Roman
Dt. Erstausgabe / Gebunden / 224 Seiten / ISBN 978-3-89401-534-3
Seine Figuren sind alle unterwegs, ob auf der Flucht, im Exil oder auf Wanderschaft, wie Reisende in der Nacht, auf der Suche nach Schönheit. Ein Roman über Gerechtigkeit und menschliche Würde.
»Wie hierzulande Wilhelm Genazino beherrscht der italienische Autor Maggiani die Kunst, vom Detail eines Schuhs auf das Ganze einer Lebensgeschichte zu schließen.« *Der Spiegel*

Hubert Haddad
FALASTIN / Roman
Dt. Erstausgabe / Gebunden / 160 Seiten / ISBN 978-3-89401-588-6
Hubert Haddad schafft in der Gestalt der jungen Palästinenserin Falastìn eine moderne Antigone. Der Horror der Besatzung wird verbunden mit einer dramatischen Liebesgeschichte.
»Das ist große Literatur. « *J. M. G. Le Clézio*
»Zweifellos eines der schönsten Bücher eines engagierten Schriftstellers.« *Le Monde*